suhrkamp taschenbuch 3775

»In Zeiten seelischen Aufruhrs verscheucht nichts so zuverlässig die Sorgen wie ein packender Kriminalreißer«, denkt sich Reginald »Pongo« Twistleton und zieht sich mit »Mord im Nebel« an einen ruhigen Ort zurück. Nicht lange, denn schon steht sein Onkel, Lord Frederick Ickenham, vor ihm und bittet ihn um Mithilfe aus einer Situation, bei der alle Beteiligten tief in der Tinte sitzen und eine ganze Reihe menschlicher Irrungen und Wirrungen überstanden werden müssen, bis die ehrgeizige Jungautorin Hermione Bostock, Tochter des stolzen und jähzornigen Besitzers von Ashenden, den falschen Verlobten los wird und in die Arme des tölpelhaften, aber rasend in sie verliebten Bill Oakshott fällt.

P. G. Wodehouse, geboren 1881 in Guildford, Surrey, starb 1975 in Long Island, NY. 1902 veröffentlichte er seinen ersten Roman, 95 weitere folgten. Er hat »nicht ein einziges Buch geschrieben, das kein Vergnügen bereiten würde« (*Philipp Blom, Neue Zürcher Zeitung*).

P.G. Wodehouse
Onkel Dynamit

Roman

Aus dem Englischen von
Thomas Schlachter

Suhrkamp

Titel der Originalausgabe:
Uncle Dynamite

Umschlagillustration: David Hitch

suhrkamp taschenbuch 3775
Erste Auflage 2006

Druck: Ebner & Spiegel, Ulm
Umschlag: Göllner, Michels, Zegarzewski
Printed in Germany
ISBN 3-518-45775-6

1 2 3 4 5 6 – 11 10 09 08 07 06

Onkel Dynamit

ERSTER TEIL

1. Kapitel

Auf der kleinen Nebenstrecke der Eisenbahn, die die Fahrgäste von Wockley Junction nach Eggmarsh St. John, Ashenden Oakshott, Bishop's Ickenham und anderen verschlafenen Weilern Südenglands befördert, hatte sich der frühe Nachmittagszug soeben gemächlich in Bewegung gesetzt.

Die meisten Passagiere, derbe Söhne der Scholle, die der Eisenbahngesellschaft kein unnötiges Geld in den Rachen werfen wollten, hatten Fahrkarten der dritten Klasse gelöst. Für die Reichen und Schönen dagegen stand ein Erste-Klasse-Abteil zur Verfügung, in dem sich an diesem Tag zwei Personen aufhielten – ein sonnengebräunter, strammer Bursche mit offenen, arglosen Zügen und ein großer, schlanker und distinguierter Herr mit feschem grauem Schnurrbart und strahlenden, unternehmungslustigen Augen. Besagter Gentleman war etwa dreißig Jahre älter als sein Abteilgenosse und wirkte ganz so, als habe er jede Minute eines prallen Lebens in vollen Zügen genossen und gedenke dies auch fürderhin zu tun. Der Hut saß ihm schräg auf dem Kopf, und die Zigarre hielt er wie ein Panier.

Noch zehn Minuten nach Abfahrt des Zuges herrschte im Abteil jenes gesittete Schweigen, das dem reisenden Briten eigentümlich ist. Dann aber räusperte sich der junge Mann, der dem Mitreisenden wiederholt verstohlene Blicke zugeworfen hatte, und sagte »ehem«.

Der ältere Herr sah fragend auf. Errötend fuhr daraufhin der sonnengebräunte Bursche, der von eher schüchterner Wesensart war und sich bereits fragte, warum er überhaupt die Torheit begangen und den Mund aufgemacht hatte, fort.

»Ach, verzeihen Sie. Sind Sie nicht Lord Ickenham?«

»So ist es.«

»Prima.«

Der ältere Herr schien verwirrt.

»Mich freut das ebenfalls sehr«, räumte er ein. »Aber was läßt Sie darüber frohlocken?«

»Na ja, falls Sie's nicht gewesen wären …«, antwortete der junge Mann und stockte entgeistert, denn ihm ging jählings auf, zu welch entsetzlichem Ungemach das unmotivierte Ansprechen eines Wildfremden hätte führen können. »Es ist nur so, daß ich Sie von früher her kenne. Ist schon Jahre her. Ich war mit Ihrem Neffen Pongo befreundet und spielte auch manchmal bei Ihnen drüben Tennis. Einmal haben Sie mir fünf Shilling zugesteckt.«

»So wird man sein Geld also los!«

»Bestimmt können Sie sich nicht mehr an mich erinnern. Bill Oakshott.«

»Und ob ich mich an Sie erinnere, guter Freund«, sagte Lord Ickenham so überschwenglich wie wahrheitswidrig. »Ich wünschte, ich hätte einen Zehner für jedes Mal, wo ich zu meiner Frau sagte: ›Was mag nur aus dem guten Bill Oakshott geworden sein?‹«

»Nein, tatsächlich? Prima. Wie geht es übrigens Lady Ickenham?«

»Prima.«

»Prima. Sie hat mir mal eine halbe Krone zugesteckt.«

»Sie werden allgemein feststellen, daß Frauen weniger spendabel veranlagt sind als Männer. Das hat wohl irgendwas mit der Anatomie ihrer Schädel zu tun. Ja, ich darf stolz behaupten, daß meine werte Gattin nach wie vor das blühende Leben selbst ist. Gerade habe ich sie in Southampton aufs Schiff gebracht. Sie ist unterwegs in die Karibik.«

»Nassau?«

»Nein, sie zahlt selbst.«

Die menschliche Tomate hatte daran eine Weile zu kauen,

schien bereits »prima« sagen zu wollen, überlegte es sich dann jedoch anders und erkundigte sich nach Pongo.

»Pongo«, antwortete Lord Ickenham, »ist in Hochform. Die Welt liegt ihm förmlich zu Füßen. Ich übertreibe nicht, wenn ich behaupte, daß Moab sein Waschbecken ist und er seinen Schuh über dieses andere Dingsda streckt. Vor kurzem hat ihm doch glatt so ein verstorbener Pate in Amerika einen Riesenhaufen Geld vermacht, und deshalb kann er seinem Schneider nun wieder furchtlos in die Augen blicken. Verlobt hat er sich übrigens auch.«

»Schön.«

»Ja«, sagte Lord Ickenham, einigermaßen verdattert über den unerwartet großen Wortschatz, der sich hier offenbarte. »Ja, er ist deswegen außer sich vor Freude. Meine eigene Begeisterung hält sich ehrlich gesagt in Grenzen. Ich weiß nicht, ob Ihnen das auch schon aufgefallen ist, Bill Oakshott, aber nichts auf dieser Welt verläuft jemals zur vollen Zufriedenheit aller Beteiligten. Während zum Beispiel A den Hut in die Luft wirft und in Jubelgeschrei ausbricht, sehen wir B skeptisch die Stirn runzeln. Und nicht anders ergeht es X und Z. Nehmen wir etwa Pongos Romanze. Eigentlich hatte ich gehofft, er heirate einmal ein anderes Mädchen, ein mir ganz besonders ans Herz gewachsenes, dessen Heranreifen vom Kind – von einem überaus faszinierenden Kind wohlgemerkt – zur anmutigsten, charmantesten und charakterfestesten jungen Frau ich verfolgt habe, einer Frau, der es meines Erachtens an nichts fehlt. Es gehört zu ihren zahlreichen Vorzügen, daß sie Verstand für zwei hat, und das scheint mir genau das Quantum zu sein, das die Gattin von Reginald (›Pongo‹) Twistleton in die Waagschale werfen muß. Na ja, es hat nicht sollen sein. Aber betrachten wir die Sache doch einmal von der positiven Seite. Einverstanden?«

»Oh, durchaus.«

»Gut. Positiv ist nämlich, daß ich diese neue Frau zwar noch nicht kennengelernt habe, daß sie aber ganz in Ordnung zu sein scheint. Und das Beste daran ist nun selbstverständlich, daß der Galgenstrick endlich unter die Haube kommt und häuslich wird, wodurch die Gefahr gebannt wäre, daß er uns eines Tages in Begleitung eines jungen Dings mit platinblonden Haaren und Oxfordakzent, das er auf der Promenade in Blackpool aufgegabelt hat, in die gute Stube stolpert. Sie wissen doch selbst, daß er dem schwachen Geschlecht noch nie widerstehen konnte.«

»Ich habe Pongo nicht mehr gesehen, seit wir Kinder waren.«

»Aber er ist doch schon damals wie ein flatterhafter Schmetterling von einer Blume zur anderen gehuscht. Herausgeputzt wie ein kleiner Prinz kam er immer zur Tanzstunde, wo er ein wahrer Don Juan und sein Herz eine offene Tür war, auf deren Fußmatte ›Hereinspaziert‹ stand.«

»Damit wird er jetzt wohl ein für allemal Schluß machen.«

»Wir wollen's hoffen. Aber wie sagte noch gleich jemand? Kann auch ein Leopard seine Flecken wandeln oder ein Mohr seine Farbe? Oder war's die Haut? Aber wo wir schon von Mohren reden«, sagte Lord Ickenham nun in persönlicherem Tonfall, »hat man Sie über der Glut gegart, oder haben Sie sich ohne Ihr Parasol in die pralle Sonne begeben?«

Bill Oakshott lächelte verschämt.

»Ich habe mir wohl einen leichten Sonnenbrand geholt, was? Ich war in Brasilien und komme gerade vom Schiff.«

»Sind Sie denn hier in der Gegend ansässig?«

»In Ashenden Manor.«

»Verheiratet?«

»Nein. Ich lebe bei meinem Onkel. Das heißt, im Grunde lebt er bei mir.«

»Und wo liegt da der Unterschied?«

»Ich will damit sagen, daß Ashenden eigentlich mir gehört, doch als mein Vater starb, war ich erst sechzehn, und da kam mein Onkel aus Cheltenham angerauscht und übernahm das Kommando. Er hat sich fest eingenistet und lebt seither dort. Schmeißt den Laden. Wenn man ihn so sieht, könnte man meinen«, sagte Bill, den die Erinnerung an das ihm widerfahrene Unrecht zu ungewohnter Mitteilsamkeit hinriß, »daß das ganze verdammte Anwesen ihm gehört. Nur ein Beispiel: Er hat sich das beste Zimmer im ganzen Haus für sein verfluchtes afrikanisches Kuriositätenkabinett unter den Nagel gerissen.«

»Er sammelt afrikanische Kuriositäten? Großer Gott!«

»Und das ist nur der Anfang! Wer hat das schönste Schlafzimmer? Ich? Nein! Onkel Aylmer. Wer schnappt sich die Morgenzeitung? Ich? Nein! Onkel Aylmer. Wer kriegt zum Frühstück das braune Ei?«

»Sagen Sie's nicht. Ich möchte raten. Onkel Aylmer?«

»Ja. Hol ihn der Geier!«

Lord Ickenham strich sich über den Schnurrbart.

»Eine gewisse Reserviertheit in Ihrer Haltung, Bill Oakshott«, sagte er, »läßt mich argwöhnen, daß Ihnen die ständige Anwesenheit Ihres Onkels Aylmer in Ashenden Manor nicht zusagt. Liege ich da richtig?«

»Jawohl.«

»Und warum setzen Sie ihn dann nicht an die frische Luft?«

Das Ungestüm in Bill Oakshotts Auftreten wich kleinlauter Verlegenheit. Wohl wäre ihm die Beantwortung der Frage möglich gewesen, doch dazu hätte er seine große Liebe zu Hermione, der Tochter seines Onkels, eingestehen müssen, und obschon Lord Ickenham ein liebenswürdiger alter Knabe war, glaubte er ihn dafür doch nicht gut genug zu kennen.

»Na ja«, sagte er und scharrte betreten mit einem Schuh von der Größe eines Geigenkastens über den Boden des Abteils. »Nein, ich wüßte nicht, wie ich das anstellen sollte.«

»Es gäbe Komplikationen?«

»Jawohl, Komplikationen.«

»Ich verstehe.«

Lord Ickenham spürte gleich, daß er an ein heikles familiäres Problem gerührt hatte, und taktvoll verzichtete er auf weitere Nachfragen. Statt dessen nahm er seine *Times* zur Hand und wandte sich dem Kreuzworträtsel zu, derweil Bill Oakshott durchs Fenster in die vorbeiziehende Landschaft starrte.

Doch dort gewahrte er mitnichten die vertrauten Felder und Hecken, sondern einzig und allein das liebreizende Antlitz seiner Cousine Hermione. Es stieg vor ihm auf wie eine Vision von strahlendster Schönheit. Schon bald, sinnierte er, würde er es nicht mehr nur mit dem Auge seiner Einbildungskraft sehen. Jawohl, jetzt, da er wieder in England war, konnte es ihm jederzeit widerfahren, daß er in ihre schönen Augen schaute oder, sollte sie sich gerade zur Seite gedreht haben, ihr makelloses, ja vollkommenes Profil betrachtete.

Wie aber wäre in einem solchen Moment vorzugehen? Würde er wie früher einfach mit offenem Mund dastehen und von einem Fuß auf den anderen treten? Oder würde er vielmehr, gestärkt und gefestigt durch die drei Monate in Brasilien, endlich seine jämmerliche Schüchternheit abwerfen und all seinen Mut zusammennehmen, um eine heimliche Leidenschaft zu offenbaren, die ihn seit nunmehr neun Jahren ohne Unterlaß verzehrte?

Das hoffte er, doch zugleich mußte er sich eingestehen, wie unwahrscheinlich ein solcher Ausgang war.

Ein Klaps aufs Knie ließ ihn aus seinen Grübeleien hochfahren.

»Nächster Halt: Ashenden Oakshott«, erinnerte ihn Lord Ickenham.

»Was? Ach ja. Stimmt genau, tatsächlich.«

»Sie gürten jetzt besser Ihre Lenden.«

»Ja«, sagte Bill, erhob sich und hievte den Koffer aus dem Gepäcknetz. Doch als der Zug rauchend und stampfend aus dem Tunnel kam, blieb Bill mit einem jähen Aufschrei und starren Blicks stehen. Als traute er seinen Augen nicht recht, kniff er sie in rascher Folge zweimal zusammen. Doch sie hatten ihn nicht getäuscht. Noch immer sah er, was er gesehen zu haben glaubte.

Unter normalen Umständen gibt es auf dem Bahnhof von Ashenden Oakshott wenig bis gar nichts, was das Gemüt in Wallung bringen oder die Seele durch die Erweckung von Furcht und Mitleid reinigen könnte. Hat man erst einmal des Bahnhofsvorstehers Backenbart gesehen, der von viktorianischer Buschigkeit ist und einen glauben läßt, er sei unter Glas gezogen worden, dann hat man der Station bereits alles entlockt, was sie in Sachen Nervenkitzel zu bieten hat, es sei denn, man gehöre zu jenen leicht erregbaren Naturen, die schon den Anblick eines kleinwüchsigen Gepäckträgers, der sich mit einer Reihe großer Milchkannen abplagt, als hochdramatisch empfinden. »Beschaulich« ist das Wort, das einem unwillkürlich in den Sinn kommt.

Doch an diesem Tag war alles anders, und ein einziger Blick machte deutlich, daß ganz Ashenden Oakshott auf den Beinen war. Vom Verkaufsautomaten am hinteren Ende bis zum Schuppen, in dem der Gepäckträger seine Besen und Eimer aufbewahrte, färbte ein wahres Menschenmeer den Bahnsteig schwarz. Gut und gerne vierzig Personen hatten sich versammelt.

Zwei von ihnen, denen auf Grund von Muskelkraft und Stehvermögen diese Aufgabe zugefallen war, hielten mit Stangen ein Spruchband in die Höhe, auf das eine liebevolle Hand, die mit dem Platz allzu verschwenderisch umgegangen war, die Worte geschrieben hatte:

WILLKOMMEN IN DER HEIMAT, MR. WILLM.

Daneben war eine Blaskapelle zu sehen sowie mehrere Pfadfinder, ein Polizist, ein Geistlicher, eine Delegation von

Dorfbewohnern beiderlei Geschlechts, Kinder, die Blumensträuße hielten und aussahen, als kämen sie gerade aus dem Bibelkreis, und eine imposante Gestalt mit mächtigem weißem Schnurrbart, unter deren Zepter die ganze Veranstaltung zu stehen schien.
Bill Oakshott verharrte steif und offenen Mundes beim Fenster, als wäre er eine verhexte Märchengestalt, und so unmißverständlich war sein Gebaren, daß Lord Ickenham die Situation auf Anhieb erfaßte.
Was sich ihm hier darbot, war ein junger Mann von schüchternem und verschlossenem Wesen, der das Auge der Öffentlichkeit scheute und schon beim bloßen Gedanken erbebte, im Mittelpunkt zu stehen. Aus unerfindlichen Gründen hatte aber irgendwer diesen überwältigenden Empfang für ihn ins Werk gesetzt, weshalb Mr. Willm. auch wie ein von Hunden gestellter Hirsch dastand.
Lord Ickenham dagegen war öffentlichem Aufsehen nie abhold gewesen, ja, er genoß es geradezu. Hätten ihn Blaskapellen und Pfadfinder am Bahnhof begrüßt, wäre er mit Freudengeheul vom Waggon gesprungen und hätte sich schon mit den ersten Verbeugungen bedankt, bevor der Zug überhaupt zum Stillstand gekommen wäre. Doch ganz augenscheinlich war sein junger Freund von anderem Schlag, und so sah er dessen innere Nöte voller Mitgefühl.
Der hilfsbereite Aristokrat war schon immer ein praktisch denkender Mensch gewesen. In dieser heiklen Lage begnügte er sich nicht, wie andere dies vielleicht getan hätten, mit einem mitleidigen Seitenblick oder stummem Händeringen.
»Husch, husch, unter die Bank!« empfahl er.
In Bills Ohren klang dies wie eine Stimme des Himmels. Es war, als stünde ihm sein Schutzengel in dieser Stunde höchster Gefahr unverhofft mit einem rettenden Vorschlag zur Seite. Sogleich befolgte er den Rat, und kurz darauf gab es einen Ruck und einen Stoß, und der Zug setzte sich wieder in Bewegung.

Als Bill hervorkroch und sich die staubigen Hände abwischte, stellte er fest, daß sein Mitreisender ihn mit offener Bewunderung betrachtete.

»Ich habe noch nie erlebt, daß sich jemand überzeugender in Luft aufgelöst hätte«, sagte Lord Ickenham warmherzig. »Als wäre eine Zirkusrobbe einem Stück Fisch nachgesprungen. Sie haben das doch schon öfter gemacht, Bill Oakshott. Nein? Sie erstaunen mich. Ich hätte schwören können, daß Sie seit Jahren in Schnellzügen üben. Jedenfalls haben Sie die anderen ganz schön verblüfft. Eine derart fassungslose Blaskapelle habe ich noch nie gesehen. Als hätte eine Rotte erwartungsfroher Wölfe gerade einen Pferdeschlitten überholt und darauf keinen russischen Bauern vorgefunden – das Entsetzlichste, was man sich überhaupt vorstellen kann. Für die Wölfe, versteht sich.«

Bill Oakshott zitterte noch immer. Ehrerbietig sah er seinen Wohltäter an und dankte ihm mit bebender Stimme für den geistreichen Rat.

»Nichts zu danken, guter Freund«, antwortete Lord Ickenham. »Das ist doch nicht der Rede wert. Ich bin wie dieser Bursche in Damon Runyons Geschichte, der es stets als wundervolle Tat ansah, wenn es ihm nur irgendwie gelang, ein bißchen Freude in das Leben anderer zu bringen. Licht und Sonne in alle Herzen zu zaubern, genau dies habe ich mir zur Lebensaufgabe gemacht.«

»Das werde ich Ihnen jedenfalls nie vergessen, niemals«, sagte Bill ernst. »Ist Ihnen bewußt, daß ich sonst eine Rede hätte halten und bestimmt auch all die gräßlichen Kinder mit den Blumen hätte abküssen müssen?« Ihn schauderte heftig. »Haben Sie sie gesehen? Tausende, und alle mit einem Sträußchen!«

»Und ob ich sie gesehen habe. Und der Anblick hat mir nur bestätigt, daß Sie es seit den Tagen, als Sie bei mir Tennis spielten, weit gebracht haben müssen. Ich bin genug in der

Welt herumgekommen, um zu wissen, daß sich kleine Kinder mit Blumensträußen nicht für jeden dahergelaufenen Hinz oder Kunz hinstellen. Ich bin ja selbst ein recht illustrer Zeitgenosse, ein lupenreiner Graf mit allem Drum und Dran, aber haben mir je kleine Kinder Sträuße hingehalten? Was haben Sie, Bill Oakshott, bloß angestellt, um diese Begrüßung, was sage ich, diesen Galaempfang zu verdienen?«

»Ich habe nicht das Geringste angestellt.«

»Tja, wirklich seltsam. Das Ganze wurde doch Ihnen zu Ehren veranstaltet, nicht wahr? Man hätte doch nicht ›Mr. Willm.‹ hingeschrieben und jemand anderen gemeint.«

»Nein, das stimmt.«

»Irgendeinen Verdacht, wer der Rädelsführer sein könnte?«

»Ich vermute, daß mein Onkel dahintersteckt.«

»War er der imposante Schnurrbartträger, der aussah wie Clemenceau?«

»Ja. Bestimmt hat er das Ganze inszeniert.«

»Aber warum?«

»Das weiß ich nicht.«

»Durchforschen Sie Ihr Gedächtnis. Fällt Ihnen nichts ein, was Sie in letzter Zeit vollbracht haben, um Anspruch auf Blaskapellen und Pfadfinder anmelden zu können?«

»Na ja, ich war auf dieser Amazonas-Expedition.«

»Ach, Sie waren also auf einer Expedition, und dazu auch noch im Amazonasgebiet? Das wußte ich ja gar nicht. Ich habe angenommen, Sie hätten in Brasilien nur geschäftlich mit Paranüssen oder so zu tun gehabt. Natürlich, das wäre eine Erklärung. Und was hat Sie zu dieser tollkühnen Unternehmung verleitet? Bestimmt haben Sie versucht, von einem Mädchen loszukommen, wie?«

Bill errötete. Tatsächlich hatte ihn die anscheinend hoffnungslose Liebe zu seiner Cousine Hermione in diese freiwillige Entziehungskur getrieben, die sich, wie zu erwarten, als völlig wirkungslos erwiesen hatte.

»Hm, ja. So ähnlich war's.«

»In meiner Jugend ging man noch in die Rocky Mountains und schoß Grizzlybären. Wie kamen Sie nur auf Brasilien?«

»Zufällig sah ich in der *Times* eine Annonce, in der für eine Expedition geworben wurde, die unter der Leitung eines gewissen Major Plank zum Unterlauf des Amazonas aufbrechen sollte, und da hielt ich es für eine gute Idee, mich anzumelden.«

»Aha. Hätte ich das bloß eher gewußt. Ich hätte ganz schön damit rumprotzen können, daß ich Sie schon als kleinen Jungen kannte. Doch in ein, zwei Minuten treffen wir in Bishop's Ickenham ein, und es stellt sich nun die Frage, was Sie zu tun gedenken. Wollen Sie auf den nächsten Zug zurück warten? Oder soll ich Sie mitnehmen, Ihnen einen Schluck zu trinken geben und Sie dann in meinem Wagen nach Hause fahren lassen?«

»Würde das denn keine Umstände machen?«

»Ganz im Gegenteil. Nichts paßt mir besser ins Konzept. Das wäre also geklärt. Wir müssen nun über eine Sache reden, die meines Erachtens unsere volle Aufmerksamkeit verdient. Welche Geschichte wollen Sie Ihrem Onkel denn auftischen, um zu erklären, wieso Sie bei dem Festempfang durch Abwesenheit glänzten?«

Ein nachdenklicher Ausdruck überschattete Bill Oakshotts Miene. Er zuckte leicht zusammen, als hätte sich ein brasilianischer Alligator am fleischigen Teil seines Beins zu schaffen gemacht.

»Das habe ich mich auch schon gefragt«, gestand er.

»Ohne jeden Zweifel bedarf es einer guten und stichhaltigen Geschichte. Bestimmt wurmt es ihn gewaltig, daß Sie nicht leibhaftig erschienen sind, und auf mich hat er wie ein Exemplar einer gefährlichen Spezies gewirkt, wie ein Mann mit einem todbringenden Biß. Was ist er denn? Ein Freistilringer? Oder einer von denen, die Ratten mit den Zähnen töten?«

»Er war früher Gouverneur einer dieser Kronkolonien.«

»Dann müssen wir unser Augenmerk jetzt ganz darauf richten, wie wir ihn günstig stimmen können. Ich kenne diese Ex-Gouverneure. Das sind alles Eisenfresser. Übrigens haben Sie mir seinen Namen noch gar nicht verraten.«

»Bostock. Sir Aylmer Bostock.«

»Was!? Der ist das? Nicht zu fassen!«

»Kennen Sie ihn?«

»Ich habe ihn zwar seit mehr als vierzig Jahren nicht mehr gesehen, doch davor habe ich ihn ganz gut gekannt. Wir sind zusammen zur Schule gegangen.«

»Ach, tatsächlich?«

»Mugsy, so nannten wir ihn damals. Er war etwa drei Jahre jünger als ich, einer dieser vierschrötigen, frechen Rabauken, die die Großen finster anstarren und die Kleinen schikanieren. Ich habe ihm mal mit dem Schlagholz eine gehörige Tracht Prügel verpaßt, um ihm solche Späße auszutreiben. Tja, das Geheimnis jenes Bürgerempfangs wäre somit gelüftet. Mugsy tritt, so stand in meiner Zeitung, zu den kommenden Parlamentswahlen an und hat sich zweifellos einiges von seinem Erscheinen an der Bahnstation versprochen. Wie ich will auch er aus seiner Bekanntschaft mit einem Mann Profit schlagen, der die Grenzen der Zivilisation überschritten hat.«

»Ich habe die Grenzen der Zivilisation nicht überschritten.«

»Unsinn! Todsicher haben Sie diese nicht nur überschritten, sondern sind meilenweit über sie hinausgeschossen. Doch wir verlieren aus dem Auge, welche Geschichte Sie erzählen wollen. Wie wäre es denn, wenn Sie einfach behaupten, es sei so heiß gewesen, daß Sie eingedöst sind und sich, als Sie aufwachten, zu Ihrem Schrecken bereits in Bishop's Ickenham befanden?«

»Prima.«

»Gefällt sie Ihnen? Auch ich finde sie nicht schlecht. Einfach, und das ist immer gut. Unwiderlegbar, und das ist noch besser. Zudem hat sie den Vorteil, daß es dafür einen Präzedenzfall gibt, wie Sie sich vielleicht erinnern, nämlich denjenigen der Lady aus dem Lied, die nach Birmingham wollte und schließlich in Crewe landete. Ja, ich glaube, die Geschichte nimmt man Ihnen ab. Das war also der kleine Mugsy, wie?« fragte Lord Ickenham. »Es überrascht mich schon ein bißchen, daß aus ihm etwas derart Ehrfurchtgebietendes wie der Gouverneur einer Kronkolonie geworden ist. Da haben wir es wieder mal: Man kann nie wissen.«

»Wie lange, sagten Sie, haben Sie ihn nicht mehr gesehen?«

»Am kommenden Erntedankfest sind's zweiundvierzig Jahre. Warum?«

»Ich wundere mich nur, daß Sie ihm nie begegnet sind. Wo er doch ganz in Ihrer Nähe wohnt.«

»Das will ich Ihnen gern verraten, Bill Oakshott. Es ist mein eherner Grundsatz, um meine Nachbarn einen großen Bogen zu machen. Vermutlich ist Ihnen auch schon aufgefallen, daß die britische Nervensäge auf dem Lande besonders prächtig gedeiht. Meine Gemahlin versucht mich immer wieder zu allerlei Gesellschaften und Gelagen mitzuschleppen, doch dann paffe ich nur ein paar Rauchkringel in ihre Richtung und rühre mich nicht vom Fleck. Oft denke ich mir, daß das ideale Leben darin bestünde, genügend Tabak zu haben und von der Grafschaft geschnitten zu werden. Was nun aber Ihren Onkel angeht: Wenn ich zurückblicke in die Vergangenheit und Mugsy, den Knaben, sehe, dann erkenne ich nichts, was mich dazu verleiten könnte, mit Mugsy, dem Mann, freundschaftlichen Umgang zu pflegen.«

»Da ist was dran.«

»Er hat nicht gerade die Natur eines Elfchens, dieser Mugsy. Ich fürchte, Pongo ist sich gar nicht bewußt, auf was er sich mit einem solchen Schwiegervater einläßt. Er hat sich nämlich ausgerechnet mit dessen Tochter Hermione verlobt, und mir scheint, dem armen Kerl stehen düstere Zeiten bevor.

Ach, da wären wir ja schon«, sagte Lord Ickenham, als der Zug die Fahrt verlangsamte. »Also gut, genehmigen wir uns einen Schluck. Es ist durchaus möglich, daß wir Pongo im trauten Heim antreffen. Heute morgen hat er am Telefon angekündigt, er wolle bei mir übernachten. Er möchte nämlich Ashenden Manor einen Besuch abstatten, um den Herrschaften vorzuführen, was für einen Prachtkerl sie sich mit ihm eingehandelt haben.«

Behende hüpfte er auf den Bahnsteig und plapperte fröhlich weiter, wobei ihm vollkommen entging, daß er gerade einem achtbaren jungen Mann einen sauberen Haken auf die Kinnspitze verpaßt hatte. Den kurzen, jähen und würgenden Grunzlaut, der Bill Oakshott beim Stichwort »verlobt« entfahren war, als wäre er eine Bulldogge, die mitten im Verspeisen eines Hammelkoteletts einen Tritt in die Rippen erhält, hatte er irrtümlich als Schluckauf interpretiert.

2. Kapitel

Der Sommernachmittag war in mildes Dämmerlicht übergegangen, und Bill Oakshott hatte sich samt seiner wunden Seele längst von hinnen begeben, als Pongo Twistleton am Wohnsitz seiner Ahnen eintraf. Eine jener rätselhaften Pannen, die Zweisitzern gern zustoßen, hatte ihn unterwegs aufgehalten. Ihm blieb gerade noch Zeit, sich zum Abendessen umzuziehen. Um Punkt acht Uhr saß er seinem Onkel im eichengetäfelten Eßzimmer gegenüber und frischte nach einem strapaziösen Tag seine Lebensgeister auf.

Lord Ickenham, der sich über Pongos Kommen freute, war ein heiterer und überschäumender Gastgeber, doch während des Essens machte die Anwesenheit eines allgegenwärtigen Butlers jedwede Konversation privater Natur unmöglich, und so beschränkte sich das Gespräch auf allgemeine Themen. Pongo sprach über New York, von wo er vor kurzem zurückgekehrt war, nachdem er Fragen rund um den Nachlaß seines Paten geklärt hatte, und Lord Ickenham erwähnte, daß Lady Ickenham nach Trinidad abgereist sei, um an der Hochzeit der Tochter einer alten Freundin teilzunehmen. Lord Ickenham beschrieb seine Begegnung mit Pongos ehemaligem Kumpel Bill Oakshott, und Pongo, der zwar eingestand, daß er sich nur noch vage an Bill erinnern könne – »dralles Bürschchen mit rötlichem Gesicht, falls ich den richtigen meine« –, zeigte sich erfreut über die Aussicht, die alte Freundschaft bei seiner Ankunft in Ashenden Manor erneuern zu können.

Sie erörterten auch Themen wie das Wetter, Hunde, Zweisitzer und deren Pflege in guten wie in schlechten Zeiten, die Außenpolitik der Regierung, Jujubes Gewinnchancen beim Goodwood Cup sowie die Pongos jüngsten literarischen Studien entspringende Frage, was zu tun sei, wenn man eines schönen Morgens in der Badewanne eine Leiche vorfinde, die mit nichts als einem Kneifer und einem Paar Gamaschen bekleidet sei.

Erst als der Kaffee serviert worden war und die Zigarren brannten, setzte Lord Ickenham dazu an, mehr ins Detail zu gehen.

»Jetzt wird's gemütlich«, sagte er zufrieden. »Was für eine Erleichterung es doch ist, wenn der Butler abschwirrt. Da wird einem dann der tiefere Sinn jener schönen Zeilen bewußt, ›Friede herrschet allerort, endlich sind die Lieben fort‹. Nicht, daß ich Coggs gerade lieben würde. Eigentlich handelt es sich eher um distanzierte, von Respekt getragene Sympathie. Also, Pongo, es freut mich außerordentlich, daß du hier hereingeschneit bist. Ich wollte mit dir sowieso einmal in aller Ruhe über deine Pläne und alles weitere reden.«

»Aha«, sagte Pongo.

Er klang zurückhaltend. Dieser gutaussehende, schlanke Bursche hatte zitronengelbes Haar und ein hübsches Gesicht, und auf diesem Gesicht hätte ein scharfer Beobachter nun einen strengen, wachsamen Ausdruck entdeckt, wie er sich einst wohl auch auf demjenigen des heiligen Antonius abgezeichnet hatte, bevor es zu den bekannten Versuchungen gekommen war. Er hegte den Verdacht, daß er jetzt, wo sie allein waren, gegenüber seinem Onkel standhaft sein und dessen heimtückischen Schlichen mit eiserner Entschlossenheit entgegentreten müsse.

Der junge Mann hatte das Familienoberhaupt während des Essens nicht aus den Augen gelassen und deshalb gesehen, wie in dessen Blick, kaum daß die Rede auf die Reise seiner Gemahlin in die Karibik kam, ein verstohlener Glanz getreten war, wie man ihn auch bei kleinen Jungen wahrnimmt, die allein zu Hause sind und wissen, wo sich der Schlüssel zum Marmeladenschrank befindet. Diesen Glanz sah er nicht zum erstenmal, und stets hatte er Kalamitäten der Extraklasse angekündigt. Schon beim Auftragen der Suppe konnte man ein Funkeln in den Augen erkennen, und als deren Besitzer nun an seiner Zigarre zog, war es markanter denn je. Pongo wartete kühl darauf, daß sein Gegenüber fortfahre.

»Wie lange gedenkst du denn deinen Bostocks zur Last zu fallen?«

»Ungefähr eine Woche.«

»Und danach?«

»Danach geht's wohl zurück nach London.«

»Gut«, sagte Lord Ickenham mit Nachdruck. »Genau das wollte ich hören. Genau darüber wünschte ich mir Gewißheit zu verschaffen. Du kehrst also nach London zurück. Prächtig. Ich werde dich dort besuchen, woraufhin wir einen unserer vergnüglichen und lehrreichen Nachmittage verbringen.«

Pongo erstarrte. Zwar sagte er nicht gerade »Ha!«, doch der

Ausruf schwang in dem stechenden Blick mit, den er über den Tisch warf. Sein Verdacht war also begründet gewesen. Nachdem er vorübergehend der liebevollen Aufsicht durch seine Gattin entzogen war, trieb es Frederick Altamont Cornwallis, den fünften Grafen von Ickenham, wieder in die freie Wildbahn.

»Ihr wollt von mir wissen«, hatte ein altgedientes Mitglied des Drones Club einst im Rauchsalon sinniert, »weshalb Pongo Twistleton, kaum vernimmt er den Namen seines Onkels Fred, der Schreck in die Glieder fährt und er sich hurtig ein paar hinter die Binde kippt? Ich will's euch verraten. Weil nämlich sein Onkel Dynamit im Leibe hat. Immer, wenn er sich in Pongos Gesellschaft befindet und ihm der Lebenssaft kräftig durch die Adern rauscht, unterzieht er den jungen Unglücksraben hanebüchenen Prüfungen, indem er ihn aus seinen vier Wänden lockt und in aller Öffentlichkeit ausgiebigst und nach allen Regeln der Kunst auf den Putz haut. Denn obwohl dieser Knilch schon in ziemlich vorgerücktem Alter ist, wird er bei solcher Gelegenheit wieder so jung, wie er sich fühlt, also ungefähr zweiundzwanzig. Ich weiß nicht, ob euch bekannt ist, was man unter ›Exzessen‹ versteht, aber genau zu solchen schwingt er sich unweigerlich auf, wenn man ihn nicht an die Kette legt. Laßt euch von Pongo einmal den Tag schildern, an dem sie zusammen zum Hunderennen gingen.«

Es handelte sich hierbei um eine Kritik, deren grundsätzliche Berechtigung Lord Ickenham, wäre sie ihm je zu Ohren gekommen, wohl als erster eingestanden hätte. Von Kindesbeinen an verfügte er über ein frohes und unbeschwertes Naturell, und noch im Herbst seines Lebens bewahrte er sich nicht nur eine jugendliche Taille, sondern auch die helle Begeisterung und die frische, unverdorbene Lebenseinstellung eines leicht angesäuselten Studenten. Mit seinem Neffen hatte er in den vergangenen Jahren eine ganze Reihe ungemein erfreulicher Ausflüge unternommen, und ihm war durchaus bewußt, daß er dabei jeweils so ausgiebig und nach allen Regeln der Kunst auf den Putz gehauen hatte, wie ein Mann es sich nur wünschen kann, namentlich am Tag des Hunderennens. Allerdings, so betonte er immer wieder, hätte es ein weiserer Polizist bei einem bloßen Verweis bewenden lassen.

»Wie dir bekannt ist, sofern du vorhin beim Essen meine Ausführungen nicht verschlafen hast«, nahm er den Faden wieder auf, »hat deine Tante mich für ein paar Wochen allein gelassen, und du kannst dir bestimmt vorstellen, welche Höllenqualen ich leide. Ich fühle mich wie einer der in den Gedichten des frühen neunzehnten Jahrhunderts besungenen Burschen, die ihren lieben Gazellen nachtrauern. Dennoch ...«

»Jetzt hör mal zu«, sagte Pongo.

»Dennoch kann das geübte Auge bei genauem Hinsehen in jeder Wolkenformation so etwas wie einen Silberstreif erkennen, mag er auch noch so schmal sein, und so wird die Scheußlichkeit meiner Lage teilweise von der Aussicht gemildert, daß ich nun wieder zur mobilen Truppe zurückkehren darf. Deine Tante ist die liebste Frau der Welt, und niemand könnte ihr treuer ergeben sein als ich, doch manchmal empfinde ich ihre Gegenwart schon als etwas ... wie soll ich sagen ... einengend. Du weißt ja, daß sie leicht verschrobene Ansichten über mein sogenanntes Herumvagabundieren in London hat, und das macht es mir unmöglich, mich nach Lust und Laune zu entfalten. Wirklich ein Jammer. Wenn man ständig in einem ländlichen Totenhaus wie Bishop's Ickenham hockt, rostet man leicht ein und verliert den Anschluß an das Gedankengut unserer Zeit. Ich könnte dir wohl heute im ganzen West End keinen einzigen Rausschmeißer mehr mit Namen nennen, und dabei kannte ich sie früher alle miteinander. Aus diesem Grund ...«

»Jetzt hör mal zu.«

»Aus diesem Grund mag die Tatsache, daß sie eine Zahnbürste eingepackt hat und nach Trinidad abgedampft ist, zwar mein Leben in tiefe Finsternis stürzen, doch es gibt auch weniger tragische Aspekte. So öde und leer das Dasein für mich geworden ist, darf man doch nicht ganz vergessen, daß ich mich nun nach Lust und Laune austoben kann. Gib mir Bescheid, sobald du wieder in London bist, und ich eile dir im Sauseschritt entgegen. Bei meiner Seel', wie jung ich mich dieser Tage fühle! Das muß am Wetter liegen.«

Pongo klopfte die Asche seiner Zigarre ab und nahm einen Schluck Brandy. Seine Miene war kalt und streng.

»Jetzt hör mal gut zu, Onkel Fred«, sagte er, und seine Stimme klang wie Musik in den Ohren jenes Engels, der die guten wie die bösen Werke aufschreibt und hier sofort registriert hätte, daß eine gute Tat angekündigt wurde. »Das alles ist gestrichen.«

»Gestrichen?«

»Gestrichen, jawohl! Ich lass' mich von dir zu keinem Hunderennen mehr abschleppen.«

»Von Hunderennen war eigentlich gar nicht die Rede. Obwohl sie sich vorzüglich zum Studium der menschlichen Seele eignen.«

»Und auch nicht zu einem deiner anderen grauenhaften Ausflüge. ›Hebe dich von mir‹, so könnte man es in etwa zusammenfassen. Falls du mich in London aufsuchst, bekommst du ein Mittagessen in meiner Wohnung und danach ein gutes Buch. Sonst nichts.«

Lord Ickenham seufzte und schwieg ein Weilchen. Er meditierte über den Fluch des Reichtums. In der guten alten Zeit, als Pongo noch ein mittelloser junger Student der Jurisprudenz gewesen war und ab und zu versucht hatte, seinen Onkel um einen dringend benötigten Fünfer anzupumpen, hätte man sich auf dem Blumenpfad der Lust keinen verständnisvolleren Begleiter wünschen können. Doch sein neuer Wohlstand schien ihn von Grund auf verändert zu haben. Das alte Lied, so wollte es Lord Ickenham scheinen.

»Na schön«, sagte er. »Wenn das deine Meinung ist …«

»Und ob sie das ist«, versicherte Pongo. »Schreib's dir hinter die Ohren. Und es hat auch keinen Zweck, wenn du jetzt eine Jeremiade anstimmst, denn ich gedenke meine Haltung mit eiserner Entschlossenheit zu verfechten. Bei Hermione ist mein guter Ruf ohnehin gefährdet – sie rümpft die Nase über meine Mitgliedschaft im Drones Club –, und schon beim geringsten Hinweis auf skandalträchtige Sperenzchen wäre ich bei ihr endgültig unten durch. Zudem weiß sie leider alles über dich.«

»Mein Leben ist ein offenes Buch.«

»Sie hat gehört, was für ein verrückter Kerl du bist, und scheint zu glauben, das könnte vererbbar sein. ›Hoffentlich schlägst du nicht deinem Onkel nach‹, sagt sie immer wieder mit versonnener Miene.«

»Da hast du dich bestimmt verhört. ›Hoffentlich *schlägst* du deinem Onkel nach‹, hat sie vermutlich gesagt. Oder: ›Schatz, versuch doch bitte deinem Onkel etwas mehr nachzuschlagen.‹«

»Folglich muß ich aufpassen wie ein Schießhund, daß ich keinen Fehler mache. Denn sollte sich in ihrem Köpfchen der leiseste Argwohn festsetzen, daß ich nicht hundertprozentig seriös und solide bin, kann ich es mir glatt abschminken, je in den Hochzeitsfrack zu schlüpfen und Hermione zum Altar zu führen.«

»Dann kommt es für dich also nicht in Betracht, daß ich dich als Kammerdiener nach Ashenden begleite, auf daß wir uns mit dieser kleinen List ein paar vergnügliche Stunden machen?«

»Großer Gott!«

»War ja nur ein Vorschlag. Und umsetzen läßt er sich ohnehin nicht. Dazu müßte ich nämlich erst meinen Schnurrbart abrasieren, an dem ich sehr hänge. Einem Mann, der sonst nichts mehr hat vom Leben, ist sein Schnurrbart lieb und teuer. Sie ist also ein Mädchen von der Sorte, wie?«

»Was soll das heißen, ›von der Sorte‹?«

»Von edler Gesinnung. Von ehernen Grundsätzen. Eine Zierde britischer Weiblichkeit.«

»Oh, durchaus. Ja, sie ist umwerfend. Wer sie nicht mit eigenen Augen gesehen hat, glaubt es nicht.«

»Ich freue mich schon darauf, sie zu sehen.«

»Ich habe eine Fotografie hier, falls du einmal einen Blick auf sie werfen möchtest«, sagte Pongo und zog ein Bild im Kabinettformat aus der Brusttasche – wie ein Zauberkünstler, der ein Kaninchen aus dem Zylinder holt.

Lord Ickenham griff nach der Fotografie und betrachtete sie eine Weile.

»Ein bemerkenswertes Gesicht.«

»Sieh dir diese Augen an.«

»Hab' ich schon.«

»Und auch die Nase.«

»Hab' ich ebenfalls. Sie macht einen intelligenten Eindruck.«

»Und wie! Sie schreibt Romane.«

»Gütiger Himmel!«

Ein ungeheuerlicher Verdacht stieg in Pongo auf.

»Magst du sie etwa nicht?« fragte er ungläubig.

»Na ja, ich will's mal so formulieren«, tastete sich Lord Ickenham mit größter Behutsamkeit vor. »Ich sehe durchaus, daß sie eine außergewöhnliche junge Frau ist, aber mir scheint, daß sie als Ehefrau nicht die richtige für dich ist.«

»Und warum nicht?«

»Meines Erachtens gerätst du bei ihr zu sehr unter den Pantoffel. Hast du dir diese Gesichtszüge einmal genauer angesehen? Dieses Kinn ist ein entschlossenes Kinn. Diese Augen sind funkelnde Augen.«

»Und was hast du gegen funkelnde Augen?«

»Verdammt unangenehm, so was ständig bei sich zu Hause zu haben. Um mit funkelnden Augen zurechtzukommen, muß man ein Mann von eisernem Willen sein. Bist du ein Mann von eisernem Willen? Nein. Genau wie ich bist du ein lieber Kaffeekurier.«

»Was bin ich?«

»Unter einem Kaffeekurier verstehe ich einen Mann – und es gibt kein nobleres Geschöpf –, der nichts lieber tut, als seiner Gemahlin jeden Morgen das Frühstückstablett ans Bett zu bringen und mit ihr zu schnäbeln und zu turteln, während sie tüchtig reinhaut. Und was nun der Kaffeekurier braucht, ist beileibe keine Romanautorin mit energischem Kinn und funkelnden Augen, sondern ein patentes süßes Ding, das, wenn er schnäbelt, zurückschnäbelt wie ein Schnabeltier und sich auf sein Geturtel einläßt, wie es sich für eine richtige Turteltaube gehört. Ich gebe jedem jungen Mann, der sich auf die Suche nach einer Lebenspartnerin macht, den guten Rat, sich nach einem Mädchen umzusehen, das er kitzeln darf. Kannst du dir vorstellen, Hermione Bostock zu kitzeln? Die würde sich doch zu ihrer vollen Größe aufrichten und entsetzt ›Sir!‹ sagen. Deine Idealpartnerin wäre selbstverständlich Sally Painter gewesen.«

Wie so häufig bei der Nennung von Namen aus der dunklen Vergangenheit erstarrte nun auch Pongos Gesicht, als dieser Name fiel, zur Maske, und eine dünne Eisschicht schien sich um ihn zu legen. Ein empfindsamerer Mensch als Lord Ickenham hätte sich seine wollenen Wintersachen bringen lassen.

»Leidet Coggs unter Ballenentzündung?« erkundigte sich Pongo kühl. »Sein Gang machte auf mich den Eindruck, als quälten ihn die Füße.«

»Seit sie in England ist«, sagte Lord Ickenham, der sich nicht ablenken und ins Reich der Spekulationen führen lassen wollte, mochten diese auch noch so faszinierend sein, »habe ich immer gehofft, du würdest dich schließlich mit Sally zusammentun. Und eines Tages hast du mir ja dann auch verkündet, die Sache sei geritzt. Doch eines anderen Tages, verdammter Mist«, fuhr er fort und hob im Sturm der Gefühle die Stimme ein wenig, »hast du mir dann verkündet, die Sache sei geplatzt. Und mir ist vollkommen schleierhaft, wie du, nachdem es dir tatsächlich gelungen war, dich mit einem Mädchen wie Sally Painter zu verloben, so idiotisch sein konntest, die Beziehungen abzubrechen. Es war doch bestimmt alles deine Schuld, oder?«

Pongo hatte sich eigentlich bis zum Abschluß des leidigen Themas in eisiges Schweigen hüllen wollen, doch dieser ungerechte Vorwurf lockte ihn aus seiner stolzen Reserve.

»Ganz und gar nicht, verflixt und zugenäht! Vielleicht darf ich dich mit den Tatsachen vertraut machen.«

»Ja, sei doch bitte so gut. Es wird allmählich Zeit, daß jemand das tut. Aus Sally habe ich kein Wort rausbekommen.«

»Dann hast du sie also getroffen?«

»Sie kam vor zwei Wochen mit Otis hierher und gab mir eine ihrer Büsten in Gewahrsam. Ich weiß auch nicht, wieso. Dort drüben in der Ecke steht sie.«

Pongo warf der Büste einen kurzen und achtlosen Blick zu.

»Und sie hat dich nicht mit den Tatsachen vertraut gemacht?«

»Sie sagte, die Verlobung sei geplatzt, was ich bereits wußte, aber das war auch schon alles.«

»Ach? Na schön«, sagte Pongo und schnaubte aufgebracht durch die Nase, als er diese Leiche aus dem Keller der dunklen Vergangenheit holte, »vorgefallen ist Folgendes: Bloß weil ich etwas nicht tun wollte, was sie von mir verlangte, nannte sie mich einen jämmerlichen Hasenfuß.«

»Vermutlich meinte sie es als Kompliment. Ein Hasenfuß kann doch etwas sehr Schönes sein.«

»Harsche Worte folgten. Ich sagte dies und das, und sie sagte dieses und jenes. Und noch am selben Abend wurden Ring und Korrespondenz samt aller Beilagen von einem Botenjungen zurückgebracht.«

»Ein harmloser Zank zwischen Liebenden. Ich habe fest damit gerechnet, daß ihr die Sache schon am nächsten Tag wieder einrenken würdet.«

»Tja, und genau das haben wir nicht getan. Im Grunde brachte dieser Hasenfußausspruch das randvolle Faß ja nur noch zum Überlaufen. Wir lagen uns auch zuvor ständig in den Haaren, und irgendwann war der Karren eben endgültig gegen die Wand gefahren.«

»Worin haben sich denn die Meinungsverschiedenheiten in erster Linie geäußert?«

»Da wäre einerseits ihr verfluchter Bruder. Ich kann ihn nicht riechen!«

»Zugegeben, Otis ist nicht jedermanns Kragenweite. Inzwischen soll er laut Sally Verleger geworden sein. Vermutlich fällt er damit genauso auf den Bauch wie damals mit seinem Antiquitätenladen. Hast du ihr gesagt, daß du ihn nicht riechen kannst?«

»Ja. Sie geriet etwas in Rage deswegen. Erschwerend kam hinzu, daß ich von ihr verlangte, die Bildhauerei an den Nagel zu hängen.«

»Was hast du denn dagegen gehabt, daß sie sich bildhauerisch betätigt?«

»Es war mir zuwider, daß sie sich in Chelsea mit dieser zwielichtigen Bagage umgab. Bärtige Burschen«, sagte Pongo und schüttelte sich heftig. »Manchmal habe ich sie in ihrem Atelier besucht, wo dann Hunderte dieser Kerle, zugewachsen bis zu den Augenbrauen, aus sämtlichen Löchern krochen.«

Lord Ickenham zog nachdenklich an seiner Zigarre.

»Ich lag falsch mit meiner Behauptung, du seist kein Mann

von eisernem Willen. Offensichtlich hast du dich wie Fürst Großkotz aufgeführt.«

»Umgekehrt wird ein Schuh draus! Ständig hat sie versucht, mich rumzukommandieren.«

»Frauen tun das nun mal, gerade Amerikanerinnen. Ich weiß es, denn ich bin mit einer verheiratet. Das macht ja ihren Charme aus.«

»Alles hat seine Grenzen.«

»Und bei dir waren die wohl erreicht – aber weshalb denn? Du wolltest es mir gerade verraten. Was genau hat sie von dir verlangt?«

»Ich sollte Schmuck mit nach New York nehmen und dort durch den Zoll schmuggeln.«

»Herrlich! Diese Sally ist wirklich ein geschäftstüchtiges kleines Ding! Aber seit wann besitzt sie denn Schmuck?«

»Es war nicht für sie, sondern für eine ihrer reichen amerikanischen Busenfreundinnen, ein Mädchen namens Alice Sounds. Dieses doofe Frauenzimmer hatte sich in der Bond Street mit dem Zeug eingedeckt und konnte sich nicht mit dem Gedanken anfreunden, bei ihrer Ankunft in New York Zoll darauf zu bezahlen, und so verlangte Sally dann von mir, ich solle die Ware für sie durchschleusen.«

»Eine reizende Idee.«

»Eine hirnverbrannte Idee. Und das gab ich ihr auch deutlich zu verstehen. Schön blöd wäre ich dagestanden, wenn mich die Leute von der Hafenbehörde gefilzt hätten!«

Lord Ickenham seufzte.

»Verstehe. Tja, mir tut das ja leid. Ein wohlhabender Gatte wie du wäre ihr sehr zupaß gekommen. Ich fürchte, das Mädchen pfeift aus dem letzten Loch.«

Pongos Unterkiefer rastete einen Zacken tiefer ein. So tot die Liebe sein mochte, so weich war sein Herz.

»Jetzt mach mal 'nen Punkt!«

»Ich glaube, sie kriegt nicht genug zu essen.«

»So ein Humbug!«
»Das ist kein Humbug. Sie kam mir sehr mager vor, und es wollte mir überhaupt nicht gefallen, daß sie das Lamm und die grünen Erbsen wegputzte, als hätte sie seit Wochen nichts Vernünftiges mehr zwischen die Zähne gekriegt. Das Bildhauerhandwerk, wenn das denn der richtige Ausdruck ist, hat offenbar keinen goldenen Boden. Wer zum Kuckuck kauft schon Büsten?«
»Ach, mach dir deswegen keine Sorgen«, sagte Pongo erleichtert. »Sie ist nicht auf die Bildhauerei angewiesen. Eine Tante in Kansas City hat ihr etwas Geld vermacht.«
»Ich weiß. Dennoch frage ich mich, ob diesem Notgroschen nicht etwas zugestoßen sein könnte. Vor zwei Jahren ist sie Otis nach London gefolgt, und es wäre durchaus denkbar, daß er ihr diesen abgeluchst hat. Ein Schlawiner wie Otis schafft in zwei Jahren allerhand.«
»Dafür ist Sally viel zu clever.«
»Noch die vernünftigsten Mädchen erweisen sich oft als die größten Schussel, wenn ein geliebter Bruder im Spiel ist. Als ich ihr neulich in einem Brief mitteilte, daß ich hoffentlich in Kürze in London weilen und mich glücklich schätzen würde, wenn sie sich einen Abend freihalten könnte, um mit mir essen zu gehen, da erhielt ich von ihr die Antwort, daß sie sich über mein Kommen sehr freue, da sie mich in einer äußerst dringlichen Angelegenheit zu sprechen wünsche. Das ›äußerst‹ hatte sie unterstrichen. Der Ton dieses Schreibens gefiel mir gar nicht. Er hat mich an deine früheren Briefe erinnert, als die Beziehung zu deinem Buchmacher jeweils vorübergehend getrübt war und du bei mir ein kleines Darlehen lockermachen wolltest. Tja, ich sehe sie ja morgen und werde ihr dabei ein bißchen auf den Zahn fühlen. Arme kleine Sally, ich hoffe inständig, daß es ihr gutgeht. Was ist sie doch für ein bewundernswertes Geschöpf!«
»Ja.«

»So empfindest du doch weiterhin, oder?«

»Oh, durchaus. Ich mag Sally schrecklich gut leiden. Vor meiner Abreise nach Amerika wollte ich ihr noch einen Dienst erweisen. Hermione hatte mir nämlich erzählt, der alte Bostock wolle von sich eine Büste anfertigen lassen, um sie dem Bürgerverein zu schenken, und ich überredete sie dazu, daß sie ihm Sally empfiehlt. Ich glaubte, sie freue sich bestimmt über den Auftrag.«

»Na ja, einem impulsiven Mädchen rührt so etwas bestimmt ans Herz. Unbedingt. ›Der edelmütigste Mensch, den ich kenne‹, so kann man sie beinahe sagen hören. Wenn du deine Trümpfe geschickt ausspielst, kannst du sie bestimmt noch immer heiraten, Pongo.«

»Läßt du dabei nicht die Kleinigkeit außer acht, daß ich mit Hermione verlobt bin?«

»Empfiehl dich doch einfach auf französisch.«

»Pah!«

»Selbst deine besten Freunde würden dir dazu raten. Du bist ein launenhafter, introvertierter Bursche und neigst dazu, immer nur schwarz zu sehen. Nie vergesse ich, wie du dich damals beim Hunderennen aufgeführt hast. Trübsinnig ist das einzige Wort, mit dem man deine Stimmung beschreiben kann, als dich der Polizist am Wickel genommen hat. Du hast mich damals an Hamlet erinnert. Was du brauchst, ist eine lebenslustige Frau, die dich auf andere Gedanken bringt, und zwar eine von der Sorte, die sogar dem Bischof, falls der einmal bei euch übernachten sollte, einen Schabernack nach dem anderen spielt. Ich glaube nicht, daß deine Hermione Bostock in ihrem ganzen Leben je auch nur eine Bettfalle gebaut hat. Ich würde sie sausen lassen. Schick ihr doch ein liebenswürdiges Telegramm, in dem steht, du hättest es dir anders überlegt und das Ganze sei abgeblasen. In meinem Arbeitszimmer hätte ich ein Telegrammformular.«

Ein Ausdruck höchster Inbrunst schlich sich in Pongos Miene.

»Nur zu deiner Information, Onkel Fred: Keine zehn Pferde werden mich dazu bringen, meine Verlobung aufzulösen.«

»Höchst unwahrscheinlich, daß sie das versuchen.«

»Ich bete dieses Mädchen an. Es gibt nichts, was ich nicht für sie täte. Damit du dir eine ungefähre Vorstellung machen kannst: Ich habe ihr erzählt, ich sei Abstinenzler. Und weshalb? Weil sie eines Tages sagte, ich sei doch hoffentlich keiner von diesen jungen Schluckspechten, die man heutzutage von einer Kneipe in die andere ziehen sehe, wo sie sich auf die Schnelle die Gurgel schmierten. ›Ich?‹ sagte ich. ›Aber woher denn! Ich rühre dieses Teufelszeug niemals an.‹ So, jetzt weißt du Bescheid.«

»Und wenn du also nach Ashenden kommst …«

»… entkorkt man dort den Perlgraupensaft und läßt die Limonade auffahren. Weiß ich alles. Hab' ich kommen sehen. Es ist eine Tortur, aber ich überstehe sie schon. Um ihretwillen. Ich bete sie an, ganz ehrlich. Wenn H. Bostock kein Engel in Menschengestalt ist, dann erkenne ich einen Engel in Menschengestalt selbst dann nicht, wenn ich ihn vor mir sehe. Bisher wußte ich gar nicht, was Liebe ist.«

»Und dabei hattest du reichlich Gelegenheit, das herauszufinden. Ich habe dich wehen Herzens durch ungefähr siebenundfünfzig Liebesaffären stolpern sehen, angefangen bei der sommersprossigen Kleinen mit dem fehlenden Schneidezahn, die dir nach der Tanzstunde mit der Holzhantel ein Veilchen verpaßt hat, als du sie in der Garderobe geküßt hast, bis hin zu dieser …«

Lord Ickenham hielt inne, und Pongo nahm ihn scharf ins Visier.

»Na? Dieser was?«

»Dieser grauenerregenden Mischung aus George Eliot, Königin Boudicca und der verblichenen Guttemplerin Mrs. Carrie Nation«, sagte Lord Ickenham. »Dieser Gouvernante mit dem funkelnden Blick. Diesem Zwanzig-Minuten-Ei, an

dessen Seite kein kluger Mann durch eine dunkle Gasse gehen würde.«
Es reichte. Pongo erhob sich, die Würde in Person.
»Wollen wir uns nicht zu den Damen gesellen?« fragte er kühl.
»Es sind keine zugegen«, erwiderte Lord Ickenham.
»Ich weiß auch nicht, warum ich das gesagt habe«, versetzte Pongo gereizt. »Ich meinte bloß, hören wir endlich auf mit dem Quatsch und gehen wir Billard spielen.«

3. *Kapitel*

Am folgenden Nachmittag machte sich Pongo Twistleton unbeschwert und mit einem lustigen Trallala auf den Lippen nach Ashenden Manor auf und ließ Lord Ickenham, der sich erst einige Stunden später in die Hauptstadt begeben wollte, freundlich winkend auf den Eingangsstufen zurück.
Nichts möbelt einen verliebten jungen Mann mehr auf als das Gefühl, einem Versucher erfolgreich widerstanden zu haben, der ihn zu einer Tat anstiften wollte, die das Objekt seiner Anbetung gar nicht goutiert hätte; und als er sich an die mustergültige Entschlossenheit erinnerte, mit der er das Ansinnen seines Onkels Fred, einen vergnüglichen und lehrreichen Nachmittag in London zu verbringen, im Keim erstickt hatte, wurde es Pongo ganz warm um die Seele.
Ein vergnüglicher und lehrreicher Nachmittag, weiß der Himmel! Nur wenige Menschen sind je so kurz davor gewesen, den Ausruf »wehe mir!« tatsächlich auszustoßen, wie Pongo in dem Moment, da ihm Lord Ickenhams Floskel wie eine eklige Schlange ins verschreckte Gemüt fuhr. Welch eine Dreistigkeit von dem alten Radaubruder, daß er einem Manne, der derlei Geschichten ein für allemal hinter sich ge-

lassen hatte, vergnügliche und lehrreiche Nachmittage vorschlug! Mit angewidertem Schaudern schob er die ganze entwürdigende Angelegenheit in die hinterste Ecke seines Bewußtseins und wandte sich einem erfreulicheren Gegenstand zu, nämlich der bevorstehenden Begegnung mit Hermiones Eltern.

Diese würde sich, davon war er überzeugt, von Anbeginn als beispielloser Erfolg erweisen. Natürlich wußte er nur wenig Konkretes über die beiden alten Käuze, doch immerhin vermutete er in ihnen intelligente alte Käuze, die einen Ehrenmann erkannten, wenn sie ihn sahen, und deshalb schien es fast gewiß, daß sie einem Burschen wie ihm – wakker, rechtschaffen, taub für onkelhaften Sirenengesang, konservativ vom Scheitel bis zur Sohle – schon in der ersten Minute aus der Hand fressen würden. »Liebes, wie *charmant* er ist!« würden sie Hermione schreiben, und der rauhe, aber herzliche Sir Aylmer, den er sich als eine Art modernen barmherzigen Samariter vorstellte, würde zu Lady Bostock (grundgütig, mütterlich, mit sanften Zügen), wenn sie nach einem reizenden ersten Abend des Kennenlernens zu Bett gingen, die Worte sprechen: »Sapperment, meine Liebe, schwer in Ordnung, dieser Bursche, wie?« – oder möglicherweise auch »wie oder was?«. Guten Mutes und voller Zuversicht freute er sich darauf, die beiden mit Eisenreifen an sein Herz zu ketten.

Entsprechend verärgert war er, als er an seinem Ziel feststellen mußte, daß sich der wünschenswerte Zustand erst mit einiger Verspätung verwirklichen lassen würde. Die absolute Mindestvoraussetzung dafür, einen Hausbesitzer und seine Gattin mit Eisenreifen ans Herz zu ketten, ist es, überhaupt in das Haus, das diese Leute besitzen, eindringen zu können, und genau in dieser Hinsicht kam es offenbar zu unvorhergesehenen Komplikationen.

Ashenden Manor war ein solides Gebäude aus einer Zeit, in

der ein Heim nicht so sehr ein Ort war, an dem man in die guten alten Pantoffeln schlüpfte und ein Pfeifchen schmauchte, als vielmehr eine Festung, die gegen ungehobelte und mit Rammböcken anrückende Eindringlinge verteidigt werden mußte. Die Haustür war schwer und massiv und gegenwärtig fest verschlossen. Zudem schien die Klingel nicht zu funktionieren. Pongo drückte eine Weile mit voller Kraft auf den Knopf, doch bald einmal wurde ihm klar, daß ihn dies auch nicht weiterbringen würde, und so sah er sich genötigt, nach Alternativen Ausschau zu halten.
In diesem Moment fiel ihm in unmittelbarer Nähe eine offene Verandatür ins Auge, und er glaubte, das richtige Rezept gefunden zu haben. Vermutlich war es nicht gerade die feine Art, beim Antrittsbesuch durch die Verandatür hineinzuspazieren, doch würde ein liebenswürdiger und herzlicher alter Knabe wie Sir Aylmer Bostock nobel darüber hinwegsehen. Folglich ließ Pongo von der Haustür ab und trat ein, um kurz darauf jenen unliebsamen Schock zu erleiden, der sich bei allen Menschen einstellte, die zum erstenmal in das Zimmer kamen, in dem der Ex-Gouverneur sein in Jahren des freiwilligen Exils aufgebautes afrikanisches Kuriositätenkabinett beherbergte. Sir Aylmer Bostocks afrikanisches Kuriositätenkabinett war vermutlich das scheußlichste, überflüssigste und wertloseste, das selbst Ex-Gouverneure je in ihre Heimat zurückgebracht hatten, und viele der Exponate schienen Pongo in eine andere, schreckliche Welt zu entführen.
Und gerade hatte er das am nächsten liegende mit kritischem Blick in die Hand genommen – ein sonderbares Dings, das ein offenbar mit billigem Gin abgefüllter Künstler unter Zuhilfenahme von rotem Schlamm angefertigt hatte – und sich darüber zu wundern begonnen, warum selbst ein afrikanischer Dämlack so hirnverbrannt hatte sein können, an ein solches Unterfangen zahllose Stunden zu geben, die er weit sinnvoller darauf verwendet hätte, Krokodile zu jagen oder

seine Nachbarn mit dem Knüppel zu verhauen, als eine Stimme, die viele Eigenschaften der Posaunen von Jericho in sich vereinigte, die Luft zerschnitt.
»REGINALD!«
Pongo fuhr heftig zusammen, und das Dings glitt ihm aus der Hand. Es schlug auf dem Boden auf und verwandelte sich in eine *macédoine*. Kurz darauf erschien ein großer weißer Schnurrbart in der Tür, gefolgt von einer beleibten Gestalt.

Ungefähr zu der Zeit, als sich Pongo in Ickenham Hall hinter das Steuerrad seines Buffy-Porson geschwungen, den elektrischen Anlasser betätigt und den wohlgeformten Fuß auf das Gaspedal gedrückt hatte, war Sir Aylmer Bostock ins Schlafzimmer seiner Gattin im Obergeschoß von Ashenden Manor getreten, um eine gebrochene Jalousieleiste zu reparieren. Er war ein Mann, der sich solch kleiner häuslicher Aufgaben gern persönlich annahm, und wollte damit fertig sein, wenn der Mittagszug Lady Bostock aus London zurückbrachte, wo sie eine Woche lang zu Besuch bei ihrer Tochter Hermione geweilt hatte.
Lord Ickenham hatte sich mit seiner Prognose, Bill Oakshotts mangelnde Kooperationsbereitschaft beim Bürgerempfang würde seinen alten Schulkameraden, der dafür keine Mühen gescheut hatte, mächtig wurmen, als glänzender Menschenkenner erwiesen. Wenn ein Ex-Gouverneur, der sich jahrelang daran gewöhnt hat, seine offiziellen Empfänge wie am Schnürchen ablaufen zu sehen, in einer schwarzen Stunde den bitteren Geschmack von Mißerfolg und enttäuschten Erwartungen zu kosten bekommt, stellt sich unweigerlich Groll ein. Er ballt die Fäuste, stößt leise Flüche aus und beißt sich auf die Unterlippe. Und dies gilt um so mehr, falls die Geisteshaltung des Ex-Gouverneurs, wie bei Sir Aylmer Bostock, selbst unter günstigsten Umständen derjenigen eines Schwarzbären in Gefangenschaft gleicht. Während er die

Jalousie reparierte, war seine Miene finster und sein Schnurrbart gesträubt, und von Zeit zu Zeit schnaubte er auch leise vor sich hin.

Er sehnte die Gesellschaft seiner Gattin herbei, um die Geschichte des ihm widerfahrenen Unrechts in ihr stets geneigtes Ohr zu träufeln, und diese Gesellschaft wurde ihm, kaum daß er der gebrochenen Leiste den letzten Schliff verpaßt hatte, auch prompt zuteil. Ein Taxi hielt vor dem Hauptportal, und wenig später erschien Lady Bostock, eine Frau, die auf die fünfzig zuging und wie ein Pferd aussah.

»Ach, mein Lieber, da bist du ja«, sagte sie heiter. Im Gespräch mit ihrem Ehegespons sah sie sich fast durchwegs gezwungen, Heiterkeit für zwei aufzubringen. Schnuppernd hielt sie inne. »Hier riecht's aber seltsam.«

Sir Aylmer runzelte die Stirn. Kritik lehnte er ab, selbst wenn sie nur seinen Geruch betraf.

»Leim«, sagte er knapp. »Ich habe die Jalousie repariert.«

»Ach, wie klug von dir, Schatz. Vielen herzlichen Dank«, erwiderte Lady Bostock heiterer denn je. »Du hast wohl schon gedacht, ich komme nie mehr zurück. Es ist ja so schön, wieder zu Hause zu sein. In London war's furchtbar schwül. Hermione machte auf mich einen prächtigen Eindruck. Sie läßt dir und Reginald alle möglichen Grüße und Wünsche ausrichten. Ist er schon da?«

Kurz davor, die Frage zu stellen, wer zum Teufel Reginald sei, fiel Sir Aylmer gerade noch rechtzeitig ein, daß sich seine Tochter ja neulich mit einer jungen Giftkröte verlobt hatte, die auf diesen Namen hörte. Er antwortete, Reginald sei noch nicht da.

»Hermione sagte, er komme heute.«

»Ist er aber nicht.«

»Hat er telegrafiert?«

»Nein.«

»Wahrscheinlich hat er's vergessen.«

»So jung und schon so verblödet!« sagte Sir Aylmer.
Lady Bostock warf ihm einen besorgten Blick zu. Seine Haltung hatte einen reginaldfeindlichen Einschlag, und sie kannte die Umgangsformen ihres Gatten. Sie wußte, daß er, wenn er auch nur halbwegs in Form war, einen jungen Mann, der seinen Enthusiasmus nicht zu wecken vermochte, binnen Minutenfrist auf die Größe eines Fliegendrecks zurückstutzen konnte, und ihr war sehr daran gelegen, daß es im vorliegenden Falle zu keiner solchen Katastrophe kam. Hermione hatte ihr, als sie sie in der Waterloo Station zum Zug brachte, unmißverständlich eingeschärft, daß ihr Angebeteter während seines Aufenthalts in Ashenden Manor mit Glacéhandschuhen anzufassen sei, und Hermione war eine junge Frau, die man besser nicht unnötig reizte. Sie erwartete von ihrer Umwelt, daß man ihren Wünschen willfuhr, und Menschen, die auf ihre Gesundheit achteten, taten dies denn auch stets.
In Erinnerung an all die verängstigten Adjutanten, die sich in Unterbarnato im Laufe der langen und glücklichen Jahre unter dem stechenden Blick ihres Gatten wie verkohltes Papier gekrümmt hatten, warf ihm Lady Bostock einen flehenden Blick zu.
»Du wirst doch nett sein zu Reginald, Liebling, nicht wahr?«
»Ich bin immer nett.«
»Ich wünsche nicht, daß er sich bei Hermione beklagt, er sei abweisend behandelt worden. Du weißt doch, wie sie ist.«
Ein nachdenkliches Schweigen trat ein, als die beiden sich vergegenwärtigten, wie Hermione war. Lady Bostock beendete die Stille mit einer hoffnungsfrohen Bemerkung.
»Vielleicht werdet ihr ja die dicksten Freunde.«
»Pah!«
»Hermione behauptet, er sei reizend.«
»Bestimmt ist er eine dieser kichernden jungen Pestbeulen mit Pomade im Haar«, sagte Sir Aylmer mißmutig und wollte weder den Silberstreif am Horizont noch die schöneren

Seiten des Daseins erkennen. »Es ist schon schlimm genug, einen William im Haus zu haben. Kommt noch ein Reginald dazu, wird das Leben endgültig zur Hölle.«
Seine Worte gemahnten Lady Bostock daran, daß eine treusorgende Tante schon längst ein gewisses Thema angesprochen hätte.
»Dann ist William also angekommen?«
»Ja. O ja, er ist angekommen.«
»Der Empfang ist doch hoffentlich glatt über die Bühne gegangen. Ich fand's eine tolle Idee, als du mir davon erzählt hast. Er wird nicht schlecht gestaunt haben! Was für ein Glück, daß er rechtzeitig für das Fest zurückgekommen ist. Er ist ja immer so rührend ums Unterhaltungsprogramm besorgt. Wo steckt er denn nur?«
»Ich weiß nicht. In einem Sarg, kann ich nur hoffen …«
»Aylmer! Was soll das heißen!?«
Sir Aylmer hatte seit der Rückkehr seiner Frau noch kein einziges Mal geschnaubt, und nun schien es, als mache sich alles Schnauben, das sich in ihm aufgestaut hatte, in einer einzigen gewaltigen Detonation Luft. Es war erstaunlich, daß Pongo, der in diesem Moment durch das Haupttor fuhr, den Knall nicht hörte und auf die Idee kam, einer seiner Reifen könnte geplatzt sein.
»Ich kann dir genau sagen, was das heißen soll. Weißt du, was dieser Rotzlöffel gemacht hat? Ist in Ashenden Oakshott einfach nicht ausgestiegen. Hat sich im Zug verkrochen, ist nach Bishop's Ickenham weitergefahren und erst nach Stunden in einem Wagen von Lord Ickenham hier aufgekreuzt, voll wie eine Strandhaubitze.«
Hier gilt es festzuhalten, daß dies eine grobe Falschaussage war, die einzig auf Vorurteilen und moralischer Verbitterung beruhte. Bedenkt man, wie sehr Bill Oakshott, als er auf Lord Ickenhams Wohnsitz eintraf, noch unter der Wucht der Erkenntnis schwankte, daß die von ihm Verehrte mit einem

anderen verlobt war, so zeigte er sich vorbildlich enthaltsam. In einer Situation, in der mancher eimerweise Schnaps in sich hineingeschüttet hätte, bewies dieser vortreffliche Bursche eine eiserne Selbstbeherrschung. Den ersten kippte er sich ziemlich schnell hinter die Binde, den zweiten eher gemächlich, und damit war die Sache für ihn auch schon ausgestanden.

Zwar hatte sein Gebaren beim Zusammentreffen mit seinem Onkel Mißverständnisse genährt, doch das kann ja auch nicht ausbleiben, wenn ein nervöser junger Mann einem zur Weißglut gebrachten Älteren begegnet, vor dem er schon immer gehörigen Respekt hatte, zumal ihm bewußt ist, daß er selbst es war, der diesen bis zum Siedepunkt gebracht hat. In solchen Momenten rötet sich das Antlitz unweigerlich, und die Glieder beginnen selbst dann zu zucken, wenn der Betreffende zeit seines Lebens ein Mäßigkeitsapostel gewesen ist.

Soviel zu dieser ungeheuerlichen Anschuldigung.

Lady Bostock gab jenes schnalzende Geräusch von sich, das nach einem nassen Finger klingt, der heißes Eisen anfaßt, und von Frauen anstelle des maskulinen »Teufel noch mal!« eingesetzt wird.

»In einem Wagen von Lord Ickenham?«

»Jawohl.«

»Aber wie kommt er denn zu einem Wagen von Lord Ickenham?«

»Offensichtlich sind sie sich im Zug begegnet.«

»Ach so. Ich habe mich nur gewundert, weil wir ihn ja gar nicht kennen.«

»Ich kannte ihn einmal, vor vierzig Jahren. Wir gingen zusammen zur Schule. Gott sei Dank habe ich ihn nie wiedergesehen. Er hat nicht alle Tassen im Schrank.«

»Ich höre auch immer wieder, daß er sehr schrullig sein soll.«

Lady Bostock brach ab und lauschte. »Horch nur! Da fährt

ein Auto vor. Bestimmt ist es Reginald. Du gehst jetzt besser nach unten.«

»Ich gehe nicht nach unten!« brauste Sir Aylmer auf. »Dieser verfluchte Reginald. Soll er ruhig ein bißchen schmoren. Zuerst erzähle ich dir die Sache mit William zu Ende.«

»Jawohl, Schatz. Tu das, Schatz. Anscheinend hat er sich höchst seltsam benommen. Hatte er eine Erklärung dafür?«

»O ja, er hatte seine Geschichte parat, wenigstens darin ist auf ihn Verlaß. Behauptete, er sei eingedöst und beim Aufwachen schon in Bishop's Ickenham gewesen. Ich glaube ihm kein Wort. Ganz offensichtlich war es vielmehr so, daß er kalte Füße bekam, als er sah, welche Vorbereitungen zu seinem Empfang getroffen worden waren, und im Zug sitzen blieb, dieser Ekelfrosch, weshalb ich dann den Vikar und seine Frau, eine Blaskapelle, zehn Pfadfinder sowie vierzehn Kinder vom Bibelkreis nach Hause begleiten und verhindern mußte, daß jemand randalierte. Und ein- oder zweimal wurde es verdammt brenzlig, das kann ich dir sagen. Mit diesen Bengeln vom Bibelkreis war gar nicht gut Kirschen essen.«

»Ihr seid bestimmt alle furchtbar enttäuscht gewesen.«

»Und was noch schlimmer ist, wahrscheinlich habe ich dadurch Hunderte von Stimmen verloren.«

»Aber warum denn, Schatz? Es war doch nicht deine Schuld.«

»Was spielt das für eine Rolle? Die Leute denken doch nicht logisch. Die Kunde von einem solchen Fiasko verbreitet sich in Windeseile. Einer erzählt's dem anderen. Kaum wird ruchbar, daß ich in eine lächerliche Situation geraten bin, verlieren die Wähler das Vertrauen in mich. Und das Bittere daran ist, daß sich nichts dagegen tun läßt. Einen Burschen von Williams Alter und Größe kann man nicht mehr einfach übers Knie legen, um ihm mit der Rückseite einer Haarbürste den Hintern zu versohlen ... HEREIN!«

Jemand hatte an die Tür geklopft. Kurz darauf trat Jane, das Stubenmädchen, ein.

»Ihre Ladyschaft werden am Telefon verlangt, Mylady«, sagte Jane, die dem Adel gern mit allem gebührenden Respekt begegnete. »Es ist der Herr Vikar, Mylady.«

»Danke, Jane. Ich komme sofort.«

»Und ich«, sagte Sir Aylmer mit müdem Schnauben, »begrüße jetzt wohl besser diesen verdammten Reginald.«

»Du denkst doch bitte an Hermione?«

»Ja, ich denke an Hermione«, antwortete Sir Aylmer gereizt. Er schwankte keine Sekunde in seinem festen Glauben, daß der künftige Gatte seiner Tochter, wie alle modernen jungen Männer, eine Ausgeburt der Hölle sei, doch wenn Hermione dies wünschte, war er gern bereit, ihn anzugurren wie eine Turteltaube – oder jedenfalls diesem hohen Ideal so nahe zu kommen, wie es ein Mensch, dessen Vortragsweise sonst eher an einen übellaunigen Toastausbringer gemahnte, eben zu tun vermag.

Er machte sich auf in Richtung Salon, und als er diesen leer vorfand, war er zunächst baff. Doch Ex-Gouverneure sind geistig ausgesprochen beweglich und wissen sich in jeder Lebenslage zu helfen. Wenn ein Ex-Gouverneur, der einen Twistleton sucht, den Salon betritt, in dem sich besagter Twistleton aufhalten sollte, und dort keinen Twistleton antrifft, dann steht er nicht unschlüssig herum und dreht Däumchen. Er pumpt seine Lungen auf und brüllt los.

»REGINALD!« dröhnte Sir Aylmer.

Während das Echo verhallte, glaubte er aus seinem Kuriositätenkabinett am anderen Ende der Eingangshalle Geräusche zu vernehmen. Er begab sich dorthin und steckte den Kopf durch die Tür.

Es verhielt sich wie vermutet. Ein Etwas, wahrscheinlich von Twistletonschem Geblüt, stand dort. Sir Aylmer trat über die Schwelle, worauf sich die beiden Vertreter der älteren und der jüngeren Generation gemessenen Blickes und in voller Lebensgröße begutachten konnten.

Die Musterung zeitigte auf beiden Seiten ein ungünstiges Ergebnis. Pongo, der bang in das markige Antlitz mit der Schnurrbartgarnitur starrte, dachte sich, daß dieser Bostock keineswegs der biblische Wohltäter seiner Träume, sondern zweifellos der verbohrteste alte Knacker war, der ihm in einem Leben, das auch sonst nicht mit alten Knackern unterschiedlichster Verbohrtheit gegeizt hatte, untergekommen war. Umgekehrt spürte Sir Aylmer, der Pongos Erscheinung vom zitronengelben Haar bis zu den bestickten Socken und den Wildlederschuhen in allen Einzelheiten in sich aufnahm, wie richtig sein Argwohn gewesen war, daß sein künftiger Schwiegersohn eine Giftkröte beziehungsweise eine Ausgeburt der Hölle sei. Ein Blick sagte ihm, daß er beides war. Allerdings hatte er sich mit dem grimmigen Entschluß hierher begeben, wie eine Turteltaube zu gurren, und so gurrte er eben wild drauflos.

»Ach, da sind Sie ja. Reginald Twistleton?«

»Stimmt genau. Twistleton, Reginald.«

»Frrrrroitmich!« brüllte Sir Aylmer wie ein Löwe, dem man, während er seinen Durst an einer Wasserstelle löscht, eine Ladung Schrot ins Hinterteil pfeffert. Hätte man ihn allerdings danach gefragt, dann hätte er bestimmt behauptet, daß er bloß gurre. »Schön, Sie kennenzulernen, Reginald. Meine Gattin kommt sofort herunter. Was tun Sie denn hier drin?«

»Ich habe mir diese – äh – Objekte angesehen.«

»Mein afrikanisches Kuriositätenkabinett. Mit Gold nicht aufzuwiegen.«

»Wirklich. Ist ja goldig!«

»Eine solche Sammlung findet man so schnell nicht wieder. Hat mich zehn Jahre gekostet, sie aufzubauen. Interessieren Sie sich für afrikanische Kuriositäten?«

»Oh, sehr. Ich liebe die Dinger.«

Damit war der richtige Ton angeschlagen worden. Eine Art Rucken unterhalb des Schnurrbarts zeigte an, daß Sir Aylmer lächelte, und vielleicht wäre auch schon im nächsten Moment die schönste Freundschaft erblüht. Leider aber fiel Sir Aylmers Blick, bevor die Knospen noch richtig sprießen konnten, auf die Überreste des Dings, und das Lächeln schwand aus seinen Zügen wie Atembeschlag von einem Rasiermesser und wich einer Grimasse von solch finsterer Garstigkeit, daß Pongo glaubte, jemand stäche ihm mit einer Schaufel oder Kelle die Eingeweide aus.

»Schockschwe...!« rief der Alte offenbar irgendeine Stammesgottheit an. »Wie zum ... Was zum ... Waren *Sie* das?«

»Äh, jawohl«, antwortete der auf einem Bein stehende Pongo. »Tut mir schrecklich leid.«

Sir Aylmer wollte nun mit einer gewissen Berechtigung erfahren, was es ihm nütze, daß es Pongo leid tue, woraufhin dieser Verständnis für das Argument bekundete und sagte, er verstehe durchaus, was der andere meine, wobei er seine Worte mit einem nervösen Kichern unterlegte.

Viele Menschen haben etwas gegen nervöses Kichern. Sir Aylmer gehörte zu ihnen. Verschiedentlich hatte er dies in der guten alten Zeit auch seinen Adjutanten ins Stammbuch schreiben müssen, und nicht einmal der Gedanke an seine Tochter Hermione konnte ihn nun davon abhalten, Pongo noch eine zweite Grimasse zu schneiden, verglichen mit der ihre Vorgängerin noch mild und freundlich ausgefallen war. Er ging in die Hocke, und während er auf allen vieren in den Überresten kauerte wie Marius in den Ruinen Karthagos, begann er etwas von jungen Dummköpfen und tölpelhaften Idioten zu murmeln. Zwar erfaßte Pongo seine Bemerkungen nicht zur Gänze, doch er hörte genug, um deren Inhalt ungefähr einschätzen zu können.

Er schluckte trocken und erbleichte. Klebriger Schweiß hatte seine Stirn überzogen, als befände er sich im Schwitzraum eines türkischen Bades der Seele. Zwar hatte sich in seiner Kindheit manche Gouvernante und in seinen reiferen Jahren auch mancher Schulmeister abschätzig über seinen Intelligenzquotienten ausgelassen, doch war er klug genug, um zu erkennen, daß sich dieser Besuch, bei dem er um jeden Preis einen hervorragenden Eindruck auf Hermiones Eltern machen mußte, miserabel angelassen hatte.

Gerade als Sir Aylmer aufstand und sich darüber zu verbreiten begann, daß dieses Dings das Herzstück seiner Sammlung gewesen sei und er sich auch für hundert Pfund nicht davon getrennt hätte, selbst wenn der willige Käufer seinem Angebot dadurch Nachdruck verschafft hätte, daß er auf die Knie gefallen wäre, ließ ein Schwirren von draußen vermuten, daß ein fester Körper mit Höchstgeschwindigkeit durch die Eingangshalle gesaust kam. Im nächsten Moment trat Lady Bostock ein und gestikulierte wild.

Aus ihrem Gebaren hätte wohl niemand außer Sherlock Holmes deduzieren können, daß ihr soeben der Vikar am Telefon mitgeteilt hatte, der Kurat liege mit Masern im Bett; doch selbst Doktor Watson wäre darauf gekommen, daß ihre Seele Entsetzliches durchgemacht hatte. So bewegt schien sie zu sein, daß sie, die sonst eine mustergültige Gastgeberin war, den inzwischen auf dem anderen Bein stehenden Pongo keines Blickes würdigte.

»Aylmer!«

»Ja?«

»Aylmer … Der Herr Vikar …«

»JA?«

»Der Herr Vikar sagt, Mr. Brotherhood habe die Masern. Er möchte, daß wir ihn sofort aufsuchen.«

»Wer zum Teufel ist Mr. Brotherhood?«

»Der Kurat. Du kennst doch Mr. Brotherhood, den Kuraten. Der nette junge Mann mit den Pickeln im Gesicht. Holt sich tatsächlich die Masern, wo ich mich doch ganz darauf verlassen habe, daß er die Babys beurteilt.«

»Welche Babys denn?«

»Die hübschen Babys. Beim Fest.«

Ein Wort noch zu diesem Fest. Es stellte den alljährlichen Höhepunkt des gesellschaftlichen Lebens von Ashenden Oakshott dar. Dazu versammelten sich jeweils die Furchtlosesten und Schönsten des Dorfes auf der Gemeindewiese und veranstalteten allerlei Spektakel. Rennen wurden gerannt, Volkstänze getanzt, Babys nach Maßgabe ihrer Schönheit beurteilt und Tee und Brötchen in fast unglaublichen Mengen hinuntergespült und -geschlungen. Man stelle sich eine Mischung aus dem Derby in Epsom und der Gartenparty des Buckingham Palace vor und füge noch Belsazars Gastmahl hinzu, und schon hat man eine Vorstellung vom Fest in Ashenden Oakshott.

Und so läßt sich Lady Bostocks Besorgnis über den jüngsten Schicksalsschlag ohne weiteres verstehen. Eine Gutsherrin, der kurz vor einem wichtigen Fest der Kurat an Masern erkrankt, befindet sich in der gleichen mißlichen Lage wie ein Impresario, der von seinem Star zwei Tage vor der Premiere versetzt wird, oder auch wie ein General, dessen Elitetruppe sich am Vorabend der Schlacht einen kollektiven Hexenschuß holt.

»Es ist furchtbar. Schrecklich. Ich weiß keinen Ersatz für ihn.«

Sir Aylmer, der sich einbildete, solche Dinge von Anfang an zu durchschauen, sagte, es komme überhaupt nicht in die Tüte, daß er selbst so was übernehme, und Lady Bostock erwiderte, aber nein, Schatz, sie denke ja nicht im Traum daran, ihn darum zu bitten.

»Aber ich muß jemanden finden.« Lady Bostocks Aug', in schönem Wahnsinn rollend, blitzte auf zum Himmel und blitzte zur Erd' hinab, um schließlich an Pongo hängenzubleiben, der wieder auf sein Ursprungsbein gewechselt hatte. Sie starrte ihn verstört an, als habe sie von überaus garstigen Dingen geträumt. »Sind Sie Reginald?« fragte sie zerstreut.

Die aufwühlende Szene im Anschluß an seine Unterhaltung mit Sir Aylmer über Dingse hatte bei Pongo einen derartigen geistigen Aufruhr bewirkt, daß er sich anfangs nicht ganz sicher war. Reginald? War er Reginald? War es wahrscheinlich, daß irgendein Mensch Reginald war? ... Aber ja, natürlich. Die Frau hatte vollkommen recht.

»Jawohl, ich bin Reginald.«

»Wie mich das freut, Sie endlich kennenzulernen!« wimmerte Lady Bostock in höchster Seelenpein.

Es fällt nie leicht, auf eine solche Bemerkung spontan die richtige Antwort zu geben. Pongo, der ein »Ja!« als allzu selbstgefällig und ein »Klar doch!« als allzu vertraulich verwarf und dem das Glück auch nicht ein »Ganz meinerseits« einflüsterte, begnügte sich abermals mit nervösem Kichern.

Ein jäher Glanz trat in Lady Bostocks verhärmte Augen.

»Haben Sie je als Preisrichter eines Babyschönheitswettbewerbs mitgewirkt, Reginald?«

»Ich?« fragte Pongo und taumelte.

Bevor er weiterreden konnte, warf sich ein höchst wirkungsvoll als Sir Aylmer verkleideter Engel dazwischen, um Pongo aus der entsetzlichen Gefahr zu erlösen, in die er so unvermutet gestürzt worden war.

»Reginald kannst du dafür nicht gebrauchen«, sagte er, und Pongo, der bisher wohl nur mit einem höhnischen Lächeln auf die Behauptung reagiert hätte, er könnte sich je im Leben auf seinen Gastgeber werfen und ihn auf beide Wangen küssen wollen, drängte es nun mit Macht genau in jene Richtung. »Ich kann dir sagen, wer die Aufgabe kriegt.«

Nachdem er die Worte »es kommt überhaupt nicht in die Tüte, daß ich selbst so was übernehme« ausgesprochen und die beruhigende Antwort seiner Gattin erhalten hatte, war Sir Aylmer in ein von Grübelei oder auch Versonnenheit geprägtes Schweigen verfallen, und es zeigte sich nun, daß sein angestrengtes Nachdenken Früchte getragen hatte. Das alte

Leben kehrte in seine Haltung zurück, und in seinem Blick, der zuvor dumpf und brütend auf Pongo geruht hatte, lag jetzt ein triumphierender Glanz.
Dieser Glanz hätte vielleicht einen Betrachter, der nichts von der Welt gesehen hat, in Erstaunen versetzt, doch jeder, der schon einmal eines Korsen ansichtig wurde, der auf Blutrache sinnt und dem sich unverhofft die Möglichkeit bietet, grausame Vergeltung an einem Feind seiner Sippe zu üben, hätte ihn augenblicklich wiedererkannt. Es handelte sich um jenes seltsame, fast übernatürliche Licht, das in den Augen von Onkeln aufblitzt, denen ein Unrecht widerfahren ist und die die Chance wittern, sich dafür an unbotmäßigen Neffen schadlos zu halten.
»Ich kann dir sagen, wer die Aufgabe kriegt«, wiederholte er. »William.«
»William?«
»William«, sagte Sir Aylmer und kostete das Wort auf seiner Zunge aus, als handelte es sich um erlesensten Portwein.
Lady Bostock starrte ungläubig.
»Aber William … Liebling, bestimmt … Der Allerletzte, der … überhaupt …«
»William.«
»Aber so was haßt er doch wie die Pest.«
»William.«
»Du weißt doch, wie furchtbar schüchtern er ist.«
»William. Ich möchte darüber nicht streiten, Emily. Du magst dich noch so dagegen sträuben, William macht den Preisrichter und damit basta! Vielleicht bedauert er dann ja, daß er sich in Eisenbahnabteilen verkrochen und mit dem alten Ickenham Saufgelage veranstaltet hat.«
Lady Bostock seufzte. Doch gegen ihren Hang zur Willfährigkeit, der schon am Traualtar seinen Anfang genommen hatte, kam sie nicht an.
»Also gut, Schatz.«

»Schön. Sag's ihm, wenn du ihn siehst. Du behauptest also, der Herr Vikar wolle sich mit uns unten im Pfarrhaus besprechen. Gut. Ich fahre dich hin. Komm.«
Er schoß zur Verandatür hinaus, Lady Bostock im Schlepptau, und nachdem sich Pongo kurz die Stirn mit dem Taschentuch abgetupft hatte, das perfekt mit Krawatte und Socken harmonierte, folgte auch er.
Ihn zog es ins Freie. Zartbesaitete Stammesführer waren nach Unterredungen mit Sir Aylmer Bostock über ausstehende Hüttensteuern oft von ähnlichen Empfindungen bestürmt worden.

Der Sonnenschein und die sanft seine Schläfen umfächelnden frischen Brisen Hampshires gaben ihm erstaunlich schnell neue Kraft. Binnen kurzem war er fast wieder hergestellt und kehrte ins Haus zurück, da ihn, wie jeden, der Sir Aylmers afrikanisches Kuriositätenkabinett einmal zu Gesicht bekommen hatte, ein krankhafter Zwang befiel, noch einmal einen Blick auf diese bizarren Exponate zu werfen und sich zu vergewissern, ob sie tatsächlich so furchterregend waren, wie sie auf den ersten Blick gewirkt hatten. Durch die Verandatür trat er ins Kuriositätenkabinett, und ein rötlicher Polizist, der verträumt die Einfahrt hochgeradelt kam, stieß ein schneidendes »Hoho!« aus und beschleunigte seine Fahrt mit kaltem Blick und streitlustig gerecktem Unterkiefer.
Der Polizist hieß Harold Potter. Er repräsentierte in Ashenden Oakshott den ehrfurchtgebietenden Arm des Gesetzes. Seine rötliche Farbe rührte vom warmen Wetter, und verträumt war er deshalb, weil seine Gedanken noch immer bei dem Dienstmädchen des Gutes, Elsie Bean, weilten, mit der er verlobt war.
Er war nämlich einzig mit der Absicht hierhergekommen, ein wenig mit Elsie Bean zu plaudern, und bis er um die Kurve bog und das Haus vor sich sah, hatten besagte Gedanken aus-

schließlich der Liebe gegolten. Doch wenn er verstohlene Gestalten erblickte, die durch Verandatüren schlichen, verwandelte sich Potter, der Romeo, pfeilgeschwind in Potter, den rastlosen Hüter des Friedens. Seine mächtigen Füße traten wie die eines Radrennfahrers in die Pedale.
Harold Potter witterte eine Verhaftung.
Und so kam es, daß Pongo, der die Intelligenz afrikanischer Eingeborener inzwischen noch geringer veranschlagte als zuvor, in der Betrachtung ihres einfältigen Kunsthandwerks vom Geräusch erregten Atems in seinem Rücken abgelenkt wurde. Er wirbelte herum und starrte in die stahlharten Augen eines strammen Polizisten mit rötlichgelbem Schnurrbart.
»Hoho!« rief er entsetzt.
»Hoho!« sagte Wachtmeister Potter wie ein Echo in den Schweizer Alpen.

Eine gewisse Peinlichkeit der Situation war nicht zu leugnen, was aber bestimmt ganz nach dem Geschmack von Lord Ickenham gewesen wäre, dem nichts besser gefiel als diese kleinen Abwechslungen von der ruhig dahinplätschernden Monotonie des Lebens. Pongo hinwiederum wurde am ganzen Leib von prickelnden Hitzewallungen erfaßt.
Anders als die meisten seiner unbeschwerten Gefährten im Drones Club, die ein beinahe inniges Verhältnis zu Polizisten hatten, ihnen auch mal was zusteckten, sofern es die Finanzen erlaubten, und am Abend der großen Ruderregatta ihre Helme stahlen, hatte Pongo von jeher panische Angst vor der Polizei. Der ihm von Lord Ickenham vorgehaltene Trübsinn, den er beim Hunderennen an den Tag gelegt hatte, war dadurch hervorgerufen worden, daß sich ein Angehöriger jener Polizei, vermutlich ein Zwillingsbruder des vor ihm stehenden Exemplars, an seinen Mantelkragen geheftet und ihm geraten hatte, unauffällig mitzukommen.

Er lächelte schwach.

»Tag auch«, sagte er.

»Tag«, antwortete Wachtmeister Potter kühl. »Was soll denn das werden?«

»Was soll denn was werden, bitte?«

»Was haben Sie auf diesem Privatgrundstück verloren?«

»Ich weile hier ein paar Tage auf Besuch.«

»Hoho!«

Pongo hatte das Gefühl, nicht vom Fleck zu kommen. Die ohnehin unerquickliche Lage versprach noch weit unerquicklicher zu werden. Entsprechend erleichtert war er, als eine dritte Partei dazustieß und dem Tête-à-tête ein Ende setzte.

Es handelte sich um eine kleine, kräftig gebaute und entschlossen wirkende junge Frau, die blaue Augen und eine Stupsnase hatte und die Uniform eines Dienstmädchens trug. Mit wachem Interesse betrachtete sie das sich ihr bietende Stilleben.

»Tag«, sagte sie. »Wo kommst denn du plötzlich her, Harold? Und wer ist das?«

»Ein Bursche, den ich wegen Betretens eines Privatgrundstücks arretiert habe«, erwiderte Wachtmeister Potter knapp.

Pongo, der sich gerade die Stirn abgetupft hatte, wedelte wild mit dem Taschentuch und wehrte sich gegen diese allzu professionelle Sichtweise.

»Was soll denn das ganze dumme Geschwätz über Privatgrundstücke?« erkundigte er sich hitzig. »Ich muß mich entschieden dagegen verwahren, Herr Wachtmeister, daß Sie hier dauernd von Privatgrundstücken reden. Weshalb sollte ich mich nicht als geladener Gast auf einem Privatgrundstück aufhalten? Hallo, Sie da, wie heißen Sie denn, meine liebe Dienstmagd …«

»Miss Bean, meine Verlobte«, stellte Wachtmeister Potter diese frostig vor.

»Ach, tatsächlich? Meinen allerherzlichsten Glückwunsch. Toi, toi, toi, Miss Bean.«

»Tausend Dank.«

»Hoffentlich werden Sie sehr, sehr glücklich. Ich wollte gerade sagen, Sie können bestimmt bestätigen, daß ich als Gast an diesem Ort weile. Ich bin soeben mit dem Wagen angekommen, um ein paar Tage in diesem Haus zu verbringen. Ich bin der berühmte Twistleton, der Bursche, der mit Miss Bostock verlobt ist. Eigentlich müßten Sie bestens über mich Bescheid wissen. Mein Name ist hier doch wohl in aller Munde, oder?«

»Miss Hermione ist mit einem Gentleman namens Twistleton verlobt.«

»Haargenau.«

»Und Jane hat beim Abendessen aufgeschnappt, daß er hier erwartet wird, Harold. Ich glaube, er ist es wirklich.«

»Gut gebrüllt, Bean!« sagte Pongo begeistert. Er hatte dieses verständige Mädchen von Anfang an ins Herz geschlossen. »Selbstverständlich bin ich es. Hier«, sagte Pongo und stülpte seine Manteltasche um. »Lesen Sie diese unzweideutige Aussage von einem der angesehensten Maßschneider Londons. ›R. G. Twistleton.‹ Da haben Sie's, schwarz auf weiß.«

»Der Mantel könnte einer anderen Person gehört haben, und Sie haben ihn bloß aus zweiter Hand«, setzte sich Wachtmeister Potter ein letztes Mal schwach zur Wehr.

Pongo blickte ihn scheel an.

»Herr Wachtmeister, sagen Sie so etwas nicht einmal zum Scherz. Aber rufen Sie doch«, fuhr er, erleuchtet von einer plötzlichen Eingebung, fort, »den Herrn Vikar an und verlangen Sie Sir Aylmer, der sich mit ihm gerade über hübsche Babys unterhält, und fragen Sie freiweg – Sir Aylmer natürlich, nicht die Babys –, ob er mich nicht gerade vorhin nach einem angenehmen und erbaulichen Schwätzchen hier zurückgelassen hat.«

»Dann sind Sie Sir Aylmer also begegnet?«
»Aber natürlich bin ich Sir Aylmer begegnet. Wir sind ein Herz und eine Seele.«
Wachtmeister Potter ließ sich widerstrebend überzeugen.
»Dann wird es wohl seine Richtigkeit haben. Ich muß mich entschuldigen, Sir.«
»Nicht doch, Herr Wachtmeister.«
»Dann wünsche ich noch einen schönen Nachmittag, Sir. Wie wär's mit einem Täßchen Tee in der Küche, Elsie?«
Elsie Bean reckte das Näschen.
»Geh du ruhig in die Küche, ich bleibe hier. Deine Schwester ist gerade zu Besuch bei der Köchin.«
»Hoho!« Wachtmeister Potter blieb einen Moment lang versonnen stehen. In seinem Inneren tobte offensichtlich ein Kampf zwischen den unvereinbaren Wünschen nach einer Tasse Tee einerseits und der Gesellschaft seiner Liebsten andererseits. Leider müssen wir feststellen, daß der erste Anspruch obsiegte. »Ich stiefle wohl mal schnell rüber und trinke ein Täßchen«, sagte er und stiefelte, wie angekündigt, hinüber.
Elsie Bean blickte finster seinem entschwindenden blauen Rücken nach.
»Du und deine Schwester!« sagte sie.
Der bittere Unterton in ihrer Stimme war unüberhörbar und weckte augenblicklich Pongos Interesse. Hier steht, so sagte er sich, sofern ich mich nicht gänzlich irre, ein Dienstmädchen, an dem ein heimlicher Kummer frißt. Er hörte auf, sich die Stirn abzuwischen, und warf Elsie Bean einen neugierigen Blick zu.
»Mögen Sie seine Schwester denn nicht?«
»Nein.«
»Falls es so etwas wie eine Familienähnlichkeit zwischen den beiden gibt, kann ich das gut verstehen«, sagte Pongo. Seit Wachtmeister Potters Abgang schien für ihn Ashenden

Manor ein liebenswürdigerer und besserer Ort geworden zu sein. »Wieso mögen Sie seine Schwester nicht? Was stimmt nicht mit ihr?«

Elsie Bean war ein nettes kleines Geschöpf, dem es, trotz wiederholter Ermahnungen ihrer Herrschaft, nie gelungen war, jene spröde Zurückhaltung an den Tag zu legen, die das wohlerzogene Dienstmädchen kennzeichnet. Zu oft konnte man in ihrem Umgang mit der herrschenden Klasse in Momenten, wo sich ein distanziertes »Jawohl, Sir« oder »Nein, Madam« eher geschickt hätte, beobachten, wie sie zur wahren Plaudertasche wurde. Und im vorliegenden Falle sah sie sich eben in der Rolle der Gastgeberin.

»Ich will Ihnen sagen, was nicht stimmt mit ihr. Die ganze Zeit bedrängt sie ihn, daß er den Polizeidienst auf keinen Fall quittieren soll. Ständig heißt es: ›Tu's nicht, Harold‹ und ›Laß dir von Elsie nichts aufschwatzen, was deinen wahren Interessen widerspricht.‹ Langsam reißt mir die Geduld.«

Pongo konzentrierte sich angestrengt.

»Mal sehen, ob ich das richtig verstanden habe«, sagte er. »Sie möchten also, daß er Stiefel und Gummiknüppel an den Nagel hängt? Daß er, mit einem Wort, das Polypendasein aufgibt?«

»Mhm.«

»Seine Schwester aber ist dagegen. Ja, jetzt blicke ich durch. Und warum möchten Sie, daß er Stiefel und Gummiknüppel an den Nagel hängt?« fragte Pongo. Ein Mann, der jahrelang Jurisprudenz studiert hat, entwickelt zwangsläufig die Angewohnheit, relevante Fragen zu stellen.

Elsie Bean schien überrascht, daß eine solche Frage als nötig erachtet wurde.

»Na, würden Sie das etwa nicht? Wenn Sie eine junge Frau wären, möchten Sie dann mit einem Polizisten verheiratet sein und ständig zu spüren bekommen, daß kein Mensch den Göttergatten leiden kann? Wenn ich meinen Eltern in

Bottleton East beichte, daß ich mich mit einem Polypen verbandeln will, trifft sie glatt der Schlag. Und wie hört sich das wohl erst für meinen Bruder Bert an, wenn er im September wieder rauskommt.«

Pongo nickte verständig. Da er bis jetzt geglaubt hatte, seine Gesprächspartnerin stamme aus der Umgebung, war ihm der springende Punkt zuerst entgangen, doch ihre letzten Worte schufen Klarheit. Es wunderte ihn gar nicht, daß ein Mädchen aus London, zumal ein Kind aus dem notorisch quirligen Viertel Bottleton East, davor zurückschreckte, einen professionellen Schulterklopfer und Mantelkragengreifer zu ehelichen. Neben ihrem – im Moment offenbar leider unabkömmlichen – Bruder Bert gab es in ihrer Entourage zweifellos noch eine ganze Reihe von Onkel Herbs und Vettern Georges, die im Falle einer solchen Mesalliance die durchaus verständliche Meinung vertreten würden, Elsie habe die Ehre der Beans besudelt.

»Ich weiß, was Sie meinen«, sagte er. »Aber was könnte er denn sonst tun, wenn er sein Amt aufgibt? Es ist heute gar nicht so einfach, eine Stelle zu finden.«

»Ich möchte, daß er ein Pub kauft. Er hat dreihundert Pfund auf der Seite. Letztes Jahr hat er im Fußballtoto gewonnen.«

»Schwein muß der Mensch haben!«

»Aber er hat Angst vor seiner Schwester, und ich kann ihn einfach nicht überreden. ›Jetzt hör doch mal zu, Harold‹, sage ich ihm unentwegt, aber er windet sich jedesmal wie ein Aal und beißt bloß auf seinem Schnurrbart herum. Na ja«, meinte Elsie philosophisch, »bestimmt wendet sich alles noch zum Guten. Was ist denn das für ein Scherbenhaufen auf dem Boden?«

»Das ist der Rest von dem Gegenstand, der mir entglitten ist.«

»Weiß er Bescheid?«

»O ja. Das Thema kam zur Sprache.«

»Mich wundert, daß er Ihnen nicht den Kopf abgebissen hat.«

»Einen Moment lang schien er tatsächlich mit dem Gedanken zu spielen. Ein ziemlich ungemütlicher Geselle, wie?«

»Er ist ein aufgeblasener Hornochse«, erwiderte Elsie Bean.

Pongo schlenderte hinaus in die Eingangshalle. Fürs erste hatte er genug vom afrikanischen Kuriositätenkabinett und wollte ein bißchen auf und ab gehen, um nachzudenken. Zwar hatte er sich schon selbst ein recht genaues Bild von Sir Aylmer Bostocks Persönlichkeit gemacht, doch es war aufschlußreich, dieses durch eine Frau bestätigt zu sehen, die es wissen mußte.

Ein aufgeblasener Hornochse? Die Wörter hatten einen unangenehmen Beiklang. Pongos Einstellung zu aufgeblasenen Hornochsen wich nur unwesentlich von derjenigen ab, die die Angehörigen seiner Gesprächspartnerin in Bottleton East zu Gesetzeshütern hatten. Er mochte sie nicht und hatte Angst vor ihnen. Langsam kam es ihm vor, als ob die an sich erfreuliche Verbindung mit Hermione Bostock den einen oder anderen Pferdefuß hatte, der in Rechnung gestellt werden wollte.

»Und Lady Bostock?« fragte er. »Sie ist zwar nur ganz kurz durch mein Leben gehuscht, hat auf mich aber einen nicht ganz so kannibalischen Eindruck gemacht.«

»Ja, sie ist besser als er«, pflichtete Elsie Bean bei. »Aber richtig sympathisch ist mir bloß Mr. William.«

»Und wer ist das?«

»Ihr Neffe. Mr. Oakshott.«

»Ach so, ja, genau. Den habe ich ganz vergessen. Ich kenne ihn, zumindest von früher her. Er hat so ein rosiges Gesicht, nicht wahr?«

»Eigentlich erinnert er mich eher an Tomatenketchup. Weil die Sonne dort drunten so brennt. Er ist gerade aus Brasilien zurückgekehrt. Heute früh hat er mir von Brasilien erzählt«, sagte Elsie, die sich den zurückkehrenden Weltenbummler sogleich zum Informations- und Meinungsaustausch vorgeknöpft hatte. »Die Eingeborenen schießen dort mit Giftpfeilen auf Vögel.«

»Mit Giftpfeilen?«

»Mhm. Durch Blasrohre.«

Pongo mochte ja ein höflicher Mensch sein, doch das konnte er nicht durchgehen lassen. Obwohl es schon eine Weile her war, seit er das Thema Brasilien gepaukt hatte, war ihm das eine oder andere aus *Die kleinen Amazonasforscher* im Gedächtnis geblieben.

»Nein, nicht mit Giftpfeilen.«

»Doch, das hat mir Mr. William erzählt.«

»Er hat Sie auf den Arm nehmen wollen. Die Giftpfeile heben sich die Männer dort für die Verwandtschaft ihrer Frauen auf. Strengen Sie doch mal Ihren Grips an, mein liebes Dienstmädchen. Wenn ein brasilianischer Eingeborener einen Vogel schießt, verfolgt er damit ein Ziel. Er gedenkt diesen Vogel nämlich anschließend in gegrillter oder frikassierter Form zu verspeisen. Falls er ihn aber zuvor mit Gift vollpumpt, stellt er sich selbst ein Bein, denn kaum hätte er einen Bissen vom rechten Flügel genommen, müßte er nach scheußlichem Todeskampf ins Gras beißen. Und obwohl die Eingeborenen Brasiliens Esel sein mögen, sind sie doch keine dummen Esel. Falls Sie tatsächlich wissen wollen, wie man dort Vögel schießt, kann ich es Ihnen zeigen. Man fabriziert eine primitive Schleuder – etwa so«, sagte Pongo, der sein Taschentuch herauszog und entfaltete. »Darauf nimmt man ein geeignetes Wurfgeschoß, also zum Beispiel diesen Briefbeschwerer, und steckt es in die primitive Schleuder. Anschließend läßt man die Gerätschaft über dem Kopf kreisen und … Oh, mein Gott! Wo ist denn der hin?«

Es war nicht seine Absicht gewesen, eine praktische Demonstration zu geben. Vielmehr hatte er kurz vor dem Loslassen des Geschosses abbrechen und die Wirkung rein verbal schildern wollen. Doch er hatte sich von seiner Begeisterung über die eigene Kunstfertigkeit hinreißen lassen. Ein entsetzliches Krachen, und schon lag etwas Weißes in der dunklen Ecke der Eingangshalle in Trümmern.

»Mann!« sagte Elsie Bean ehrfürchtig. »Sie werden doch hoffentlich nicht das halbe Gebäude zerlegen? Wenn Seine Hoheit zurückkommt, können Sie was erleben.«

Zum drittenmal, seit er dieses Haus des Schreckens betreten hatte, wurde Pongos Stirn feucht und heiß. Da ihm die Besprechung über das zerbrochene Dings noch in lebhafter Erinnerung war, fand auch er es bestürzend offensichtlich, daß er was erleben würde, wenn Seine Hoheit zurückkam.

»Was war denn das?« fragte er mit bebender Stimme – und durchaus korrekt bezog er sich auf das fragliche Objekt in der Vergangenheitsform.

»Es ist so 'ne Art abgesägte Statue, die er geschenkt kriegte, als er den Gouverneursposten aufgegeben hat, den er mal da unten in der afrikanischen Pampa hatte. Die Köchin behauptet, man nennt die Dinger Büsten. Er hält große Stücke drauf. Neulich kommt er früh am Morgen grade vorbei, als ich so 'n bißchen mit dem Staubwedel dran rumwische, und da hätten Sie mal hören sollen, wie er mich angeraunzt hat, nur weil ich das Ding etwas ins Wackeln gebracht habe. ›Vorsicht, Kind! Vorsicht, Kind! So paß doch ein bißchen auf, Mädchen!‹ Mann!«

Pongos Stirn wurde noch feuchter. Ein Meister des Stils hätte sie nun als »von Schweißtröpfchen benetzt« beschrieben. Gleichzeitig aber war ihm bis in die Knochen kalt. Er stellte das menschliche Pendant zu jener seltsamen Nachspeise dar, die einen anfangs glauben läßt, man beiße in ein heißes Soufflé, woraufhin sich dieselbe in der Mitte jäh in Eiscreme verwandelt.

Die Lage war noch ernster als befürchtet. Dies war keiner der kleinen Bruchschäden, die sich mit einer lässigen Entschuldigung auf der einen und einem unbeschwerten Lachen auf der anderen Seite aus dem Weg räumen lassen. Es schien, als hätte Sir Aylmer Bostock ein von ihm vergöttertes Lieblingskind gehabt, dem Pongo eins übergebraten und so das Lebenslicht ausgepustet hatte. Und das nach dem Mißgeschick mit dem Dings! Welche Auswirkungen mochte wohl diese zweite und möglicherweise zu noch größerer Erbitterung führende Freveltat auf seinen reizbaren Gastgeber haben?

»Au weia!« stöhnte er mit weichen Knien. »Das ist mir ja eine schöne Bescherung! Beraten Sie mich, meine kleine Bean. Was soll ich denn jetzt tun?«

Vielleicht bringt Bottleton East ja ungewöhnlich reaktionsschnelle Mädchen hervor, vielleicht ist aber auch die gesamte Damenwelt so beschaffen. Jedenfalls brauchte Elsie Bean kaum nachzudenken, um mir nichts, dir nichts die Lösung aus dem Hut zu zaubern.

»Sehen Sie mal«, sagte sie. »In der Ecke da ist es ganz schön dunkel, da vermißt er vielleicht seine alte Büste anfangs gar nicht. Ich weiß, daß er kurzsichtig ist, und eine Brille will er nicht aufsetzen, weil er denkt, er sieht damit behämmert aus. Jane hat mal mitgekriegt, wie die beiden beim Abendessen darüber geredet haben. Ich an Ihrer Stelle würde mich in den Wagen schwingen und mit Karacho nach London fahren, um eine andere Büste zu besorgen. Und dann kommen Sie zurück und stellen sie hin. Ich wette zehn zu eins, daß ihm nichts auffällt.«

Zuerst vermochte Pongos benommener Verstand ihrem Gedankengang nicht ganz zu folgen. Dann lichtete sich jedoch der Nebel, und er begriff, daß es sich um einen erstklassigen Vorschlag handelte. Dieses Mädchen hatte den Ausweg gefunden.

Mit Karacho nach London fahren? Das war gar nicht nötig.

Warum in die Hauptstadt schweifen, wenn der Ersatz doch lag so nah? Und zwar in Ickenham Hall, um genau zu sein. Seine Gedanken wanderten zum Vorabend zurück ... Onkel Fred hatte bei Tisch flüchtig mit dem Daumen auf ein Objekt in der Zimmerecke gezeigt und festgestellt, dies sei eine Büste, die Sally ihm in Gewahrsam gegeben habe, während Pongo – Ironie des Schicksals! – dem Ding bloß einen kurzen und achtlosen Blick zugeworfen hatte. Bekäme er sie nun erneut zu Gesicht, wäre sein Blick gewiß nicht mehr achtlos.

Seine Stimmung heiterte sich auf. Ickenham Hall lag bloß ein Dutzend Meilen entfernt, und er hatte – wie jeder Besitzer eines Automobils – ein rührendes Vertrauen in die Fähigkeit seines Buffy-Porson, ein Dutzend Meilen in ungefähr dreieinviertel Minuten zurückzulegen, wenn nur ordentlich auf die Tube gedrückt wurde. Er konnte wieder hier sein und den Ersatz auch längst auf dem Sockel plaziert haben, bevor sein Gastgeber sich mit dem Vikar zu Ende besprochen hatte.

Er strahlte Elsie Bean an.

»Genau das ist es. Ich gehe gleich den Wagen holen.«

»Das wär' wohl das Gescheiteste.«

»In der Zwischenzeit könnten Sie sich ja vielleicht ein bißchen mit Schaufel und Besen zu schaffen machen.«

»Mach' ich!«

»Gut. Toll. Herrlich. Prächtig«, sagte Pongo und flitzte hinüber zu den Stallungen.

Elsie Bean stand, nach schnell vollbrachter Rettungsaktion, auf den Eingangsstufen, als er vorgefahren kam. Bei ihrem Anblick packte ihn das schlechte Gewissen, da ihm erst jetzt aufging, wie ungehobelt es von ihm gewesen war, ihr nicht einmal ein Wort des Dankes für ihr vortreffliches Improvisationstalent auszusprechen.

»Übrigens«, sagte er, »habe ich in der Hektik und Eile der jüngsten Ereignisse ganz vergessen, daß ich tief in Ihrer

Schuld stehe, weil Sie mich so wacker unterstützt und vor dem Schicksal gerettet haben, das schlimmer ist als der Tod, nämlich«, erläuterte Pongo, »diesem verknöcherten Jack the Ripper mit der Oberlippenbepflanzung vor die Glotzaugen treten zu müssen.«

Elsie Bean erwiderte, es sei ihr ein Vergnügen gewesen, und er ergriff ihre Hand und drückte sie fest.

»Ohne Sie hätte ich ganz schön in der Tinte gesessen und wäre endgültig baden gegangen. Ich schulde Ihnen mehr, als ich mit Worten sagen kann.«

Noch immer drückte er ihr die Hand, und bis zu einem dankbaren und brüderlichen Kuß war es nur noch ein kleiner Schritt. Er tat diesen Schritt, und Bill Oakshott, der nach einem seiner ausgedehnten Fußmärsche, mit denen er neuerdings die Marter unausgesprochener Liebe zu lindern suchte, um die Ecke bog, konnte die galante Geste in allen Einzelheiten beobachten.

Pongo sprang behende in den Wagen, winkte und fuhr davon, während Bill ihm verdattert nachsah. Pongo gehörte zu jenen Männern, die sich im Laufe der Jahre kaum verändern, und so erkannte Bill ihn gleich wieder.

Doch er wollte sichergehen …

»War das nicht Mr. Twistleton?« fragte er Elsie Bean.

»Jawohl, Sir«, antwortete Elsie seelenruhig. Sie ahnte nichts von dem Aufruhr in Bills Brust und hätte wohl mit höchster Verwunderung gehört, daß irgendwer an jenem Kuß Anstoß nehmen konnte. In Bottleton East hält man es da ganz mit den Urchristen: Alle küssen alle mit der größten Selbstverständlichkeit. »Er sagte, das mit den Eingeborenen stimme nicht, Mr. William.«

»Mit wem?«

»Mit den Eingeborenen in Brasilien. Die schießen nämlich mit ihren Giftpfeilen bloß auf die Verwandtschaft ihrer Frauen und nicht etwa auf Vögel. Für diese verwenden sie primitive Schleudern.«

Unter Aufbietung all seiner nicht unbeträchtlichen Kräfte verkniff sich Bill Oakshott einen Kommentar über die brasilianischen Eingeborenen, der noch primitiver ausgefallen wäre als die von ihnen fabrizierten Schleudern. In seinem Kopf war für brasilianische Eingeborene kein Platz. Aller verfügbare Raum wurde von Pongo beansprucht.

Dies also, so sagte er sich, war der Mann, in dessen Hände Hermione ihr Glück gelegt hatte – ein Wüstling, der einst der Don Juan seiner Tanzstunde gewesen war und nun Dienstmädchen auf Eingangsstufen abküßte. Wie richtig, wie unfehlbar richtig der alte Ickenham doch gelegen hatte. Kann ein Leopard seine Flecken wandeln? so hatte er spekuliert. Dieser Leopard schien das gar nicht zu wollen.

»Herr im Himmel!« dachte Bill, vollkommen entgeistert über das nackte Grauen dieses Falls.

Eine Kleinigkeit galt es allerdings noch zu klären.

»Wohin fährt er denn?« fragte er verwundert.

»Nach London, Sir.«

»Nach London?«

»Jawohl, Sir.«

»Aber er ist doch gerade erst angekommen.«

»Jawohl, Sir.«

»Hat er erwähnt, weshalb er nach London fährt?«

Elsie Bean war eine gute Komplizin, vorsichtig, zuverlässig und gegen etwaige verbale Fehltritte gefeit.

»Nein, Sir. Er sagte bloß: ›Mann! Ich fahr' jetzt mal nach London‹ und flitzte davon.«

Bill Oakshott atmete tief ein. Ihm kam es vor, als habe sein alter Freund, der noch nie durch besonderen Scharfsinn geglänzt hatte, in den Jahren seit ihrem letzten Zusammentreffen vollends den Verstand verloren. Fahren ausgeglichene Männer zu Landgütern und sagen unmittelbar nach ihrer Ankunft »Mann! Ich fahr' jetzt mal nach London«, um wieder kehrtzumachen? Nein, das tun sie entschieden nicht.

Ihm wurde, als er sich die Pfeife stopfte, schwer ums Herz. Geistig normale Wüstlinge, so dachte er, sind schon schlimm genug, doch bei verrückten Wüstlingen hört der Spaß endgültig auf.

4. Kapitel

Es war Viertel vor acht an diesem Abend, als Lord Ickenham, der zuvor im Wagen nach London getuckert war und sich in seinem Klub frisch gemacht hatte, in der Budge Street, Chelsea, eintraf, um Sally Painter zum Abendessen auszuführen.

Die Budge Street, Chelsea, im Herzen von Londons Künstlerviertel gelegen, ist, wie so viele Straßen im Herzen von Künstlervierteln, schmutzig, schummrig, schmuddelig und schlimm. Die Bewohner scheinen emsige Leser und eifrige Obstesser zu sein, denn überall flattern Zeitungsfetzen über die Gehsteige, während sich in den Rinnsteinen massenhaft alte Bananenschalen, Apfelbutzen, Pflaumenkerne und zermanschte Erdbeeren sammeln. Die Katzen sind in dieser Gegend sehnig und abgebrüht und wirken so, als planten sie gerade eine Mordserie des brutaleren Kalibers oder hätten diese soeben verübt.

Um so erfreulicher war es deshalb, daß diese ungepflegte Straße durch Lord Ickenhams schmückende Präsenz aufgewertet wurde. Mit seiner maßgeschneiderten Kleidung und seinem distinguierten Auftreten verlieh er der Szenerie einen Hauch von Ehrentribüne, wie sie sich etwa in Ascot am Tag des großen Galopprennens präsentiert.

Und er war noch nicht lange auf und ab flaniert, als Fortuna der Budge Street ein zweites Mal hold war. Um die Ecke der King's Road bog nämlich im Eilschritt eine kleine, lebhafte und beige gekleidete junge Frau, durch deren Ankunft die

Ascot-Note noch unterstrichen wurde. Kein Mensch, nicht einmal Pongo auf dem Höhepunkt jener unseligen Diskussion über Hasenfüße, hatte je zu leugnen versucht, daß Sally Painter hübsch war. Und selbst wenn sie dies nicht gewesen wäre, hätte die Munterkeit in ihrer Haltung erheblich zu solcher Sinnestäuschung beigetragen.

Für Lord Ickenham verströmte sie den Geist eines Sommertages. Als er zusah, wie sie stehenblieb, um eine vorüberstreifende Katze zu kraulen, und feststellte, daß sich die Katze augenblicklich in eine bessere und edelmütigere Katze verwandelte, schmolz sein Herz.

»Holla!« rief er väterlich, und sie kam auf ihn zugerannt und flog ihm wie eine Kolombine in die Arme.

»Hoffentlich hast du nicht lange warten müssen, Onkel Fred. Ich habe noch mit einem Mann über eine Büste sprechen müssen.«

»Aber keineswegs«, erwiderte Lord Ickenham. Seltsam, dachte er, wie an diesem Tag alle Welt mit Männern über Büsten sprach. Erst vor wenigen Stunden war Pongo in sein Arbeitszimmer gestürmt und hatte lautstark nach einer solchen verlangt. »Sprich du ruhig mit Männern über Büsten. Darin liegt das Geheimnis von Glück und Erfolg.«

Sally hakte sich ein und drückte ihm den Arm.

»Schön, daß ich dich wieder einmal sehe, mein Lieber.«

»Mich anzuschauen lohnt sich immer.«

»Wie wunderbar, daß du gekommen bist. Und wie mutig! Wie hast du dich denn loseisen können?«

»Was ist denn das für eine seltsame Wortwahl, Kindchen?«

»Aber hat Tante Jane denn nicht gesagt, daß sie dich mit einem stumpfen Messer skalpiert, falls du noch einmal ohne Ausgeherlaubnis herumstreunst?«

»In ihrer ulkigen Art hat sie tatsächlich etwas Ähnliches gesagt. Merkwürdig, wieviel ihr daran liegt, daß ich auf dem Land versauere. Allerdings befindet sich deine ehrenwerte

Tante Jane gegenwärtig auf dem Weg in die Karibik. Seither hat sich die allgemeine Lage merklich entspannt. Ich hielt es für eine glänzende Gelegenheit, meinen Horizont ein bißchen zu erweitern.«

»Oder auszubüchsen.«

»So kann man es natürlich auch nennen. Aber jetzt wollen wir ein Taxi rufen und essen gehen. Ach, da ist ja schon eins«, sagte Lord Ickenham, als sie um die Straßenecke bogen. »Hüpf rein. Zum Barribault«, wies er den Fahrer an, und Sally schloß fast ekstatisch die Augen. Ein Mädchen, das karge Mahlzeiten in Soho gewohnt war, versetzte schon der bloße Name von Londons führendem Restaurant in einen Taumel.

»Ins Barribault? Aber dafür sind wir doch gar nicht richtig angezogen.«

»Grillroom. Abendkl. nicht obl.«

»Sehe ich denn halbwegs passabel aus?«

»Meine Teure, du siehst aus wie Helena von Troja nach einer gründlichen Gesichtsmaske.«

Sally ließ sich in die Polsterung sinken.

»Ins Barribault!« hauchte sie.

»Wir Grafen haben eben unsere Ansprüche«, versicherte Lord Ickenham. »Das Beste ist gerade gut für uns.«

»Bestimmt ist es toll, ein Graf zu sein.«

»Es ist herrlich. Oft liege ich des Nachts wach und fühle tiefes Mitleid mit all den armen Kerlen, die es nicht sind.«

»Aber du weißt doch, daß du ein anachronistischer Schmarotzer am Körper des Staates bist? Das behauptet jedenfalls Otis. Er ist neuerdings Kommunist.«

»Ach, da schau an. Dann richte ihm doch bitte aus, daß er von mir etwas zu hören kriegt, falls er es sich in den Kopf setzt, mich an einer Laterne aufzuknüpfen. Mag er Grafen etwa nicht?«

»Nicht besonders. Er hält sie für Blutsauger.«

»Wie strohdumm dieser Bursche doch ist! Was kann das bißchen Blutsaugerei schon schaden? Dadurch bleibt unser Teint doch schön rosig. Und ich habe mich ja auch ziemlich abrackern müssen für das bißchen roten Saft. Heute sieht man in mir einen Tausendsassa mit fünf Taufnamen und einer Krone, die an der Garderobe unter der Treppe hängt, doch man vergißt nur zu gerne, daß auch ich die Ochsentour gemacht habe. Jahrelang war ich jüngerer Sohn, nichts als ein Ehrenwert!«

»Warum hast du mir das nie erzählt?«

»Ich habe es nicht über mich gebracht. Ein Jammerlappen von einem Ehrenwert. Ich stand zwar im Adelsverzeichnis, aber bloß im kleingedruckten Teil.«

»Mir kommen gleich die Tränen.«

»Das kann ich auch nicht ändern. Weißt du, wie man als Ehrenwert behandelt wird, Sally? Wie ein Hund. Man muß den Speisesaal hinter dem Vizekanzler der Pfalzgrafschaft von Lancaster betreten.«

»Ach, mein Guter, das ist ja jetzt alles vorüber.«

»Der einzige Sonnenstrahl in ihrem Leben ist das Privileg, während der Debatten im Oberhaus vorne zu stehen. Und selbst das war mir nicht vergönnt, weil ich meine ganze Zeit dem Vieh widmen mußte, das ich in Arizona trieb.«

»Ich wußte ja gar nicht, daß du einmal Vieh getrieben hast.«

»Als junger Mann, und zwar riesige Herden. Meine Technik war großartig, direkt und ohne Faxen, wie der Tritt eines Maulesels, denn ich schlug blitzschnell und aus dem Handgelenk heraus zu. Ich habe auch in einer Erfrischungshalle gearbeitet, war Gelegenheitsjournalist und habe so deinen Vater kennengelernt. Außerdem habe ich in der Mohavewüste nach Gold gesucht. Aber war ich glücklich? I wo. Die ganze Zeit hat mich wie eine ätzende Säure der Gedanke geplagt, daß ich den Speisesaal hinter dem Vizekanzler der Pfalzgrafschaft von Lancaster betreten mußte.

Schließlich konnte ich mich dank Mut und Beharrlichkeit an den eigenen Haaren aus dem Sumpf ziehen und zu dem werden, was ich heute bin. *Den* Vizekanzler der Pfalzgrafschaft von Lancaster möchte ich sehen, der sich heute noch vor mir reinzudrängeln wagt!«

»Klingt wie eine Erzählung von Horatio Alger.«

»Allerdings. Aber ich langweile dich. Wir Burschen, die es geschafft haben, werden gern etwas geschwätzig, wenn's um unsere früheren Nöte geht. Aber erzähl doch von dir. Wie läuft's denn so, Sally?«

»Na ja, den Speisesaal betrete ich weiterhin hinter den Redakteurinnen der Modejournale, aber abgesehen davon schlage ich mich ganz ordentlich durch.«

»Gehen die Geschäfte?«

»Nicht schlecht.«

Das Taxi hielt vor dem reich verzierten Portal des Hotels Barribault, und die beiden begaben sich in den Grillroom. Als sie Platz nahmen, schnupperte Sally genießerisch.

»Himmlisch!« sagte sie.

»Hungrig?«

»Ich bin immer hungrig.«

Lord Ickenham sah sie leicht beunruhigt an.

»Und du bist wirklich nicht knapp bei Kasse, Sally?«

»Keineswegs. Büsten sind sehr gefragt. Wenn man bedenkt, wie häßlich die meisten Menschen sind, ist es schon erstaunlich, daß so viele von ihnen ihr Antlitz an die Nachwelt weiterreichen wollen.«

»Du würdest mich doch nicht anschwindeln?«

»Nein, ganz ehrlich. Ich schwimme im Geld.«

»Und weshalb hast du mir dann SOS gefunkt? Was ist das für eine äußerst dringliche Angelegenheit – ›äußerst‹ unterstrichen –, die du mit mir besprechen willst?«

Sally schwieg einen Moment lang, allerdings nur, weil sie gerade Kaviar im Mund hatte. So etwas bekam sie nicht jeden Tag zu essen.

»Ach das? Es geht um Otis.«

»Großer Gott!«

»Na, so ist es eben. Tut mir leid.«

»Immer dieser Otis! Zeit meines Lebens ist mir aufgefallen, daß die nettesten Mädchen immer die gräßlichsten Brüder haben. Es scheint sich schon fast um ein Naturgesetz zu handeln. Was gibt es denn jetzt wieder für Schwierigkeiten, und was genau kann ich für dich tun?«

»Die Schwierigkeiten erläutere ich dir später. Für mich könntest du aber Folgendes tun: Bitte Pongo um einen Gefallen für mich.«

»Pongo?«

»Ich kann ihn nicht gut selbst darauf ansprechen«, erwiderte Sally.

In ihre Stimme schlich sich jäh ein resignierter Ton, der Lord Ickenhams feinem Ohr nicht entging. Er beugte sich vor und tätschelte ihre Hand.

»Ein Jammer, Sally, diese Sache zwischen dir und Pongo.«

»Ja.«

Stille trat ein. Lord Ickenham warf einen heimlichen Blick über den Tisch. Sally starrte ins Leere, und ihre Augen, dies jedenfalls war sein Eindruck, schimmerten verdächtig und wirkten bedenklich feucht. Es kommt selten vor, daß ein Onkel verstehen kann, weshalb einer seiner Neffen überhaupt einen anderen Menschen in seinen verhängnisvollen Bann zu ziehen vermag, und so sympathisch Pongo auch Lord Ickenham war, als Herzensbrecher konnte er ihn sich einfach nicht vorstellen. Doch es war augenscheinlich, daß sich im Leben dieses Mädchens durch Pongos Fortgang eine riesige Lücke aufgetan hatte. Ihre Miene war die eines sich nach Pongo verzehrenden Mädchens, und entsprechend groß war die Erleichterung, als der Kellner die *truite bleue* auftrug und eine Spannung löste, die ungemütlich geworden war.

»Erzähl mir von Otis«, sagte Lord Ickenham.

Sally lächelte ziemlich verkrampft.
»Du brauchst nicht taktvoll zu sein, Onkel Fred. Mir macht es nichts aus, über Pongo zu sprechen. Zumindest ... Nein, natürlich macht es mir nichts aus. Hast du ihn in letzter Zeit gesehen?«
»Gerade heute nachmittag. Er traf gestern ein und hat bei mir übernachtet.«
»Wie sah er denn aus?«
»Oh, sehr gut.«
»Hat er von mir gesprochen?«
»Ja. Und als ich ihn ausschimpfte, weil er so töricht gewesen war, dich gehen zu lassen, hat er mich ins Vertrauen gezogen.«
»Darüber, daß ich von ihm verlangte, Alice Vansittarts Schmuck nach Amerika zu schmuggeln?«
»Ja.«
»Es war dumm, daß ich mich deswegen so aufregte. Und überflüssig dazu, wie sich später herausstellte.«
»Wieso? Hat diese Vansittart nach reiflicher Überlegung beschlossen, doch Zoll zu bezahlen?«
»Nein. Aber mir kam eine weit bessere Idee, wie sich die Klunker durchschleusen lassen. Ich werde sie nicht einmal dir verraten, aber sie ist wirklich erstklassig. Eine todsichere Sache. Alice ist ganz hingerissen.«
Sie sprach mit einer mädchenhaften Erregung, die Lord Ickenham hoffen ließ, ihr Herz möge nun doch nicht irreparabel gebrochen sein. Der schimmernd-feuchte Ausdruck in ihren Augen war einem Leuchten gewichen, das große Ähnlichkeit mit demjenigen hatte, das Pongo mit so viel Mißfallen in den Augen seines Onkels Fred erblickt hatte.
»Ach, ist sie das?«
»Als ich Alice davon erzählte, hat sie entzückt in die Hände geklatscht.«
»Dir ist bestimmt klar, daß es äußerst verwerflich ist, die

Zollbehörden der Vereinigten Staaten hinters Licht zu führen?«

»Ja, das bedrückt mich ja auch schwer. Die Ärmsten.«

»Trotzdem ist es so. Dann wäre die Trennung zwischen dir und Pongo also gar nicht nötig gewesen.«

»Nein.«

»Es war albern von ihm, dich ernst zu nehmen, als du die Verlobung aufgelöst hast. Meine werte Gattin löste die unsere sechsmal auf, und ich hatte jedesmal nur ein müdes Lächeln übrig.«

»Ich hätte daran denken sollen, daß Pongo immer alles so ernst nimmt.«

»Ja. Ein Heiliger im Geiste, aber mit Dummheit geschlagen.«

»Und jetzt ist er auf und davon und hat sich mit Hermione verlobt, der einzigen Tochter von Sir Aylmer Bostock und Lady Bostock, Ashenden Manor, Ashenden Oakshott, Hampshire. Na ja. Kennst du sie, Onkel Fred?«

»Nein. Ich habe eine Fotografie von ihr gesehen.«

»Ich auch, und zwar im *Tatler*. Sie sieht sehr gut aus.«

»Sofern man ein solches Äußeres mag.«

»Bei Pongo scheint das der Fall zu sein.«

»Ja. Im Moment könnte man behaupten, er liege in Narkose. Doch das Erwachen wird böse sein.«

»Das kannst du doch nicht allein auf Grund ihrer Fotografie beurteilen.«

»O doch. Sie wird ihn zur Schnecke machen.«

»Ach, das arme Kerlchen.«

Erneut trat Stille ein.

»Na, um welchen Gefallen soll ich denn nun Pongo für dich bitten?« fragte Lord Ickenham. »Ich bin übrigens fast sicher, daß er ihn dir tun wird, ganz gleich, worum es sich handelt. Er mag dich weiterhin verdammt gut leiden, Sally.«

»O nein.«

»Doch, doch, ganz ehrlich. Das hat er mir fast wörtlich gesagt.«

Ein strahlendes Lächeln erhellte Sallys Antlitz. Der Kellner, der gerade Huhn *en casserole* auftrug, geriet darob ganz aus der Fassung und ließ beinahe die Platte fallen.

»Tatsächlich?«

»Und vergiß eins nicht: In ihm lodert noch immer so viel vom alten Feuer, daß er dir einen Kunden in Gestalt von Sir Aylmer Bostock vorbeigeschickt hat.«

»Hat *er* mir den Auftrag vermittelt? Typisch Pongo«, sagte Sally zärtlich. »Das werde ich ihm nie vergessen. Obwohl Otis' Schwierigkeiten leider genau damit zusammenhängen, daß ich diese Büste angefertigt habe.«

»Wie das?«

»Ich beginne ganz vorn: Also, ich modellierte an der Büste herum.«

»Klar.«

»Und im Laufe meiner Arbeit plauderten mein Modell und ich selbstverständlich über dies und das.«

»War er denn ein unterhaltsamer Gesprächspartner?«

»Nicht unbedingt. Mehrmals hat er meine Bemühungen unvorteilhaft mit denen eines Bildhauers verglichen, dem er anläßlich seiner Pensionierung Modell saß.«

»Und die jetzt in der Eingangshalle von Ashenden Manor steht – oder stand?«

»Ja. Woher weißt du das?«

»Nur Geduld, mein Kind. Ich erzähle dir gleich auch eine Geschichte. Fahr bitte fort. Er machte mit dir Konversation, doch du fandst ihn nicht besonders unterhaltsam.«

»Nein. Aufhorchen ließ mich allerdings, daß er seine Memoiren geschrieben und nach reiflicher Überlegung beschlossen hatte, die Kosten für ihre Publikation selbst zu tragen. Er sprach wie ein Mann, der schon manche Enttäuschung erlebt hat. Da sagte ich mir: ›Ha! Das ist was für Otis.‹«

»Allmählich blicke ich durch. Otis übernahm den Auftrag und vermasselte ihn prompt?«

»Ja. In einem unachtsamen Augenblick rutschten ihm einige Bildtafeln hinein, die eigentlich in einen Band über Moderne Kunst gehört hätten, den er gerade fertigstellte. Sir Aylmer konnte mit keiner der Aufnahmen sehr viel anfangen, am allerwenigsten jedoch mit derjenigen einer nackten Frau, unter der ›Ich im zarten Alter von zwanzig‹ stand. Ich erfuhr davon, als er die Büste an mich zurückgehen ließ. Lady Bostock brachte sie mir zusammen mit einem geharnischten Brief ins Atelier. Und nun will er eine gigantische Schadenersatzklage einreichen. Wenn sie durchkommt, bedeutet das den sicheren Untergang von Otis' armem kleinen Verlag. Wirklich zu blöd.«

»Durchaus. Obwohl es Otis ähnlich sieht.«

»Armer Kerl, er ist so zerstreut.«

»Armer Trottel, er ist ein Albtraum. Ich nehme an, du hast Geld in seinen Verlag gesteckt?«

»Ein bescheidenes Sümmchen.«

»Ojemine. Ich sage es ja nur ungern, meine Liebe, aber wenn es stimmt, was du mir da erzählst, wird jedes Geschworenengericht diesem Bostock den Kopf von Otis auf dem Silbertablett präsentieren.«

»Ich weiß. Falls die Sache je vor Gericht kommt. Genau deswegen brauche ich ja Pongos Unterstützung. Er soll bei Sir Aylmer seinen Einfluß geltend machen, damit der seine Klage zurückzieht. Vielleicht kann er ihn ja überreden, sich mit einem kleineren Betrag zufriedenzugeben, der Otis nicht in den Ruin treiben würde.«

»Das wäre natürlich das Happy-End. Aber ist Pongo bei ihm auch tatsächlich *persona grata*?«

»Warum sollte er es nicht sein?«

»Ich habe so meine Zweifel. Alles hängt davon ab, wie er die Sache mit der Büste ins reine gebracht hat. Schon merkwürdig, daß Otis' verlegerische Zukunft, die mir vollkommen schnuppe ist, und dein bißchen Geld, das mir alles andere als schnuppe ist, von Pongos Fähigkeit abhängt, in Ashenden Manor eine Büste einzuschmuggeln, ohne ertappt zu werden. Seltsam. Geradezu grotesk. Das Leben kann wirklich ganz schön kompliziert sein.«

»Was meinst du damit? Welche Büste denn?«

»Genau die Geschichte will ich dir ja erzählen. Bist du satt? Dann gehen wir für den Kaffee doch hinüber in die Hotelhalle. Ja«, sagte Lord Ickenham, als sie in zwei der ausladenden Sessel Platz genommen hatten, die das Hotel Barribault seinen Gästen zur Verfügung stellt, »wirklich äußerst kompliziert. Ich sagte ja schon, daß Pongo gestern abend bei mir vorbeikam.«

»Ja.«

»Heute nach dem Mittagessen machte er sich nach Ashenden auf, um die alten Leutchen zu faszinieren. Ich winkte ihm zum Abschied liebevoll zu und glaubte, ihn mindestens eine Woche lang nicht mehr zu Gesicht zu bekommen. Doch das war ein Irrtum. Nach nicht einmal zwei Stunden stand er wieder da. Ganz aufgewühlt. Schien geradezu auf glühenden Kohlen zu gehen.«

»Aber warum denn?«

»Weil er beim Versuch, dem Dienstmädchen von Ashenden Manor zu demonstrieren, wie brasilianische Eingeborene mit primitiven Schleudern Vögel schießen, zufällig jene Büste in der Eingangshalle zerdepperte, von der du vorhin sprachst.«

»Oh, mein Gott!«

»Na, na! Wühlt dich das ebenfalls auf?«

»Allerdings! Begreifst du denn nicht, Onkel Fred? Sir Aylmer liebt diese Büste über alles. Er wird eine Mordswut auf Pongo haben ...«

»Und deshalb wäre es Pongo unmöglich, ein gutes Wort für Otis einzulegen? Ja, das scheint sich daraus zu ergeben. Aber beruhige dich. Vielleicht ist ja schon wieder alles im Lot. Zu mir kam Pongo nämlich, weil er sich eine andere Büste borgen und auf den verwaisten Sockel stellen wollte, in der Hoffnung, daß der Ersatz nicht bemerkt wird.«

»Das war schlau.«

»Ja, viel zu schlau für Pongo. Bestimmt kam nicht er, sondern das Dienstmädchen auf die Idee. Er ist nicht unbedingt das, was ich einen schnellen Denker nennen würde. Ich erinnere mich noch gut an seine Verstörtheit, als man ihn beim Hunderennen nach seinem Namen fragte. Er hatte bereits ›Tw...‹ ausgesprochen, als ich mich glücklicherweise hinüberbeugen und ihm ins Ohr flüstern konnte, er sei Edwin Smith, Nasturtium Road Nummer 11, East Dulwich.«

»Und wer warst du?«

»George Robinson aus der Nummer 14 in derselben Straße. Ja, wir können dem Dienstmädchen getrost alle Geistesgegenwart zuschreiben, die in diesem Fall bewiesen wurde. Ich händigte ihm also eine Büste aus, und er fuhr damit weg. Selbstverständlich läßt sich im Moment unmöglich sagen, ob der simple Trick funktioniert hat, aber wir dürfen wohl halbwegs zuversichtlich sein. Er hat mir erzählt, in der Ecke der Eingangshalle, wo früher das Original stand, sei es ziemlich düster, und ich glaube nicht, daß Mugsy normalerweise sehr genau hinsieht. Ein flüchtiger Blick im Vorübergehen, und schon trollt er sich hinaus in den Garten, um den Sonnenschein zu genießen.«

»Warum nennst du ihn denn Mugsy?«

»So nannten wir ihn in der Schule immer.«

»Bist du mit Sir Aylmer zur Schule gegangen?«

»Jahrelang.«

»Könntest dann nicht du ein gutes Wort einlegen?«

»Nein, das kann ich nicht. Gerade gestern habe ich seinem Neffen im Zug erzählt, daß ich dem jungen Mugsy Bostock einmal mit dem Schlagholz eine gehörige Tracht Prügel verpaßte, und garantiert wurmt ihn der Vorfall noch heute. Pongo wird also das gute Wort schon selbst einlegen müssen.«

»Wenn alles glattgegangen ist.«

»Daran zweifle ich nicht. Er behauptet, daß Mugsy kurzsichtig ist und keine Brille tragen will, und das Dienstmädchen hat er als standhaft und aufrichtig bezeichnet, jedenfalls ist sie keine von denen, die einen gleich verpetzen.«

»Du tröstest mich ungemein, Onkel Fred.«

»Ich versuche es zumindest, meine Teure. Licht und Sonne in alle Herzen, so lautet mein Motto.«

»Was für ein Glück, daß du eine Büste zur Hand hattest.«

»Geradezu ein Segen. Aus unerfindlichen Gründen ist Ickenham Hall nie besonders gut mit den Dingern bestückt gewesen. Mit Statuen schon. Falls du zu mir gerannt kämst und eine nackte Venus haben wolltest, könnte ich die Bestellung ohne weiteres ausführen. Mein Großvater war darauf spezialisiert. ›Traurig das Heim‹, so pflegte er zu sagen, wenn er sich mit versonnener Hand durch den Backenbart strich, ›in dem es nicht von nackten Venussen wimmelt.‹ Dies hat dazu geführt, daß man in gewissen Teilen des Grundstücks meinen könnte, man platze am Damenabend in ein türkisches Bad. Aber Büsten, nein. Aus Büsten haben wir Ickenhams uns nie viel gemacht. Wenn es die Gunst des Schicksals also nicht gewollt hätte, daß du mir eine in Gewahrsam …«

Es ist gar nicht so einfach, mit einem einzigen Satz aus einem Sessel des Hotels Barribault zu schießen, doch Sally schaffte es. Ihr Antlitz war fahl, und sie starrte mit entsetzt aufgerissenen Augen ins Leere.

»Onkel Fred! Du hast ihm doch nicht etwa *die* mitgegeben?«

»Doch. Warum, was ist denn los?«

Sally ließ sich in den Sessel zurücksinken.

»Alice' Schmuck befindet sich darin«, flüsterte sie tonlos.

»Was!?«

»Ja. Ich habe ihn oben in den Gips gesteckt, und Alice wollte die Büste nächste Woche bei dir abholen und mit nach

Amerika nehmen. Das war die ›Idee‹, von der ich dir vorhin erzählt habe.«

»Da soll doch der Teufel dreinschlagen!« rief Lord Ickenham.

Ein vielsagendes Schweigen trat ein. Nachdem Lord Ickenham den Teufel hatte dreinschlagen lassen, schien auch er, den man schwerlich als ideenlosen Menschen bezeichnen konnte, nicht mehr weiterzuwissen. Er kratzte sich am Kinn, er zwirbelte seinen Schnurrbart, er trommelte mit den Fingern auf der Sessellehne herum, doch eine Eingebung wollte sich partout nicht einstellen.

Schließlich erhob er sich.

»Es nützt ja nichts, meine Teure, wenn ich sage, es tut mir leid. Und es taugt auch nicht viel, wenn ich betone, daß ich es nur gut gemeint habe. Was du jetzt brauchst, ist eine Strategie, kein reumütiges Lamento. Ich werde mir draußen mal ein bißchen die Beine vertreten. Vielleicht ist ja die frische Luft dem Fluß meiner Gedanken förderlich. Und weiß Gott, der Fluß meiner Gedanken kann im Moment jede erdenkliche Förderung brauchen.«

Mit gesenktem Haupt, die Hände auf dem Rücken verschränkt, ging er durch die Drehtür hinaus. Als er nach ein paar Minuten wiederkehrte, brachte er frohe Kunde. Sein Gesicht hatte sich aufgehellt, und er war so heiter wie eh und je.

»Alles in Ordnung, Kindchen. Diese kleine Schwierigkeit läßt sich ganz einfach beheben. Ich mußte mich nur ein bißchen konzentrieren. Du hast mir doch erzählt, Mugsy habe die Büste, die du von ihm angefertigt hast, zurückgegeben? Steht sie bei dir im Atelier?«

»Ja.«

»Dann ist ja alles in Butter. Morgen bringen wir sie mit dem Wagen nach Ashenden, wo ich sie gegen diejenige austausche, die jetzt dort steht.«

»Aber …«

»Kein ›aber‹.«

»Wie …?«

»Und auch kein ›wie‹. Genau das haben die Herren Sachverständigen auch immer zu Kolumbus gesagt, als der ihnen erzählte, er werde Amerika entdecken, und sieh nur, wie dumm sie nachher aus der Wäsche guckten. Ich finde schon eine Möglichkeit. Belaste dein Köpfchen nicht mit solchen Banalitäten, die kannst du mir überlassen. Du gehst jetzt brav nach Hause und packst das Notwendigste, und dann husch ins Körbchen, während ich hier noch ein, zwei Dinge ausarbeite, die mir noch nicht völlig klar sind. Noch einen Kaffee? Nein? Na, dann los. Bei meiner Seel'«, sagte Lord Ickenham mit bübischer Freude, als er sie zur Tür begleitete, »es grenzt an Vorsehung, daß dies alles jetzt passiert. Genau das brauche ich, um auf Touren zu kommen und meinen jugendlichen Schwung wiederzufinden. Ich komme mir vor wie letztes Frühjahr, als Pongo und ich uns in den Rollen des Gehirnspezialisten Sir Roderick Glossop und seines Neffen Basil nach Blandings Castle aufmachten. Hat er dir je davon erzählt?«

»Nein.«

»Seltsam. Ich hätte gedacht, das sei eine seiner liebsten Erinnerungen. Du bekommst die komplette Geschichte morgen auf der Fahrt zu hören. Und nun gute Nacht, meine Teure«, sagte Lord Ickenham und half Sally ins Taxi. »Schlaf gut und sorge dich nicht. Verlaß dich ganz darauf, daß ich mich um alles kümmere. Solche Situationen fördern das Beste in mir zutage. Und wer das Beste von Frederick Altamont Cornwallis, dem fünften Grafen des guten alten Ickenham, zu sehen bekommt, der sieht allerhand.«

ZWEITER TEIL

5. Kapitel

Lady Bostock hatte die Angewohnheit, sich bei schönem Wetter nach dem Mittagessen auf der Terrasse von Ashenden Manor in einen Gartenstuhl zu setzen und Socken für die Armen und Bedürftigen zu stricken. Wie Lord Ickenham wollte auch sie unbedingt Licht und Sonne in alle Herzen zaubern, und vielleicht glaubte sie sogar mit gutem Grund, daß nichts den grauen Alltag mehr aufzuheitern vermöge als die eine oder andere Socke.

Am Tag nach den vorhin geschilderten Ereignissen war das Wetter besonders prächtig. Sanfte weiße Wolken zogen an einem sonst makellos blauen Himmel dahin, der Weiher schimmerte wie geschmolzenes Silber, und aus den angrenzenden Blumenbeeten stiegen das Gesumme der Bienen und der süße Duft von Lavendel und Reseda. Ein solcher Nachmittag hob die Stimmung, ließ das Herz federleicht werden und brachte eine jede Frau dazu, sich dankbar vor Augen zu führen, wie gut sie es doch hatte.

Auch Lady Bostock versäumte nicht, dies zu tun. Sie veranschlagte ihr Glück als ein beträchtliches. So war es zum Beispiel erfreulich, wieder zu Hause zu sein, obwohl ihr das Landleben eigentlich nie zugesagt und sie dem lustigen gesellschaftlichen Treiben in Cheltenham stets den Vorzug gegeben hatte. Mrs. Gooch, die Köchin, brachte ein phantasievolles Mittagsmahl auf den Tisch, und seit Sir Aylmers Neffe William den Auftrag erhalten hatte, beim Fest die hübschen Babys zu beurteilen, ließ sich die Stimmung des Alten schon beinahe als ausgelassen bezeichnen, ein Zustand, wie ihn sich eine Gattin nur wünschen kann, deren Lebensaufgabe es ist, jenen bei Laune zu halten. Sie hörte ihn nun in seinem Arbeitszimmer ein Liedchen singen, das ungefähr besagte, froh zu sein bedürfe es wenig, und wer froh sei, sei ein König. So weit, so gut. Doch ungeachtet der Prächtigkeit des Tages, der Könnerschaft von Mrs. Gooch und der Umgänglichkeit ihres Gatten war Lady Bostock schwer ums Herz. In der heutigen Zeit, wo die menschliche Existenz unendlich kompliziert geworden ist und uns das Schicksal mit der einen Hand die Schulter tätschelt, während es uns mit der anderen gerade kaltblütig eine reinwürgt, begegnen wir nur selten einem Menschen, der unumschränkt glücklich ist. Das Bittere vermischt sich stets mit dem Süßen, und man kann sicher sein, daß in dieser *mélange* das erstgenannte Aroma vorherrscht. Ein hartes Urteil über die moderne Welt, gewiß, doch diese kann nicht behaupten, es nicht herausgefordert zu haben.

Während Lady Bostock also strickend dasaß, zwei links, zwei rechts – oder was Frauen eben tun, wenn sie Socken strikken –, entfuhr ihr gelegentlich ein Seufzer. Sie dachte an Sally Painter.

Die Budge Street in Chelsea hatte bei dieser empfindsamen Frau, so kurz ihr Aufenthalt dort auch gewesen war, einen tiefen Eindruck hinterlassen. Zwar war sie lediglich im Taxi vorgefahren, hatte auf den Klingelknopf von Sallys Atelier gedrückt und der Putzfrau das Paket übergeben, um sogleich wieder abzufahren. Dennoch hatte sie genug gesehen, um die Budge Street als einen der Orte zu identifizieren, über die sie in Romanen schon oft gelesen hatte – Orte, wo mittellose Künstler ein kärgliches Dasein fristeten und sich an nichts als die nackte Hoffnung klammerten. Wie dankbar, so dachte sie, mußte die mittellose Miss Painter über den Auftrag gewesen sein, jene ominöse Büste ihres Aylmer anzufertigen, und welche Qualen mußte sie ausgestanden haben, als sie ihr schnöde zurückgegeben wurde.

Sie hatte dies gegenüber Sir Aylmer erwähnt, als die beiden von der Besprechung mit dem Vikar zurückkehrten, woraufhin er sie grob angeschnauzt hatte. Nun aber konnte sie, obschon sie eine viel zu loyale Gattin war, um ihren Mann, und sei es auch nur im Geheimen, zu kritisieren, einen Anflug des Bedauerns nicht unterdrücken, weil er immer von so grandioser Unnachgiebigkeit war.

Gab es denn nichts, so fragte sie sich, als sie an das vortreffliche Mittagessen dachte, das sie soeben zu sich genommen hatte, und sich dabei ausmalte, wie Sally an einem trockenen Kanten Brot herumkaute und diesen mit einem Glas Wasser hinunterspülte, gab es denn nichts, was sie tun konnte? Selbstverständlich war es zwecklos, Aylmer ein zweites Mal umstimmen zu wollen, doch nur mal angenommen, sie ließe diesem Mädchen heimlich einen Scheck zukommen …

An dieser Stelle wurde ihre Grübelei unterbrochen und ihr Kummer noch verstärkt durch das Eintreffen Bill Oakshotts, der über die Terrasse gestapft kam und schwermütig eine Pfeife rauchte. Traurig und mitfühlend betrachtete sie ihn. Seit sie ihm die schlimme Nachricht überbracht hatte, kam sie sich jedesmal, wenn sie ihn sah, wie ein weichherziger orientalischer Scharfrichter vor, der auf allerhöchsten Befehl hin einer Odaliske unter Zuhilfenahme einer Bogensehne ausgesprochen garstige Sachen hat antun müssen. Manchmal wollte es ihr scheinen, als würde sie den entsetzten und verzweifelten Blick, der dabei in sein purpurrotes Gesicht getreten war, nie mehr aus ihrem Gedächtnis löschen können. Spuren fanden sich noch jetzt in seiner verhärmten Miene.

»Tag, Tante Emily«, sprach er mit Grabesstimme. »Strickst du eine Socke?«

»Ja, mein Lieber. Eine Socke.«

»Soso«, sagte Bill, und es klang noch immer wie ein Ruf aus der Gruft. »Eine Socke? Prima.«

Da stand er und sah leeren Blickes vor sich hin. Sie faßte ihn sanft an der Hand.

»Zerbrich dir deswegen nicht unnötig den Kopf, mein Lieber.«

»Du hast leicht reden«, entgegnete Bill. »Wie viele dieser gräßlichen Babys werden es denn sein?«

»Letztes Jahr waren es dreiundvierzig.«

»Dreiundvierzig?«

»Kopf hoch, William! Wenn Mr. Brotherhood es geschafft hat, schaffst du es auch.«

In dieser Beweisführung steckte ein derart offensichtlicher Denkfehler, daß Bill ihn sogleich entdeckte.

»Bei Kuraten ist das was anderes. Die werden speziell für solche Babyschönheitswettbewerbe ausgebildet. In den Priesterseminaren. Würde mich nicht wundern, wenn sie zuerst mit Bauchrednerpuppen üben. Dreiundvierzig hast du gesagt? Und diesmal sind es vermutlich noch ein paar Dutzend mehr. Die vermehren sich ja wie die Karnickel. Mann, wär' ich bloß wieder in Brasilien!«

»Ach, William.«

»Doch! Was für ein Land! Nichts als Fliegen und Zecken und Alligatoren und Schlangen und Skorpione und Taranteln und eine Art Egel, der von den Bäumen fällt und einem das Blut aussaugt. Und weit und breit kein Baby in Sicht. Hör mal, Tante Emily, kann ich nicht jemand anderen bitten, diese schauderhafte Aufgabe zu übernehmen?«

»Aber wen denn?«

»Ja, das ist natürlich der Haken«, antwortete Bill mürrisch. »Hirnverbrannte Idioten, die sich breitschlagen lassen, die Schönheit von dreiundvierzig Babys zu beurteilen, welche samt und sonders aus den Mundwinkeln sabbern, sind todsicher dünn, sehr, sehr dünn gesät. Ich mache mich besser wieder auf den Weg, Tante Emily. Offensichtlich tut es mir gut, wenn ich in Bewegung bleibe.«

Er trottete, lustlos Rauch ausstoßend, davon und ließ eine Tante mit schmerzendem Herzen zurück. Und da Lady Bostock dem Tiefpunkt ihrer Depression schon so nahe war, dachte sie wohl, nun sei schon alles egal, weshalb sich ihre Gedanken Pongo zuwandten.

Es kommt häufig vor, daß angehende Schwiegersöhne bei angehenden Schwiegermüttern für große Bestürzung sorgen, und Lady Bostock bildete keine Ausnahme. Schon der erste Blick auf Pongo hatte sie rätseln lassen, weshalb ihre Tochter ihn sich wohl als Lebenspartner ausgesucht hatte. Von Anfang an glaubte sie es mit einem Menschen zu tun zu haben, dessen Seele keineswegs mit der ihren harmonierte. Nur ihre vollendeten Manieren hatten sie davon abgehalten, ihm manchmal die Socke, die sie für die Armen und Bedürftigen strickte, um die Ohren zu hauen.
Als sie seinen abstoßenden Charakter einer genaueren Prüfung unterzog, kam sie zu dem Schluß, daß ihr sein nervöses Kichern zwar ebenso mißfiel wie sein zitronengelbes Haar und seine Art, den Unterkiefer hängen und den Blick glasig werden zu lassen, daß ihr aber nichts so auf den Geist ging wie seine unheimliche Zappeligkeit.
Von dieser hatte sie gerade vor einer Stunde eine weitere Kostprobe erhalten, als die Hausbewohner nach dem Mittagsmahl aus dem Eßzimmer getreten waren. In der Eingangshalle näherte sich Aylmer seiner Büste, die er wahrscheinlich, wie das gelegentlich vorkam, schnell mit dem Taschentuch abwischen wollte. Reginald fing an, mit einem leisen, tierischen Jaulen herumzuhopsen und sich ihm in den Weg zu stellen, und er gewann seine Fassung erst wieder, als Aylmer die Idee des Abwischens fallengelassen hatte und weitergeschritten war.
Ein seltsamer junger Mann. Ob er einen Sparren zuviel hatte – oder gar einen zuwenig? Oder lastete irgendein dunkles Geheimnis auf seinem Gemüt, so er ein solches überhaupt besaß?
Spekulationen dieser Art führen, zumal an einem warmen Tag und nach recht üppigem Mittagsmahl, fast zwangsläufig zu Schläfrigkeit. Lady Bostocks Augenlider begannen zu zucken. Irgendwo in der Ferne brummte ein Rasenmäher hypnotisierend. Sanft umfächelte der Westwind ihr Gesicht.

Lady Bostock schlief.
Allerdings nicht lange. Kaum hatten sich nämlich ihre Augen geschlossen, wurde sie vom Wort »EMILY!«, ausgestoßen mit der vollen Lungenkraft eines gestandenen Mannsbildes, aus dem Schlummer gerissen, als wäre unter ihrem Stuhl eine Ladung Trinitrotoluol hochgegangen.
Sir Aylmer lehnte sich aus dem Fenster seines Arbeitszimmers.
»EMILY!«
»Ja, Schatz? Ja, Schatz?«
»Komm sofort her!« brüllte Sir Aylmer wie ein Bootsmann, der inmitten eines Orkans das Wort an einen Vollmatrosen auf der anderen Seite des Decks richtet. »Hierher!«

Als Lady Bostock sich zum Arbeitszimmer begab, raste ihr Herz entsetzlich schnell. Im Gebaren ihres Gatten hatte sich etwas gezeigt, was sie namenlose Katastrophen befürchten ließ, und der erste Blick, den sie ihm beim Überschreiten der Schwelle zuwarf, sagte ihr, daß ihre Ängste keineswegs unbegründet gewesen waren.
Sein Gesicht leuchtete purpurrot, während der Schnurrbart, untrüglicher Gradmesser für seine Gefühle, unter dem heftigen Schnauben tanzte. Sie hatte diesen nie mehr so in Bewegung gesehen, seit vor vielen Jahren der jüngste und mit dem nervösesten Gekicher ausgestattete Adjutant ihres Gatten beim Abendessen in der Gouverneursvilla während der Nachspeise mit dem Nußknacker herumgespielt und den Stiel eines kostbaren Weinglases zerbrochen hatte.
Sir Aylmer war nicht allein. In einer Ecke stand – in gebührendem Abstand, als sei ihm durchaus bewußt, daß sein Platz nicht im Rampenlicht war – Wachtmeister Harold Potter, der, wie jeder Polizist in einer solchen Situation, aussah, als hätte ihn ein guter Präparator ausgestopft. Sie blickte verwirrt von einem Mann zum anderen.

»Aylmer! Was ist los?«

Sir Aylmer Bostock war keiner, der um den heißen Brei herumredete. Wenn er Bestürzendes zu berichten hatte, dann tat er dies ohne Umschweife.

»Emily«, sagte er, und jedes einzelne Haar bebte, »hier wird ein verdammtes Komplott geschmiedet.«

»Ein *was*?«

»Ein KOMPLOTT. Ein teuflisches Verbrechen gegen das Allgemeinwohl. Kennst du Potter?«

Lady Bostock kannte Potter.

»Guten Tag, Potter«, sagte sie.

»Guten Tag, Mylady«, erwiderte Wachtmeister Potter, der sich für diese galante Dialogstelle vorübergehend entstopfte, um augenblicklich in die Rolle des Ausgestopften zurückzuschlüpfen.

»Potter«, sagte Sir Aylmer, »hat mir gerade eine sonderbare Geschichte zugetragen. Potter!«

»Sir?«

»Berichten Sie Mylady Ihre sonderbare Geschichte.«

»Jawohl, Sir.«

»Es geht um Reginald«, sagte Sir Aylmer zwecks Einstimmung des Publikums. »Oder genauer gesagt«, fügte er hinzu und brachte auf diese Weise seine Bombe zum Platzen, »um den Burschen, der sich als Reginald ausgibt.«

Lady Bostocks Augen waren bereits vorher beinahe aus den Höhlen getreten, doch bei diesen Worten quollen sie noch ein Stück weiter vor.

»Ausgibt?«

»Ja.«

»Was meinst du damit?«

»Genau das, was ich sage. Deutlicher läßt es sich ja wohl nicht ausdrücken. Der Kerl, der als Reginald Twistleton bei uns weilt, ist ein Betrüger. Er ist keinesfalls Reginald Twistleton. Mir kam er von Anfang an verdächtig vor. Sein Blick paßte mir nicht. Listig. Verschlagen. Und dann dieses schauerliche Gekicher. Wenn du mich fragst, ein typischer Krimineller. Potter!«

»Sir?«

»Fahren Sie fort mit Ihrer sonderbaren Geschichte.«

»Jawohl, Sir.«

Wachtmeister Potter tat einen Schritt nach vorn, den Helm gegen die rechte Hüfte gestützt. In seine Augen war ein glasiger Ausdruck getreten. Diesen Ausdruck nahmen sie immer dann an, wenn er vor Gericht eine Zeugenaussage zu machen hatte. Er fixierte eine Stelle ungefähr zwei Fuß über Sir Aylmers Kopf, so daß sich seine Feststellungen an einen körperlosen Geist zu richten schienen, der über dem Schauplatz schwebte und alles in einem unsichtbaren Notizbuch festhielt.

»Am sechzehnten d. M. ...«

»Gestern.«

»Gestern«, fuhr Wachtmeister Potter, die Korrektur beherzigend, fort. »Am sechzehnten d. M., mit anderen Worten gestern, befuhr ich mit dem Veloziped die Einfahrt von Ashenden Manor, als meine Aufmerksamkeit von einer verdächtigen Gestalt erregt wurde, die das Gebäude durch eine Verandatür betrat.«

»Die Tür zu meinem Kuriositätenkabinett.«

»Die Tür zu Sir Aylmer Bostocks Kuriositätenkabinett. Sogleich nahm ich behufs Feststellung der Personalien dieses Mannes die Verfolgung auf. Meine entsprechenden Fragen beantwortete er dahingehend, daß er Twistleton heiße und als Gast hier weile.«

»So ist es auch«, sagte Lady Bostock leicht benommen.

Sir Aylmer wedelte herrisch mit der Hand.

»Moment, Moment, MOMENT. Es gibt ja noch eine Fortsetzung.«

Er hielt inne und schnaubte in seinen Schnurrbart hinein.

Lady Bostock, die sich in einen Sessel hatte sinken lassen, griff zum Kirchenblatt und fächelte sich Luft zu.

»Wir kommen nun zu dem Teil, in dem sich herausstellt, daß er nicht Twistleton ist«, sagte Sir Aylmer. Sein Schnurrbart durfte sich nun wieder legen wie die aufgepeitschte See nach dem Sturm. »Potter, fahren Sie fort.«

Wachtmeister Potter, der den glasigen Ausdruck in seinem Blick vorübergehend zum Verschwinden gebracht hatte, setzte ihn wieder auf. Er reckte das Kinn, das er zwecks Entspannung der Nackenmuskulatur gesenkt hatte, und richtete das Wort abermals an den körperlosen Geist.

»Nach Kenntnisnahme der Aussagen dieses Mannes befragte ich ihn weiter aufs eingehendste. Da sich dabei seine Unbescholtenheit zu erweisen schien, entfernte ich mich und ließ ihn in Gesellschaft von Miss Bean zurück, einer Hausangestellten, deren Aussage erwies, daß der von mir gezogene Schluß zutreffend war, wodurch seine Unbescholtenheit als« – Wachtmeister Potter stockte, da er nach dem treffenden Wort suchte – »erwiesen gelten konnte«, sagte er. »Allerdings ...«

»Jetzt kommt die Fortsetzung.«

»Allerdings war ich nicht vollkommen zufriedengestellt, und ich kann Ihnen auch sagen, warum«, erläuterte Wachtmeister Potter, der nun jäh auf sein amtliches Gehabe verzichtete und sich leutselig gab. »Als ich diesen Burschen sah, hatte ich sofort das Gefühl, sein Gesicht von irgendwoher zu kennen, auch wenn ich nicht genau hätte sagen können, woher. Sie wissen ja, wie das ist. Außerdem hätte ich schwören können, daß sein Name bei unserer letzten Begegnung nicht Twistleton ...«

»... oder ähnlich gelautet hatte«, sagte Sir Aylmer, der dem Sprechenden gewitzt den Ball der Konversation abluchste und selbst weiterspielte. »Als erstes muß ich dir erzählen ... EMILY, SCHLÄFST DU?«

»Nein, Schatz, nein, Schatz«, rief Lady Bostock, die so unvorsichtig gewesen war, die Augen einen Moment lang zu schließen, um den stechenden Schmerz in der Stirngegend zu lindern.

»Als erstes muß ich dir erzählen, daß Potter vor seinem Wechsel nach Ashenden Oakshott Angehöriger des Londoner Polizeikorps war, und als er heute nach dem Mittagessen gerade ein Pfeifchen schmauchte ...«

»Eine Zigarette, Sir«, warf der Wachtmeister respektvoll dazwischen. Er wußte, wie wichtig in solchen Fällen Genauigkeit war. »Einen Glimmstengel.«

»... wurde ihm schlagartig klar«, fuhr Sir Aylmer nach einem bedrohlichen Blick in Potters Richtung fort, »daß ihm der Bursche schon einmal beim Hunderennen in Shepherd's Bush begegnet war, wo er ihn zusammen mit einem Komplizen festgenommen und abgeführt hatte.«

»Aylmer!«

»Da kannst du noch lange ›Aylmer!‹ sagen. Offensichtlich führt Potter ein Sammelalbum, in das er sämtliche Zeitungsausschnitte im Zusammenhang mit früheren Fällen einklebt, und nun hat er in diesem Sammelalbum nachgesehen und festgestellt, daß der Bursche mitnichten Twistleton heißt, sondern Edwin Smith, Nasturtium Road Nummer 11, East Dulwich. Edwin Smith«, wiederholte Sir Aylmer und vermochte dem Namen dank überstarker Betonung einen ungemein furchteinflößenden Klang zu verleihen. »Willst du mir jetzt wohl glauben, daß er ein Betrüger ist?«

Frauen leiden in solchen Momenten unter dem Handicap, daß sie keine Schnurrbärte tragen. Zwar hatte Lady Bostock wie ein abgehetztes Pferd zu japsen begonnen, doch das war nicht dasselbe. Ihrem Gatten und seiner imposanten Art konnte sie nicht im entferntesten das Wasser reichen.

»Aber was hat er hier bei uns zu suchen?«

»Potter ist der Ansicht, er bilde die Vorhut einer Einbrecherbande. Und damit liegt er wohl ganz richtig. Diese Bürschchen wollen sich die Sache einfach machen, indem sie einen Komplizen ins Haus schleusen, der ihnen den Weg ebnen soll. Wenn die Zeit dann reif ist, öffnet der Strolch ein Fenster, und die anderen Strolche schleichen sich ein. Worauf es diese Bande in Ashenden Manor abgesehen hat, sieht ja wohl ein Blinder mit dem Krückstock. Auf mein afrikanisches Kuriositätenkabinett natürlich. Wo traf Potter diesen Burschen an? In meinem Kabinett. Wo traf ich ihn an? Schon wieder in meinem Kabinett. Mein Kabinett fasziniert ihn. Er kommt nicht davon los. Einverstanden, Potter?«

Wachtmeister Potter war zwar nicht gerade entzückt darüber, vom Hauptzeugen zum bloßen Jasager zurückgestuft worden zu sein, doch er mußte zugeben, daß er einverstanden war.

Lady Bostock japste noch immer leise.

»Aber mir kommt das so hirnrissig vor.«

»Warum? Der Wert meiner Sammlung ist enorm.«

»Ich meine, daß er ein solches Risiko eingeht.«

»Diese Burschen sind es gewohnt, Risiken einzugehen, nicht wahr, Potter?«

»Jawohl, Sir.«

»Das machen sie doch ständig, oder?«

»Jawohl, Sir.«

»Gefährliche Satansbraten, was?«

»Jawohl, Sir«, sagte Wachtmeister Potter, der sich nun in seine Degradierung zu schicken schien.

»Aber ihm muß doch klar gewesen sein, daß wir Reginald erwarteten. Wie wollte er denn sicher sein, daß er ihm hier nicht begegnete?«

»Meine liebe Emily, sei doch nicht kindisch. Der erste Schritt der Bande bestünde selbstverständlich darin, Reginald aus dem Weg zu schaffen.«

»Aus dem Weg zu schaffen? Wie denn?«

»Mein Gott, wie beseitigen solche Burschen wohl andere Burschen? Liest du denn keine Kriminalromane?«

Wachtmeister Potter erkannte seine Chance und nutzte sie auch prompt.

»Sie rufen sie an, Mylady, und sagen ihnen, sie sollen zu verfallenen Fabriken hinauskommen, und dort sperren sie sie dann in den Keller. Oder sie …«

»… schütten ihnen heimlich irgendein Mittel in den Drink und verschleppen sie auf eine Yacht«, sagte Sir Aylmer, der den Ball erneut an sich riß. »Es gibt hunderterlei Methoden. Falls wir der Sache nachgehen, finden wir bestimmt heraus, daß der echte Reginald in diesem Moment gefesselt und geknebelt auf einer Pritsche in den Docks liegt. Wie, Potter?«

»Jawohl, Sir.«

»Oder auf einem Trampdampfer, der nach Südamerika abgelegt hat.«

»Jawohl, Sir.«

»Würde mich nicht wundern, wenn sie ihm brennende Streichhölzer zwischen die Zehen klemmen, damit er ihnen einen Scheck nach dem anderen ausstellt«, meinte Sir Aylmer leidenschaftslos. »Also schön, Potter, das wär's. Wir wollen Sie nicht länger aufhalten. Hätten Sie gern ein Bier?«

»Jawohl, Sir«, sagte Wachtmeister Potter diesmal mit echter Begeisterung.

»Lassen Sie sich in der Küche eins geben. Und jetzt«, meinte Sir Aylmer, als die Tür zufiel, »an die Arbeit.«

»Wohin gehst du?«

»Ich stelle diesen Betrüger selbstverständlich zur Rede und werfe ihn raus.«

»Aylmer!«

»Was ist denn?«

»Angenommen, es handelt sich bloß um ein Mißverständnis?«

»Wie sollte es sich denn um ein Mißverständnis handeln?«

»Angenommen, es handelt sich um eins. Angenommen, dieser junge Mann ist tatsächlich Reginald und du weist ihm die

Tür, dann wird Hermione uns das bis ans Ende unserer Tage vorhalten.«

Die Flamme mannhaften Draufgängertums, die gerade noch in Sir Aylmer Bostock hoch aufgelodert hatte, schien in sich zusammenzusinken. Er kniff die Augen zu wie ein Ritter an König Artus' Hofe, der zu tollkühner Tat losprescht und unglücklicherweise gegen einen Baum prallt. Zwar setzte er weiterhin die Miene des Unerschrockenen auf, doch genau wie seine Frau hatte er sich vor Hermiones Gefühlsausbrüchen schon immer in acht genommen. Stammesführer, die beim kleinsten Wackeln seines Schnurrbarts wie Rehkitze hochzuspringen pflegten, hätten sich höchst erstaunt gezeigt über diese Schwäche eines Mannes, dem jede menschliche Regung fremd zu sein schien. Und dennoch existierte diese Schwäche.

»Mhm, ja«, sagte er nachdenklich. »Ja, ich verstehe, was du meinst.«

»Sie würde an die Decke gehen.«

»Stimmt.«

»Ich weiß selbst nicht, was ich davon halten soll«, meinte Lady Bostock verwirrt. »Potters Geschichte wirkt sehr überzeugend, aber es könnte doch sein, daß seine Annahme, wonach dieser Mann, der als Reginald hierher gekommen ist, in Wirklichkeit Edwin Smith heißt, falsch ist.«

»Ich wette 'ne Million, daß sie stimmt.«

»Ja, Schatz, ich weiß. Und ich gebe ja zu, daß ich an dem jungen Mann ebenfalls etwas merkwürdig Verstohlenes wahrgenommen habe, als trage er ein dunkles Geheimnis mit sich herum. Aber …«

Sir Aylmer hatte eine Idee.

»Hat Hermione in dem Schreiben, in dem sie dir ihre Verlobung verkündet hat, diesen jungen Lackel nicht irgendwie beschrieben?«

»Aber natürlich! Das ist mir ja ganz entfallen. Der Brief liegt in meinem Schreibtisch. Ich hole ihn gleich.«

»Na?« erkundigte sich Sir Aylmer kurz darauf.

Lady Bostock überflog das Schreiben.

»Sie sagt, er sei hochgewachsen und schlank und habe große, leuchtende Augen.«

»Na, siehst du? Dieser Bursche hat keine leuchtenden Augen.«

»Würdest du seine Augen nicht als leuchtend bezeichnen?«

»Keinesfalls. Dann schon eher als zwei pochierte Eier. Und sonst?«

»Er sei höchst amüsant.«

»Na also!«

»Oh!«

»Was?«

»Sie sagt, William habe ihn als Kind gekannt.«

»Tatsächlich? Dann wird Williams Aussage endgültig Klarheit schaffen. Wo ist er denn? WILLIAM! WILLIAM!! WILLIAM!!!«

Nur selten bleibt solches Geschrei ohne Folgen. Bill Oakshott, der noch immer auf der Terrasse stand, eine Pfeife rauchte und über seine Pechsträhne nachsann, polterte die Treppe hoch, als würde er mit einer Leine eingeholt.

Die Angst – beziehungsweise die Hoffnung –, sein Onkel falle gerade einem Mordanschlag zum Opfer, schwand dahin, kaum daß er eintrat, allerdings nicht seine Verwirrung darüber, auf solche Art herbeizitiert worden zu sein.

»Ja?« fragte er zaghaft.

»Ach, da bist du ja«, sagte Sir Aylmer und hörte auf, zum Fenster hinauszubrüllen. »William, dieser Bursche, der sich Reginald Twistleton nennt, was ist mit dem?«

»Was mit dem ist?«

»Ja, genau. Was ist mit dem?«

»Wie meinst du das, was ist mit dem?«

»Herrgott, bist du denn schwer von Begriff? Ich meine, was ist mit dem?«

Lady Bostock eilte zu Hilfe.

»Wir machen uns furchtbare Sorgen, William. Dein Onkel glaubt, der Mann, der gestern hierher kam, sei nicht Reginald, sondern ein Betrüger, der sich als Reginald ausgibt.«

»Was um alles in der Welt bringt ihn auf die Idee?«

»Es tut nichts zur Sache, was um alles in der Welt mich auf die Idee bringt«, entgegnete Sir Aylmer unwirsch. »Hast du als Kind Reginald Twistleton gekannt?«

»Ja.«

»Gut. Das wäre also erwiesen«, sagte Sir Aylmer und bediente sich dabei einer urheberrechtlich nicht geschützten Formulierung von Wachtmeister Potter. »Schön, als du ihn gestern sahst, hast du ihn da wiedererkannt?«

»Selbstverständlich.«

»Sag nicht so unbekümmert ›selbstverständlich‹. Wann hast du ihn denn zum letztenmal gesehen?«

»Vor etwa zwölf Jahren.«

»Und wie kannst du dir dann sicher sein, daß du ihn wiedererkannt hast?«

»Er sah ungefähr gleich aus. Ein bißchen größer natürlich.«

»Hast du dich mit ihm über eure Kindheit unterhalten?«

»Nein.«

»Hast du ihm eine einzige Frage gestellt, deren Beantwortung uns den Beweis dafür liefern würde, daß er dich als Kind gekannt hat?«

»Hm, nein.«

»Na, siehst du.«

»Aber er hört doch auf den Namen Pongo.«

Sir Aylmer schnaubte.

»Selbstverständlich hört er auf den Namen Pongo. Glaubst du tatsächlich, ein Betrüger, den ein offenkundiger alter Freund eben jenes Mannes, als der er sich ausgibt, mit Pongo anspricht, verfügt nicht über soviel Intelligenz, sich zu verstellen? Dein Beweis ist ohne jeden Wert.«

»Tut mir leid.«

»Davon kann ich mir auch nichts kaufen. Ich muß mich wohl selbst darum kümmern. Ich fahre jetzt hinüber nach Ickenham Hall. Der richtige Reginald ist Ickenhams Neffe, und bestimmt hat der alte Spinner irgendwo im Haus eine Fotografie von ihm. Ein Blick darauf, und die Sache ist geklärt.«

»Was für eine glänzende Idee, Aylmer!«

»Ja«, erwiderte Sir Aylmer, dem sie selbst sehr zusagte. »Ist mir einfach so eingefallen.«

Er zischte aus dem Zimmer wie das Geschoß aus der primitiven Schleuder eines brasilianischen Eingeborenen und eilte die Treppe hinunter. In der Eingangshalle sah er sich genötigt, sein Tempo kurz zu drosseln und Pongo anzublitzen, der wie ein Mörder an den Ort des Verbrechens zurückgekehrt war, um die Ersatzbüste anzustarren und sich zum hundertsten Mal zu fragen, wie gut seine Chancen standen, daß seine Tat unentdeckt blieb.

»Ha!« sagte Sir Aylmer.

»Ach, hallo«, erwiderte Pongo und lächelte schwach.

Sir Aylmer beäugte ihn mit jener Mischung aus Entsetzen und Verachtung, mit der rechtschaffene Männer diejenigen beäugen, die sich Twistleton nennen, in Wirklichkeit aber Edwin Smith heißen und in der Nasturtium Road Nummer 11 in East Dulwich wohnen, besonders dann, wenn sie wie Kleinkriminelle grinsen, die man gerade auf frischer Tat ertappt hat. Wenn Sir Aylmer jemals ein von schlechtem Gewissen gezeichnetes menschliches Antlitz gesehen hatte, dann jetzt.

»Ha!« sagte er noch einmal und machte sich auf den Weg zu seinem Wagen.

Wenige Minuten nachdem er diesen wild hupend – denn er

war ein geräuschvoller Autofahrer – auf die Straße gelenkt hatte, näherte sich aus der Gegenrichtung ein anderer Wagen dem Tor.

Am Steuer saß Lord Ickenham und auf dem Beifahrersitz Sally.

6. *Kapitel*

Lord Ickenham warf einen raschen Blick in die kurvenreiche Einfahrt und zwirbelte unbeschwert seinen Schnurrbart. Er erinnerte an einen Mann, der sich auf ein Stelldichein freut. Eine ruhige Nacht und ein gutes Mittagessen hatten sein ohnehin robustes Naturell in eine heitere und zuversichtliche Stimmung versetzt. Die Umgangssprache kennt eine Wendung, die geradezu prädestiniert scheint, den unternehmungslustigen Aristokraten in solchen Momenten zu umschreiben, nämlich die Wendung »sich freuen wie ein Schneekönig«. Mochte man auch seine Methoden scheel ansehen, mochte man auch mißbilligend den Kopf über ihn schütteln und vorwurfsvoll mit der Zunge schnalzen: Daß er sich freute wie ein Schneekönig, stand außer Zweifel.

»Hier könnte es sein, was meinst du?« fragte er.

»Hier ist es.«

»Du scheinst dir sehr sicher zu sein.«

»Ich war ja schon da. Als ich die Büste angefertigt habe.«

»Ist Mugsy denn nicht zu dir ins Atelier gekommen?«

»Aber nein. Große Männer wie er kommen nicht zu armen, werktätigen Mädchen ins Atelier.«

Das leuchtete Lord Ickenham ein.

»Stimmt«, sagte er. »Die Vorstellung, daß der kleine Mugsy Bostock inzwischen ein hohes Tier ist, will mir einfach nicht in den Kopf. Für mich ist und bleibt er der dämlich dreinschauende Dreikäsehoch, der sich gerade über einen Stuhl beugt, während ich ihm versichere, daß mich das, was gleich kommt, mehr schmerzt als ihn. Das war natürlich eine faustdicke Lüge, denn mir bereitete es großen Spaß. Weniges im Leben fällt uns schwerer als die Einsicht, daß die Menschen erwachsen werden. Nichts vermag mich beispielsweise davon zu überzeugen, daß ich nicht mehr der quietschfidele Bursche von fünfundzwanzig Lenzen bin, und auch bei Pongo erfüllt mich die Vorstellung, daß er alt genug sein soll, um ernsthaft den Stand der Ehe in Betracht zu ziehen, mit anhaltender Verwunderung. In meinen Augen läuft er noch immer im Matrosenanzug herum.«

»Bestimmt sah er im Matrosenanzug allerliebst aus.«

»Keineswegs. Er sah gräßlich aus. Wie eine Ballettänzerin in einem Seefahrermusical. Aber lassen wir das müßige Geplauder. Es wird Zeit«, sagte Lord Ickenham, »daß wir uns über Strategie und Taktik unterhalten.«

Seine Stimme hatte jenen kecken Tonfall, der so oft in der Vergangenheit das Herz seines Neffen zu Eis hatte erstarren lassen.

»Strategie und Taktik«, wiederholte er. »Da ist das Haus. Wir haben die Büste. Nun müssen wir uns nur noch Zutritt zu jenem verschaffen und diese mitnehmen. Genau das gedenke ich jetzt zu tun. Hast du etwas gesagt?«

»Nein, ich habe nur leer geschluckt. Ich wollte gerade ›wie?‹ fragen, aber das darf ich ja nicht, wegen Kolumbus und den Herren Sachverständigen.«

Lord Ickenham schien erstaunt.

»Gutes Kind, dir bereiten doch hoffentlich nicht die simplen technischen Einzelheiten Sorgen? Es gibt tausend Möglichkeiten – das reinste Kinderspiel für eine Kapazität wie mich. Wenn ich meinen Schnurrbart so nach unten ziehe, wirke ich dann wie jemand, der gekommen ist, um die Abflußrohre zu überprüfen?«

»Nein.«

»Wenn ich die Enden so aufstelle, sehe ich dann aus wie der Abgesandte einer Gartenzeitschrift, der dringend Mugsys Ansichten über die Mangoldzucht in Erfahrung bringen möchte?«

»Nicht die Bohne.«

»Dann muß ich eben was anderes ausprobieren. Ob Mugsy wohl einen Papagei hat?«

»Ich weiß, daß er keinen hat. Wieso?«

»Hat Pongo dir nie von unserem Nachmittag im ›Zedernhain‹, Mafeking Road, Mitching Hill berichtet?«

»Nein. Was war denn das für ein ›Zedernhain‹, Mafeking Road, Mitching Hill?«

»Eine Villa in der Vorstadt, zur Festung ausgebaut und angeblich uneinnehmbar. Ich aber bin mit absurder Leichtigkeit eingedrungen. Gerade noch hatte ich, pitschnaß von einem Aprilschauer, draußen vor dem Gittertor gestanden, doch schon im nächsten Moment röstete ich mir die Zehen am Gasofen im Wohnzimmer. Dem Dienstmädchen erzählte ich, die Vogelhandlung habe mich vorbeigeschickt, damit ich die Krallen des Papageis schneide, und Pongo schmuggelte ich mit der Behauptung ein, er sei mein Gehilfe Mr. Walkinshaw, der die Betäubung vornehme. Mich erstaunt nur, daß er nie davon erzählt hat. Ich mag es nicht, wie er dir offensichtlich gewisse Dinge verheimlicht. Eine ungesunde Einstellung. Ja, ich darf wohl in aller Bescheidenheit behaupten, daß ich zu wahrer Hochform auflaufe, wenn ich in die Rolle des Angestellten einer Vogelhandlung schlüpfe, der vorbeikommt, um den Papagei zu stutzen, und mit entsprechendem Schmerz vernehme ich nun aus deinem Mund, daß Mugsy keinen solchen besitzt. Obwohl es mich keineswegs überrascht. Nur der sanftere, freundlichere Typ Mann hält sich einen Papagei und macht ihn sich zum ständigen Gefährten. Nun gut, irgendwie werde ich mir bestimmt Zutritt verschaffen können.«

»Und was tust du anschließend?«

»Da wird's dann einfach. Ich trage die Büste unter dem Mantel und verstricke Mugsy in ein Gespräch, und irgendwann sage ich dann plötzlich: ›Ach, schau mal da hinten!‹ Er schaut nach hinten, und während er mir den Rücken zudreht, vertausche ich die Büsten und mache mich aus dem Staub. Also, los geht's!«

»Warte mal«, sagte Sally.

»Dazu ist jetzt wirklich keine Zeit. Die Ickenhams haben noch nie gewartet.«

»Dann fangen sie eben jetzt damit an. Ich habe einen weitaus besseren Plan.«

»Besser als meinen?« fragte Lord Ickenham entgeistert.

»Besser in jeder Hinsicht«, erwiderte Sally bestimmt. »Weniger verrückt und weniger verstiegen.«

Lord Ickenham zuckte die Achseln.

»Dann laß mal hören. Todsicher mag ich ihn nicht.«

»Du brauchst ihn auch gar nicht zu mögen. Du bleibst im Wagen ...«

»Lächerlich.«

»... während ich die Büste ins Haus mitnehme.«

»Lachhaft. Ich wußte ja, daß er miserabel ist.«

»Selbstverständlich versuche ich die Sache unbemerkt zu erledigen. Sollte man mich dennoch bemerken, habe ich eine Geschichte parat, was man von dir nicht unbedingt behaupten kann.«

»Ich hätte zwanzig Geschichten parat gehabt, eine besser als die andere.«

»Eine bescheuerter als die andere. Meine dagegen wird gut und Silbe für Silbe glaubwürdig sein. Ich werde nach Sir Aylmer verlangen ...«

»Wenn du ihn doch nur Mugsy nennen könntest. Das klingt weitaus netter.«

»Ich nenne ihn aber nicht Mugsy. Ich werde also nach Sir Aylmer verlangen, um ihm zu erzählen, ich hätte die Büste in der Hoffnung mitgebracht, ihn umstimmen zu können, damit er sie mir doch noch abnimmt.«

»Widerlich.«

»Vielleicht weine ich sogar ein bißchen.«

»Ekelerregend. Wo bleibt dein Stolz?«

»Im schlimmsten Fall wird er mir die Tür weisen und mich eiskalt fortschicken.«

»Woraufhin wir«, sagte Lord Ickenham nun heiterer, »von vorn beginnen können und die Sache diesmal in ältere und fähigere Hände als die deinen legen. Na schön. Falls wir uns darüber einig sind, darfst du deine Methode meinetwegen ausprobieren. Ich mag sie nicht. Ihr fehlt der rechte Schwung. Sie degradiert mich zum reinen Statisten, während du den Spaß für dich allein hast. Aber mach nur zu, wenn's denn sein muß. Ich bleibe hier und schmolle ein bißchen.«

Er zündete sich eine Zigarre an und beobachtete, wie Sally die Auffahrt entlangging. Kurz vor der Krümmung drehte sie sich noch einmal um und winkte, und er winkte, gepackt von einem nicht unmännlichen Gefühl, zurück. Die gute Sally, dachte er. Was für ein Mädchen!

Lord Ickenham war ein Mann mit vielen Freunden in den Vereinigten Staaten, wo er zwanzig Jahre seines Lebens verbracht hatte, und von all diesen Freunden war ihm keiner so teuer gewesen wie der inzwischen verstorbene George Painter, jener liebenswürdige und mittellose Künstler, mit dem er im Laufe einer wunderbar buntscheckigen Jugend so viel Freud und Leid geteilt hatte. Er hatte George geliebt, und nicht minder liebte er dessen Tochter Sally.

Sally gehörte zu den Mädchen, für die er am meisten übrig hatte und die Amerika offenbar in hellen Scharen hervorbringt – unbeschwerte, verständige und abenteuerlustige Wesen, die das Leben, darin einem Ickenham fast ebenbürtig, in vollen Zügen genießen und sich nicht von jeder Widrigkeit ins Bockshorn jagen lassen.

Wie bewundernswürdig sie zum Beispiel nach dem ersten Schock jenen fraglos üblen Schlag weggesteckt hatte, den er ihr in der Halle des Hotels Barribault hatte versetzen müssen. Keine Tränen, kein Händeringen, keine fruchtlosen Vorwürfe und Beschuldigungen. Im besten und tiefsten Sinn des Wortes: ein Pfundsmädchen. Warum Pongo sie allein auf Grund einer zimperlichen Abneigung dagegen, von den Leuten der New Yorker Hafenbehörde gefilzt zu werden, hatte ziehen lassen, blieb Lord Ickenham ein Rätsel. Bei solcherlei Dingen verliert ein Mann, der in die Jahre kommt, leicht den Glauben an die heutige Jugend.

Die Zeit lief. Er blickte auf die Uhr. Ungefähr jetzt, so glaubte er, würde sie sich der Haustür nähern; ungefähr jetzt käme es zum kurzen Spurt durch die Eingangshalle und zum flinken Austausch der Büsten. Gleich würde er sie wieder zu Gesicht bekommen, und zweifellos würde sie sich dann vorsichtig durch das die Auffahrt säumende Gebüsch drücken. Wie gebannt blickte er dorthin, doch als sie tatsächlich auftauchte, tat sie es für alle Welt sichtbar. Als erstes fiel ihm auf, daß ihre Hände leer waren. Irgendwo auf dem Hin- oder Rückweg schienen Sally und ihre wertvolle Fracht getrennte Wege gegangen zu sein.

Er vermochte sich keinen Reim darauf zu machen. Seine Augenbrauen hoben sich zu einer stummen Frage. Er sah, daß ihre Miene ernst war. Sie wirkte angespannt.

Als sie beim Wagen anlangte, schien sich ihre heitere Lebensart allerdings zurückzumelden. Sie brach in ein glucksendes Lachen aus, und Lord Ickenhams Augenbrauen hoben sich abermals.

»Darf man mitlachen?«

»Tja, das war schon komisch«, sagte Sally. »Ich muß einfach lachen, obwohl der schlimmstmögliche Fall eingetreten ist, Onkel Fred. Jetzt sitzen wir wirklich in der Patsche. Das errätst du nie!«

»Ich versuche es auch gar nicht. Erzähl schon.«

Sally lehnte sich seitlich gegen das Auto. Erneut war ihre Miene ernst geworden.

»Zuerst brauche ich eine Zigarette.«

»Flattern die Nerven?«

»Ich bin fix und fertig.«

Schweigend rauchte sie ein Weilchen.

»Bereit?«

»Ich bin ganz Ohr.«

»Also gut, die Sache ist die: Als ich das Haus erreiche, stelle ich fest, daß die Haustür offensteht, was mir als der größte Glücksfall erscheint, den ich mir nur wünschen kann …«

»Übermäßige Glücksfälle zu Beginn einer Operation sollten dich stets mißtrauisch machen«, meinte Lord Ickenham kritisch. »Das Schicksal legt uns nämlich damit immer wieder rein. Aber ich will dich nicht unterbrechen. Erzähl weiter.«

»Vorsichtig schaue ich nach links und rechts. Niemand scheint in der Nähe zu sein. Ich lausche. Auch in der Eingangshalle kann ich niemanden hören. Alles ruhig. Also schleiche ich hinein.«

»Recht so.«

»Und gehe auf Zehenspitzen durch die Eingangshalle.«

»Etwas Besseres kannst du gar nicht tun.«

»Und stelle die Büste … Soll ich sie Büste A nennen, um sie von Büste B zu unterscheiden?«

»Unbedingt.«

»Kannst du sie auseinanderhalten? Büste A ist diejenige, die ich mit mir führe, Büste B dagegen jene mit dem Schmuck der armen Alice.«

»Genau.«

Sally zog an ihrer Zigarette. Sie wirkte nun entrückt, als durchlebte sie noch einmal ein Ereignis, das sie bis ins Innerste aufgewühlt hatte. Als sie wieder zu sich kam, gemahnte sie an jemanden, der aus tiefem Schlaf erwacht.

»Wo bin ich steckengeblieben?«

»Du gehst auf Zehenspitzen durch die Eingangshalle.«

»Ja, richtig. Entschuldige meine Schusseligkeit.«

»Schon gut, mein Kind.«

»Ich gehe also auf Zehenspitzen durch die Eingangshalle, nehme Büste B vom Sockel, ersetze sie durch Büste A, packe Büste B und stehle mich davon ... ziemlich hurtig. Wozu lange herumlungern?«

»Ganz recht. Man soll die Gastfreundschaft nicht übermäßig strapazieren.«

»Und als ich die Tür zu Sir Aylmers afrikanischem Kuriositätenkabinett erreiche, tritt Lady Bostock aus dem Salon.«

»Dramatisch.«

»Dramatisch, das kannst du laut sagen. Dieser Augenblick wird mich bis an mein Lebensende verfolgen. Bestimmt finde ich die nächsten Monate keinen Schlaf mehr.«

»Wir schlafen ohnehin zu viel.«

»Sie fragt: ›Wer sind denn Sie?‹«

»Woraufhin du vermutlich mit ›ich‹ geantwortet hast, um ihr zu vermitteln, daß du es bist.«

»Mir ist keine Zeit geblieben, irgend etwas zu sagen, denn plötzlich stürzt sie sich mit einer Art mitleidigem Glucken auf mich ...«

»Womit?«

»Mit einem Glucken. Des Mitleids. Wie eine fürsorgliche Henne. Sie ist wirklich eine gute Seele, Onkel Fred. Das ist mir früher gar nicht aufgefallen. Als ich hier draußen die Büste modellierte, wirkte sie immer etwas steif und distanziert. Doch das war nur äußerlich. Sie hat ein Herz aus Gold.«

»Eine schöne Redewendung. Muß ich mir merken. Und wie stellt sie nun dieses güldene Herz zur Schau?«

»Na, indem sie mir entgegenrauscht, die Büste an sich reißt und mir heiser zuflüstert, sie wisse genau, weshalb ich sie gebracht hätte, und sie fühle ja so mit mir und habe Sir Aylmer auch schon flehentlich gebeten, es sich noch einmal zu überlegen, wozu er allerdings nicht bereit gewesen sei, aber die Büste werde sie dennoch behalten und mir auch heimlich einen Scheck zukommen lassen, und alles wäre damit in Ordnung. Und anschließend geht sie ins Kabinett und schließt die Büste eilends in einen Schrank, wie eine Mörderin, die eine Leiche versteckt. Und dann scheucht sie mich davon. Sie hat zwar nicht gerade ›Zisch ab!‹ gesagt, doch darauf ist es hinausgelaufen. Und das Ganze hat sich in solcher Eile abgespielt, daß ich gar nichts dagegen tun konnte.«

»Und die Büste steht nun also dort?«

»Ja. Verschlossen in einem Schrank in Sir Aylmers Kabinett und mit Alice' ganzem Schmuck darin. Wenn das keine Katastrophe ist, weiß ich auch nicht, Onkel Fred.«

Im Laufe ihres Berichts war Lord Ickenham immer weiter aufgeblüht wie eine frisch gegossene Blume. Schließlich strahlte er übers ganze Gesicht, wie ein Mensch, der überaus frohe Kunde vernommen hat.

»Katastrophe?« fragte er überschwenglich. »Was redest du denn hier von Katastrophe? Etwas Großartigeres konnte überhaupt nicht passieren. Endlich darf ich mich mal ins Zeug legen. Meine Aufgabe besteht jetzt nicht länger nur in der Frage, wie ich mir Zutritt zum Haus verschaffe, sondern wie ich mich dort einniste. Und wenn mir etwas Freude bereitet, dann ist es das Einnisten in fremden Häusern. Das läßt meine Bäckchen rosig werden und weckt sämtliche Lebensgeister. Das unmittelbare Vorgehen sieht meines Erachtens wie folgt aus: Du fährst nach Ickenham, das uns als Stützpunkt dienen wird, und ich nehme meinen Koffer und steige im dörflichen Gasthof ab, um raffinierte Pläne zu schmieden. Rechne in Bälde mit sensationellen Erfolgen.«

»Du willst dich also tatsächlich im Haus einnisten?«

»Jawohl.«

»Und ich darf immer noch nicht ›wie‹ fragen?«

»Auf gar keinen Fall. Du überläßt alles mir und vertraust ganz darauf, daß ich wie üblich nur das Beste will. Aber du wirkst ernst, mein Kind. Doch hoffentlich nicht, weil du meinem visionären Unternehmungsgeist nicht vertraust?«

»Ich habe gerade an Pongo gedacht. Wie wird er sich wohl verhalten, wenn du plötzlich auftauchst?«

»Ich könnte mir vorstellen, daß er den größten Schreck seines noch jungen Lebens kriegt und einen ungeheuren Satz macht, was ja weiß Gott nicht schaden kann. Pongo ist ein Knabe, dem man auf die Sprünge helfen muß.«

Der Wagen fuhr davon, und Lord Ickenham griff nach dem Koffer und schritt in Richtung Dorf aus. Angesichts seines schweren Koffers bereute er gerade, daß er Sally nicht gebeten hatte, ihn am Gasthof abzusetzen, als sich dumpf brütend ein größeres tomatenfarbenes Objekt auf ihn zubewegte, das er als Bill Oakshott identifizierte.

Bill Oakshotts sich nähernde Gestalt erinnerte an einen Schlafwandler, der nicht nur Blasen an beiden Füßen hat, sondern auch noch von einem schlimmen Albtraum heimgesucht wird. Die Szene, die er vor kurzem erlebt hatte, unmittelbar nach seiner Ernennung zum Preisrichter des Babyschönheitswettbewerbs, hatte ihn bis ins Innerste erschüttert, welches bereits vorher durch die Erkenntnis geschwächt gewesen war, daß Hermione Bostock einen anderen liebte, und zwar einen Wüstling, der Dienstmädchen auf Eingangsstufen abküßte. Lord Ickenhams lautstarken Willkommensgruß erwiderte er, indem er dumpf wie ein sterbender Heilbutt vor sich hinstarrte.

»Ach, guten Tag, Lord Ickenham«, sagte er.

»Schön, schön!« rief der fünfte Graf überschwenglich. Die ein, zwei Stunden, die er mit diesem massigen jungen Mann zusammengewesen war, hatten bei ihm eine hohe Wertschätzung für dessen lauteren Charakter zurückgelassen, und er freute sich, ihn wiederzusehen. »Schön, schön, schön! Bill Oakshott höchstpersönlich. Schön treffen wir uns bei Mondenlicht, du stolzer Oakshott.«

»Wie bitte?«

»Ein abgewandeltes Shakespeare-Zitat. Aber lassen wir das, es hat nichts zu bedeuten. Wie geht's, wie steht's, Bill Oakshott? Prima?«

»Um ganz ehrlich zu sein«, antwortete Bill, »nein.«

Lord Ickenham zog die Augenbrauen hoch.

»Nicht prima?«

»Nein. Hundsmiserabel.«

»Lieber Freund, Sie überraschen und bestürzen mich. Ich hätte geglaubt, Sie seien bestimmt außer sich vor Freude, aus einem so scheußlichen Land wie Brasilien in die Heimat zurückkehren zu dürfen, und fühlten sich nun wie auf Rosen gebettet. Was ist denn los?«

Angesichts der jüngsten Wirrnis in seinem Leben konnte Bill jedes erdenkliche Mitgefühl brauchen. Er beschloß, vor diesem freundlichen und gutmütigen alten Kauz nichts zu verbergen. Um ein Haar hätte er sich sogar an Lord Ickenhams Brust ausgeweint.

»Also, erstens«, sagte er und spielte auf den neuesten Schicksalsschlag an, den er hatte einstecken müssen, »ist mein Onkel übergeschnappt.«

Lord Ickenham spitzte den Mund.

»Plemplem?«

»Vollkommen plemplem.«

»Tatsächlich? Das wird Ihnen ganz schön zusetzen. Nichts verdirbt die Stimmung im trauten Heim nachhaltiger als ein bekloppter Onkel. Wann hat sich die Tragödie denn zugetragen?«

»Gerade eben.«

»Es passierte ganz plötzlich?«

»Aus heiterem Himmel.«

»Und was war der Auslöser?«

»Pongo.«

Lord Ickenham schien mit seinem Latein am Ende.

»Sie wollen mir doch nicht weismachen, daß ein einziger Tag in Pongos Nähe ausreicht, bei einem Gastgeber sämtliche Schrauben zu lockern? Wenn es zwei Wochen gewesen wären ... Wie sehen die Symptome aus?«

»Er redet wirres Zeug, und jetzt ist er zu Ihnen hinübergefahren, um sich eine Fotografie von Pongo zu borgen.«

»Warum?«

»Um herauszufinden, wie er aussieht.«

»Kann er nicht sehen, wie er aussieht?«

»Er glaubt nicht, daß Pongo Pongo ist.«

»Aber gibt Pongo denn nicht zu, Pongo zu sein?«

»Der Alte hält ihn für einen Betrüger.«

»Warum?«

»Das weiß ich auch nicht. Ich sage Ihnen doch, daß er behämmert ist. Ich stand draußen auf der Terrasse und hörte, wie er brüllend nach mir verlangte. Ich begab mich also ins Arbeitszimmer, wo er von mir wissen wollte, ob ich Pongo nicht schon als Kind gekannt hätte. Ich bejahte die Frage. Und dann erkundigte er sich, wie ich denn nach so vielen Jahren sicher sein könne, daß dies derselbe Bursche sei. Er zeigte sich felsenfest davon überzeugt, daß Pongo nicht Pongo ist und das Ganze nur aufgeklärt werden kann, indem er zu Ihnen fährt und sich eine Fotografie von ihm borgt.«

Lord Ickenham schüttelte den Kopf.

»Ein fruchtloses Unterfangen. Ein Mann wie ich, kultiviert, zartfühlend, mit Sinn für das Seltene und Schöne, umgibt sich nicht mit Fotografien von Pongo. Ich könnte Mugsy höchstens mit einer nackten Venus dienen, falls ihm danach ist. Stimmt, Sie scheinen recht zu haben, Bill Oakshott, Mugsys Verstand hat sich tatsächlich verabschiedet – zweifellos die Folge eines Sonnenstichs aus der Zeit, als er noch Afrika unsicher machte. Es erstaunt mich nicht, daß Sie sich sorgen. Ich kann Ihnen lediglich raten, ihn großzügig mit Aspirin zu füttern, ihm stets nach dem Munde zu reden und ihn von Rasier- und Tafelmessern und anderen scharfen Gegenständen fernzuhalten. Doch sonst läuft alles halbwegs glatt, oder?«

Bill Oakshott stieß einen seiner hohlen, freudlosen Lacher aus.

»Glatt ist gut! Wenn ich sonst keine Sorgen hätte, sänge ich wie eine Lerche.«

Lord Ickenham sah ihn betrübt an. In seinem Blick vermischte sich Enttäuschung darüber, seinen jungen Freund nicht wie eine Lerche singen zu hören, mit Gram über die Nachricht, daß er noch weiteren Anlaß hatte, Trübsal zu blasen.

»Sagen Sie bloß nicht, es kommt noch mehr. Was ist denn sonst noch geschehen, mein glückloser junger Freund?«

Bill zitterte am ganzen Leib und sah sich anfangs außerstande weiterzusprechen.

»Ich habe gesehen, wie Pongo das Dienstmädchen geküßt hat«, sagte er schließlich mit leiser, kehliger Stimme.

Lord Ickenham war perplex.

»Wieso sollte er das denn nicht tun?«

»Wieso er das nicht tun sollte? Na, hören Sie mal, er ist doch mit meiner Cousine Hermione verlobt.«

Lord Ickenhams Miene hellte sich auf.

»Ach so. Ja, jetzt verstehe ich. Das Glück der jungen Frau liegt Ihnen am Herzen, und Sie stellen sich nur ungern vor, daß sie sich einem Casanova an den Hals werfen könnte. Mein lieber Junge, verschwenden Sie keinen Gedanken mehr daran. Solche Dinge macht er ganz automatisch. Wo Sie und ich vielleicht eine Zigarette anzünden oder ein Epigramm hinwerfen würden, küßt Pongo eben das Dienstmädchen. Es hat nichts weiter zu besagen. Ein vollkommen unbewußter Reflex.«

»Hm«, sagte Bill.

»Ganz ehrlich«, fuhr Lord Ickenham fort. »Man stößt in sämtlichen Fallsammlungen darauf. Es gibt auch einen Fachterminus dafür. Dienstmagditis? Nein. Er will mir gerade nicht einfallen. Aber damit ist Ihre Leidensliste doch wohl zu Ende? Abgesehen vom seltsamen Anfall Ihres Onkels und dieser Marotte Pongos liegt Ihnen nichts weiter im Magen?«

»Und ob!«

»Tatsächlich? Du meine Güte, ist dies das Haupt, auf dem alles Leid der Welt lastet? Was kommt denn als nächstes?«

»Babys!«

»Wie bitte?«

»Hübsche Babys.«

Lord Ickenham versuchte behutsam, den Sinn dieser Aussage zu erfassen.

»Sie werden bald Vater?«

»Ich werde bald Preisrichter, verdammt!«

»Sie sprechen in Rätseln, Bill Oakshott. Was meinen Sie mit Preisrichter?«

»Beim Fest.«

»Bei welchem Fest denn?« erkundigte sich Lord Ickenham. »Sie dürfen nicht vergessen, daß ich fremd in der Gegend bin. Erzählen Sie mir die ganze Geschichte in Ihren eigenen Worten.«

Interessiert lauschte er, als Bill der Aufforderung nachkam, und dieser konnte sich keineswegs über mangelnde Anteilnahme beklagen, nachdem er seine Enthüllungen über Sir Aylmer Bostocks schändlichen Racheakt beendet hatte.

»So ein Pech«, sagte Lord Ickenham. »Aber mit etwas Ähnlichem hat man im Grunde rechnen müssen. Ich habe Sie ja gewarnt, daß diese Ex-Gouverneure Eisenfresser sind. Sie schlagen zu wie der Blitz. Dann wäre Ihr Schicksal also besiegelt?«

»Es sei denn, ich finde einen anderen, der die Aufgabe übernimmt.« Ein jäher Gedanke ließ Bills Antlitz aufleuchten. »Ach, würden Sie's vielleicht tun?«

Lord Ickenham schüttelte den Kopf.

»Unter günstigeren Bedingungen«, sagte er, »würde ich mich darauf stürzen, denn ich kann mir nichts Schöneres vorstellen, als bei einem Dorffest einen Haufen hübscher Babys zu beurteilen. Doch die Bedingungen sind nun mal nicht günstig. Mugsy würde meine Nominierung nicht akzeptieren. Leider trennt mich und ihn eine unselige und wohl auch unüberwindliche Schranke. Wie ich Ihnen schon im Zug anvertraute, ist es noch gar nicht lange her, daß sich seine Gestalt in die günstigste Körperhaltung für den Empfang einer gehörigen Tracht Prügel mit dem Schlagholz gekrümmt hat. Und die treibende Kraft hinter dem Schlagholz, das war ich.«

»Na, hören Sie mal, das hat er bestimmt längst vergessen.«

»So schnell?«

»Ist das nicht vierzig Jahre her?«

»Zweiundvierzig. Aber Sie mißachten sträflich die Spannkraft meines Handgelenks im Alter von achtzehn Jahren, wenn Sie glauben, daß irgend jemand, dem ich einst mit dem Schlagholz eine gehörige Tracht Prügel verpaßte, dies in zweiundvierzig Jahren vergessen haben könnte.«

»Tja, auch wenn er es nicht vergessen hat, was spielt das für eine Rolle? Sie werden über die ganze Geschichte herzlich miteinander lachen.«

»Ich muß Ihnen widersprechen, Bill Oakshott. Weshalb ausgerechnet Sie nach Ihrer jüngsten Erfahrung mit seinem finsteren Gemüt den kleinen Mugsy als eine Art Bottich oder Zuber für die Milch der frommen Denkungsart empfinden, geht über meinen Verstand. Sie wissen ganz genau, daß in Mugsy Bostocks kranker Seele für Licht und Sonne kein Platz ist. Seien Sie doch ehrlich. Frißt er nicht Glasscherben und bringt bei Vollmond Menschenopfer dar? Selbstverständlich tut er das. Und dennoch klammern Sie sich, derweil die alten Wunden schwären, weiter an den schwachen Glauben, daß er vergessen und verzeihen wird.«

»Wir könnten es wenigstens versuchen.«

»Zwecklos. Er würde mich nur böse anfunkeln und vor seine Tür setzen – oder vielmehr vor Ihre Tür, so wie Sie es mir erzählt haben, oder? Und wenn er es nicht täte? Wenn er mich willkommen hieße? Was dann? Damit wäre eine Beziehung hergestellt, die für den Rest unseres Lebens Bestand hätte. Fortwährend würde er in mein Haus platzen, und von mir würde man umgekehrt erwarten, daß ich auch in sein Haus platze. Die eine Gattin würde sich mit der anderen treffen, und an Weihnachten käme es zur großen Bescherung – es wäre grauenhaft. Ich täte Ihnen wirklich gern einen Gefallen, guter Freund, aber das ist ganz ausgeschlossen. Haben Sie gerade ›Verdammter Mist!‹ gesagt?«

»Ja.«

»Mir war so, und es tat mir in der Seele weh.«

Stille trat ein. Bill starrte mißmutig auf einen vorüberkrabbelnden Käfer.

»Dann bin ich geliefert.«

»Aber warum denn? Haben Sie keine Freunde?«

»Ich habe sie alle aus den Augen verloren, als ich weg war. Der einzige, auf den ich zurückgreifen könnte, ist Plank.«

»Wer ist denn Plank? Ach so, jetzt fällt's mir wieder ein. Der Leiter der Expedition, bei der Sie mitgemacht haben.«

»Genau. Major Brabazon-Plank.«

»*Brabazon*-Plank? Meine Neugier ist geweckt. Ich ging mit einem Jungen namens Brabazon-Plank zur Schule. Bis heute ist er mir zwei Shilling schuldig. Ist Ihr Brabazon-Plank ein birnenförmiger Bursche, um die Schultern recht schmal und im Gesäß sehr breit?«

»Ja.«

»Praktisch nichts als Hinterteil?«

»Ja.«

»Dann muß es ein und derselbe sein. Bimbo, so nannten wir ihn damals. Sie sind ja eine wahre Fundgrube für alte Schulkameraden von mir! Offenbar können Sie keinen einzigen Namen nennen, der sich nicht als der eines Menschen herausstellt, mit dem ich einst auf der Wiese Blümchen pflückte. Und Sie glauben also, Sie könnten mit Bimbo in Kontakt treten?«

»Ich kenne seine Adresse in London. Wir sind auf demselben Schiff zurückgekommen. Allerdings wäre es ganz zwecklos, mit ihm in Kontakt zu treten. Wenn ihm jemand mit dem Vorschlag kommt, hübsche Babys zu beurteilen, flitzt er wie ein Wiesel davon. Ihn graut vor ihnen.«

»Tatsächlich? Die berühmte Babyfixation. Findet sich in allen Fallsammlungen.«

»Auf der Reise zurück in die Heimat hat er unentwegt darüber gejammert, daß er in England seine Schwestern besuchen muß und keine Ahnung hat, wie er das durchsteht, da sie alle massenhaft Babys haben, die er abküssen soll. Nein, Plank kommt nicht in Frage.«

»Dann sieht es ganz danach aus«, meinte Lord Ickenham, »als müßten Sie doch auf mich zurückgreifen.«

Bill, der die ganze Zeit apathisch den Käfer angestarrt hatte, wandte den Blick seinem Gesprächspartner zu. Es war ein glotzender Blick aus aufgerissenen Augen, der Bände über eine Auffassungsgabe sprach, die den intellektuellen Ansprüchen des Gesprächs nicht ganz gewachsen war.

»Hä?«

»Ich sagte, Sie werden in Ermangelung eines Besseren wohl doch auf meine bescheidene Hilfe zurückgreifen müssen. Laden Sie mich zu sich nach Hause ein, und ich werde Ihnen die Gastfreundschaft lohnen, indem ich diese hübschen Babys beurteile.«

Bill glotzte noch immer.

»Sie sagten doch, Sie täten es nicht?«

»*Ich* soll das gesagt haben?«

»Aber ja. Gerade vorhin.«

Lord Ickenhams Verblüffung schwand.

»Ach so, jetzt begreife ich, was diese Geistesverwirrung ausgelöst hat«, sagte er. »Sie haben mich mißverstanden. Ich meinte lediglich, daß es dem noblen alten englischen Aristokraten Frederick Altamont Cornwallis, Graf von Ickenham, aus besagten Gründen unmöglich sei, in eine Behausung zu platzen, zu deren Insassen auch Mugsy Bostock gehört. Nun aber schlage ich vor, meine schillernde Identität mit einem sittsamen Schleier zu verhüllen.«

»Hä?«

»Sie sagen wohl ständig ›Hä?‹, was? Dabei ist alles ganz einfach. Ich verspüre den dringenden Wunsch, Ashenden Manor, über das ich nur das Beste höre, einen Besuch abzustatten, und rege hiermit an, dies inkognito zu tun.«

»Sie meinen, unter einem falschen Namen?«

»Haargenau. Was für eine Wohltat es doch ist, sich mit einem Menschen von Ihrer Intelligenz zu unterhalten, Bill Oakshott. Unter einem, wie Sie es so luzid ausdrücken, falschen Namen. Eigentlich weile ich ohnehin nur sehr ungern unter eigenem Namen in fremden Häusern. Das ist einfach nicht der richtige Sportsgeist, nicht wahr?«

Bill Oakshotts Verstand war neuen Ideen gegenüber nicht besonders aufgeschlossen. Als er Lord Ickenham anstarrte, war seine Ähnlichkeit mit einem Fisch auf einem Serviertablett markanter denn je.

»Sie wollen sich also anders nennen?« fragte er, denn er war ein Mann, der solcherlei Dinge gern aus allen möglichen Richtungen betrachtete.

»Genau.«

»Aber …«

»Das Wort ›aber‹ hat mir noch nie gefallen.«

»Damit fliegen Sie todsicher auf.«

Lord Ickenham lachte hell.

»Mein Guter, im ›Zedernhain‹ in der Mafeking Road im Vorort Mitching Hill gab ich mich letztes Frühjahr an einem einzigen Nachmittag mit großem Erfolg nicht nur als Vertreter der Vogelhandlung aus, der gekommen war, um dem Papagei die Krallen zu schneiden, sondern auch als Mr. Roddis, Mieter des ›Zedernhains‹, sowie als der im selben Viertel wohnhafte Mr. J. G. Bulstrode. Es wurmt mich bis heute, daß ich mich nicht auch noch als Papagei ausgeben konnte, denn ich bin überzeugt, daß ich selbst diese Rolle meisterlich gestaltet hätte. Machen Sie sich keine Sorgen darüber, daß ich auffliegen könnte. Führen Sie mich im Haus ein, und ich garantiere Ihnen, daß ich mich um alles andere kümmern werde.«

Dank der Klarheit, mit der er sein Vorhaben umrissen hatte, begriff es nun auch Bill, der aber trotzdem so nervös und unglücklich wirkte, als hätte er den Schwanz eines Tigers zu fassen bekommen.

»Es ist zu riskant. Angenommen, mein Onkel durchschaut Sie?«

»Haben Sie Angst vor Mugsy?«

»Ja.«

»Mehr als vor den hübschen Babys?«

Bill zitterte. Seine Gliedmassen und Gesichtszüge verrieten, wie bewußt er sich war, ein junger Mann am Scheideweg zu sein.

»Aber wie soll das denn gehen? Wollen Sie einfach hineinplatzen und sich als Jones oder Robinson ausgeben?«

»Als Robinson nicht. Ich hatte bereits früher Gelegenheit, mich als Robinson auszugeben, aber damit kämen wir hier nicht zum Ziel. Sie übersehen, daß der Preisrichter eines derart bedeutenden Wettbewerbs ein Mann von Format sein muß. Er sollte über Autorität und Ansehen verfügen. Ich schlage vor, als Major Brabazon-Plank aufzutreten. Es würde mir großes Vergnügen bereiten, den alten Bimbo zu geben, und ich wüßte keinen, der sich dafür besser eignen würde. Alles wirkt so glaubwürdig. Zufällig begegnen Sie Ihrem alten Expeditionsleiter Plank, der gerade mit dem Wagen durchs Land reist, und was wäre da natürlicher, als daß Sie darauf dringen, er solle ein, zwei Tage in Ihrem Haus Zwischenstation machen? Und was wäre, wo er schon einmal Zwischenstation macht, abermals natürlicher, als daß er, nachdem er vom Wettbewerb gehört hat, nun seinerseits darauf dringt, die wichtige und verlockende Aufgabe des Preisrichters zu übernehmen, die ihn in den Brennpunkt des Interesses rücken würde und zudem genau nach seinem Geschmack wäre, da er Babys ja so leidenschaftlich liebt? Und das Allerherrlichste am ganzen Plan ist, daß ich mir nicht vorstellen kann, was Mugsy dagegen tun will. Er ist uns ausgeliefert. Plank ist ja kein x-beliebiger Mann. Plank ist bekannt wie ein bunter Hund, und sein Wunsch ist Befehl. Wenn Sie mich fragen, Bill Oakshott, sofern Sie meine unvoreingenommene Meinung über das Szenario überhaupt hören wollen, haben wir die Sache in der Tasche.«

In Bills fischartige Augen war ein Glanz der Begeisterung getreten. Sein Ausdruck war der eines rotgesichtigen jungen Mannes, der sich von der Stimme der Vernunft hatte überzeugen lassen. Noch immer fürchtete er sich vor den Konsequenzen, falls er auf den Vorschlag seines Gönners einging, aber noch viel mehr fürchtete er sich vor den Konsequenzen, falls er dies unterließ.

Unauslöschlich hatte sich nämlich auf seiner geistigen Netzhaut die Erinnerung an das letztjährige Fest eingebrannt, bei dem er Zeuge geworden war, wie sich der Hochwürdige Herr Aubrey Brotherhood im großen Festzelt auf seine Aufgabe vorbereitet hatte. Mochte dieser wackere Gottesmann auch sonst ohne Furcht und Tadel sein und noch die turbulenteste Mütterversammlung mühelos im Griff haben – angesichts des vor ihm liegenden Auftrags war er sichtlich erbleicht. Dreiundvierzig Dorfmatronen, die in der Hoffnung, die Aufmerksamkeit des Preisrichters zu erregen, dreiundvierzig Babys von nie gesehener Widerwärtigkeit in den Armen wiegten …

»In Ordnung!« rief er jäh entschlossen. »Prima. Gehen wir.«

»Ja, gehen wir«, erwiderte Lord Ickenham. »Sie können den Koffer tragen.«

Die beiden spazierten die Straße hinunter. Bill, der sich nun alles noch einmal durch den Kopf gehen ließ, war eher schweigsam und nachdenklich, während Lord Ickenham vor Freude und Begeisterung sprühte. Er plauderte locker und wortreich über dies und das und deutete immer wieder auf allerlei Sehenswertes am Wegesrand. Gerade hatten sie das Tor von Ashenden Manor erreicht, als das Aufheulen eines heranfahrenden Wagens Bill veranlaßte, den Kopf zu wenden. Und kaum hatte er ihn gewendet, erblaßte er unter der gebräunten Haut und geriet leicht ins Schwanken.

»Oje, da kommt mein Onkel. Glauben Sie denn tatsächlich, wir sollten …«

»Ganz ruhig, Bill Oakshott«, sagte Lord Ickenham, der wie immer in der Stunde der Gefahr mit Zuspruch zur Stelle war. »Nur keine Müdigkeit vorschützen. Spannt Eure Sehnen, ruft das Blut herbei. Treten wir ihm mutig entgegen und begrüßen ihn aus voller Kehle.«

Sir Aylmer Bostock hatte insgesamt vier Minuten in Ickenham Hall zugebracht, und zwar ausnahmslos auf den Eingangsstufen. Von diesen vier Minuten gab es keine, die ihm nicht zutiefst mißfiel. Im Laufe unseres Erdenlebens begegnen wir manchmal Menschen, von denen gesagt wird, sie hätten schon die eine oder andere Feuerprobe bestanden. Im Falle von Sir Aylmer wäre es angemessener, von einer Frostprobe zu sprechen.

Wer in einem Landhaus vorstellig wird, in dem man ihn nicht kennt, und den Butler um Einlaß bittet, um die Räumlichkeiten nach Fotografien des Gutsherren-Neffen zu durchforsten, dem wird dieser Butler normalerweise eher unterkühlt gegenübertreten, und Coggs, der Majordomus von Ickenham Hall, war noch unterkühlter als der Durchschnitt gewesen. Er war ein großer, stämmiger Mann mit einem Mondgesicht und dem Blick eines Dorsches, und während der gesamten Prozedur hatte er mit diesem Blick Sir Aylmer fixiert, als schaue er ihm tief in die Seele. Wem aber schon einmal ein Dorsch tief in die Seele geschaut hat, der wird bestätigen können, wie ausgesprochen unangenehm eine solche Erfahrung ist.

Die Botschaft in jenem Blick ließ sich unschwer entziffern. Zwar hatte Coggs Sir Aylmer nicht explizit unterstellt, es auf das Tafelsilber abgesehen zu haben, doch eigentlich hätte er diesen Vorwurf auch gleich aussprechen können. Mit eiskalter Stimme sagte er: Nein, Sir, leider kann ich Ihrem Wunsch nicht entsprechen, Sir, und beendete daraufhin das Gespräch, indem er einen Schritt zurücktrat und dem Besucher energisch die Tür vor der Nase zuschlug. Und wenn wir energisch sagen, dann meinen wir mit einem Knall, der den Schnurrbart des Besuchers beinahe aus seinen Grundfesten riß.

Solche Dinge sind höchst verdrießlich für einen stolzen und überheblichen Mann, der sich im Laufe vieler Jahre daran gewöhnt hat, daß ihm auch noch der leiseste Wunsch von den Lippen abgelesen wird, und so war Sir Aylmer nicht gerade in aufgekratzter Stimmung, als ihn Lord Ickenham aus voller Kehle begrüßte. Noch immer schnaubte und brummelte er vor sich hin, und ein Eingeborenenhäuptling, der ihm in diesem bedrohlichen Geisteszustand begegnet wäre, hätte sein Juju um sofortigen Beistand angefleht und wäre flugs auf den erstbesten Baum geklettert.

Lord Ickenham dagegen war aus härterem Holz geschnitzt. Er trat auf die Straße hinaus und begrüßte den anderen wie geplant aus voller Kehle.

»Servus, Mugsy!« frohlockte er. »Sei gegrüßt, mein lieber Freund und Kupferstecher!«

Wahrscheinlich war es eher die Überraschung, mit einem Namen angesprochen zu werden, von dem er geglaubt hatte, er sei ihn vor Jahren glücklich losgeworden, und weniger die Tatsache, daß der Sprecher ihm den Weg versperrte, die Sir Aylmer auf die Bremse treten ließ. Er brachte den Wagen zum Stillstand, beugte sich vor und starrte durch die Windschutzscheibe. Auch die eingehende Musterung Lord Ickenhams verschaffte ihm keine Gewißheit über dessen Identität. Mit Sicherheit konnte Sir Aylmer lediglich sagen, daß dies augenscheinlich einer seiner alten Schulkameraden war, und er wünschte sich, über genügend Courage zu verfügen, um diesen über den Haufen zu fahren.

Dafür war es jedoch zu spät, denn Lord Ickenham war näher getreten und stand nun mit einem freundlichen Fuß auf dem Trittbrett. Mit ebenso freundlicher Hand klopfte er Sir Aylmer auf die Schultern, und auch sein Lächeln konnte es bezüglich Freundlichkeit mit Hand und Fuß spielend aufnehmen. Selbst wenn es Sir Aylmer nicht ergötzte, diese Gestalt aus der Vergangenheit zu sehen, so ergötzte es die Gestalt aus der Vergangenheit doch offensichtlich, Sir Aylmer zu sehen.

»Mugsy«, tadelte ihn Lord Ickenham gutmütig, »ich glaube fast, du hast mich vergessen.«

Sir Aylmer sagte, das habe er tatsächlich. In seiner ganzen Haltung schwang die Botschaft mit, daß er dies auch in Zukunft so zu handhaben gedenke.

»Schade«, sagte Lord Ickenham. »Aber ich will dich nicht weiter auf die Folter spannen, denn ich sehe, daß du fast platzt vor Neugier. Ich bin Plank.«

»Plank?«

»Major Brabazon-Plank, Onkel Aylmer«, sagte Bill, den die Weltgewandtheit ermutigte, mit der sein Komplize dieses heikle rhetorische Vorgeplänkel meisterte. »Major Plank hat die Expedition geleitet, an der ich in Brasilien beteiligt war.«

Lord Ickenham konnte das nicht durchgehen lassen.

»Kriech ihm bloß nicht auf den Leim, Mugsy. Rein technisch gesehen könnte man vielleicht behaupten, ich hätte die Expedition geleitet. Gewiß, ich war der offizielle Anführer, doch der wirklich tolle Hecht war der da, Bill Oakshott. Er beherrschte die Szene, verzichtete zu Gunsten der Kranken und Versehrten auf seine Wasserration, wahrte inmitten von Alligatoren die Contenance und munterte mit Wort und Tat die schwächeren unserer Brüder auf, denen es auf die Stimmung schlug, daß sie sich nicht zum Essen umziehen konnten. Der gußeiserne Oakshott, so nannten wir ihn. Du darfst stolz sein auf einen solchen Neffen.«

Sir Aylmer schien die Lobeshymne überhört zu haben. Noch immer zerbrach er sich den Kopf über das, was man als das Plank-Problem bezeichnen könnte.

»Plank?« fragte er. »Sie können unmöglich Plank sein.«

»Warum nicht?«

»Der Plank, der mit mir zur Schule ging?«

»Der nämliche.«

»Aber dieser Bursche hatte doch einen ungeheuren Hosenboden.«

»Ach, jetzt verstehe ich, was dich plagt. Jaja, als Junge war ich tatsächlich gesegnet mit ausladenden Rundungen an der von dir genannten Stelle. Doch seit jenen Tagen nehme ich *Slimmo*, das führende Heilmittel gegen Fettleibigkeit. Und das Resultat siehst du nun vor dir. Auch du solltest es einmal ausprobieren, Mugsy. Du bist in die Breite gegangen.«

Sir Aylmer ächzte. In seinem Ächzen schwang Unzufriedenheit mit. Offensichtlich nahm er nur ungern Abschied vom Bild eines Plank mit üppigen Hinterbacken.

»Jedenfalls hätte ich dich unmöglich erkannt.«

»Ich dich auch nicht, wenn mir Bill Oakshott nicht auf die Sprünge geholfen hätte. Wir haben uns beide sehr verändert. In der Schule trugst du noch keinen weißen Schnurrbart, oder? Und am Kragen hast du heute auch keine Tintenflecke mehr.«

»Bist du tatsächlich Plank?«

»Kein Geringerer.«

»Und was machst du hier in der Gegend?«

»Ich reise mit dem Auto durchs Land.«

»Ach, tatsächlich?« sagte Sir Aylmer nun heiterer. »Dann will ich dich nicht länger aufhalten. Gehab dich wohl, Plank.«

Lord Ickenham setzte ein mildes, tröstendes Lächeln auf. »Dieser traurige Satz ist hier keineswegs angebracht, Mugsy. Mach dich auf eine freudige Überraschung gefaßt. Ich werde ein Weilchen bei euch bleiben.«

»Was!?«

»Eigentlich wollte ich ja sofort weiter, aber gegen Bill Oakshotts Drängen war ich machtlos. Zumal er mir von dem Fest erzählte, das hier in Kürze steigen soll, und mir außerdem versprach, ich dürfe als Preisrichter die hübschen Babys beurteilen, sofern ich bei ihm in Ashenden Manor absteige. Das gab für mich den Ausschlag. Ich würde fünfzig Meilen weit gehen, um hübsche Babys zu beurteilen. Sechzig«, sagte Lord Ickenham. »Oder sagen wir doch gleich hundert.«

Sir Aylmer schreckte wie ein Tiger hoch, der mit ansehen muß, wie man ihm seinen indischen Dorfbewohner vor der Nase wegschnappt. Sein Gesicht, das bereits malvenfarben war, lief nun anilinblau an.

»Du beurteilst hier keine hübschen Babys!«

»O doch.«

»O nein.«

Lord Ickenham war ein sanftmütiger Mensch, doch er konnte auch anders.

»Keine Widerrede, kleiner Mugsy!« sagte er streng. »Ich gebe dir Folgendes zu bedenken: Der Zeitung entnehme ich, daß du zu den Parlamentswahlen antrittst. Vergiß bloß nicht, daß ich, wenn ich nur will, deine Chancen entscheidend verringern kann, indem ich den Wählern, denen du dich wohl als Vorzeigepolitiker präsentierst, einige der dunklen Geheimnisse deiner Jugend verrate. Du würdest es bestimmt nicht schätzen, Mugsy, wenn dir aus dem Saal Fragen über deine Knabenjahre an den Kopf geworfen werden, während du gerade deine Position im Zollstreit umreißen möchtest. Na, beurteile ich nun diese hübschen Babys?«

Sir Aylmer brütete stumm vor sich hin, und sein Adamsapfel hüpfte auf und ab, als müßte er gerade einen harten und scharfkantigen Gegenstand schlucken. Noch den ehrbarsten Bürger schreckt die Aussicht, der Schleier seiner Vergangenheit könnte gelüftet werden, es sei denn, diese Vergangenheit wäre blütenweiß. Er grollte, doch das Grollen brachte keine Linderung. Er biß auf seinem Schnurrbart herum, doch auch das verschaffte ihm keinen Trost.

»Also gut«, meinte er schließlich, als habe ihm ein Zahnarzt die Worte mit der Zange herausreißen müssen. Sein wild umherschießender Blick begegnete kurz demjenigen Bills, und der junge Mann zuckte heftig zusammen. »Also gut.«

»Schön«, sagte Lord Ickenham und war wieder heiter wie zuvor. »Das hätten wir. Und jetzt nimmst du mich mit und zeigst mir deine prämierte Molkerei.«

»Was für eine Molkerei?«

»Hast du keine Molkerei? Dann eben die Stallungen.«

»Ich halte keine Pferde.«

»Seltsam. Ich war stets der Meinung, die Gastgeber in englischen Landhäusern teilten sich in zwei Klassen: diejenigen, die ihren wehrlosen Gästen die Stallungen zeigen, und die anderen, die ihnen die Molkerei zeigen. Meines Wissens existiert auch noch eine kleine Unterkategorie, die die Begonien zeigt, doch dieses Detail soll uns hier nicht weiter beschäftigen. Keine Molkerei also? Keine Pferde? Dann gehe ich wohl besser in den Gasthof, dort habe ich nämlich noch ein paar Kleinigkeiten zu erledigen. Anschließend begebe ich mich zu euch, auf daß die Festivitäten losgehen mögen. Und da du jetzt bestimmt darauf brennst, loszufahren und alles in die Wege zu leiten, damit mein Zimmer – wenn immer möglich mit Südsicht – gefegt und hübsch hergerichtet wird, will ich dich nicht länger aufhalten. Wollen Sie mich begleiten, Bill Oakshott?«

»Ich bleibe noch ein bißchen hier und rauche eine Pfeife.«

»Ganz wie Sie wollen. Bei Philippi sehen wir uns also wieder, das wird ein Mordsspaß.«

Leichten, wippenden Ganges machte sich Lord Ickenham auf den Weg zu dem an Ashenden Oakshotts Hauptstraße gelegenen Bull's Head. Mit Befriedigung sah er, wie sich die Dinge anließen. Das Motto »Frisch gewagt ist halb gewonnen« hatte sich wieder einmal bestätigt, und so stand ihm ein Schluck Bier wahrlich zu, auf den er sich schon die ganze Zeit gefreut hatte, denn es macht ungeheuer durstig, ständig Licht und Sonne in die Herzen zu zaubern. Nachdem er zu Hause angerufen und mit Sally gesprochen hatte, nahm er mit seinem Trinkkrug Platz und genoß den gelbbraunen Inhalt mit stillem Wohlbehagen, als plötzlich die Tür zum Schankraum mit heftigem Schwung aufflog und Bill Oakshott eintrat.

Daß Bill nicht in aufgeräumtester und gelassenster Stimmung war, las Lord Ickenhams geschultes Auge sogleich aus dessen Gesamterscheinung. Das Haar war zerzaust, als wäre er mit fiebriger Hand hindurchgefahren, und in seinen Augen lag erneut dieser glasige Ausdruck. Er war ein junger Mann, der sich nach Art moderner junger Männer stets anstrengte, auch unter schwierigsten Umständen die kühle Gelassenheit eines Indianers am Marterpfahl zur Schau zu tragen, doch andererseits wog das, was ihn in eine solche Erregung versetzt hatte, für derartigen Stoizismus eindeutig zu schwer.

»Ah, Bill Oakshott«, sagte Lord Ickenham gesellig. »Einen günstigeren Moment hätten Sie sich gar nicht aussuchen können. Ich labe mich gerade an einem wohlverdienten Mundwasser, wie Cäsar in seinem Zelt, nachdem er die Nervier geschlagen hatte. Ich betone das Adjektiv ›wohlverdient‹, denn bestimmt räumen auch Sie ein, daß ich es den Nerviern beim Wortwechsel vorhin tüchtig gegeben habe. Haben Sie je einen so verdutzten Ex-Gouverneur gesehen? Ich nicht, und ich möchte bezweifeln, daß das sonst schon je einer tat. Aber Sie scheinen sich über irgend etwas aufzuregen, und ich würde Ihnen ein Glas dieses ausgezeichneten Biers empfehlen. Es wird Sie stärken und Ihnen helfen, nach dem Silberstreif am Horizont Ausschau zu halten.«

Er ging zur Theke, plauderte ein Weilchen mit dem untersetzten blonden Schankmädchen hinter dem Tresen und kehrte mit einem schäumenden Trinkkrug zurück.

»Nettes Mädchen«, sagte er väterlich. »Ich habe ihr von Brasilien erzählt. Jetzt nehmen Sie erst mal ein paar kräftige Schlucke davon, Bill Oakshott, und wenn Sie's runtergeschluckt haben, berichten Sie mir von Ihren Sorgen.«

Bill, der den Kopf in die Hände gestützt hatte, nahm einen kräftigen Schluck.

»Es geht um Ihren Plan, als Major Plank ins Haus zu kommen.«

»Ach ja?«

»Sie können unmöglich damit weitermachen.«

Lord Ickenham zog die Augenbrauen hoch.

»Unmöglich? Eine seltsame Wortwahl gegenüber dem letzten Sproß einer stolzen Familie! Sagten meine Vorfahren auf den mittelalterlichen Schlachtfeldern etwa ›unmöglich‹, als man sie anwies, gegen die Heiden zu stürmen? Ehrlich gesagt«, fügte Lord Ickenham in vertraulichem Ton hinzu, »haben das wohl etliche unter ihnen getan, wie sich den Depeschen von Richard Löwenherz entnehmen läßt, und deshalb hätte ich die Frage wohl besser gar nicht gestellt. Aber wieso kann ich Ihres Erachtens unmöglich damit fortfahren?«

»Weil es einfach nicht geht. Soll ich Ihnen verraten, was passiert ist?«

»Unbedingt. Ich kann's kaum erwarten.«

Bill trank seinen Krug leer und schien nun wieder über genügend Kraft zu verfügen, um fortzufahren.

»Als Sie gegangen waren«, sagte er tonlos, »brauste Onkel Aylmer in seinem Wagen davon und ließ mich mit dem Koffer zurück.«

»Ein schäbiger Trick.«

»Ich brüllte ihm hinterher, er solle anhalten und das Mistding mitnehmen, denn es wiegt einen Zentner, und mir war nicht danach, es die ganze Auffahrt hochzuschleppen, doch er hielt einfach nicht an. Und als ich mit dem Koffer losmarschieren wollte, kam Potter auf mich zugeradelt.«

»Wer ist denn Potter?«

»Der Polizist.«

»Ach so. Pongo erwähnte ihn mal, jetzt fällt's mir wieder ein. Ein eifriger Schutzmann.«

»Ich sage also: ›Ach, Potter‹, und er sagt: ›Sir?‹ und ich sage: ›Haben Sie's eilig?‹ und er sagt: ›Nein, Sir‹, und ich sage: ›Dann wär's mir recht, wenn Sie diesen Koffer ins Haus bringen könnten.‹ Und er sagt: ›Selbstverständlich, Sir‹ und hievt ihn aufs Fahrrad.«

»Mir gefällt die Art Ihrer Dialogführung«, meinte Lord Ickenham kunstverständig. »Knapp und konzis. Schreiben Sie?«

»Nein.«

»Sollten Sie unbedingt tun. Sie würden ganz schön Zaster damit machen. Aber ich habe Sie unterbrochen.«

»Ja, allerdings.«

»Soll nicht wieder vorkommen. Sie erzählten gerade, Potter habe ›Selbstverständlich, Sir‹ gesagt. Was geschah dann?«

»Ich sage: ›Er gehört Major Brabazon-Plank. Er kommt zu uns auf Besuch.‹ Und Potter sagt ... Kann ich noch ein Bier haben?«

»Hatte er denn schon eines getrunken?«

»Ich meinte, ob *ich* noch eines haben kann, jetzt? Ich könnte mich dann wohl besser konzentrieren.«

Lord Ickenham begab sich abermals zur Theke.

»Vorhin sagten Sie«, meinte er, als er mit dem lebenspendenden Naß zurückkehrte, »Sie hätten Potter erzählt, der Koffer gehöre Major Brabazon-Plank. Woraufhin er ...?«

Bill trank gierig, keuchte ein paarmal und sprach dann mit einer Art von erzwungenem Gleichmut weiter.

»Woraufhin er über sein ganzes Ohrfeigengesicht strahlt und sagt: ›Major Brabazon-Plank? Sagten Sie Major Brabazon-Plank? Mensch, den kenne ich ja bestens. Er stammt aus meinem Heimatort. Früher habe ich mit ihm Cricket gespielt, jawohl – in Hunderten von Spielen. Falls Sie nichts dagegen haben, Mr. William, würde ich nach dem Tee gern vorbeischauen und ihn herzlich begrüßen.‹ Na, was machen wir denn jetzt?«

Lord Ickenham blieb einen Moment lang nachdenklich.

»Sie nehmen mich auf den Arm, Bill Oakshott. Niemand außer einem routinierten Schriftsteller hätte diese Geschichte so meisterhaft erzählen können. Ihr magischer Stil verwandelt Potter in einen Menschen aus Fleisch und Blut. Bestimmt veröffentlichen Sie Ihre Sachen unter einem Pseudonym. Ich glaube, Sie sind einer, wenn nicht sogar mehrere, von den Sitwells. Doch darauf können wir später noch zurückkommen. ›Was machen wir denn jetzt?‹ fragen Sie. Ja, ich bin Ihrer Meinung, das Problem bietet einige interessante Aspekte, doch wenn man nur ernsthaft genug darüber nachdenkt, findet sich für jedes Problem eine Lösung. Wie war denn Ihre Artikulation, als Sie die Worte ›Brabazon-Plank‹ aussprachen? Klar und deutlich?«

»Ja.«

»Sie haben nicht genuschelt?«

»Nein.«

»Sie könnten also nicht behaupten, in Wirklichkeit hätten Sie ›Smith‹ oder ›Knatchbull-Huguessen‹ gesagt?«

»Nein.«

Lord Ickenham dachte nach.

»Dann gibt's nur eins: Wir müssen ihm erzählen, ich sei der Bruder Ihres Plank.«

»Glauben Sie, er kauft Ihnen das ab?«

»Wenn ich erst einmal in Fahrt komme, gibt es nichts, was man mir nicht abkauft. Wir könnten ja gleich jetzt bei ihm vorbeigehen. Wo wohnt er denn?«

»Hier um die Ecke.«

»Dann trinken Sie Ihr Bier aus, wir machen uns auf den Weg.«

Abgesehen vom königlichen Wappen über der Tür und einem mit »Polizeiwache« beschrifteten Schild gab der Wohnsitz von Wachtmeister Potter keinen Hinweis darauf, daß sich das ehrfurchtgebietende Hauptquartier von Recht und Gesetz hier befand. Wie so viele Polizeiwachen in englischen Dörfern war dies ein nettes Häuschen mit Strohdach und hübschem kleinem Garten, den gerade Mr. Potters neunmonatiger Neffe Basil beanspruchte, der in seinem Kinderwagen ein Nickerchen machte. Lord Ickenham trat ans Gartentor und riskierte einen Blick auf das Gefährt.

»Ist Potter verheiratet?«

»Nein. Das ist das Baby seiner Schwester. Sie wohnt bei ihm. Ihr Mann arbeitet als Schiffssteward auf der Südamerikaroute. Meistens ist er unterwegs. Manchmal kommt er aber auch zurück.«

»Ja, das steht zu vermuten.«

Durch ein offenes Fenster drang eine hohe, gellende Frauenstimme. Diese machte gerade Ausführungen zum Thema

Socken. Wie, so wollte sie wissen, bringe es der Unsichtbare, an den sich ihre Frage richtete, nur fertig, so zahlreiche und so große Löcher in die seinen zu machen? Die Stimme selbst schrieb das Phänomen der Unachtsamkeit sowie bewußter Kujonierung jener Menschen zu, die sich beim Stopfen die Finger wund arbeiteten. Lord Ickenham wandte sich mit hochgezogener Augenbraue an Bill.

»Ist dies die besagte Dame?«

»Ja.«

»Und spricht sie mit Potter?«

»Ich glaube schon.«

»Offenbar gibt sie ihm Saures.«

»Ja. Elsie sagt, er habe eine Heidenangst vor ihr.«

»Elsie?«

»Das Dienstmädchen.«

»Ach so, diejenige, die Pongo … Oje, jetzt ist mir doch glatt entfallen, was ich sagen wollte.«

»Ich weiß genau, was Sie sagen wollten.«

»Na ja, wir brauchen das jetzt nicht zu vertiefen. Schlendern wir doch hinein. Als erstes wollen wir dieses hübsche Baby einmal unter die Lupe nehmen. Das ist genau das richtige Training für den großen Tag.«

7. Kapitel

In der gemütlichen kleinen Küche des Häuschens genoß Wachtmeister Potter, Hüter des Friedens von Ashenden Oakshott, in Hemdsärmeln sein üppiges Abendbrot.

Das Wort »genießen« trifft die Sache vielleicht nicht ganz, denn er verzehrte die Mahlzeit unter Aufsicht seiner Schwester, Mrs. Bella Stubbs, die vielleicht nicht seine beste Freundin, aber von jeher seine schärfste Kritikerin war. Sie hatte ihm bereits gesagt, er solle sich nicht auf die Ellbogen stützen, das Essen nicht so hinunterschlingen und nicht mit dem fischverschmierten Messer die Butter abschneiden, und beim Eintreffen von Bill und Lord Ickenham hatte sie, wie wir vernehmen konnten, gerade das Thema Socken angeschnitten, von denen sie zu Demonstrationszwecken ein Exemplar in der Hand hielt.

Wachtmeister Potter war achtundzwanzig, seine Schwester dreiunddreißig. Schon eine simple Kopfrechnung führt uns zur Einsicht, daß sie, als er sieben war, zwölf gewesen sein muß, und eine resolute zwölfjährige Schwester kann eine moralische Überlegenheit über einen siebenjährigen Bruder begründen, die ein Leben lang anhält. In jenen überaus prägenden jungen Jahren war Harold Potter von George Basil Percival Stubbs' künftiger Mutter an der Hand herumgeschleift, geschlagen, ausgeschimpft sowie nachdrücklich angewiesen worden, so gut wie keines der vielen schönen Dinge zu tun, die er gern getan hätte. Sie hatte ihm sogar – Gipfel der Schmach – die Nase geputzt.

Derlei geht nicht spurlos an einem Menschen vorüber. Elsie Bean zum Beispiel vertrat wiederholt die Meinung, ihr Harold sei eine jämmerliche Memme ohne Rückgrat, und insgesamt wird die Geschichte Elsies Urteil wohl bestätigen. Nur ungern stellt man sich einen Gesetzeshüter vor, der auf seinem Stuhl den Kopf einzieht, wenn eine Frau ihren Finger durch ein Loch in einer seiner Socken steckt und damit droht, doch es läßt sich nicht bestreiten, daß Wachtmeister Potter, als er sah, wie Mrs. Stubbs ebendies tat, einem Gesetzeshüter mit eingezogenem Kopf sehr ähnlich sah.

Um sich in dieser Position Erleichterung zu verschaffen, beugte er sich vor und schnitt Butter ab, wobei er diesmal darauf achtete, das dazu bestimmte Messer zu verwenden, und die Bewegung erlaubte ihm, durch das Fenster jene Ecke des Gartens einzusehen, in der George Basil Percival seine Siesta hielt.

»Sieh mal«, sagte er erfreut, weil er das Thema wechseln konnte. »Da steht jemand auf dem Rasen.«

»Komm mir nicht mit dem Rasen! Ich spreche von dieser Socke.«

»Es ist ein großer Gentleman.«

»Schau sie dir an. Wie ein Sieb.«

»Ein großer Gentleman mit grauem Schnurrbart. Er stupst deinen Basil in den Bauch.«

Er hatte die einzigen Worte ausgesprochen, die seine Gesprächspartnerin vom Sockenproblem abzubringen vermochten. Als aufopfernde Mutter empfand Mrs. Stubbs jeden Gentleman, ob groß oder klein, als bare Zumutung, der in ihren Garten spazierte und ihren Sprößling in den Bauch stupste, wo doch dessen Wohlbefinden in dieser Phase absolute Ruhe erforderte.

»Dann geh raus und schick ihn weg!«

»Jawohl.«

Wachtmeister Potters Bauch war zum Platzen voll. Er hatte drei Bücklinge, vier hartgekochte Eier und einen halben Laib Brot vertilgt, und instinktiv hätte er sich jetzt am liebsten wie eine sattgefressene Pythonschlange ein wenig ausgeruht, auf daß sich seine Magensäfte ans Werk machen konnten. Doch nicht nur war das Wort seiner Schwester Bella Gesetz, nein, die Neugier war auch stärker als sein Verdauungsimpuls. Während er durchs Fenster Lord Ickenham beobachtete, beschlich ihn das Gefühl, ihn schon irgendwo gesehen zu haben. Diesen geheimnisvollen Fremden wollte er sich einmal genauer ansehen.

Als er in den Garten kam, hatte Lord Ickenham, der Basils Bauch überdrüssig geworden war, damit angefangen, das Kind unter dem Kinn zu kitzeln. Bill, der nicht viel mit Babys anfangen konnte und es jedenfalls vorzog, wenn sie Edward G. Robinson nicht gar so ähnlich sahen, war etwas zur Seite getreten, als wollte er sich von der ganzen leidigen Affäre distanzieren, und deshalb war er der erste, der den Neuankömmling erblickte.

»Oh, Tag, Potter«, sagte er. »Wir haben gedacht, wir schauen mal vorbei.«

»Ich konnte es kaum erwarten«, sagte Lord Ickenham, »die Bekanntschaft eines Mannes zu machen, von dem ich schon so viel gehört habe.«

Wachtmeister Potter ließen diese Artigkeiten leicht verdattert zurück.

»Hoho!« sagte er. »Ich habe Ihren Namen nicht richtig verstanden, Sir.«

»Plank. Brabazon-Plank.«

Ein lauter Schluckauf war zu hören. Er kam von Wachtmeister Potter und verriet nicht nur Überraschung, sondern auch Argwohn. Es gab, zumindest in Ashenden Oakshott, nur wenige Männer, die ein größeres Talent dafür besaßen, faule Tricks zu wittern, wenn sie darauf stießen, und dieser Trick, so wollte es Harold Potter erscheinen, war sogar oberfaul. Er fixierte Lord Ickenham mit dem strengen und anklagenden Blick, den er wohl auch einem Hund zugeworfen hätte, der sich ohne Halsband in der Öffentlichkeit zeigte.

»Brabazon-Plank?«

»Brabazon-Plank.«

»Sie sind nicht der Major Brabazon-Plank, mit dem ich in Lower Shagley, Dorsetshire, Cricket spielte.«

»Sein Bruder.«

»Mir war gar nicht bekannt, daß er einen Bruder hat.«

»Er hat Ihnen also allerlei verheimlicht, wie? Zu dumm. Ja, ich bin sein älterer Bruder. Bill Oakshott hat mir gerade erzählt, daß Sie ihn kennen.«

»Er hat behauptet, Sie sind er.«

»Das hat er behauptet?«

»Jawoll!« Wachtmeister Potters Blick wurde immer strenger. Er war entschlossen, der Sache auf den Grund zu gehen. »Er hat mir Ihren Koffer mitgegeben und dann noch gesagt: ›Der da gehört Major Brabazon-Plank.‹«

Lord Ickenham lachte belustigt auf.

»Ein reiner Lapsus linguae, wie er eben häufig passiert. Bill meinte Brabazon-Plank *major.* Im Gegensatz zu meinem Bruder, der jünger ist als ich und deshalb Brabazon-Plank *minor* genannt wird. Ich kann Ihre Verwirrung durchaus verstehen«, sagte Lord Ickenham und sah den Polizisten mitfühlend an, in dessen Miene sich der trunkene Ausdruck eines Menschen geschlichen hatte, auf den das Gespräch zusehends konfus wirkt. Drei Bücklinge, vier Eier und ein halber Laib Brot mögen den Körper nähren, dem Scharfsinn dagegen sind sie nicht unbedingt zuträglich. »Und noch vertrackter wird das Ganze durch meine Tätigkeit als Bergbauingenieur, als Mineur also, denn jeder, der sich mit den Brabazon-Planks auskennen will, hat sich stets vor Augen zu halten, daß der Minor ein Major ist und der Major ein Mineur. Ich kannte schon gestandene Männer, die zusammenbrachen, als sie dies einsehen mußten. Dann kennen Sie also meinen Minor, den Major? Sieh mal einer an. Die Welt ist ja so was von klein, wie ich oft sage. Na ja, mit ›oft‹ meine ich eigentlich so alle zwei Wochen einmal. Wieso gucken Sie denn wie eine abgestochene Sau, Bill Oakshott?«

Bill schien aus einer Art Trance hochzuschrecken. Pongo, der seinen Onkel Fred schon verschiedentlich in Aktion erlebt hatte, hätte ihm sagen können, daß sich ein tranceähnlicher Zustand fast bei allen Leuten einstellte, die sich an der Seite dieses trefflichen alten Mannes befanden, wenn er richtig auf Touren kam.

»Hab' ich das?«

»Ja.«

»Tut mir leid.«

»Schwamm drüber. Aber wen haben wir denn da?«

Mrs. Stubbs war zum Vorschein gekommen und näherte sich

der Gruppe wie eine Löwin, die ihrem bedrohten Jungen zu Hilfe eilt. Verärgert über die saumselige Art ihres Bruders bei der Vertreibung der Eindringlinge, hatte sie beschlossen, die Sache selbst in die Hand zu nehmen.

»Ach, Tag, Mrs. Stubbs«, sagte Bill. »Wir haben gerade einen Blick auf Ihr Baby geworfen.«

Lord Ickenham zuckte zusammen.

»Ihr Baby? Gehört dieser bemerkenswert hübsche Säugling Ihnen, Madam?«

Sein Benehmen war so höflich, seine Haltung so respektvoll, daß Mrs. Stubbs, die den Schauplatz wie eine Löwin betreten hatte, die Möglichkeit in Betracht zu ziehen begann, ihn wie ein Lamm zu verlassen.

»Jawohl, Sir«, sagte sie und ließ sich sogar zu einem Knicks herbei. Sie war keine Frau, die häufig knickste, doch dieser distinguierte ältere Herr strahlte etwas aus, das eine solche Ehrenbezeigung nachgerade zu verlangen schien. »Das ist mein kleiner Basil.«

»Ein süßer Name. Und ein süßes Kind. Doch hoffentlich auch ein Kandidat?«

»Wie bitte?«

»Haben Sie ihn für den Babyschönheitswettbewerb angemeldet?«

»O ja, Sir.«

»Gut. Prächtig. Es wäre ja auch heller Wahnsinn, wenn Sie sein Licht unter den Scheffel stellen würden. Haben Sie diesen außerordentlichen Säugling einmal aus der Nähe betrachtet, Bill Oakshott? Falls nicht, dann tun Sie es jetzt«, sagte Lord Ickenham, »denn eine bessere Gelegenheit, einen klassischen Jährling zu sehen, wird sich Ihnen schwerlich mehr bieten. Was für Sprunggelenke! Was für Fesseln! Und was für eine Lunge!« sagte er, denn George Basil Percival, der wie Abou Ben Adhem aus einem tiefen Traum des Friedens erwacht war, zerriß die Stille gerade mit jähem Gebrüll. »Die

Lunge punktet bei mir immer besonders. Ich sollte vielleicht erklären, Madam, daß ich die Ehre habe, bei besagtem Wettbewerb als Preisrichter mitzutun.«

»Tatsächlich, Sir?«

»Allerdings. Ist Ihr Gemahl zu Hause? Nein? Schade. Ich hätte ihm geraten, sich auf die Schnelle etwas Geld zu verdienen, indem er beim Babyschönheitswettbewerb sein letztes Hemd auf dieses Kind setzt. Haben Sie ein Hemd, Mr. Potter? Ja, wie ich sehe, haben Sie eins. Setzen Sie's auf diesen Stall und seien Sie unbesorgt. Ich kenne zwar die körperliche Verfassung der anderen Teilnehmer nicht, doch kann ich mir nicht vorstellen, daß es einen zweiten gibt, der das Format hätte, Basil auszustechen. Ich sehe mich schon am Ende der Veranstaltung seine Hand mit den Worten ›Der Siiiiieger!‹ in die Höhe reißen. Also, Mrs. Stubbs«, sagte Lord Ickenham mit einer erlesenen Verbeugung zu seiner Gastgeberin hin und einem freundlichen »Killikilli« für den künftigen Champion, der ihn mit einer Neugier anstarrte, die ein empfindsamerer Mensch als Beleidigung empfunden hätte, »wir müssen weiter. Es gibt noch allerlei zu tun. Auf Wiedersehen, Mrs. Stubbs. Auf Wiedersehen, Baby. Auf Wiedersehen, Herr Wacht…«

Er brach mitten im Wort ab. Harold Potter hatte sich jäh umgedreht und flitzte mit Volldampf auf das Häuschen zu, während ihm Lord Ickenham leicht verdutzt nachsah.

»Ein Abschied ohne Tränen!« sagte er. »Er hat wohl etwas vergessen.«

»Manieren hat dieser Mensch!« sagte Mrs. Stubbs schroff. »Nicht zu fassen!«

»Herrje«, erwiderte Lord Ickenham, der wie üblich Milde walten ließ, »was sind schon Manieren, wenn das Herz aus Gold ist? Also noch einmal, auf Wiedersehen, Mrs. Stubbs. Auf Wiedersehen, Baby. Wie gesagt, wir müssen weiter. Ich möchte aber wiederholen, was für eine Ehre es mir war, dieses überragende Kind kennenzulernen, und dies sozusagen in seinem Trainingslager. Mit allem Nachdruck fordere ich Sie noch einmal auf, am großen Tag das letzte Hemd der Familie auf Basil zu setzen. Eine sinnvollere Investition kann man sich gar nicht wünschen. Auf Wiedersehen«, sagte Lord Ickenham, »auf Wiedersehen, auf Wiedersehen«, und er entfernte sich und verstreute Licht und Sonne in alle Himmelsrichtungen.

Auf der Straße blieb er stehen, um sich eine Zigarre anzuzünden.

»Geradezu absurd, wie leicht diese Dinge von der Hand gehen«, sagte er, »sofern sich ein Mensch mit gigantischem Hirnvolumen, wie ich es bin, darum kümmert. Ein paar wohlgesetzte Worte genügen, und schon ist der Wachtmeister genauso perplex wie Mugsy. Merkwürdig, daß er uns so plötzlich verlassen hat. Aber vielleicht ist er ja nur hineingegangen, um sich ein bißchen Kölnischwasser auf die Schläfen zu sprühen. Ich hatte den Eindruck, daß er heillos überfordert war, als ich die Sache mit dem Major und dem Minor auftischte.«

»Wie sind Sie denn auf die Idee gekommen?«

»Genie«, sagte Lord Ickenham bescheiden. »Reines Genie.«

»Ob er das wohl geschluckt hat?«

»Wir wollen's hoffen.«

»Sie haben ziemlich dick aufgetragen mit diesem vermaledeiten Baby.«

»Freundliche Worte sind nie fehl am Platz, Bill Oakshott. Und jetzt auf nach Ashenden Manor, finden Sie nicht auch? Auf zum herzlichen englischen Willkomm!«

Bill wirkte unsicher.

»Ehrlich gesagt, könnte ich noch ein Bier vertragen.«

»Fühlen Sie sich schwach?«

»Ein bißchen.«

»Also schön, Sie gehen in die Kneipe. Ich muß mich auf die Suche nach Pongo machen. Ob er sich wohl in Ashenden Manor aufhält?«

»Nein, ich sah ihn ausgehen.«
»Dann durchkämme ich die Gegend nach ihm. Es ist unerläßlich«, sagte Lord Ickenham, »daß ich ihn auf den aktuellen Stand bringe, bevor er uns mit seinem Geplauder alles vermasselt. Wir wollen doch nicht, daß er hereinplatzt, wenn ich mich gerade gemütlich mit Mugsy unterhalte, und mir ein ›Onkel Fred‹ zuruft. Bevor wir den ruhigen Abend im trauten Heim genießen können, auf den ich mich schon so freue, muß er darüber in Kenntnis gesetzt werden, daß er zwar einen Onkel verliert, dafür aber einen brasilianischen Forscher gewinnt. Einstweilen also *bye-bye!* Wo, sagte ich noch gleich zu Mugsy, sehen wir uns wieder? Ach ja, bei Philippi. Wir treffen uns also dort, sobald Sie Ihren Durst gelöscht haben.«

In Zeiten seelischen Aufruhrs verscheucht nichts so zuverlässig die Sorgen wie ein packender Kriminalreißer. Pongos erster Schritt nach dem Abschied von Sir Aylmer Bostock war es deshalb gewesen, das Buch *Mord im Nebel* aus dem Zimmer zu holen; der zweite, sich außerhalb des Parks ein lauschiges Plätzchen zu suchen, an dem keine Gefahr bestand, daß er dem Ex-Gouverneur bei dessen Rückkehr begegnete, und durch Lektüre wieder zum inneren Frieden zu finden. Ein solches Plätzchen machte er neben der Straße unweit des Haupttors von Ashenden Manor ausfindig, und schon nach kurzer Zeit war er ganz in sein Buch vertieft.
Die Maßnahme zeitigte fast augenblicklich Wirkung. Das Gespräch mit Sir Aylmer in der Eingangshalle hatte ihn mit dumpfen Ängsten erfüllt und in helle Aufregung versetzt, doch jetzt spürte er, wie seine zitternden Ganglien allmählich wieder richtig funktionierten. Und ganz im Gegensatz zur Heldin seines spannenden Romans, welche nun im unterirdischen Bau eines jener maskierten Meuchelmörder festsaß, die für soviel Ungemach sorgen, verspürte er eine große Gelassenheit, bis ein Schatten auf die Buchseite fiel, eine

wohlvertraute Stimme seinen Namen aussprach und er hochblickte, um seinen Onkel Fred vor sich zu sehen.

Falls es eine Situation gibt, bei der man mehr als bei jeder anderen erwarten würde, die Freude sei unermeßlich und das Glück grenzenlos, dann ist es wohl die im Rahmen einer Landpartie stattfindende Begegnung eines Neffen mit seinem Onkel, der ersteren in frühen Jahren oft auf dem Knie geschaukelt hat. In einem solchen Moment erwartet man eigentlich ein jähes Anhalten des Atems, ein dankbares Heben des Blickes gen Himmel und einen warmen, bewegten Händedruck.

Um so unerfreulicher ist es deshalb, festhalten zu müssen, daß in Pongos Brust, als er Lord Ickenham erblickte, das vorherrschende Gefühl nicht etwa Freude war. Im Grunde hätte er nicht einmal dann bestürzter reagieren können, wenn ihm der maskierte Meuchelmörder aus den Seiten seines Buches entgegengesprungen wäre.

»Onkel Fred!« rief er laut. Ein gebranntes Kind scheut das Feuer, und bittere Erfahrung hatte auch Pongo Twistleton gelehrt, die unmittelbare Nähe von Ickenhams fünftem Grafen mit Sorge zu betrachten. Man mag sich noch der in einem früheren Kapitel zitierten Worte aus dem Munde eines altgedienten Mitglieds des Drones Club erinnern. »Großer Gott, Onkel Fred, was um alle Welt tust du hier?«

Lord Ickenham gehörte, im Gegensatz zu Sir Aylmer Bostock, zu jenen Menschen, die anderen gewisse Dinge lieber schonend beibringen. Da noch das harmloseste Wort jener Geschichte, die er zu erzählen hatte, dazu geeignet war, das Gemüt seines Neffen in Wallung zu bringen und seine Augen wie Stern' aus ihren Kreisen schießen zu lassen, beschloß er, mit den Details zunächst hinterm Berg zu halten und sich erst allmählich und in kleinen Schritten dem zu nähern, was Pongo wohl als den springenden Punkt bezeichnet hätte. Mit einem gewinnenden Lächeln im anmutigen Antlitz ließ sich

der Alte auf der Erde nieder und zwirbelte seinen Schnurrbart.
»Ich streune bloß ein bißchen durch die Gegend, mein Junge, das ist alles. Man wird doch wohl um diese Tageszeit noch ein bißchen durch die Gegend streunen dürfen.«
»Aber als wir uns getrennt haben, warst du in Ickenham.«
»Der Abschied tat mir in der Seele weh.«
»Du hast doch gesagt, du wollest nach London.«
»Da war ich ja auch.«
»Aber du hast mit keinem Wort erwähnt, daß du hierherkommen willst.«
»Nein, aber du weißt ja, wie es ist. Es geschieht dies und das, und dann werden die Pläne eben über den Haufen geworfen.«
Eine vorüberziehende Ameise hielt inne, um Pongos Handgelenk zu erforschen. Er schüttelte sie ab, und die Ameise, die ein paar Meter entfernt in südsüdöstlicher Richtung auf dem Kopf landete, machte sich davon, um bei den anderen Ameisen Erdbebenalarm auszulösen.
»Ich hätte es wissen müssen«, rief er hitzig. »Du führst etwas im Schilde.«
»Nein, nein.«
»Und was ist dann im Gange?«
Lord Ickenham sann der Frage nach.
»Ich würde nicht gerade sagen, etwas sei *im Gange*. Der Ausdruck ist zu stark. Gewisse Komplikationen sind eingetreten, durchaus, allerdings nichts, was sich nicht durch zwei gelassene, weltgewandte Männer, die kühlen Kopf bewahren, wieder einrenken ließe. Aber ich will vorne anfangen. Ich ging nach London und führte Sally zum Abendessen aus, und im Laufe der Mahlzeit vertraute sie mir an, wieso sie mich so dringend hatte sehen wollen. Offensichtlich steckt ihr Bruder Otis wieder einmal in Schwierigkeiten. Sie bat mich, dir alles zu erzählen und mich um deine Mithilfe zu bemühen.«

Als die Geschichte von Otis Painter und den Memoiren Sir Aylmer Bostocks Gestalt annahm, brach über Pongo eine befreiende Woge der Erleichterung herein. Er machte sich Vorwürfe, weil er sogleich in jene Hysterie verfallen war, die das unerwartete Auftauchen seines Onkels Fred stets in ihm auslöste. Bis dahin hatte er die Unterhaltung im Stehen geführt. Nun aber setzte er sich mit der Miene eines Mannes, den keine Sorgen mehr plagen. Er lachte sogar, was ihm sonst in Gegenwart seines Onkels kaum je gelang.

»Ziemlich lustig«, sagte er.

»Die Sache entbehrt nicht einer gewissen Komik«, pflichtete Lord Ickenham bei. »Doch wir dürfen nicht vergessen, daß für Sally, sofern die Klage durchkommt, viel Geld auf dem Spiel steht.«

»Das stimmt. Sie möchte also, daß ich den alten Knaben anflehe, die Angelegenheit außergerichtlich zu regeln. Ich will sehen, was sich tun läßt.«

»Du klingst skeptisch. Liebt er dich nicht wie einen Sohn?«

»Wie einen Sohn würde ich nicht gerade sagen. Weißt du, ich habe eine seiner afrikanischen Kuriositäten zerdeppert.«

»Es macht dir wirklich Spaß, Dinge zu zerdeppern, wie? Und das hat ihn gewurmt?«

»Ein bißchen wahrscheinlich schon. Als ich ihn vorhin in der Eingangshalle antraf, warf er mir einen giftigen Blick sowie zweimal ein unüberhörbar garstiges ›Ha!‹ zu. Ich hatte den Eindruck, daß er über mich nachgedacht hat und zum Schluß gekommen ist, daß ich ein widerlicher Kerl bin. Aber vielleicht überlegt er es sich ja noch anders.«

»Aber natürlich. Nur nicht lockerlassen!«

»Nein, keinesfalls.«

»So ist's recht. Bleib an ihm dran und wirf all deinen Charme in die Waagschale. Denk dran, was das für Sally bedeutet.«

»Klar doch. Und das ist wirklich alles, was du von mir wolltest?«

»Ich glaube schon. Oder … Tja, was wollte ich denn noch von dir? … Ach so, ja, jetzt fällt es mir wieder ein. Sallys Büste. Diejenige, die du dir in meinem Haus geborgt hast.«

»Ach, die gute alte Büste? Ja, natürlich. Es verlief alles nach Plan. Ich habe sie tatsächlich reingeschmuggelt. Trotzdem war es ganz schön haarig. Wenn du wüßtest, was ich durchgemacht habe, als ich mit diesem Ding in der Hand durch die Eingangshalle gehastet bin und jederzeit damit rechnen mußte, den heißen Atem des alten Bostock im Nacken zu spüren!«

»Kann ich mir lebhaft vorstellen. Weißt du denn überhaupt«, fragte Lord Ickenham, »wie solche Büsten angefertigt werden? Sally hat es mir erklärt. Das Verfahren ist ungemein spannend. Zuerst modelliert man den Ton. Dann klatscht man eine Schicht flüssigen Gips drauf.«

»Ach ja?«

»Daraufhin wartet man ein Weilchen, bis der Gips einigermaßen hart ist, spaltet ihn in zwei saubere Hälften und wirft den Ton weg. Dann füllt man die Form mit Gips.«

»Wirklich toll, falls man so was mag«, gab sich Pongo tolerant. »Wie hat Sally denn auf dich gewirkt?«

»Anfangs hat sie gestrahlt, später war sie leicht verstört.«

»Du meinst wegen Otis?«

»Wegen Otis – und wegen anderer Dinge. Aber ich will dir noch zu Ende erzählen, wie Büsten angefertigt werden. Man füllt den Gips in die Form und läßt an der Spitze einen kleinen Hohlraum frei. Diesen«, sagte Lord Ickenham, der nun fand, er habe den anderen genug geschont, »benützt man als Behältnis für Schmuck, den zum Beispiel eine Freundin in die Vereinigten Staaten schmuggeln möchte.«

»Was!?« Bevor Pongo hochschießen konnte, mußte er erst seine Arme und Beine sortieren. Eine zweite Ameise, die eher skeptisch auf sein Handgelenk geklettert war, wurde genauso vehement weggeschleudert wie ihre Vorgängerin und wäre kurze Zeit später auch dabei zu beobachten gewesen, wie sie sich den Kopf rieb und im Freundeskreis herumerzählte, der alte George habe schon recht gehabt, als er von seismischen Störungen sprach. »Du willst doch nicht sagen …?«

»Doch. Es scheint so, als hätten wir ohne böse Absicht die Büste erwischt, in der Sally die Klunker ihrer Freundin Alice Vansittart versteckt hatte. Offensichtlich kam sie auf die Idee, nachdem du ihr die Mitarbeit verweigert hast. Rückblickend betrachtet ist es sehr bedauerlich, daß du nicht aufgeschlossener warst. Natürlich verhält es sich genau so, wie Hamlet einst sehr weise festgestellt hat: Denn an sich ist nichts weder gut noch böse, das Denken macht es erst dazu. Aber fraglos ist eine ziemlich unangenehme Situation eingetreten. Die Vansittart fährt nächste Woche mit dem Schiff nach New York.«

»Ach du Schreck!«

»Du erkennst den Ernst der Lage? Das habe ich mir gedacht. So sieht es also aus. Bestimmt bist du mit mir einer Meinung, daß die Ehre von uns verlangt, dieses Geschmeide zurückzugeben. Man kann nicht einfach einem armen Mädchen sein bißchen Schmuck klauen. Nicht die feine Art. Nicht *comme il faut.*«

Pongo nickte. Was *noblesse oblige* anging, brauchte ihm niemand Nachhilfestunden zu geben. Zwar schreckte er vor der Wiederholung des grauenhaften Auftritts zurück, zu dem er sich bei seinem ersten Besuch gezwungen hatte, doch sah er ein, daß es nicht anders ging.

»Das stimmt«, sagte er. »Ich muß schnell nach Ickenham rüber und eine neue Büste auftreiben. Ob Coggs mir eine rausrücken kann?«

»Nein«, antwortete Lord Ickenham. »Und es wäre auch ganz zwecklos. Es ist nämlich eine weitere Komplikation eingetreten, von der ich dir jetzt berichten muß. Du kennst doch die Büste, die Sally von Sir Aylmer angefertigt hat, diejenige, die für die armen Kerle des Bürgervereins bestimmt war. Aus Verbitterung über die Geschichte mit Otis gab er sie ihr zurück, und heute nachmittag fuhr ich Sally hierher, und sie schlich sich ins Haus und tauschte die Büste gegen jene mit Miss Vansittarts Schmuck aus. Und gerade als sie sich mit dieser davonmachen wollte, fing Lady Bostock sie ab, nahm die Büste und verschloß sie in einem Schrank im afrikanischen Kuriositätenkabinett. Und genau dort befindet sie sich jetzt. Deshalb ...«

Pongo fuhr dazwischen, wobei er rasch und eindringlich sprach. Selbst Noblesse kennt ihre Grenzen.

»Ich weiß schon, was du sagen willst«, rief er. »Du möchtest, daß ich mich spätnachts hinunterschleiche, den Schrank aufbreche und die Büste klaue. Das kommt überhaupt nicht in Frage.«

»Nein, nein«, sagte Lord Ickenham. »Beruhige dich, mein Guter. Es fiele mir nicht im Traum ein, dir eine solche Verantwortung aufzubürden. Das Klauen besorge ich.«

»Du?«

»In persona.«

»Aber du kommst doch unmöglich ins Haus!«

»Wenn mir die Leute doch endlich mit ihrem ewigen ›unmöglich‹ vom Leib blieben! Es ist ganz einfach. Mein junger Freund Bill Oakshott hat mich zu sich nach Ashenden Manor eingeladen. Er möchte, daß ich bei einem Fest, das hier in Kürze steigen soll, als Preisrichter des Babyschönheitswettbewerbs mitwirke. Weshalb seine Wahl auf mich fiel, entzieht sich meiner Kenntnis. Wahrscheinlich war ihm bewußt, daß ich gut bin. Solche Dinge sprechen sich eben herum.«

Pongo starrte hinauf zu einem sich im Kreis drehenden Himmel und ließ dann den verstörten Blick über eine Landschaft schweifen, die in eine Art orientalischen Bauchtanz verfallen war. Sein Gesicht wirkte abgehärmt, und seine

Glieder zuckten. Lord Ickenham erhielt, während er ihn beobachtete, den Eindruck, daß ihm die Vorstellung von seinem, Lord Ickenhams, anstehenden Besuch in Ashenden Manor nicht behagte.
»Du kommst ins Haus?« stöhnte Pongo auf.
»Heute abend ziehe ich ein. Und übrigens«, sagte Lord Ickenham, »noch eine Kleinigkeit. Das hätte ich beinahe vergessen. Während meines Aufenthalts heiße ich Brabazon-Plank. Major Brabazon-Plank, der berühmte Brasilienforscher. Vergiß das bitte nicht.«
Zwischen Pongos Händen, die er von beiden Seiten gegen den Schädel drückte, auf daß sich dieser nicht wie eine Gipsbüste in zwei saubere Hälften spalte, erklang ein leises Wimmern. Lord Ickenham betrachtete den jungen Mann mitfühlend, und im Bemühen, der Situation etwas von ihrer Verkrampftheit zu nehmen, begann er mit lieblicher Baritonstimme einen Gassenhauer aus seiner Jugend zu singen. Erstaunt stellte er kurz darauf fest, daß das, was als Solo begonnen hatte, offenbar in ein Duett übergegangen war. Und als er über die Schulter blickte, erkannte er auch den Grund dafür. Wachtmeister Potter radelte auf seinem Fahrrad daher und rief »Heda!«.

Lord Ickenham war die Höflichkeit in Person. Es brauchte ihm bloß jemand von einem Fahrrad herunter »Heda!« zuzurufen, schon ließ er alles liegen und stehen und war ganz Ohr.
»Ach, Herr Wachtmeister«, sagte er, »Publikum gefällig?«
Harold Potter stieg ab und verharrte eine Weile keuchend über der Lenkstange. Die schneidige Fahrt hatte ihn ganz außer Atem kommen lassen, denn sein Bauch war mit Eiern, Brot, Tee und Bücklingen hoffnungslos überladen. Lord Ickenham forderte ihn in gewohnter Fürsorglichkeit auf, sich ruhig Zeit zu lassen.
Kurz darauf hörte das Keuchen auf, und Harold Potter sprach.

»Hoho!« sagte er.

»Auch Ihnen ein freundliches Hoho!« entgegnete Lord Ickenham kultiviert. »Zigarre gefällig?«

Mit einer strengen Geste schlug Wachtmeister Potter die Zigarre aus. Ein gewissenhafter Polizist nimmt keine Geschenke vom Kroppzeug der Verbrecherwelt an, zu dem, wie ihm nun klar war, auch der vor ihm stehende Mann gehörte.

Dem Chronisten ist durchaus bewußt, daß der Leser dieses Berichts seit dem merkwürdigen Vorfall im Garten dringend erfahren möchte, was diesen hervorragenden Hüter von Recht und Ordnung mit solch seltsamer Unvermitteltheit ins Häuschen hatte flitzen lassen. Nun dürfen wir dieses Geheimnis lüften. Die gesellschaftliche Entgleisung, angesichts deren Mrs. Bella Stubbs den Mund gespitzt und einen erbitterten Kommentar über fehlende Manieren abgegeben hatte, war dem Umstand geschuldet gewesen, daß Wachtmeister Potter nun endlich etwas gegen Lord Ickenham in der Hand hatte. Ihm war nämlich eingefallen, wo er ihn schon einmal gesehen hatte, und so eilte er ins Haus, um mit Hilfe seines Sammelalbums dessen Namen in Erfahrung zu bringen. Kaum war dies geschehen, stieg er auch schon aufs Fahrrad und fuhr davon, um demselben die Wahrheit ins Gesicht zu schleudern.

Er fixierte Lord Ickenham mit bohrendem Blick.

»Brabazon-Plank!« sagte er.

»Wieso«, fragte Lord Ickenham, »sprechen Sie den Namen ›Brabazon-Plank‹ in einem Ton aus, als handelte es sich um ein Schimpfwort?«

»Hoho!«

»Jetzt sind wir wieder so weit wie zuvor. Damit haben wir doch angefangen.«

Wachtmeister Potter fand es nun an der Zeit, die Bombe platzen zu lassen. Auf seinem Gesicht zeichnete sich jene unnachsichtige, durchdringende Miene ab, die sich stets auf dem Gesicht von Polizisten abzeichnet, welche sich mit größtem Pflichteifer daran machen, einen Verbrecher wie eine Schlange unter ihrem Absatz zu zermalmen. Der nämliche Ausdruck lag auch jeweils auf dem Gesicht von Wachtmeister Potter, wenn er unter einem Baum darauf wartete, einen kleinen Jungen festzunehmen, der im Geäst über ihm Äpfel stahl, jene erbarmungslos versteinerte Miene, die er ebenfalls aufsetzte, wenn er eine Vorladung wegen unerlaubtem Schweinetransport überbrachte.

»Brabazon-Plank, wie? Sie nennen sich Brabazon-Plank, was? Hoho! Sie sehen mir eher wie George Robinson, Nasturtium Road Nummer 14, East Dulwich aus.«

Lord Ickenham starrte ungläubig. Er nahm die Zigarre aus dem Mund und setzte sein Starren fort.

»Sagen Sie bloß nicht, Sie sind der Polizist, der mich damals beim Hunderennen hopsgenommen hat!«

»Jawoll!«

Ein blubbernder Schrei wie von einem Schwimmer in höchster Not kam über Pongos Lippen. Entsetzt starrte er den behelmten Todesengel an. In scharfem Gegensatz dazu strahlte Lord Ickenham wie ein Mensch, der nach langer, erfolgloser Suche endlich die Gefährtin fürs Leben gefunden hat.

»Ja, hat man denn Töne!« sagte er freundlich. »Wirklich höchst erstaunlich. Daß wir uns unter solchen Umständen wiedersehen! Ich hätte Sie unmöglich erkannt. Aber Sie haben sich in der Zwischenzeit ja auch eine Art Schnurrbart zugelegt. Mein Lieber, wie mich das freut! Was treiben Sie denn hier in der Gegend?«

In Harold Potters Haltung dagegen lag keinerlei Freundlichkeit, als er das Bohrende seines Blicks verstärkte. Er war angespannt und wachsam – ganz typisch für einen Polizisten, der es nach einer einförmigen Existenz, die bislang nichts anderes zu bieten gehabt hatte als Trunkenbolde an Samstagabenden und vergebliche Bemühungen, die Zahl qualmender

Schornsteine zu verringern, zum erstenmal mit einem wahrhaft kolossalen Verbrechen zu tun bekommt.

Denn daß es sich hier um ein Ding größten Kalibers handelte, daran gab es für ihn nichts zu rütteln. Alle Indizien ließen dies, wie er wohl selbst gesagt hätte, als erwiesen erscheinen. Am Nachmittag des Vortages hatte sich der watschelnde Missetäter Edwin Smith unter dem Decknamen Twistleton in Ashenden Manor eingeschlichen. Und schon am folgenden Abend kam sein finsterer Helfershelfer George Robinson unter dem Decknamen Brabazon-Plank daherspaziert. Und nun lagerten beide am Wegesrand und schmiedeten Komplotte. Wenn man dies nicht als ein Kreisen der Geier bezeichnen konnte, dann hätte Harold Potter zu gern erfahren, welche andere Konstellation diese Umschreibung verdient hätte.

»›Was treiben *Sie* denn hier in der Gegend?‹ wäre wohl die passendere Frage«, versetzte er scharf. »Sie und Ihr Kumpel Edwin Smith.«

»Dann haben Sie ihn also ebenfalls erkannt? Ihr Gedächtnis für Gesichter ist wirklich phänomenal. Wie bei der königlichen Familie. Was wir hier in der Gegend treiben, wollen Sie wissen? Wir weilen auf Besuch in einem Landhaus.«

»Ach ja?«

»Ganz ehrlich.«

»Das mögen Sie sich ja einbilden«, korrigierte Wachtmeister Potter. »Von jetzt an ist aber Schluß mit Landhäusern. Es hat sich ausbesucht!«

Lord Ickenham zog die Augenbrauen hoch.

»Pongo.«

»Argh?«

»Ich glaube, der Gentleman will uns entlarven.«

»Argh.«

»Wollen Sie uns entlarven, Mr. Potter?«

»Jawoll!«

»Lassen Sie's besser bleiben.«

»Hoho!«

Eine unendliche Liebenswürdigkeit schwang in Lord Ickenhams Stimme mit, als er zu seiner Erklärung ausholte. Es war offenkundig, daß er für Wachtmeister Potter größtes Mitgefühl aufbrachte.

»Nein, ganz ehrlich, lassen Sie's besser bleiben. Bedenken Sie die Konsequenzen. Ich werde rausgeworfen ...«

»So ist es, Sie werden rausgeworfen!«

»... und mein Platz als Preisrichter des Babyschönheitswettbewerbs wird von einem anderen Preisrichter eingenommen, der dem Sohn Ihrer Schwester, dem kleinen Basil, weniger gewogen ist, weshalb dieser abgeschlagen im Feld landet. Wird Ihre Schwester in einem solchen Fall nicht gewisse Nachforschungen anstellen? Und wenn sie sich einmal davon überzeugt hat, daß meine Disqualifizierung Ihrer Intervention zu verdanken ist, wird sie da nicht ein Hühnchen mit Ihnen rupfen? Überlegen Sie es sich noch einmal, mein Guter, dann werden Sie wohl mit mir einiggehen, daß die Umstände für eine Entlarvung nicht besonders günstig sind.«

Es kann einem Polizisten widerfahren, daß er vom hohen Gericht barsch abgekanzelt wird. In einem solchen Fall fühlt er sich, als ob ihm ein Maultier einen Tritt in die Magengrube verabreicht hätte, und ihm wird schwarz vor Augen. Lord Ickenhams Worte aber gaukelten Wachtmeister Potter vor, er wäre von einem halben Dutzend hoher Gerichte, die alle gleichzeitig und wild durcheinanderredeten, barsch abgekanzelt worden. Seine Kinnlade hing wie eine welke Lilie hinunter, und mit leiser und bewegter Stimme brachte er das Wort »Mann!« hervor.

»›Mann!‹ Sie sagen es«, stimmte Lord Ickenham bei. »Ich kenne Mrs. Stubbs ja nur flüchtig, doch sie wirkt auf mich wie eine ausgesprochen zupackende Frau, die bestimmt kein Blatt vor den Mund nimmt gegenüber jenem Mann, der entscheidend dazu beitrug, daß ihrem Kind die begehrte Trophäe

entging. Potter, ich würde mir das lieber zweimal überlegen.«
Wachtmeister Potter brauchte es sich nur einmal zu überlegen. Lange Zeit herrschte Schweigen, und zwar eines jener betretenen Schweigen, die sich zäh wie Leim dahinziehen. Dann stieg er, noch immer wortlos, auf sein Fahrrad und fuhr davon.
Lord Ickenham war ein Kämpfer, der gegenüber geschlagenen Gegnern stets Großmut walten ließ.
»Wahrhaftig, unsere Polizisten haben es in sich«, sagte er. »Man zermalmt sie am Boden, und sie stehen wieder auf. Man glaubt sie zum Narren gehalten zu haben, und schon kommen sie wieder hoch und wollen in die nächste Runde gehen. Doch diesmal hat es wohl geklappt. Meines Erachtens sehen wir gerade einen Polizisten davonradeln, dessen Lippen versiegelt sind.«
Pongo, der die Dinge wie immer durch die schwarze Brille betrachtete, meldete Bedenken an.
»Wie willst du das wissen? Er hat sich in Richtung Gutshaus davongemacht. Wahrscheinlich wird er dem alten Bostock alles haarklein berichten.«
»So etwas kannst du nur sagen, weil du seine Schwester nicht kennst. Nein, nein. Versiegelte Lippen, Pongo, versiegelte Lippen. Du bist nun aller Sorgen ledig.«
Pongo stieß ein freudloses Lachen aus, das Bill Oakshott, einem Spezialisten auf diesem Gebiet, Bewunderung abgenötigt hätte.
»Aller Sorgen ledig? Ha! Jetzt, wo du Hermiones Eltern besuchen kommst, und dies unter einem – wie heißt es noch gleich ...«
»Pseudonym?«
»Pseudonym. Und vorhast, herumzuschleichen und Schränke aufzubrechen!«
»Laß dir wegen dieser Kinkerlitzchen keine grauen Haare wachsen, mein Lieber. Ich werde mich heute nacht des

Problems annehmen, und danach können wir uns alle zurücklehnen und unseren Spaß haben.«
»Heute nacht?«
»Ja. Ich habe Sally vom Gasthof aus angerufen, und alle Vorbereitungen sind getroffen. Sie kommt in meinem Wagen hierher und wartet im Garten vor dem Kuriositätenkabinett um null eins null null. Ich werde die Büste in Gewahrsam nehmen und ihr übergeben, und sie wird damit wegfahren. So einfach ist das.«
»Einfach!«
»Was soll denn schon schiefgehen?«
»Tausenderlei. Wenn man dich zum Beispiel erwischt.«
»Ich lasse mich nie erwischen. ›Der Schatten‹ – so nennt man mich in der Unterwelt. Wenn ich dir doch nur diesen ausgeprägten Hang austreiben könnte, immer nur schwarzzusehen.«
»Was gibt es denn sonst zu sehen?« fragte Pongo.

Die Zeit des Abendessens rückte näher. In ihrem Zimmer hatte sich Lady Bostock umgezogen und betrachtete sich nun im Spiegel, wobei sie sich nicht zum erstenmal wünschte, weniger wie ein Pferd auszusehen. Nicht, daß sie etwas gegen Pferde gehabt hätte – sie wünschte sich bloß, nicht wie eines auszusehen.
Vor der Tür erklangen Schritte. Sir Aylmer trat ein. Die tiefen Furchen auf seiner Stirn ließen deutlich erkennen, daß ihn irgend etwas aus seinem ohnehin prekären Gleichgewicht geworfen hatte.
»Emily!«
»Ja, Schatz?«
»Ich habe soeben mit Potter gesprochen.«
»Ja, Schatz?«
»Blöder Trottel!«
»Wieso, Schatz?«

Sir Aylmer griff nach einer Haarbürste und ließ sie durch die Luft pfeifen. In der Bewegung steckte sehr viel Groll.

»Kannst du dich erinnern«, fragte er, »wie ich damals in der Laienaufführung von ›H.M.S. Pinafore‹ zugunsten der Witwen und Waisen von Unterbarnato den Dick Deadeye gab?«

»Ja, Schatz. Du warst umwerfend.«

»Kannst du dich auch noch an die Szene erinnern, in der Dick Deadeye zum Hauptmann geht und ihn warnt, seine Tochter wolle ausreißen, dabei aber mit nichts Konkretem rausrückt?«

»Ja, Schatz. Du warst wunderbar in dieser Szene.«

»Potter verhielt sich genau so. Rätselhaft.«

»Rätselhaft?«

»Anders kann man es nicht ausdrücken. Die ganze Zeit gab er mir zu verstehen, ich müsse auf der Hut sein, verschwieg aber den genauen Grund. Ich versuchte ihn festzunageln, doch auch das half nichts. Er wirkte beinahe so, als wären seine Lippen versiegelt. Ich konnte ihm lediglich entlocken, daß uns offenbar Gefahr droht, wahrscheinlich heute nacht. Was zappelst du denn so herum?«

Lady Bostock hatte nicht gezappelt, sondern war erschauert.

»Gefahr?« stammelte sie. »Was meinte er denn damit?«

»Wie zum Teufel soll ich wissen, was er damit meinte, wenn er, kaum hatte er angefangen, etwas zu sagen, wieder abbrach, als drücke ihm jemand den Mund zu? Ich glaube, der Mann ist nicht ganz bei Trost. Immerhin riet er mir, ich solle mich vorsehen, und sagte, er werde sich im Garten auf die Lauer legen und das Haus nicht aus den Augen lassen.«

»Aylmer!«

»Ich wünschte, du würdest nicht so laut ›Aylmer!‹ brüllen. Jetzt hab' ich mir doch prompt auf die Zunge gebissen.«

»Aber Aylmer …«

»Ich habe mir das Ganze noch einmal durch den Kopf gehen lassen und bin zu dem Schluß gekommen, daß er bestimmt weitere Dinge über diesen Betrüger, der sich Twistleton nennt, herausgefunden hat, obwohl es mir schleierhaft ist, wieso er das nicht sagen kann. Tja, falls dieser sogenannte Twistleton heute nacht irgendwelche Manöver planen sollte, werde ich bereit sein.«

»Bereit?«

»Bereit.«

»Was hast du denn vor?«

»Das tut nichts zur Sache«, antwortete Sir Aylmer, was aus dem Munde eines Mannes leicht paradox klang, der Wachtmeister Potter gerade noch der Rätselhaftigkeit geziehen hatte. »All meine Pläne sind ausgearbeitet. Ich bin bereit.«

DRITTER TEIL

8. *Kapitel*

Der ruhige Abend im trauten Heim, auf den sich Lord Ickenham so gefreut hatte, war zu Ende gegangen. Vom Dorfe schon die Abendglocken klangen, die müden Vöglein gingen auch zur Ruh – und im stillen Garten von Ashenden Manor regte sich ebenfalls nichts mehr außer den lichtscheuen Wesen der Nacht, den Eulen, Mäusen, Ratten, Mücken, Fledermäusen sowie Wachtmeister Potter. Unten im Dorf ließ die Uhr am Kirchturm, die vor einer Viertelstunde zwölf geschlagen hatte, einen einzigen Glockenschlag erklingen und verkündete Pongo, der in seinem auf die Terrasse hinausgehenden Schlafzimmer auf und ab schritt, daß die Sache schon in fünfundvierzig Minuten steige.

Obwohl Pongo auf und ab schritt und zuweilen wie ein von Malariaschüben gebeutelter Brasilienforscher am ganzen Leib zitterte, steckte er noch immer in seiner makellosen Abendgarderobe, denn es wäre ihm in dieser Schreckensnacht gar nicht in den Sinn gekommen, zu Bett zu gehen. Ein junger Mann, der auf Besuch bei den Eltern des Mädchens weilt, das er verehrt, und gleichzeitig weiß, daß sich um Punkt ein Uhr ein Onkel von erlesenster Schrulligkeit daran machen wird, das Haus zu plündern, schlüpft nicht um Viertel nach elf unter die Bettdecke und sinkt in einen traumlosen Schlaf. Er bleibt auf und schaudert. Pongo hatte ein, zwei Versuche gemacht, sich mit dem *Mord im Nebel* abzulenken, doch der Erfolg war ausgeblieben. Es gibt Momente, da vermag uns selbst der maskierteste Meuchelmörder nicht zu fesseln.

In den zurückliegenden Jahren, bei deren nachträglicher Betrachtung ihn manchmal das Gefühl überkam, er beiße in eine verdorbene Auster, hatte Pongo Twistleton schon oft wie Espenlaub gezittert, wenn er gegen seinen Willen in die

Eskapaden seines Onkels Fred geraten war, doch kaum je hatte er dies heftiger getan als jetzt. Er fühlte sich ein bißchen wie die in einem unterirdischem Bau festsitzende Heldin von *Mord im Nebel* und sah sich von der Vorstellung heimgesucht, seine Nervenstränge stünden fünf Zentimeter aus dem Körper heraus und kringelten sich an den Enden. Und höchstwahrscheinlich hätte ihn die seelische Belastung noch vollends zermürbt, wäre da neben all den Todesängsten, die er ausstand, nicht der Umstand gewesen, daß er am Verdursten war, denn dies wirkte sich offensichtlich wie eine Art Gegengift aus.

Das Gefühl des Verdurstens, das er verspürte, war eines jener quicklebendigen Durstgefühle, die an den Fußsohlen anzufangen scheinen und während des Aufstiegs immer schlimmere Ausmaße annehmen. Seit seinem Eintreffen im Haus war es ständig akuter geworden und hatte seinen Höhepunkt abends um elf erreicht, als Jane, das Stubenmädchen, die Karaffe und den Siphon für den Schlummertrunk in den Salon gebracht hatte. Er war kein Schwächling, doch daß er seelenruhig zusehen mußte, wie sein Gastgeber, sein Onkel und Bill Oakshott sich gütlich taten, als wären sie auf der Abschiedsparty für einen Junggesellen – ihm selbst wurde gemäß seiner hinlänglich bekannten Abneigung gegen alkoholische Getränke Perlgraupensaft vorgesetzt –, hatte seine eiserne Selbstbeherrschung fast über Gebühr strapaziert.

Einige Minuten lang schritt er weiter auf und ab, verfluchte den hirnrissigen Impuls, der ihn dazu getrieben hatte, Hermione zu erzählen, er rühre dieses Teufelszeug niemals an, und malte sich die Reihe großer, kühler Drinks aus, mit denen er, falls er denn je lebendig hier herauskäme, seinen Durst stillen würde. Und dann, als er erneut den Teppichrand erreichte und kehrtmachen wollte, verharrte er jäh mit einem Fuß in der Luft und sah dabei dem Gemälde *Die Erweckung der Seele* so täuschend ähnlich, daß wohl noch der erfahrenste Kunstkritiker darauf hereingefallen wäre. Vom Kirchturm her waren gerade zwei Schläge erklungen, die sich wie die Stimme eines wohlmeinenden Freundes ausnahmen, der ihm etwas ins Ohr flüsterte.

»Übersiehst du nicht die Tatsache«, so schienen sie zu sagen, »daß diese Karaffe noch immer im Salon steht? Ist nur als Vorschlag gemeint.« Und er erkannte darin den Ausweg aus einer vermeintlichen Sackgasse. Sein Schutzengel, denn einen solchen vermutete er dahinter, hatte ihn auf den rechten Pfad geführt. Hut ab vor dem guten alten Schutzengel, dachte Pongo.

Eine Minute später stand er im Korridor. Drei Minuten später stand er im Salon. Dreieinviertel Minuten später goß er sich mit bebenden Fingern einen Drink ein, der in die Annalen der Geschichte einzugehen versprach. Und vier Minuten später kam, während er sich, die Füße auf ein Tischchen gestreckt, in einem Sessel räkelte, jene reinste aller Freuden auf, die den unfreiwilligen Abstinenzler ergreift, nachdem er sich endlich den Stoff hat beschaffen können, als unmittelbar hinter ihm eine Stimme sprach.

Zwar sagte die Stimme lediglich »Mann!«, doch das war schon mehr als genug. Unter diesen Umständen hätte selbst ein Räuspern ausgereicht. Das kleinste Wort ihm die verworrnen, krausen Locken trennte und sträubte jedes einzle Haar empor, wie Nadeln an dem zorn'gen Stacheltier: Sein aus der Verankerung gerissenes Herz schlug dumpf gegen die Schneidezähne, und mit einem wortlosen Schrei schoß er deckenwärts.

Erst nach längerer Pause, in der er zweimal gegen die Zimmerdecke geprallt war, um anschließend wieder auf festen Grund zu sinken, lösten sich die Nebelschleier vor seinen Augen, und er erkannte, daß der Eindringling nicht wie vermutet Sir Aylmer Bostock, sondern Elsie Bean, seine alte Spielkameradin mit der primitiven Schleuder war. Sie stand, eine Hand auf dem Herzen, bei der Tür und keuchte ein bißchen, wie Dienstmädchen dies zu tun pflegen, wenn sie morgens um zwanzig vor eins in den Salon treten und darin die herrschende Klasse antreffen.

Die Erleichterung war enorm. Pongos Gleichgewicht kehrte zurück, und mit diesem auch ein warmer Milchstrahl der frommen Denkungsart. Für jemanden, der sich auf eine peinliche Unterhaltung mit Sir Aylmer Bostock im Morgenmantel eingestellt hatte, war Elsie Bean reiner Balsam für die Seele. Pongo hatte nicht das geringste gegen Elsie Beans Gesellschaft, ganz im Gegenteil. Ein Schwatz mit einem der pfiffigsten Köpfe von Bottleton East war genau das, wonach ihm jetzt zumute war. Er strahlte das Mädchen an und sprach, nachdem er seine im Zäpfchen verfangene Zunge befreit hatte, mit freundlicher und einladender Stimme.

»Na, Bean?«

»Na, Sir?«

»Sie sind's doch, oder?«

»Jawohl, Sir.«

»Sie haben mir aber einen schönen Schrecken eingejagt!«

»Sie haben *mir* einen schönen Schrecken eingejagt, Sir!«

»Macht nach Adam Riese zwei Schrecken«, meinte Pongo, der in Mathematik immer gut aufgepaßt hatte. »Verzeihen Sie, daß ich einen Moment lang so verstört wirkte. Ich hielt Sie für meinen Gastgeber. Gott sei Dank sind Sie's nicht. Wissen Sie noch, wie Sie ihn in Ihrer unnachahmlichen Art als aufgeblasenen Hornochsen bezeichnet haben? Sie hatten recht damit. Ein Hornochse ist er, und ein Hornochse wird er immer bleiben, und meinetwegen sollen sämtliche Hornochsen zur Hölle fahren. Aber treten Sie doch näher, meine kleine Bean, und unterrichten Sie mich über die neuesten Entwicklungen. Wie läßt sich die Sache mit Harold an? Hat sich an der Potterfront irgend etwas getan?«

Elsie Beans Gesicht umwölkte sich. Sichtlich bewegt warf sie den Kopf herum.

»Harold ist ein Schafskopf«, sagte sie mit einer Unverblümtheit, wie sie Menschen eignet, die in der kräftigen Luft von Bottleton East groß geworden sind. »Er ist ein sturer, verbohrter, stumpfsinniger, plattfüßiger Polyp. Langsam reißt mir die Geduld.«
»Will er den Dienst noch immer nicht quittieren?«
»Nee.«
Jäh packte Pongo Mitleid. Nichts, was er von Wachtmeister Potter gesehen hatte, war dazu angetan gewesen, das Bild eines feurigen Liebhabers heraufzubeschwören, für den irgendeine Frau heulend und zähneklappernd durch die Wälder ziehen würde, doch ihm war bewußt, wie sehr seine kleine Freundin an diesem uniformierten Lackel hing, und sie tat ihm in der Seele leid. Er war weltläufig genug, um einzusehen, daß eine Person, die sich in einen stumpfsinnigen Polypen verliebt und eine Vermählung mit diesem durch allerlei Schwierigkeiten behindert sieht, darauf so traurig reagiert, als wäre dieser Gregory Peck oder Clark Gable.
»Heute kam er nach dem Abendbrot vorbei, und wir redeten eineinhalb Stunden miteinander, aber nichts, was ich sagte, konnte ihn von seiner Haltung abbringen.«
»Nix drin, was? Zu dumm.«
»Das liegt alles an seiner Schwester. Sie redet ihm überall drein. Ich weiß wirklich nicht, was daraus noch werden soll.«
Eine perlende Träne zeigte sich in Elsie Beans Augenwinkel, und sie schniefte geknickt. Pongo tätschelte ihr Haupt. Es war das mindeste, was ein mitfühlender Mann tun konnte.
»Nur nicht den Kopf hängen lassen«, sagte er. »Solche Dinge erscheinen zuerst verzwickt, lösen sich dann aber in Wohlgefallen auf. Lassen Sie ihm Zeit, und Sie werden sehen, daß er sich von der Stimme der Liebe leiten läßt.«
Elsie Bean wurde, nachdem sie noch einmal geschnieft hatte, etwas ruhiger. Dieses Mädchen ließ sich nicht unterbuttern.
»Noch viel besser würde er geleitet«, sagte sie, »wenn man ihm eins auf die Nase gäbe.«

»Eins auf die Nase?«

»Mhm.«

Grundsätzlich war Pongo ein glühender Anhänger der Idee, Wachtmeister Potter eins auf die Nase zu geben. Dies, so spürte er, müßte recht bald und recht häufig geschehen. Allerdings vermochte er nicht einzusehen, was unter den herrschenden Umständen damit gewonnen wäre.

»Ich kann leider nicht ganz folgen.«

»Das würde ihm den Kopf zurechtrücken. Harold ist nervös.«

»Nervös?« fragte Pongo ungläubig. Bisher hatte er in diesem Knüppelschwinger keine solche Grundschwäche erkennen können. Ein Mann von Eisen, hätte er eher gesagt.

»Deshalb hat er sich ja auch von seinem früheren Dienstort London aufs Land versetzen lassen. London erschien ihm als zu heißes Pflaster für einen Bullen. Er hatte dort einige unerfreuliche Erlebnisse mit Kerlen, die ihm ein Veilchen verpaßten, als er sie hopsnahm, und das ist ihm in die Knochen gefahren. Er zog wegen der Ruhe und Beschaulichkeit hierher. Sobald er also merkt, daß auch diese Gegend ein zu heißes Pflaster für einen Bullen ist, wird er nirgendwo mehr Bulle sein wollen. Dann kündigt er innerhalb von vier Wochen, und wir alle sind glücklich.«

Pongo begriff, worum es ihr ging. Das wäre auch kaum anders zu erwarten gewesen, hatte sie sich doch glasklar ausgedrückt.

»Stimmt«, sagte er. »Weise gesprochen, Bean.«

»Hoffentlich gibt ihm bald jemand eins auf die Nase, dann würde er keine Sekunde länger zögern. *Sie* wollen ihm wohl nicht eins auf die Nase geben, oder?«

»Nein, will ich nicht.«

»Oder ihm den Helm eindellen, wenn er gerade nicht hinguckt.«

Pongo hatte Mitleid mit dem blauäugigen Mädchen, doch er glaubte es sich schuldig zu sein, solche Gedanken im Keim zu ersticken.

»Ein Mann wie Harold guckt immer hin«, sagte er. »Nein, ich wünsche Ihnen viel Glück, kleine Bean, und werde Ihre weitere Laufbahn mit regem Interesse verfolgen, aber von mir dürfen Sie, abgesehen von meinem tiefsten Mitgefühl, wirklich nichts erwarten. Dennoch bin ich ganz Ihrer Meinung, daß Sie einen energischen Verbündeten brauchen, der Harold auf die Gefahren seiner Arbeit hinweist und ihm die Augen öffnet, und der ideale Kandidat für die Rolle scheint mir Ihr Bruder Bert zu sein. Schade, daß er erst im September rauskommt. Wieso sitzt er denn?«

»Widerstand gegen die Staatsgewalt. Er gab so 'nem Bobby mit einem stumpfen Gegenstand eins auf den Rüssel.«

»Da haben Sie's doch. Wenn das keine Traumbesetzung ist! Alles picobello, mein gutes Dienstmädchen. Falls der Knastaufenthalt nicht an Berts Kräften gezehrt hat, sollten bei Ihnen die Glocken des Glücks also spätestens Anfang Oktober läuten. Und um nun zwanglos zu einem anderen Thema überzuleiten: Was haben Sie denn hier um diese Nachtzeit zu suchen?«

»Ich wollte mir einen Whisky holen.«

Jäh erwachte der Gastgeber in Pongo. Er errötete ob seiner Nachlässigkeit.

»Tut mir schrecklich leid«, sagte er und griff nach der Karaffe. »Hätte Ihnen ja längst 'nen Schluck anbieten sollen. Wo habe ich heute nur meinen Kopf?«

»Für Harold«, erklärte Elsie Bean. »Er liegt im Garten auf der Lauer. Vorhin hat er einen Stein gegen mein Fenster geschmissen, und als ich den Kopf rausstreckte, hat er mir zugeraunt, ich solle ihm irgendein Tröpfchen rausbringen. Und da fiel mir ein, daß Jane vor dem Zubettgehen immer den Whisky hier hinstellt. Liegt der Kerl doch tatsächlich im Garten auf der Lauer!« fuhr sie verbittert fort. »Was hat er denn in Gärten auf der Lauer zu liegen? Ist wohl wieder so 'n Polypenjob. Wenn er nicht Polyp wäre, könnte er wie jeder normale Mensch im Bett bleiben. Langsam reißt mir die Geduld.«

Sie schniefte, und Pongo, der eine weitere perlende Träne fürchtete, leistete eilends Erste Hilfe.

»Ist ja gut«, sagte er. »Lassen Sie sich nicht unterkriegen. Die Rechtschaffenheit wird siegen. Zigarette gefällig?«

»Ja, bitte sehr.«

»Türkische auf dieser Seite, Virginias auf der anderen«, sagte Pongo.

Gerade vorhin hatte er sich selbst eine genommen, und so machte er sich jetzt daran, die ihre mit seiner Glut anzuzünden. Und als sich die Gesichter der beiden, bedingt durch dieses Prozedere, gerade sehr nahe kamen, betrat Bill Oakshott das Zimmer.

Ob man Bill Oakshott und Pongo Twistleton als große Geister bezeichnen kann, sei einmal dahingestellt. In dieser Nacht jedenfalls hatten beide einen Charakterzug erkennen lassen, der angeblich große Geister auszeichnet. Sie hatten nämlich ein und denselben Gedanken gehabt. Pongo, der sich nach einem kräftigen Schluck sehnte, hatte sich plötzlich an die Karaffe im Salon erinnert, und haargenau so war es auch Bill ergangen.

Seit er an diesem Nachmittag Lord Ickenham begegnet war, ähnelten Bill Oakshotts Gefühle durchaus jenen, die er wohl gehabt hätte, wäre ihm während eines Spaziergangs in ländlicher Umgebung plötzlich aufgegangen, daß sich seine Rockschöße am hintersten Wagen des zwischen London und Edinburgh verkehrenden Schottlandexpresses verfangen hatten. Wie die meisten, die Umgang mit unserem überschäumenden Aristokraten pflegten, wenn er frei herumlief und die Gegend unsicher machte, verspürte auch Bill eine gewisse Atemnot, die sich mit großer Sorge darüber paarte, was wohl als nächstes geschehen würde. Dies wiederum hatte Schlaf-

losigkeit bewirkt. Die Schlaflosigkeit hatte Durst bewirkt. Und der Durst schließlich hatte die Erinnerung an die Karaffe im Salon zutage gefördert.
Wie Pongo war auch Bill ein Mann der Tat, und lediglich in einem kleinen technischen Detail hatte sich das Vorgehen der beiden unterschieden. Pongo, der nicht wußte, ob die vermaledeiten Dinger knarrten, war geziert wie weiland Agag die Stufen hinuntergestiegen, während Bill, der mit dem Terrain besser vertraut war, immer drei auf einmal genommen hatte wie ein Büffel, der zur Tränke galoppiert. Entsprechend schwer schnaufte er bei seiner Ankunft, und angesichts der gefühlvollen Szene, die sich seinem Auge bot, als er über die Schwelle trat, blieb ihm die Luft noch vollends weg. Elsie Bean hatte beim Betreten des Raumes »Mann!« gesagt. Bill war im Moment nicht einmal dazu in der Lage. Zutiefst schockiert stand er bloß da und glotzte.
Die Theorie, die Lord Ickenham vorgebracht hatte, um Pongos kürzliches Küssen der jungen Frau, deren Nase dieser nun beinahe mit der eigenen streifte, zu rechtfertigen, hatte Bill Oakshott nicht ganz überzeugt. Es mochte sich ja, wie der gutmütige Aristokrat gesagt hatte, tatsächlich um eine bloße Marotte handeln – allein, Bill fehlte der Glaube. Vielmehr hatte er sich am Nachmittag des Vortages an ein lasterhaftes Mitglied seines Klubs erinnert gefühlt, das mit Vollgas durchs Leben zu rauschen pflegte, und eben dieser Eindruck drängte sich ihm nun erneut auf. Und beim Gedanken daran, daß Hermione Bostock ihr Lebensglück in die Hände eines derartigen Freistil-Casanovas gelegt hatte, erzitterte seine empfindsame Seele wie ein Wackelpudding. Die Zukunft präsentierte sich für Bill in düstersten Farben.
Es war Pongo, der das betretene Schweigen schließlich brach.
»Hallo«, sagte er.
»Hallo, Sir«, sagte Elsie Bean.
»Hallo«, sagte Bill.

Geistesabwesend erwiderte er den Gruß, denn er versuchte sich gerade Aufschluß darüber zu verschaffen, ob die Tatsache, daß Pongo nicht – wie er dies früher geglaubt hatte – übergeschnappt war, die allgemeine Lage nun verbesserte oder eher noch düsterer und trauriger machte. Es stand nun fest, daß sich Elsie Bean am Vortag mit ihrer Aussage getäuscht hatte, der andere habe »Mann! Ich fahr' jetzt mal nach London« gesagt und sich dorthin begeben. Anscheinend hatte er in seinem Buffy-Porson bloß eine kleine Spritztour unternommen, was an einem schönen Nachmittag durchaus vernünftig zu sein schien. Aber war dies nun gut oder schlecht? Bill hatte in der Eile gesagt, verrückte Wüstlinge seien schlimmer als geistig normale, doch nun war er sich seiner Sache nicht mehr so sicher. Vielleicht handelte es sich hier um einen Grenzfall. Aber empfand man denn einen Wüstling, der für seine Taten verantwortlich war, nicht mit gutem Recht als noch entsetzlicher als einen, für den dies nicht galt?

Eines allerdings wußte er bestimmt. Er war wild entschlossen, sich diesen Salonlöwen, sobald sie allein wären, einmal vorzuknöpfen und wie ein großer Bruder mit ihm zu reden – gerade so, wie man sich auch Brabazon-Plank *major* im Gespräch mit Brabazon-Plank *minor* vorstellen kann.

Die Gelegenheit dazu ergab sich früher, als diejenigen, die Elsie Bean und ihren bedauerlichen Hang zur Geselligkeit kannten, wohl für möglich gehalten hätten. Instinktiv fühlte sich dieses leutselige Wesen gedrängt, zu bleiben und fleißig Konversation zu machen, und obschon sie mit dem Freiherrn von Knigge nicht immer einer Meinung war, beachtete sie doch gewisse Grundregeln des Anstands, und ihr soziales Gespür sagte ihr, daß solches Tun nicht schicklich wäre. Wenn ein Dienstmädchen im Nachthemd und mit Lockenwicklern im Haar um ein Uhr früh in einem Salon auf ihren Brotherrn und einen männlichen Gast trifft, sollte sie mög-

lichst schnell einen sittsamen Abgang machen. Diese Regel findet sich schon im ersten Kapitel jedes Benimmbuches.
Und so zog sie sich mit einem höflichen »Gute Nacht, die Herrschaften« zurück. Kurz nachdem die Tür zu war, erkannte Pongo, der eine gewisse Unbehaglichkeit verspürt hatte, als säße er im Durchzug, weshalb dem so war. Er wurde scheel angesehen.
Das recht heikle Unterfangen, einen alten Schulfreund scheel anzusehen, wird von den verschiedensten Männern auf verschiedenste Art angepackt. Bills Methode – denn obwohl für ihn eindeutig feststand, daß Pongo nun endlich von einem furchtlosen Kritiker auf einige der Aspekte aufmerksam gemacht werden mußte, in denen sein Verhalten vom Ideal abwich, fiel es ihm schwer, seine angeborene Schüchternheit abzulegen – bestand darin, zinnoberrot anzulaufen und die Augen wie eine Schnecke vortreten zu lassen. Dazu gehörte auch ein dreimaliges Räuspern.
Schließlich sprach er.
»Pongo.«
»Ja?«
Bill räusperte sich abermals.
»Pongo.«
»Hier.«
Bill ging einmal im Zimmer auf und ab. Es war nicht einfach, einen guten ersten Satz zu finden, und wenn man wie ein großer Bruder mit einem Wüstling redet, ist der erste Satz äußerst wichtig, um nicht zu sagen entscheidend. Er räusperte sich noch einmal.
»Pongo.«
»Immer noch zur Stelle, Kumpel.«
Bill räusperte sich zum sechstenmal, und nachdem er Pongos Frage, ob er eine Mücke verschluckt habe, ziemlich unwirsch verneint hatte, ging er abermals auf und ab. Dies führte zur Kollision zwischen seinem Schienbein und einem im Schat-

ten lauernden kleinen Stuhl, und dank des stechenden Schmerzes gelang es ihm nun, seine Zaghaftigkeit zu überwinden.

»Pongo«, sagte er, und seine Stimme war jetzt klar und fest, »ich habe es bisher nicht erwähnt, da das Thema nie zur Sprache kam, aber als ich vorgestern aus Brasilien zurückkehrte, sagte man mir, du seist mit meiner Cousine Hermione verlobt.«

»So ist es.«

»Gratuliere.«

»Danke.«

»Hoffentlich wirst du sehr glücklich.«

»Darauf kannst du Gift nehmen.«

»Und hoffentlich – das ist der springende Punkt – machst du auch *sie* sehr glücklich.«

»Klar doch.«

»Tatsächlich? Das behauptest du, aber beim Henker, ich kann mir einfach nicht vorstellen, wie das gelingen soll, solange du ständig mit Dienstmädchen tändelst und schäkerst.«

»Wie bitte?«

»Du hast mich schon verstanden.«

»Solange ich mit Dienstmädchen tändele und schäkere?«

»Solange du mit Dienstmädchen tändelst und schäkerst.«

Einen solchen Vorwurf hätten wohl wenige Männer ungerührt vernommen. Bei Pongo bewirkte er, daß er sich einen weiteren Whisky Soda mixte. Wie König Artus sein Schwert Excalibur, so packte er sein Glas, trat unerschrocken seinem Ankläger entgegen und setzte zu einem feurigen Plädoyer der Verteidigung an.

Die Behauptung, so führte er aus, daß er ständig mit Dienstmädchen tändele und schäkere, sei unzutreffend, ja, er erhebe Einspruch gegen die Unterstellung, er tändele und schäkere überhaupt mit ihnen. Es hänge alles davon ab, was man unter einem solchen Ausdruck verstehe. Einem Dienstmädchen eine Zigarette anzubieten, sei doch wohl noch kein Tändeln. Und ihr diese anzuzünden habe auch nichts mit Schäkern zu tun. Wenn man – rein zufällig – um ein Uhr früh in einem Salon ein Dienstmädchen antreffe, tue man selbstverständlich, was sich gezieme, und gebe sich als wohlerzogener englischer Gentleman, auf daß sie sich wohl fühle.

Man plaudere. Man schlage sich die Nacht um die Ohren. Man offeriere ihr einen Glimmstengel. Und wenn sie sich diesen gekrallt habe, zünde man ihn ihr eben an. Dies jedenfalls sei seine, Pongos, feste Überzeugung, und seines Erachtens wäre es auch die nicht minder feste Überzeugung Sir Galahads oder des Ritters Bayard gewesen, falls dies der richtige Name sei, von denen sich seines Wissens keiner je als Schäkerer und Tändler habe bezichtigen lassen müssen. Er schloß mit der Feststellung, wie bedauerlich es doch sei, daß gewisse Leute, über deren Identität er sich ausschwieg, ein gigantisches Brett vor dem Kopf hätten, und da ihn der Zufall gerade rechtzeitig mit einem guten Einfall bedachte, fügte er hinzu, dem Reinen sei eben alles rein.

Es war eine flammende Tirade, und so überrascht es nicht, daß Bill Oakshott zuerst zu schwanken schien wie eine vom Wind gepeitschte mächtige Eiche. Doch indem er sich die Rechtschaffenheit seiner Sache klarmachte und sich erneut räusperte, erlangte er die Kraft der Gelassenheit zurück, die sein Auftreten zu Beginn ausgezeichnet hatte.

»All das«, meinte er kühl, »würde mir weit mehr einleuchten, wenn ich gestern nicht gesehen hätte, wie du Elsie Bean geküßt hast.«

Pongo blickte starr.

»Elsie Bean geküßt?«

»Elsie Bean geküßt.«

»Nie und nimmer habe ich Elsie Bean geküßt.«

»Und ob du Elsie Bean geküßt hast. Auf den Eingangsstufen.«

Pongo faßte sich an die Stirn.
»Großer Gott, das stimmt. Jawohl, du hast völlig recht. Das habe ich getan, nicht wahr? Jetzt fällt es mir wieder ein. Aber bloß wie ein Bruder.«
»Wie ein Bruder, daß ich nicht lache!«
»Wie ein Bruder«, beharrte Pongo, als hätte er sein Lebtag Brüder beim Abküssen von Dienstmädchen beobachtet. »Und wenn du über die Umstände Bescheid wüßtest ...«
Bill hob die Hand. Ihm war nicht danach, sich irgendwelche Geschichten über krankhafte Beweggründe anzuhören. Er machte einen Schritt auf Pongo zu und starrte diesen kalt an wie einen Alligator in den brasilianischen Sümpfen, den niederzuzwingen er mit der Kraft des menschlichen Auges im Begriff stand.
»Twistleton!«
»Ich wünschte, du würdest mich nicht Twistleton nennen.«
»Ich nenne dich aber Twistleton, verdammt! Und ich sage dir eins, Twistleton, und verstehe es bitte als gutgemeinte Warnung, wenn du nicht willst, daß dir der Kopf mit Stumpf und Stiel ausgerupft und das Gekröse aus dem Leib gerissen wird ...«
»Guter Freund!«
»... mit meinen bloßen Händen. Hör auf damit!«
»Womit denn?«
»Du weißt schon, womit. Mit diesem Don-Juan-Gehabe. Mit diesem Schmetterlings-Gehabe. Mit dieser Flatterhaftigkeit, die dich von einer Blume zur anderen hüpfen und an jeder Blüte naschen läßt. Mach Schluß damit, Twistleton. Laß ab davon. Überwinde den Drang. Küß weniger Dienstmädchen. Besinn dich darauf, daß du einer reizenden Frau versprochen bist, die dich liebt und dir vertraut.«
»Aber ...«
Pongo, der hatte sprechen wollen, stockte. Bill hatte abermals die Hand erhoben.

Die erhobene Hand ist eine Geste, die ihre größte Wirkung normalerweise nicht im richtigen Leben, sondern in Kostümstücken entfaltet, wo sie stets noch die aufgebrachteste Menschenmenge zum Verstummen bringt. Was ihr hier jedoch solchen Nachdruck verlieh, war vermutlich die schiere Größe dieser Hand. In Pongos überreizter Phantasie hatte sie das Ausmaß eines ganzen Schinkens, und ihm entging auch nicht, daß ihre Proportionen perfekt mit dem Rest des riesenhaften Körpers seines Gefährten korrespondierten – eines Körpers, der selbst für den flüchtigsten Betrachter fast durchweg aus eindrucksvoll spielenden Muskeln bestand. Als er all das bedachte, schwieg er lieber, woraufhin Bill weitersprach.

»Du fragst dich wohl, was mich das alles angeht?«

»Aber nein. Tu dir keinen Zwang an ...«

»Ich will es dir sagen«, meinte Bill und verabschiedete sich von seiner bis dato geübten notorischen Zurückhaltung. »Ich selbst liebe Hermione seit vielen, vielen Jahren.«

»Ach, tatsächlich?«

»Ja. Seit vielen, vielen, vielen Jahren. Ich habe es ihr aber nie gesagt.«

»Nein?«

»Nein. Sie weiß also nichts davon.«

»Natürlich nicht. Wie sollte sie auch?«

»Und da ich sie so liebe, betrachte ich es als meine Pflicht, über sie zu wachen wie ...«

»... eine Gouvernante?«

»Nein, nicht wie eine Gouvernante. Wie ein großer Bruder. Über sie zu wachen wie ein großer Bruder und sie davor zu beschützen, daß irgendein aalglatter Schöntuer des Weges kommt und sie als Spielball für seine Mußestunden benutzt.«

Das überraschte Pongo nun doch. Die Vorstellung, daß jemand Hermione Bostock als Spielball für irgendwelche Mußestunden benutzen könnte, war ihm neu.

»Aber …«, setzte er wieder an, doch Bill hob erneut die Hand, die größer und kräftiger wirkte als je zuvor. Wie im Traum spekulierte Pongo darüber, welche Handschuhgröße sein Gesprächspartner wohl hatte.

»Als Spielball für seine Mußestunden«, wiederholte Bill. »Ich habe nichts dagegen, daß sie einen anderen heiratet …«

»Sehr großzügig.«

»Das heißt, eigentlich habe ich das schon – es ist die reine Hölle –, ich meine nur, die Entscheidung liegt ganz bei ihr, und wenn sie einen anderen heiraten möchte, soll sie das eben tun! Solange sie glücklich ist. Mir geht es einzig und allein um ihr Glück.«

»Sehr löblich.«

»Aber merk dir eins, Twistleton«, fuhr Bill fort, und als Pongo von dessen Blick getroffen wurde, mußte er an denjenigen des Direktors seiner ehemaligen Schule denken, mit dem er vor ungefähr fünfzehn Jahren eine peinvolle Unterhaltung geführt hatte, die seine Vorliebe betraf, weiße Mäuse ins Klassenzimmer zu bringen. »Folgendes möchte ich dir einbleuen: Sollte ich herausfinden, daß jener andere sie um den Finger wickelt und hinters Licht führt, Twistleton, ihr zartes Herz bricht, indem er hinter ihrem Rücken Allotria treibt, würde ich ihn erdrosseln wie …«

Er stockte und schnipste mit den Fingern.

»Wie einen Hund?« sprang ihm Pongo bei.

»Nein, nicht wie einen Hund, du Knallkopf. Wer zum Teufel erdrosselt schon Hunde? Wie eine eklige Schlange.«

Pongo hätte, falls ihm die Vertiefung des Gegenstands wichtig gewesen wäre, nun erwidern können, die Anzahl der Menschen, die eklige Schlangen erdrosseln, sei doch äußerst gering, aber eine derartige Vertiefung war ihm nicht wichtig. Aus einer Art Koma heraus betrachtete er, wie der andere ihn noch einmal scheel ansah, zum Tisch ging, sich einen mittelstarken Whisky Soda mixte, ihn hinunterkippte und zur Tür schritt. Diese fiel zu, und Pongo war wieder allein.

Und gerade als sich das benommene Gefühl langsam verflüchtigte, das sich einstellt, nachdem man einen festen, harten Schlag auf den Kopf erhalten hat – und von dem wohl auch jener Polizist ergriffen worden war, dem Elsie Beans Bruder Bert mit einem stumpfen Gegenstand eins auf den Rüssel gegeben hatte –, ertönte durch die Eingangshalle aus Sir Aylmer Bostocks afrikanischem Kuriositätenkabinett ein gequälter Schrei, dem Stimmengewirr folgte.
Pongo, der in seinem Sessel kauerte wie ein Feldhase in der Sasse, derweil sich seine Augen drehten und sein Herz wie ein Ballettänzer herumhüpfte, konnte zwar nicht verstehen, was die Stimmen sagten, doch er identifizierte sie eindeutig als diejenigen von Sir Aylmer und Lord Ickenham. Der erste schien im Zorn zu sprechen, während der zweite einen Ton anschlug, mit dem offenbar die Wogen geglättet werden sollten.
Kurz darauf wurde die Tür zum Kabinett zugeknallt, und Sekunden später ging diejenige zum Salon auf, und Lord Ickenham kam hereingeschlendert.

Welcher Art das Wortgefecht auch gewesen war, das Lord Ickenham durchgestanden hatte, sein Gleichmut war dadurch keineswegs erschüttert worden. Seine Haltung beim Betreten des Raumes war die freie, ungezwungene Haltung eines englischen Adligen, dem soeben eingefallen ist, daß im Salon eine Karaffe voll Whisky steht. Wie immer in Momenten, in denen weniger standhafte Männer an ihrer Krawatte gezupft und am ganzen Leib gezittert hätten, bewahrte dieser vortreffliche ältere Herr die weltgewandte Unerschütterlichkeit eines Fisches auf dem Eisblock. Zwar fiel Pongo das Zuhören schwer, denn sein Herz imitierte jetzt nicht nur Nijinsky, sondern auch ein knatterndes Motorrad, doch es wollte ihm scheinen, als summe das Familienoberhaupt unbeschwert vor sich hin.

»Ah, Pongo«, sagte der Alte und ging schnurstracks auf die Karaffe zu. Die Anwesenheit seines Neffen schien ihn keineswegs aus dem Konzept zu bringen. »Auch auf den Beinen? Wo du bist, ist meistens auch der Whisky nicht weit.« Er schenkte sich ein und ließ sich graziös in einen Sessel sinken. »Wenn du mich fragst«, sagte er, als er sich mit zwei großen Schlucken und einem kleineren gestärkt hatte, »ist das einfach die beste Tageszeit. Die besänftigende Ruhe, ein wohltuendes Stimulans, ein anregendes Gespräch über Gott und die Welt. Na, mein Junge, was gibt's Neues? Du wirkst aufgebracht. Hoffentlich nichts Schlimmes, oder?«

Pongo stieß ein seltsam zischendes Geräusch aus, das wie das Todesröcheln eines Sodasiphons klang. Die Frage mutete ihn ironisch an.

»Ich weiß ja nicht, was du unter schlimm verstehst. Soeben erfuhr ich, daß mir mit höchster Wahrscheinlichkeit bald das Gekröse rausgerissen wird.«

»Und wer sagte das?«

»Bill Oakshott.«

»Hat er einfach nur im Kaffeesatz gelesen, oder wollte er das Rausreißen gleich selbst besorgen?«

»Er wollte das Rausreißen mit seinen bloßen Händen besorgen.«

»Ich bin erstaunt. Bill Oakshott? Dieser stille, liebenswerte junge Mann?«

»Liebenswert, von wegen! Er ist schlimmer als ein maskierter Meuchelmörder. Madame Tussaud würde ihn wohl mit Handkuß in ihre Schreckenskammer aufnehmen. Außerdem sagte er, er werde meinen Kopf mit Stumpf und Stiel ausrupfen und mich wie eine eklige Schlange erdrosseln.«

»Das wäre aber ziemlich schwierig, wenn er deinen Kopf bereits ausgerupft hätte. Vorausgesetzt, und das darf ja wohl vorausgesetzt werden, daß der Hals gleich mit dem Kopf abginge. Aber was hast du Bill Oakshott denn angetan, daß sein Blut so in Wallung geriet?«

»Ihm hat es nicht in den Kram gepaßt, daß ich mit Elsie Bean hier drin war.«

»Mir ist gerade entfallen, wer Elsie Bean ist. Man lernt ja so viele Menschen kennen.«

»Das Dienstmädchen.«

»Ach so, richtig. Diejenige, die du zu küssen pflegst.«

Pongo hob sein gepeinigtes Angesicht gen Himmel, als erflehte er von dort Gerechtigkeit.

»Ich pflege sie nicht zu küssen! Na ja, vielleicht einmal, wie ein Bruder, um mich für einen riesigen Gefallen zu bedanken, den sie mir getan hat. So wie du und Bill Oakshott daherreden, könnte man glauben, diese Bean und ich schnäbeln vierundzwanzig Stunden am Tag herum.«

»Mein Lieber, reg dich doch nicht so auf. Ich bin dir durch und durch gewogen. Jetzt fällt mir wieder ein, daß Bill mir erzählte, die Küsserei habe ihn leicht verstört. Ihm liegt das Wohl deiner Verlobten am Herzen.«

»Er ist in sie verliebt.«

»Tatsächlich?«

»Das hat er mir erzählt.«

»Ojemine. Armer Kerl. Dann wird es für ihn aber ein harter Schlag gewesen sein, als ich im Zug andeutete, sie sei mit dir verlobt. Ich empfinde einen Anflug von Mitleid mit Bill Oakshott.«

»Ich nicht. Soll er doch ersticken!«

»Wirklich erstaunlich finde ich, daß ein Mann wie Mugsy eine Tochter haben kann, die offenbar jedermann in ihren Bann zieht. Dabei sollte man glauben, Mugsys Tochter sei eher eine dieser Gorgonen, deren Haartracht aus Schlangen besteht. Hast du ihn übrigens vorhin gehört?«

»Du meine Güte, ja. Was war denn los?«

»Mugsy hatte bloß einen seiner Tobsuchtsanfälle.«

»Hat er dich dabei ertappt, wie du in sein Kabinett gegangen bist?«

»Er war bereits drin. Schlief inmitten seiner afrikanischen Kuriositäten. Geradezu krankhaft hat mich das angemutet. Entweder ein Mann ist eine afrikanische Kuriosität, oder er ist es nicht. Wenn er's nicht ist, sollte er es sich nachts auch nicht in ihrem Kreis gemütlich machen.« Eine Wolke verdüsterte Lord Ickenhams anmutiges Antlitz, und in seine Stimme schlich sich ein vorwurfsvoller Ton. »Weißt du, Pongo, Mugsy hat so etwas Verschlagenes, das mir nicht gefällt. Kannst du den Geisteszustand eines Menschen begreifen, der sein Bett im Kabinett aufstellt und dort mit einer Schnur, die von seiner großen Zehe zum Türknauf gespannt ist, schläft?«

»Das hat er getan?«

»Und ob er das getan hat. Beleidigend an dem Ganzen finde ich die Tücke, die sich dahinter verbirgt. Als wir uns alle gute Nacht wünschten und unserer Wege gingen, nahm ich selbstverständlich an, Mugsy begebe sich wie jeder anständige Hausbesitzer in sein Schlafzimmer, und so trippelte ich denn zur Stunde Null vollkommen arglos hinunter ins Kabinett. Eine hübsche, leichte, erfreuliche Aufgabe, so sagte ich mir. Ich ging ganz locker zur Tür, griff nach dem Knauf, drehte ihn herum und zog kurz und heftig daran.«

»Oje!«

»Ich weiß nicht, ob du schon einmal durch eine finstere Straße gegangen und plötzlich auf eine Katze getreten bist, die du zuvor nicht gesehen hast? Ich machte diese Erfahrung vor Jahren am Waverly Place in New York, und die Erinnerung daran schien wiederzukehren, als vorhin dieses fürchterliche Jaulen die Stille zerriß.«

»Um Himmels willen, was hast du denn gesagt?«

»Den Großteil der Konversation hat Mugsy bestritten.«

»Ich meine, wie hast du dein Verhalten erklärt?«

»Ach, das? Das war recht einfach. Ich habe ihm erzählt, daß ich schlafwandle.«

»Hat er dir das abgenommen?«

»Das kann ich wirklich nicht sagen. Es schien mir nicht von Belang zu sein.«

»Dann sind wir geliefert.«

»Aber woher denn! Aus dir spricht abermals der Pessimist. Wir sind lediglich auf ein winziges Hindernis gestoßen …«

»Winzig ist gut!«

»Mein lieber Pongo, es gibt tausenderlei Möglichkeiten, eine derart lächerliche Hürde zu nehmen. Mugsy schläft also im Kabinett, nicht wahr? Schön, dann setzen wir uns einfach hin und denken uns eine gute Methode aus, wie wir ihn außer Gefecht setzen. Ein paar K.-o.-Tropfen in den Whisky Soda, den er vor dem Zubettgehen trinkt, wären natürlich die beste Methode, nur bin ich leider ohne meine Tropfen hergekommen. Wie dumm von mir. Es ist völlig unverantwortlich, Landhäuser ohne ein Betäubungsmittelchen aufzusuchen. Man sollte es zusammen mit den sauberen Kragen stets als erstes einpacken. Aber wegen Mugsy zerbreche ich mir nicht den Kopf. Wenn ich einem Ex-Gouverneur kein Schnippchen mehr schlagen kann, weiß ich auch nicht, wozu meine Lehr- und Wanderjahre in den USA gut gewesen sein sollen. Mich quält einzig der Gedanke an Sally, die gute Seele. Sie wartet und späht draußen im Garten wie Mariana im Wasserschloß …«

Pongo stieß einen entsetzten Schrei aus.

»Auch der verdammte Potter wartet und späht draußen im Garten wie Mariana in dem vermaledeiten Wasserschloß. Ich habe vollkommen vergessen, daß Elsie Bean mir das erzählt hat. Sie kam herein, um ihm etwas zu trinken zu holen.«

Lord Ickenham strich sich übers Kinn.

»Hm. Das wußte ich nicht. Er ist draußen im Garten, wie? Dadurch wird wohl alles doch etwas komplizierter. Ich kann nur hoffen …«

Er verstummte. Schrill erklang durch die stille Nacht die

Glocke der Haustür, laut und anhaltend, als habe jemand mit einem großen, dicken Daumen auf den Knopf gedrückt und nicht mehr losgelassen.
Lord Ickenham sah Pongo an. Pongo sah Lord Ickenham an.
»Potter!« sagte Lord Ickenham.
»So ein Sapperlotter!« sagte Pongo.

9. *Kapitel*

Es ist ein Wesenszug der ruhmreichen Polizei Englands, auf den schon viele Menschen stolz hingewiesen haben – oder zumindest stolz hingewiesen hätten, wären sie auf die Idee gekommen –, daß deren Beamte auf Grund der eisernen Disziplin, die sie von Kindesbeinen an geprägt hat, stets in der Lage sind, mit philosophischem Gleichmut die Entbehrungen und Enttäuschungen zu verwinden, die untrennbar mit ihrer Profession zusammenhängen. Kurzum, sie können ebensogut einstecken wie austeilen.
Wenn sie zum Beispiel spätabends im Garten eines Landhauses auf der Lauer liegen, wo es selbst in einer Sommernacht eher kühl wird, und ihre Freundinnen bitten, ihnen ein Tröpfchen gegen die Kälte herauszubringen, und wenn ihnen dann nach langem Warten aufgeht, daß dieses Tröpfchen keine konkrete Form annehmen wird, zucken sie nicht zusammen und heulen nicht auf. »Auch ich verharre meiner Pflicht, der Schatten weicht der Sonne nicht«, sagen sie sich stolz und setzen ihr Lauern fort.
Dies galt auch für Wachtmeister Potter. Zwar hatte Elsie Bean vor kurzem in der Romeo-und-Julia-Szene der beiden voller Zuversicht vom Whisky im Salon gesprochen, doch war ihm bewußt gewesen, daß mögliche Komplikationen eintreten konnten, die den Kontakt zwischen ihr und dem Ge-

tränk vereiteln würden. Und als die Minuten verstrichen und sie nicht auftauchte, nahm er an, daß besagte Komplikationen tatsächlich eingetreten waren, und mit einem zweifachen »Mann!« und einem unterdrückten Fluch verbannte er das Thema Whisky ein für allemal aus seinen Gedanken.

In der Umgebung, in der er seine Wache hielt, hätte ein vergeistigterer Mensch womöglich den Drang verspürt, sich am Entwurf eines kleinen Gedichtes zu versuchen, denn um diese Stunde hatte der Garten von Ashenden Manor allerlei Romantisches und Inspirierendes zu bieten. Sanfte Brisen seufzten durch die Bäume und trugen mit sich den Duft von Weißveilchen und Tabakpflanzen. Einige Eulen schrien »witt-witt!«, andere »huh-huh!«. Rechnete man noch die stille Erhabenheit des prächtigen alten Hauses und das Schimmern eines fernen Weihers hinzu, in dem sich die am Himmelszelt funkelnden Sterne spiegelten, so hatte man eine Kulisse, die direkt dazu bestimmt schien, einen weiteren uniformierten Verseschmied hervorzubringen.

Doch Harold Potter war noch nie ein Mann der Poesie gewesen. Selbst wenn er allein mit Elsie Bean im Mondschein wandelte, kam er auf diesem Gebiet kaum je über die Schilderung der Wirkung hinaus, die die Dienststiefel auf seine Hühneraugen hatten. In Wirklichkeit dachte er an Wurstbrote, und gerade malte er sich das ungeheure Wurstbrot aus, das er nach der Rückkehr in sein Häuschen verzehren würde, als er in der vor ihm herrschenden Finsternis eine verschwommene Gestalt ausmachte. Wie er schien auch sie auf der Lauer zu liegen.

Mißbilligend spitzte er den Mund. Diese verschwommene Gestalt war ihm auf den ersten Blick unsympathisch gewesen. Und dabei störte ihn gar nicht so sehr der Umstand, daß sie verschwommen war. Im Garten von Ashenden Manor war um ein Uhr morgens jede Gestalt zwangsläufig verschwommen. Es blieb ihr gar keine andere Wahl. Entscheidend war für Wachtmeister Potter vielmehr, daß Gestalten, seien sie nun verschwommen oder nicht, um ein Uhr morgens im Garten von Ashenden Manor schlicht nichts zu suchen hatten, und so trat er denn vor, während sein Kreislauf Schwerstarbeit verrichtete. Vielleicht hatte er es hier mit einem Riesencoup zu tun, vielleicht auch nicht, jedenfalls sah es ganz nach einem Riesencoup aus. »FURCHTLOSER POLIZIST FASST NÄCHTLICHEN MARODEUR« – in diesem Licht jedenfalls stellte sich ihm die Angelegenheit dar.

»He, Sie!« dröhnte er. Im Grunde hätte er »Wer da?« rufen sollen, jene Formulierung, die der *Leitfaden für junge Polizeibeamte* in solchen Momenten vorsieht, doch in der Aufregung hatte er, wie dies schon so manchem passiert ist, seinen Text durcheinandergebracht. »He, Sie! Was treiben Sie denn da?«

Im nächsten Augenblick wurde jedweder Zweifel, den er noch über die Dimension des Coups hegen mochte, zerstreut. Mit einem entsetzten Quieken ergriff die verschwommene Gestalt, die etwa zwei Handbreit in die Höhe gesprungen war, als die Frage an sie gerichtet wurde, die Flucht, und mit jenem tiefen und an einen Bluthund erinnernden Bellen, das Polizisten bei der Ausübung ihrer Pflicht gern ausstoßen, heftete er sich ihr sogleich an die Fersen. »VERFOLGUNGSJAGD IN STOCKFINSTEREM GARTEN«, formte sich eine Schlagzeile in seinem Kopf, während er sich in Bewegung setzte.

Bei Querfeldeinrennen spielt das Glück eine entscheidende Rolle. Das läßt sich auch beim Grand National immer wieder beobachten. Hätte sich der Vorfall auf einer Aschenbahn zugetragen, wären wohl nur wenige Wettlustige bereit gewesen, ihr Geld auf den Wachtmeister zu setzen, denn seine Konstitution war eher auf Ausdauer als auf Spurtvermögen angelegt, und das von ihm verfolgte Wild erwies sich obendrein als ausgesprochen leichtfüßig. Doch auf diesem schwierigen Terrain war Flinkheit nicht alles. Ein unsichtbares Hindernis stellte sich der verschwommenen Gestalt in den Weg. Sie kam ins Straucheln und stürzte beinahe hin. Wachtmeister Potter eilte herbei, streckte den Arm aus und bekam irgend etwas zu fassen. Ein reißendes Geräusch war zu vernehmen, und er fiel nach hinten, da er vorübergehend aus dem Gleichgewicht kam. Als er es wiedererlangte, war er allein mit den Eulen und Sternen. Die verschwommene Gestalt war verschwunden, und er stand da und hielt etwas in Händen, was allem Anschein nach der größere Teil eines Damenkleids war.

In diesem Moment aber glaubte er es sich herausnehmen zu dürfen, ungeachtet der nächtlichen Stunde zur Haustür zu gehen und auf die Klingel zu drücken. Kurz darauf wurde ihm geöffnet, woraufhin er gebieterisch in die Eingangshalle schritt.

Zufrieden durfte er feststellen, daß er vor ausverkauften Rängen spielte. Tatsächlich war der Saal bis auf den letzten Platz besetzt. Man kann spätnachts unmöglich auf Haustürklingeln drücken, ohne eine gewisse Aufmerksamkeit zu erregen. Ashenden Manor hatte sich in hellen Scharen zu seinem Empfang versammelt. Neben Mitgliedern seines engeren Bekanntenkreises, wie der Köchin Mrs. Gooch, seiner Verlobten Elsie Bean, dem Stubenmädchen Jane und dem jungen Stiefel- und Messerputzer Percy, erblickte er auch Sir Aylmer Bostock, der wie Clemenceau an einem seiner schlechten Vormittage, Lady Bostock, die wie ein Pferd, und schließlich ihren Neffen William, der riesig und zinnoberrot aussah. Ebenfalls zur Stelle war, und ein Schauer überlief Potter, als er die beiden erblickte, der Abschaum der Unterwelt von East Dulwich, vertreten durch die beiden Erzschurken George Robinson und Edwin Smith. Der erste gab sich wie immer nonchalant, der zweite dagegen wirkte aufgewühlt.

Wachtmeister Potter strich sich über den Schnurrbart. Das

war seine Stunde, der Höhepunkt seines Lebens, denn nun würden sie ihm samt und sonders zu Füßen liegen. So jedenfalls stellte er es sich vor, und er wollte auch schon zu sprechen anheben, als Sir Aylmer, der nach Lord Ickenhams Einmarsch endlich wieder Schlaf gefunden hatte und nun grantig aufgewacht war, wie eine Bombe explodierte.

»POTTER!«

»Sir?« sagte der eifrige Beamte, den der Tonfall leicht verwunderte.

»Haben SIE diesen Höllenspektakel veranstaltet?«

»Sir?«

»Drückt der Kerl doch tatsächlich um diese Zeit auf die Klingel! Weckt alle auf! Stört meine Nachtruhe! WAS ZUM TEUFEL HABEN SIE SICH DABEI GEDACHT?«

»Aber, Sir, ich habe doch einen Marodeur ertappt.«

»Wen haben Sie ertappt?«

»Einen nächtlichen Marodeur, Sir.«

»Und wo ist er dann? Sagen Sie jetzt bloß nicht, er ist Ihnen durch die Lappen gegangen?«

»Äh, jawohl, Sir.«

»Esel! Tölpel! Einfaltspinsel! Hohlkopf!« sagte Sir Aylmer.

Wachtmeister Potter war gekränkt.

»Es war nicht meine Schuld, Sir. Das Kleidungsstück ging futsch, als ich danach griff.«

Mit dem Gebaren eines Staatsanwalts, der Beweisstück A vorlegt, hielt er dem Fragesteller den hauchdünnen Stoffetzen hin, und Sir Aylmer nahm ihn in Augenschein.

»Das ist das Kleid einer Frau«, stellte er fest.

»Einer Person weiblichen Geschlechts«, korrigierte Wachtmeister Potter, wie immer rastlos um Genauigkeit bemüht. »Ich beobachtete, wie sie verdächtig herumstreifte, und als ich sie arretieren wollte, ging sie mir prompt in Stücke.«

Angesichts dieser dramatischen Wiedergabe von Ereignissen, die einen wohl selbst in dürren Worten hätten erschauern lassen, ertönte aus dem Grüppchen der weiblichen Angestellten, die sich aneinanderdrängten, um sich gegenseitig Mut zu machen, ein Aufschrei oder, wie Wachtmeister Potter es vermutlich gern formuliert gesehen hätte, eine Exklamation, die aus dem Einsilber »Ui!« bestand. In Anbetracht der Lage war die Sprecherin vermutlich nicht Elsie Bean, die wohl »Mann!« gesagt hätte, sondern eher Mrs. Gooch oder Jane, das Stubenmädchen. Unglücklicherweise lenkte der Zwischenruf Sir Aylmers Aufmerksamkeit auf das Grüppchen, und er machte sich sogleich daran, zu zeigen, wer der Herr im Hause war.

»EMILY!«

»Ja, Schatz?«

»Was haben diese Weiber hier zu suchen?« Sir Aylmers sich rötendes Auge wanderte von Mrs. Gooch zu Jane, dem Stubenmädchen, von Jane, dem Stubenmädchen, zu Elsie Bean. »Gütiger Himmel! Hier wimmelt es ja von närrischen Weibsbildern. Schick sie ins Bett.«

»Ja, Schatz.«

»Hornochse!« rief eine klare junge Stimme, diesmal unverkennbar diejenige von Miss Bean. Diese hatte sich schon darauf gefreut, den Rest der Nacht zum größten Teil in der Eingangshalle zu verbringen, um der Schilderung aufwühlender Ereignisse zu lauschen und diese in ihrer freundlichen Art zu kommentieren. Daß sie nun in den ersten fünf Minuten hinauskomplimentiert wurde, war für ihren unabhängigen Geist ein Affront. Niemals seit dem Abend ihres siebten Geburtstags, als ihr im Royal Theatre in Bottleton East wegen der ganzen Aufregung plötzlich schlecht geworden war und sie mitten in ihrem ersten Weihnachtsspiel hinausgeführt werden mußte, hatte sie solche Enttäuschung und Frustration erlebt.

Sir Aylmer fuhr zusammen. Dies war eine Kampfansage.

»Wer hat mich hier als Hornochse bezeichnet?«

»Das war ich«, erwiderte Elsie Bean mit großer Gelassenheit. »Ein aufgeblasener Hornochse, genau das sind Sie, und übrigens kündige ich zum nächsten Ersten.«

»Auch ich kündige zum nächsten Ersten«, sagte Mrs. Gooch, der die Idee offenbar zusagte.

»Ich kündige ebenfalls zum nächsten Ersten«, meinte Jane, das Stubenmädchen, das sich von der Massenhysterie anstecken ließ.

Sir Aylmers Hände krallten sich in den Morgenmantel. Eine Zeitlang sah es ganz danach aus, als wolle er sein Gewand wie ein zweitrangiger Prophet aus dem Alten Testament in Stücke reißen.

»EMILY!«

»Ja, Schatz!«

»Willst du jetzt endlich diese Weiber rauswerfen?«

»Ja, Schatz. Sofort, Schatz.«

Hurtig, wenn auch schweren Herzens – denn niemand wußte besser als sie, wie mühsam sich auf dem Lande die Suche nach Hauspersonal gestalten konnte –, scheuchte Lady Bostock die Rebellinnen durch die Tür. Von der besoldeten Dienerschaft blieb einzig der junge Stiefel- und Messerputzer Percy zurück, ein pickeliger und recht dünkelhafter Bursche. Er hatte sich eine Zigarette angezündet, und seine ganze Haltung verströmte tiefe Befriedigung darüber, daß die Weiber endlich fort waren und die Männer sich nun zusammensetzen und alles in Ruhe besprechen konnten.

Sir Aylmer holte tief Luft, wie ein Redner in einer öffentlichen Versammlung, nachdem man die Zwischenrufer entfernt hat.

»Potter.«

»Sir?«

»Erzählen Sie Ihre Geschichte noch einmal.«

Der Wachtmeister erzählte seine Geschichte noch einmal und besser als zuvor, hatte er sich doch inzwischen ein paar

neue Wörter ausdenken können. Sir Aylmer lauschte mit finsterer Miene.
»Wo war diese Frau?«
»Diese mysteriöse Frau«, korrigierte Wachtmeister Potter. »Im Garten, Sir.«
»In welchem Teil des Gartens?«
»In der Nähe des Fensters zu dem Zimmer, in dem Sie Ihre Dinger aufbewahren, Sir.«
»In dem ich *was* aufbewahre?«
»Diese Objekte aus Afrika, Sir. Kuriositäten heißen sie wohl korrekt.«
»Dann nennen Sie sie gefälligst auch Kuriositäten.«
»Jawohl, Sir.«
»Nicht Dinger.«
»Nein, Sir.«
»Was machte sie?«
»Sie lag auf der Lauer, Sir.«
»Und wozu?«
»Keine Ahnung, Sir.«
Percy schnippte die Asche von seiner Zigarette.
»Wenn Sie meine Meinung hören wollen«, ließ er sich ungebeten vernehmen, »hat sie auf ihren Komplizen gewartet. Dahinter steckt todsicher 'ne ganze Bande.«
Er hätte besser daran getan, bescheiden im Hintergrund zu verharren. Wachtmeister Potter – durch seinen offiziellen Status genötigt, Anschuldigungen von Großgrundbesitzern, die zudem das Amt von Friedensrichtern bekleideten, schweigend hinzunehmen – konnte im Umgang mit Stiefel- und Messerputzern zu einer wahren Bestie werden, und eigentlich hatte er seinen Gefühlen schon freien Lauf lassen wollen, seit ihn Sir Aylmer als Esel, Tölpel, Einfaltspinsel und Hohlkopf tituliert hatte. Und so kostete es ihn nur eine Sekunde, um vorzutreten und Percy am linken Ohr zu fassen, und eine weitere, um ihn zur Tür zu führen und mit einem

flinken Fußtritt hinauszubefördern. Ein dumpfer Klaps und ein schriller Schrei, und schon gehörte Percy nicht mehr zu den Sitzungsteilnehmern. Wachtmeister Potter kehrte an seinen angestammten Platz zurück und wirkte wie ein Mann, der sich einer erbaulichen Aufgabe auf elegante Art entledigt hatte.

Percys Kopf erschien noch einmal in der Tür.

»Und ich kündige ebenfalls zum nächsten Ersten«, sagte er und zog sich wieder zurück.

Lord Ickenham, der bisher bloß wohlwollender Zuschauer gewesen war, meldete sich erstmals zu Wort.

»Das nenne ich Tabula rasa machen, Mugsy! Was!? All die holden Küklein mit einem wilden Griff! Ein Jammer. Gar nicht so einfach heutzutage, auf dem Land Bedienstete zu finden.«

Sir Aylmer gab keine Antwort. Dieser Gedanke war ihm auch schon gekommen, und es beschlichen ihn erste Zweifel über die Weisheit seiner schnörkellosen Haltung gegenüber dem Gesinde. Jetzt richtete sich Wachtmeister Potter mit ein paar wohlgesetzten Worten an die Versammlung.

»Nicht, daß da nicht was dran wäre an dem, was der Bengel gesagt hat«, hielt er fest. Er mochte Percy nicht und verdächtigte ihn zudem, die unsichtbare Hand gewesen zu sein, die ihm neulich einen halben Ziegelstein nachgeworfen hatte, als er die Einfahrt hochgeradelt war; trotzdem sagte er sich: Ehre, wem Ehre gebührt. »Ich meine wegen dieser Bande, die dahintersteckt. Frauen begehen auf eigene Faust keine Einbrüche. Sie haben ihre Kumpane, die sich höchstwahrscheinlich bereits im Haus eingenistet haben«, fügte er mit vielsagendem Blick hinzu.

Es war Pongo, der sich als nächster äußerte, als hätte man ihn mit einem Nagelbohrer oder einer Ahle in den Hosenboden gepikst und so zum Sprechen gebracht. Als wir Wachtmeister Potters Blick als vielsagend bezeichneten, versäumten wir

hinzuzufügen, daß besagter Blick auf den letzten der Twistletons gerichtet war, und wir unterstrichen auch dessen bohrenden Charakter nicht ausreichend. Es war töricht von uns, eine Sache lediglich als vielsagend zu bezeichnen, die einem Todesstrahl gleichkam.
»Was sehen Sie *mich* dabei an?« fragte er mit schwacher Stimme.
Wachtmeister Potter, der es an epigrammatischer Gewitztheit mit jedem aufnehmen konnte, wenn er nur wollte, entgegnete, das sei sein gutes Recht, denn der brave Mann, wie dürftig auch, sei König doch, trotz alledem. Und er lächelte noch über seine Schlagfertigkeit, als Sir Aylmer befand, daß die Zeit für Beckmesserei und Verstellung vorüber sei und nunmehr zum Frontalangriff geblasen werden müsse. Den ganzen Abend hatte es ihn schon gewurmt, daß er gegenüber dieser Ratte der Unterwelt den höflichen – oder doch halbwegs höflichen – Gastgeber spielen mußte, doch nun vermochte ihn nicht einmal der Gedanke an mögliche Repressalien seitens seiner Tochter Hermione mehr davon abzuhalten, Klartext zu reden.
»Ich kann Ihnen schon sagen, wieso er Sie ansieht, mein Freund. Weil er zufällig weiß, daß Sie ein Schurke und ein Betrüger sind.«
»Wer, ich?«
»Ja, Sie. Sie glaubten schon, Sie hätten uns überlistet, was? Haben Sie aber nicht. Potter!«
»Sir?«
»Erzählen Sie die Geschichte von Ihrer früheren Begegnung mit diesem Burschen.«
»Sehr wohl, Sir«, sagte Wachtmeister Potter, setzte schleunigst seinen glasigen Blick auf und richtete alsdann sein Wort an den körperlosen Geist. »Folgendes ereignete sich am … Mann! Jetzt habe ich doch glatt vergessen, wann das war. Ich müßte zuerst in meinem Sammelalbum nachsehen, um mir

Gewißheit über den genauen Kalendertag zu verschaffen, jedenfalls war es etwa vor einem Jahr, ich gehörte damals noch der Abteilung C des Londoner Polizeikorps an, als man mich an das Hunderennen in Shepherd's Bush abkommandierte. Der Angeklagte fiel mir wegen seinem auffälligen Verhalten auf, man könnte sagen, irgendwie, wegen ungebührlichem Benehmen, und ich arretierte ihn. Im Verlaufe seiner Festnahme behauptete er, sein Name sei Smith.«

»Nicht Twistleton?«

»Nein, Sir. Edwin Smith, Nasturtium Road Nummer 11, East Dulwich.«

»Was haben Sie dazu zu sagen?« fragte Sir Aylmer.

Lord Ickenham schaltete sich ein.

»Mein lieber Mugsy, es handelt sich offensichtlich um ein albernes Mißverständnis. Es ist doch sonnenklar, was sich zugetragen hat. Von der Polizei in Gewahrsam genommen und nicht geneigt, den guten alten Ruf der Twistletons durch Preisgabe seiner wahren Identität zu besudeln, gab der Junge einen falschen Namen an. Du hast das doch selbst schon hundertfach getan.«

»Hab' ich nicht!«

Lord Ickenham zuckte die Achseln.

»Ganz wie du meinst, Mugsy. Das ist ja auch vollkommen nebensächlich, und es liegt mir fern, alte Wunden aufzureißen. Jedenfalls kann ich dir versichern, daß dies tatsächlich Reginald Twistleton ist. Bill Oakshott sprach gerade heute nachmittag davon: Er hat mir erzählt, du seist übergeschnappt …«

»Soso, hat er das?«

»… und als ich mich nach den Symptomen erkundigte, erklärte er, du hättest die Wahnidee, sein alter Freund Reginald Twistleton sei nicht sein alter Freund Reginald Twistleton, wogegen sein alter Freund Reginald Twistleton in Wahrheit niemand anderer als eben dieser ist. Bill Oakshott, Sie werden doch die hundertprozentige Twistletonität dieses Reginald bezeugen können?«

»Prima. Das heißt: durchaus.«

»Da hast du's, Mugsy.«

Sir Aylmer schnaubte in seinen Schnurrbart.

»William hat nach eigenen Angaben Reginald Twistleton seit mehr als zwölf Jahren nicht mehr gesehen. Wie kann er da behaupten, ihn zu erkennen? Ha! William?«

»Ja?«

»Ich weiß, wie wir die Sache klären können. Stell ihm Fragen.«

»Fragen?«

»Über eure Schulzeit.«

»Aber Pongo und ich sind ja gar nicht zusammen zur Schule gegangen. Ich habe ihn im Urlaub bei Lord Ickenham kennengelernt.«

»Allein deshalb müßte er eigentlich schon über jeden Verdacht erhaben sein«, sagte Lord Ickenham. »Ein ausgesprochen vornehmes Haus, was man mir so erzählt. Übrigens, wie ist es dir heute nachmittag dort ergangen, Mugsy?«

»Das kann dir doch egal sein«, sagte Sir Aylmer brüsk. »Was machte er in Lord Ickenhams Haus?«

»Er wohnte dort.«

Sir Aylmer sinnierte. Dann hatte er eine Eingebung.

»Gab es dort einen Hund?«

»Was?«

»Einen Hund.«

»Ach, du meinst einen Hund. Ja, das gab es, und zwar …«

»Nicht verraten! Er soll es dir selbst sagen.«

Lord Ickenham nickte.

»Ich sehe, worauf du hinauswillst, Mugsy. Sehr scharfsinnig. Wenn er in Ickenham Hall gewohnt hat, müßte er sich auch an den dortigen Hund erinnern. Knaben erinnern sich immer an Hunde. Angeklagter, erinnern Sie sich an jenen Hund?«

»Selbstverständlich erinnere ich mich an den Hund. Es war ein Collie.«

»Korrekt, Bill Oakshott?«

»Eindeutig.«

»Und sein Name war …?«

»Mittens.«

»Zutreffend, Bill Oakshott?«

»Vollkommen. Ein Schuß ins Schwarze. Sollen wir fortfahren, Onkel Aylmer?«

»Nein!« erwiderte Sir Aylmer.

»Das will ich auch nicht hoffen«, sagte Lord Ickenham. »Du hast dich ganz schön blamiert, Mugsy.«

»Ach, habe ich das?« entgegnete Sir Aylmer eingeschnappt. »Dann kann ich nur sagen, daß es an der Zeit ist, auch *dir* ein paar Fragen zu stellen.«

»Mir?«

»Ja. Woher weiß ich, wer du bist? Du kommst hierher und gibst dich als Plank aus, und dabei siehst du dem Plank, an den ich mich erinnere, überhaupt nicht ähnlich.«

»Aber ich habe dir doch das Fehlen der ausladenden Rundungen schon erklärt. *Slimmo.* Die kleine Flasche für eine halbe Krone, die größere für drei Shilling sechs Pence. Man mischt es unter das Essen, ein mildes und gut verträgliches Mittel gegen Hypertrophie des Hosenbodens, Suchtgefahr ausgeschlossen.«

»Ich glaube nicht, daß du Plank bist. Woher soll ich wissen, daß William nicht den erstbesten Fremden aufgegabelt und dazu breitgeschlagen hat, hierherzukommen und als Preisrichter des Babyschönheitswettbewerbs mitzutun, damit er es selbst nicht zu machen braucht?«

»Lächerlich. Schau dir doch diese edle Stirn, diese offenen Augen an …«

»Hier ist etwas faul«, fuhr Sir Aylmer entschlossen fort, »und ich habe vor, der Sache gründlich zu Leibe zu rücken …«

»Genau wie *Slimmo.*«

»Heute nachmittag taucht hier ein Wildfremder auf und schmuggelt sich mit der Behauptung ins Haus, er sei ein alter Schulkamerad von mir. Heute nacht erwischt Potter eine Frau, die durch meinen Garten streunt ...«

»Weniger streunt als herumstreift, Sir.«

»KLAPPE!«

»Jawohl, Sir.«

»Potter erwischt eine Frau, die durch meinen Garten streunt und offenbar versucht, mit einem Mann im Haus Verbindung aufzunehmen. Wer war dieser Mann?«

»Ah.«

»Ich war's nicht.«

»Das wollen wir auch nicht hoffen, Mugsy.«

»William war's auch nicht. Es war auch nicht der Bursche, der gerade noch hier stand, dieser Stiefel- und Messerputzer ...«

»Woher willst du das wissen? Ich an deiner Stelle würde den Jungen im Auge behalten, und zwar scharf.«

»Vermutlich war es auch nicht Reginald, da Reginald tatsächlich Reginald zu sein scheint. Damit bleibst nur noch du übrig.«

»Aber, Mugsy, das ist doch absurd. Du behauptest, diese Frau habe versucht, mit einem Mann im Haus Verbindung aufzunehmen. Weshalb? Wie willst du das beweisen? Aus meiner Sicht handelt es sich um ein armes, heimatloses Kind, das in deinen Garten spaziert kam, um für die Nacht Obdach im Geräteschuppen oder im Kuhstall zu suchen – wie immer ein Kuhstall bei euch ausschauen mag.«

»Armes, heimatloses Kind, daß ich nicht lache! Falls sie Obdach im Geräteschuppen gesucht hat, warum ist sie dann nicht hineingegangen, anstatt herumzustreunen ...«

»Verdächtig herumzustreifen, Sir.«

»KLAPPE! Anstatt vor dem Fenster meines Kuriositätenkabinetts herumzustreunen. Sie ist Mitglied einer Einbrecherbande, so sieht's aus, und ich werde herausfinden, wer sonst noch dazugehört. Du behauptest, du seist Plank. Beweis es.«

Lord Ickenham strahlte.

»Mein lieber Mugsy, warum hast du das nicht gleich gesagt? Beweisen soll ich es? Nichts leichter als das. Aber ist nicht schon die Tatsache, daß ich dich von Anfang an Mugsy genannt habe, Beweis genug?«

»Nein. Du hättest auch sonst in Erfahrung bringen können, daß man mich in der Schule so nannte.«

»Dann sprechen wir eben über ein paar Dinge, die ich unmöglich anders als durch meine damalige tägliche Tuchfühlung mit dir hätte in Erfahrung bringen können. Wer hat in der Schulküche die Marmeladebrote geklaut, Mugsy? Wer hat dem Französischlehrer eine Reißzwecke auf den Stuhl gelegt? Wem hat man wegen Schikanierung der kleineren Schüler eine gehörige Tracht Prügel mit dem Schlagholz verpaßt? Und wo wir gerade vom Schikanieren der kleineren Schüler sprechen: Weißt du noch, wie mal ein schwächliches Kind mit goldenem Haar in unserem schönen Internat auftauchte, ein schwächliches, versonnenes Kind, das dir wie ein Geschenk des Himmels erschien? Mugsy, du hast dich auf dieses Kind gestürzt wie ein Wolf auf die Schafherde. Du hast an seinen goldenen Haaren gerissen. Du hast ihm das dünne Ärmchen verdreht. Und gerade als du so schön beim Verdrehen warst, hat sich das Ärmchen deinem Griff entwunden und dir einen der herrlichsten linken Haken verpaßt, die ich je gesehen habe, und ein hübsches Veilchen dazu. Zehn Minuten später, wir hatten dich soeben ins Bett gebracht, ergaben unsere Nachforschungen, daß das Kind im Jahr zuvor Bantamgewichtchampion der Internatsmeisterschaften geworden und von seiner früheren Lehranstalt zu uns versetzt worden war, weil sein Vater fand, die Luft in unserem Teil der Welt sei besser für seine Lunge. Ein anderes Mal …«

Er hielt inne. Ein grauenhaftes Kollern, das von einem Truthahn mit Kehlkopfentzündung zu kommen schien, hatte den Fluß seiner Erzählung unterbrochen. Es handelte sich um Wachtmeister Potters Gelächter. Er war kein Mann, der ohne weiteres lachte, und hatte im Grunde auch jetzt nicht lachen wollen, ja, er hatte sich nach Kräften bemüht, nicht zu lachen. Doch sein Sinn für Komik war einfach stärker gewesen. »Gack, gack, gack«, gluckste er, und Sir Aylmer wandte sich ihm mit der ganzen Wut eines Bantamgewichtchampions zu, dem man den Arm verdreht hat.

»POTTER!«

»S-sir?«

»Raus! Was zum Teufel trödeln Sie hier im Haus rum, wo Sie doch diese Frau finden sollen, die Sie Idiot haben entwischen lassen?«

Der Verweis ernüchterte Wachtmeister Potter. Er sah ein, daß er gefehlt hatte.

»Jawohl, Sir.«

»Was meinen Sie mit ›jawohl, Sir‹?«

»Ich meine nein, Sir. Ich meine, ich begebe mich jetzt schnurstracks auf die Suche. Es dürfte mir nicht schwerfallen, sie zu finden. Sie wird, wie man so schön sagt, im Evaskostüm herumlaufen, wodurch sie«, meinte Wachtmeister Potter, der, wenn er schon dachte, gleich scharf dachte, »die Aufmerksamkeit auf sich ziehen wird.«

Mit einem verbindlichen Kopfnicken schritt er streng und wachsam durch die Tür, und Sir Aylmer schickte sich an, seinem Beispiel zu folgen.

»Ich gehe jetzt zu Bett«, sagte er barsch. »Bestimmt ist es schon zwei.«

»Zwei vorbei«, sagte Lord Ickenham mit Blick auf seine Armbanduhr. »Wie doch die Zeit in solch traulichem Kreise verfliegt! Dann gehen wir also jetzt alle zu Bett.«

Er hängte sich bei Pongo ein, der wie ein Fieberkranker röchelte, und gemeinsam stiegen sie die Treppe hoch.

Das Schlafzimmer, in dem man Lord Ickenham einquartiert hatte, war ein geräumiges Gemach auf der zweiten Etage und ging auf den Park hinaus. Dorthin führte er nun Pongo und hieß ihn auf der Chaiselongue Platz nehmen, die vor dem Fenster stand.

»Entspann dich, mein Junge«, sagte er und ordnete die Beine seines Neffen, die dazu neigten, sich ineinander zu verhaken, und schob ihm behutsam ein Kissen unter das Haupt. »Du wirkst etwas überspannt und erinnerst mich an einen alten New Yorker Bekannten namens Bream Rockmeteller, unter dessen Stuhl man am Unabhängigkeitstag einmal einen Knallfrosch losgehen ließ. Derselbe verstörte Ausdruck. Seltsam. Dabei hätte ich gedacht, daß dir, nachdem das Mißverständnis rund um den Namen Edwin Smith geklärt war, zumute sein müßte, als hättest du gerade eine zweiwöchige Badekur hinter dir.«

Pongo setzte sich auf, und seine Beine schossen erneut in alle Richtungen.

»Na, na«, sagte Lord Ickenham und legte sie wieder zurecht. »Bist du nun ein Mann oder ein Tintenfisch? Man sollte dich verschnüren und verknoten.«

Pongo überhörte den Tadel. Sein Blick war versteinert.

»Onkel Fred«, sagte er mit leiser, metallischer Stimme. »Ich weiß nicht, ob dir das bewußt ist, aber du bist die größte Heimsuchung der Menschheit. Wohin du auch gehst, säst du Elend und Verderben wie ein wildgewordener Sämann. Wo du bist, werden Leben, Freiheit und das Streben nach Glück zur schieren Unmöglichkeit. Du gleichst dem Schwarzen Tod oder einer anderen Seuche des Mittelalters, der Tausende zum Opfer fielen.«

Seine Inbrunst schien Lord Ickenham leicht zu befremden.

»Aber mein Lieber, was habe ich denn getan?«

»Du hast ausgeplaudert, daß ich beim Hunderennen einen falschen Namen angegeben habe!«

»Jetzt bin ich aber sprachlos. Ich habe geglaubt, das sei meine gute Tat des heutigen Tages gewesen. Ohne mein rechtzeitiges Eingreifen …«

»Ich wollte gerade alles leugnen, als du dich eingemischt hast.«

Lord Ickenham schüttelte den Kopf.

»Das hätte dir doch niemand abgekauft. Weiß Gott, kein Mensch bekennt sich glühender als ich zum Credo des Rundweg-Leugnens – seit dreißig Jahren basiert mein Zusammenleben mit deiner Tante einzig und allein darauf –, doch hier wäre damit nichts auszurichten gewesen. Man hätte dem Polypen Glauben geschenkt, und Mugsy hätte dich als Einbrecher an den Pranger gestellt.«

»Na wunderbar, und weswegen stehe ich jetzt am Pranger? Als einer, der Trinkgelage veranstaltet und den man bei Hunderennen hopsnimmt. Was wird wohl Hermione dazu sagen, wenn er ihr davon erzählt? Sobald sie die Tatsachen aufgetischt bekommt, setzt sie sich hin und schreibt mir einen geharnischten Brief und löst die Verlobung auf.«

»Glaubst du?«

»Ich sehe schon, wie sie die Feder ins Tintenfaß taucht.«

»Na, um so besser. Ich an deiner Stelle würde dreimal Hurra schreien und es damit gut sein lassen.«

»Ich werde aber nicht dreimal Hurra schreien. Ich bete dieses Mädchen an. Bis jetzt …«

»Ich weiß, ich weiß. Du hast noch nie begriffen, was Liebe ist. Na schön. Trotzdem halte ich daran fest, daß du gut daran tätest, diese hochriskante Verbindung zu einer Frau zu lösen, die offenbar die freudlose Lebenseinstellung einer Kindergartenleiterin hat und bestimmt den Großteil ihres Ehelebens damit zubringen wird, ihrem Gatten mit dem Lineal auf die Finger zu klopfen. Aber wir dürfen jetzt unsere Zeit nicht mit deinen Amouren vertrödeln. Weit ernsthaftere Themen verdienen unsere Aufmerksamkeit.«

»Als da wären?«

»Mein lieber Pongo, Sally natürlich. Ist es dir ganz gleichgültig, daß sie gerade jetzt im Spitzenhemdhöschen durch Hampshire streift? Wo bleibt deine Ritterlichkeit?«

Beschämt senkte Pongo das Haupt. An seinen *preux chevalier* hatte man noch nie vergebens appelliert. Der Gedanke, daß er Sally glatt vergessen hatte, bohrte sich ihm wie ein Messer in die Brust.

»Herrje! Jawohl, das stimmt. Sie wird sich einen Schnupfen holen.«

»Oder Schlimmeres.«

»Und könnte von Potter aufgegriffen werden.«

»Genau.«

»Hol ihn der Henker!«

»Ja, ich muß gestehen, daß Wachtmeister Potter auch mich leicht verdrossen hat, und um ganz ehrlich zu sein, wäre es mir gar nicht unrecht, wenn er über einen Fußabdruck stolpern und sich sein verdammtes Genick brechen würde. Bei diesem Wachtmeister Potter glaubt man direkt, man stehe einer großen Naturgewalt gegenüber. Ich hätte es nicht für möglich gehalten, daß soviel Diensteifer in einer blauen Uniform und einem Paar Stiefel der Größe 46 Platz hätte. Also, bis bald, Pongo.«

»Wohin gehst du denn?«

»Hinaus ins weite Feld«, antwortete Lord Ickenham und griff nach einem geblümten Morgenmantel. »Weiß der Himmel, wo Sally steckt, aber weit kann sie nicht gekommen sein. Potter bemerkte ganz richtig, daß sie viel Aufsehen erregen wird.«

»Soll ich dich begleiten?«

»Nein«, sagte Lord Ickenham. »Es soll ja nicht gleich wie eine Völkerwanderung aussehen. Du bleibst hier und überläßt dich besänftigenden, lindernden Gedanken.«

Er verließ das Zimmer mit dem Gang eines Menschen, der

mit den Füßen kein Zweigchen zerbrechen möchte, während sich Pongo ins Kissen zurücksinken ließ und die Augen schloß.

»Lindernde Gedanken!« sprach er bitter und stieß einen seiner freudlosen Lacher aus.

Doch das menschliche Hirn vermag Sonderbares zu leisten. Man weiß nie, woran man mit ihm gerade ist. Hätte man Pongo, nachdem die Tür zugegangen war, gefragt, wie hoch er die Chancen veranschlage, daß sich so etwas wie lindernde Gedanken in ein Hirn schleichen könnten, das eher einem wilden Strudel als einer Ansammlung grauer Zellen glich, dann hätte er mit hundert zu acht dagegengehalten und wäre erstaunt gewesen, wenn jemand mitgewettet hätte. Dennoch stellte er jetzt fest, daß ein solcher Gedanke allmählich Form annahm.

Vor seinem geistigen Auge stieg gewissermaßen in Flammenschrift das Bild der Whiskykaraffe auf, die er, noch mindestens zur Hälfte mit dem Zaubertrank gefüllt, auf dem runden Tisch des Salons zurückgelassen hatte, und er erhob sich, im Auge den Glanz aufkeimender Hoffnung. Die magischen Kräfte jener Karaffe hatte er schon einmal erprobt, und sie hatten seine kühnsten Erwartungen erfüllt. Nun verspürte er den Drang, sie abermals zu erproben. Die Vernunft flüsterte ihm ein, daß seine Gurgel noch nie dringender der Ölung bedurft hatte als in dem Schlamassel, in dem er gegenwärtig steckte. Tatsächlich, so fuhr die Vernunft weiter, würde ihm jeder gute Facharzt ein gewisses Etwas in einem Glas empfehlen, ja nachgerade aufdrängen.

Dreißig Sekunden später hatte er die Reise ins Gelobte Land angetreten, und zwei Minuten darauf saß er, die Füße hoch gelagert, in seinem Lieblingssessel und war fast wieder die Ruhe selbst.

Es war sehr angenehm in dem stillen Salon, sehr angenehm und stärkend und beruhigend. Jedenfalls war es das ungefähr eine Viertelstunde lang. Nach Ablauf dieser Zeitspanne trat nämlich Sir Aylmer Bostock in seinem Morgenmantel ein. Er, dessen Schönheitsschlaf zweimal gestört worden war, hatte sich auf seinem Kopfkissen gewälzt, als er sich plötzlich der Karaffe erinnerte, die ihn wie ein Magnet anzog. Die Erfahrung hatte ihn gelehrt, daß sich auch hartnäckigste Schlafstörungen oft durch ein paar kräftige Schlucke beheben ließen.

Seine Gefühle beim Anblick des an der Quelle sitzenden Pongo waren von größter Bitterkeit geprägt. Obschon er sein Urteil über diesen jungen Mann als Ratte der Unterwelt hatte revidieren müssen, betrachtete er ihn noch immer als Ratte, mit der er auf gar keinen Fall morgens um halb drei rauschende Feste feiern und bei angeregtem Geplauder die Gläser erklingen lassen wollte. Das Leben, so dachte er bei sich, war schon schwer genug, ohne daß man ständig über diesen Pongo stolperte. Hätte man Sir Aylmer Bostock gebeten, nach zwei Tagen in Gesellschaft seines künftigen Schwiegersohns in knappen Worten eine Idealwelt zu umreißen, hätte er geantwortet, er sei ja kein Nörgler und erwarte auch keineswegs Perfektion, eines jedoch müsse er sich ausbedingen, daß nämlich in dieser Welt weniger, aber dafür bessere Twistletons lebten.

»Igitt!« sagte er. »Sie!«

Es gibt ausgesprochen wenige passende Antworten auf den Ausruf »Sie!«, zumal dann, wenn ihm das Wort »Igitt!« vorangeht. Pongo fiel keine einzige ein. Beim Eintreten des anderen hatte er erneut einen Hochsprung in der Hocke vollführt, und als er sich nach Erreichen des Scheitelpunktes knapp unter der Decke wieder auf der Abstiegsbahn befand, herrschte in seinem Hirn gähnende Leere. Das Beste, was er noch zustande brachte, war ein nervöses Kichern.

Dies war um so bedauerlicher, als Sir Aylmer, woraus wir schon früher kein Hehl gemacht haben, keine großen Stücke auf nervöse Kicherer hielt. Zwar hatte sich der Ex-Gouverneur noch nie real auf einen nervösen Kicherer gestürzt und diesen in Stücke gerissen, doch das lag einzig daran, daß er sich nicht mit dem ganzen Justizapparat anlegen wollte. Zutiefst widerwärtig waren ihm solche Personen aber trotzdem. Er funkelte Pongo an, und noch während des Funkelns erblickte er das Glas in dessen Hand, und es schien, als hätte ihm jemand die Frage ins Ohr geflüstert: »Was stimmt hier nicht?«

»Sakra!« brüllte er, abermals eine seiner Stammesgottheiten anrufend. »Sie haben mir doch gesagt, Sie seien Abstinenzler.«

»Wie bitte?«

»Abstinenzler.«

»Ach so, ja, das stimmt.«

»Wie zum Teufel wollen Sie Abstinenzler sein, wenn Sie sich hier einen Whisky nach dem anderen hinter die Binde gießen?«

»Als Arznei.«

»Was?«

»Aus gesundheitlichen Gründen genehmige ich mir manchmal ein Tröpfchen«, sagte Pongo. »Auf Geheiß meines Doktors.«

Es gibt im Leben Momente, da sehen wir uns, nachdem wir eine ungeschminkte und mannhafte Erklärung für unser Tun abgegeben haben, zu einem kurzen Innehalten gezwungen, in dem wir uns fragen, ob dieselbe auch einigermaßen akzeptiert worden ist. Dies war ein solcher Moment. Und während Pongo noch ängstlich das Gesicht seines Gastgebers musterte und dessen durchfurchte Züge ziemlich ergebnislos nach einem Ausdruck kindlichen Vertrauens absuchte, betrat Lady Bostock den Raum.

Kritische Stimmen werden hier anmerken, es sei ein an den Haaren herbeigezogenes und, rein handwerklich betrachtet, höchst unmotiviertes Zusammentreffen, daß in dieser bewegten Nacht sage und schreibe sechs Bewohner von Ashenden Manor unabhängig voneinander auf die Idee kamen, sich in den Salon zu begeben, um dort der Karaffe habhaft zu werden, die Jane, das Stubenmädchen, am Abend hingestellt hatte; andere werden darin lediglich jene Unausweichlichkeit erkennen, die sich in den großen griechischen Tragödien solcher Beliebtheit erfreute. Wie sagte doch Aischylos einmal zu Euripides: »Es geht nichts über die Unausweichlichkeit«, und Euripides antwortete, genau das habe er sich auch schon oft gedacht.

Sei es, wie es wolle, jedenfalls galt Lady Bostocks Besuch ebenfalls der Karaffe. Da sie nach den jüngsten nervlichen Zerreißproben Schwierigkeiten mit dem Einschlafen gehabt hatte, war sie zum Schluß gekommen, daß sich vielleicht ein kleiner Whisky mit Wasser just als das Mittel erweisen könnte, nach dem sie suchte.

Auch sie staunte, als sie entdeckte, daß noch weitere Zecher zugegen waren.

»Aylmer!« sagte sie. »Du hier? Und Reginald?« Das Glas in Pongos Hand erregte ihre Aufmerksamkeit und sorgte für dieselbe Reaktion wie zuvor bei ihrem Gatten. »Ich dachte, Sie seien Abstinenzler, Reginald.«

Sir Aylmer schnaubte. Ein ausgesprochen unleidliches, sarkastisches Schnauben, eine Art nasales »Pah!«.

»Aus gesundheitlichen Gründen genehmigt er sich manchmal ein Tröpfchen.«

»So?«

»Jawohl«, sagte Sir Aylmer. »Als Arznei. Auf Geheiß seines Doktors.«

Sein Tonfall war überaus garstig und ließ Geringschätzung, Ekel und jenen angewiderten Abscheu erkennen, den enthaltsame Menschen beim Anblick der verkommenen Saufbolde dieser Erde empfinden, so daß Pongo, der bei seinem

Hochsprung in der Hocke fast den gesamten Inhalt seines Glases verschüttet hatte und es nun liebend gern nachgefüllt hätte, das Gefühl beschlich, dies sei nicht der richtige Moment. Stärker nämlich als sein Wunsch, zum Abschluß noch einen zur Brust zu nehmen, war das leidenschaftliche Bedürfnis, an einem Ort zu sein, wo Sir Aylmer und Lady Bostock nicht waren.

»Tja – äh – gute Nacht«, murmelte er.

»Sie wollen uns schon verlassen?« fragte Sir Aylmer grimmig.

»Äh – jawohl. Gute Nacht.«

»Gute Nacht«, sagte Sir Aylmer.

»Gute Nacht«, sagte auch Lady Bostock.

Ihr Antlitz war, als die Tür zuging, von Kummer gezeichnet. Sie sah aus wie ein Pferd, das sich Sorgen wegen der Qualität des Hafers macht.

»Oje«, sagte sie. »Ich kann nur hoffen, daß Reginald kein Trinker ist.« Ein Gedanke schoß ihr durch den Kopf, und sie wurde wieder etwas heiterer. »Ach so, das habe ich ja ganz vergessen. Er ist gar nicht Reginald, oder? Er ist bloß jemand, der sich als Reginald ausgibt.«

Obwohl sich Sir Aylmer nur ungern als jemand präsentierte, der einem Irrtum aufgesessen war, sah er sich nun gezwungen, sie über seine neusten Erkenntnisse ins Bild zu setzen.

»Doch, er ist Reginald. Ich habe die Sache eingehend geprüft, und es scheint nun praktisch erwiesen, daß er durchaus Reginald ist. Offensichtlich waren der Name und die Adresse, die er angab, als Potter ihn beim Hunderennen festnahm, falsch.«

»Das hört sich nicht gerade nett an.«

»Das war auch nicht nett. Es war überhaupt nicht nett. Es war schändlich und wirft ein miserables Licht auf Reginald Twistletons wahren Charakter. Da siehst du doch, was für ein Bursche er ist. Und nun zur Frage, ob er auch noch ein Säufer ist. Natürlich ist er ein Säufer. Das erkennt man doch schon am verschlagenen Blick und an diesem weibischen Gekicher. Bereits bei unserer ersten Begegnung war mir klar, daß mit dem jungen Strolch irgendwas nicht stimmt. Das Wort ›Schluckspecht‹ steht ihm ins Gesicht geschrieben. Garantiert säuft er wie ein Loch, kaum daß wir ihm den Rücken zudrehen. Ich glaube nicht, daß er einen einzigen nüchternen Atemzug getan hat, seit er hier ist. Gott stehe Hermione bei, wenn sie dieses Früchtchen heiratet. In den Flitterwochen wird er rosarote Schlangen sehen. Orangefarbene Spinnen«, sagte Sir Aylmer, der seiner Phantasie keine Zügel anlegte. »Rotgelbe Elefanten. Purpurne Pinguine.«

Solche Dinge greifen einer Mutter unweigerlich ans Herz. Lady Bostock stieß ein schmerzerfülltes Wiehern aus.

»Hermione muß gewarnt werden!«

»Das wollte ich gerade selbst vorschlagen. Am besten schreibst du ihr einen Brief.«

»Ich fahr lieber gleich zu ihr hin.«

»Auch gut, fahr zu ihr hin.«

»Morgen vormittag!«

»Je eher, desto besser. Aber wenn du am Morgen nach London fahren willst, legst du dich jetzt besser hin. Ich weiß auch nicht, warum du das nicht längst getan hast.«

»Ich kam herunter, um mir einen kleinen Whisky zu mixen. Ich konnte nicht einschlafen.«

»Und ich kam, um mir einen großen Whisky zu mixen. Ich konnte ebenfalls nicht einschlafen. Wie zum Teufel soll man auch ein Auge zukriegen in einem Haus, in dem ständig irgendwelche Tölpel hereinplatzen und sich als Schlafwandler ausgeben und Polizisten die ganze Zeit an der Tür klingeln? Hast du diese Weibsbilder ins Bett geschickt?«

»Ja, Schatz. Auf dem Weg nach oben haben sie ständig ihre Kündigungen wiederholt.«

»Hol sie der Henker! Ich gieße ein, bis du halt sagst, Emily.«

»Halt. Ojemine, ojemine.«

»Was ist denn jetzt schon wieder?«
»Ich mußte nur gerade an Reginald denken«, antwortete Lady Bostock. »Ob wohl eine Entziehungskur etwas bringen würde?«
Wiewohl Pongo nicht genau wußte, was die Eltern des Mädchens, das er liebte, über ihn sprachen, hegte er, als er die Treppe zu seinem Zimmer hochwankte, den Verdacht, daß man, nachdem er sich zurückgezogen hatte, auf seinen Fall näher eingehen würde. Zwar fühlte er sich keineswegs glänzend, doch kostete er die unvertraute Empfindung aus, einstweilen von den Angehörigen der menschlichen Rasse getrennt zu sein, einer Rasse, für die er während der nächtlichen Ereignisse einen ausgeprägten Ekel entwickelt hatte.
»Endlich allein«, sagte er sich und öffnete die Tür.
Einen Augenblick später stellte er fest, daß er zu optimistisch gewesen war. Auf seinem Bett saß, eine milde Zigarre rauchend, sein Onkel Frederick, im Sessel dagegen eine junge Frau in geblümtem Morgenmantel, bei deren Anblick sein Herz, das in dieser Nacht bekanntlich schon des öfteren die fieberhafte Wendigkeit eines einarmigen Tapezierers mit Nesselausschlag hatte demonstrieren müssen, einen gewaltigen Satz tat, der alle früheren Versuche in den Schatten stellte.
»Ach, Pongo«, sagte Lord Ickenham. »Komm doch rein. Sally ist auch da. Wir sind das Regenrohr hochgeklettert.«

Pongo brachte anfangs keinen Ton heraus. Heftige Gefühle führen oft dazu, daß sich die Stimmbänder zu einem Reffknoten schürzen, und er sah sich nicht nur *einem* heftigen Gefühl, sondern gleich zweien ausgesetzt.
Wie stets, wenn er mit einer neuen Variante des Treibens seines Onkels konfrontiert wurde, packte ihn namenlose Angst, und er stellte sich, wie unter ähnlichen Umständen schon oft, die Frage: »Wo führt das noch hin?« Neben dieser na-

menlosen Angst verspürte er aber auch eine peinliche Betretenheit, die einen feinfühligen jungen Mann unweigerlich beschleicht, wenn er unverhofft eine ehemalige Verlobte antrifft, mit der er im Verlauf einer Szene gebrochen hat, die sich bei beiden Beteiligten durch gehobene Stimmen und harsche Worte auszeichnete.

Glücklicherweise verhalten sich Frauen in solchen Situationen souveräner als das linkische männliche Geschlecht. Nichts in Sallys Haltung ließ vermuten, daß diese Begegnung bei ihr irgendwelches Unbehagen auslöste. In ihren Augen, die noch genauso hell und schön waren, wie er sie in Erinnerung hatte, leuchtete ein freundlicher Glanz. Als sie sprach, tat sie es mit herzlicher Stimme. Und sie begleitete ihre Worte auch mit einem strahlenden Lächeln.

»Grüß dich, Pongo.«

»Grüß dich, Sally.«

»Schön, dich wiederzusehen.«

»Tja.«

»Gut siehst du aus.«

»Wenn du meinst«, sagte Pongo.

Er sprach unkonzentriert, denn in Gedanken war er ganz woanders. Die Reise nach New York, wo er sich um seine Finanzen gekümmert hatte, und die Verlobung mit Hermione Bostock sowie all die anderen Aufregungen seines in jüngster Zeit sehr ausgefüllten Lebens – dies alles hatte ihn ganz aus den Augen verlieren lassen, was Sallys Lächeln so einzigartig machte, und als sie ihn so unvermittelt anstrahlte, war die Wirkung erschütternd und rief ein Gefühl wach, das wohl ganz ähnlich auch Lord Ickenhams Freund Bream Rockmeteller bei den Feierlichkeiten zum Unabhängigkeitstag verspürt haben mochte.

Sallys Lächeln …

Dieses Lächeln von Sally …

Ja, er hatte vergessen, was dieses Lächeln bei einem Menschen alles auslösen konnte, dem es plötzlich entgegenfunkelte wie die Lichter einer Dorfschenke, die man nach langem Fußmarsch durch Dunkelheit und Regen erblickt und die einem eine Welt der Behaglichkeit, der Freude und des Gelächters verheißen. Er blinzelte, und nicht einmal seine große Liebe zu Hermione Bostock konnte verhindern, daß er vorübergehend einen Anflug von Sehnsucht verspürte, einen jähen Stich jener Selbstvorwürfe, die sich ein Mann macht, dem bewußt wird, daß er, das Glück in Griffweite, leider nicht zugepackt hatte.

Die Schwäche ging vorüber. Er dachte angestrengt an Hermione Bostock, und es funktionierte. Ein Reginald Twistleton, der wieder ganz der alte war, ein starker, bestimmter Reginald Twistleton, der sich keine Blöße gab, stellte nun die Frage, die er längst gestellt hätte, wäre da nicht der geistige Aufruhr gewesen, den wir gerade zu ergründen suchten.

»Was ist denn hier los?« wollte er wissen, und nicht einmal Wachtmeister Potter hätte bei der Befragung einer Person, die verdächtig herumstreifte, mit kühlerer und gesetzterer Stimme sprechen können. »Was soll denn das werden, Onkel Fred?«

»Was soll was werden?«

»Was sucht Sally hier?«

»Zuflucht.«

»In meinem Zimmer?«

»Nur vorübergehend, bis wir eine andere Lösung gefunden haben.«

Pongo drückte seine Hände von beiden Seiten gegen den Schädel. Das alte und vertraute Gefühl, dieser könnte bersten, hatte ihn wieder ergriffen.

»O Gott!«

»Warum sagst du ›O Gott!‹, mein Junge? Was macht dir Kopfzerbrechen?«

»Wie zum Kuckuck soll sie in meinem Zimmer bleiben können?«

»Warum nicht? Du schlägst dein Nachtlager eben bei mir auf. Ein Bett kann ich dir zwar nicht anbieten, aber bestimmt erinnerst du dich noch an die äußerst bequeme Chaiselongue.«

»Das meine ich ja nicht. Ich meine, was ist denn, verdammt noch mal, wenn jemand hier reinkommt?«

»Wo?«

»Hier.«

»Wann?«

»Morgen früh.«

»Morgen früh kommt außer dem Dienstmädchen kein Mensch hier rein. Und ich hoffe ohnehin, die arme Sally zeitig in Sicherheit bringen zu können. Sie hat mir erzählt, daß sie den Wagen in der örtlichen Autowerkstatt untergestellt hat. Ich hole ihn gleich in der Früh und bringe ihr anschließend aus Ickenham ein paar alte Sachen meiner Frau. Danach kann sie gehen, wohin sie lustig ist. Eine Redewendung übrigens«, meinte Lord Ickenham versonnen, »die ich nie ganz begriffen habe. Was soll denn das alles mit Lustigkeit zu tun haben, möchte ich wissen? Um aber auf den von dir angesprochenen Punkt zurückzukommen: Niemand wird hier reinplatzen außer dem Dienstmädchen, und deshalb brauchen wir auch nur mit dem Dienstmädchen zu paktieren. Ist dir übrigens schon einmal aufgefallen, daß jeder Besucher eines Landhauses durch Paktieren mit dem Dienstmädchen zahlende Gäste aufnehmen und eine hübsche Stange Geld verdienen könnte?«

»Und wie gedenkst du mit dem Dienstmädchen zu paktieren?«

»Seltsam, wenn man sich das immer wieder vorsagt, klingt es fast wie eine dieser vergessenen Freizeitbeschäftigungen von anno dazumal. Mit dem Dienstmädchen paktieren. Durchaus vorstellbar, daß auch Wilhelm der Eroberer dafür ein Faible hatte. Mein lieber Pongo, sei unbesorgt. Der Pakt mit dem Dienstmädchen wurde bereits abgeschlossen. Aber vielleicht sollte ich besser die ganze Geschichte von vorn erzählen. Du langweilst dich doch hoffentlich nicht dabei, Sally?«

»Keineswegs, Onkel Fred.«

»Prächtig. Als ich von dir ging, Pongo, durchkämmte ich das Gelände systematisch, klapperte jeden Feldweg ab und kehrte das Unterste zuoberst. Hinderlich war mir dabei nur, daß ich keine Bluthunde dabeihatte, auch eines von den Dingen, die man in Landhäuser immer mitnehmen sollte, doch schließlich spürte ich Sally im Schuppen auf, wo sie mit ihren Tränen die Geranien goß.«

»Stimmt doch gar nicht!« entrüstete sich Sally, und Lord Ickenham stand auf, küßte sie väterlich aufs Haupt und kehrte zum Bett zurück.

»Ich wollte die Geschichte nur etwas farbiger gestalten, meine Liebe. Ehrlich gesagt hast du dich heldenhaft geschlagen. Ich war stolz auf dich. Pongo, sie lachte, als sie meine Stimme vernahm. Lachte laut und herzlich.«

»Ach, wenn ich das nur auch könnte.«

»Was hindert dich denn daran? Angesichts dieses Happy-Ends.«

»Was meinst du mit Happy-End?«

»Na, mir kommt das jedenfalls wie ein Happy-End vor. Sally ist in meinen Augen ein vom Sturm herumgeworfenes kleines Boot, das nach höchst zermürbenden Stunden in Wind und Wellen endlich in den Hafen läuft und nun eine Weile Ruhe hat. Wo bin ich steckengeblieben, Sally?«

»Im Schuppen.«

»Genau. Ich fand sie also im Schuppen. Ich hüllte sie in den Morgenmantel, und wir schlichen hinaus in die Nacht. Hast du je von Chingachgook gehört?«

»Nein.«

»Ein Indianer, der in meiner Jugend äußerst beliebt war. Offensichtlich liest heut kein Mensch mehr James Fenimore Cooper.«

»Was ist mit ihm?«

»Ich wollte nur sagen, daß wir genau wie er schlichen – ganz leise, als hätten wir Mokassins an den Füßen. Und mitten im Schleichen hörten wir Stimmen.«

»Ich bin vielleicht erschrocken!«

»Und ich erst. Ich schoß hoch wie eine Rakete. Eine der Stimmen gehörte nämlich Wachtmeister Potter. Die andere Elsie Bean, dem Dienstmädchen. Ashenden Manor hat den nicht uncharmanten Zug, daß man auch morgens um halb drei noch auf Dienstmädchen stößt, die durch den Park bummeln. Sie hat das Gespräch praktisch ganz allein bestritten. Offenbar machte sie dem Polizisten seine berufliche Tätigkeit zum Vorwurf. Sie sagte ihm, sie habe zum nächsten Ersten gekündigt und er müsse sich vor Ablauf dieser Frist entscheiden, ob er seinen Dienst quittiere. Sie sagte auch, daß ihr langsam die Geduld reiße. Sie erweckte den Anschein, als ob ihr all seine Ziele und Ideale völlig fremd seien, so daß ich zu der Ansicht gelangte, wir hätten in ihr eine Sympathisantin gefunden. Und damit lag ich genau richtig. Kurz darauf ging der Wachtmeister wie ein Mann davon, dem man tüchtig den Kopf gewaschen hat, während sie sich leise schnaubend umdrehte, um wohl wieder ins Haus zurückzukehren. Genau in diesem Moment traten wir vor und sprachen sie an.«

»Mit einem fröhlichen ›Hallo!‹«

»Mit, wie du ganz richtig sagst, einem fröhlichen ›Hallo!‹. Und danach lief alles wie am Schnürchen. Es überraschte sie wohl ein bißchen, uns zu sehen – später behauptete sie jedenfalls, dieser gräßliche Laut aus der Finsternis habe sie um ein glattes Jahr älter gemacht –, doch schon bald faßte sie sich wieder und erwies sich als überaus pfiffiger Kopf. Sie war es nämlich, die uns das Regenrohr zeigte und mir, nachdem ich Sally hochgehievt hatte, jene Hilfestellung leistete, auf die ein Mann in meinem Alter angewiesen ist, will er Regenrohre noch erfolgreich meistern. Ich wüßte nicht, wann mir schon einmal ein netteres Mädchen begegnet wäre, und es erstaunt mich keineswegs, daß du …«

»Daß ich was?«

»Ach, nichts. Da wären wir dank ihr also wieder, und sie hat uns auch sonst jede erdenkliche Hilfe zugesagt. In Kürze will sie vorbeikommen, um sich mit uns zu besprechen. Offensichtlich ist sie der Meinung, das eine oder andere Detail sei noch zu klären.«

Sally faltete die Hände.

»Mein Frühstück?«

»Das gehört zweifellos dazu.«

»Ich sterbe fast vor Hunger.«

»Ach, du Ärmste. In wenigen Minuten führe ich dich in die Speisekammer hinunter, wo wir einen kleinen Imbiß improvisieren, damit du uns bis zum Morgen durchhältst. Ein paar hartgekochte Eier kämen auch mir nicht ungelegen. Die späte Stunde macht Appetit. Ah, da ist ja auch schon Miss Bean. Hereinspaziert, Miss Bean. Sie kennen wohl bereits alle. Zigarette?«

»Vielen Dank, Sir.«

»Gib der Dame eine Zigarette, Pongo. Ein Sessel, Miss Bean? Und ein Schemel für die Füße? So ist's recht. Und nun, Miss Bean, erzählen Sie uns alles, was Sie auf dem Herzen haben. Ich hoffe, Sie sind hierher gekommen, um uns mitzuteilen, wie wir uns für all Ihre Liebenswürdigkeiten heute nacht wenigstens ansatzweise revanchieren können. Um einmal für mich zu sprechen: Falls Ihnen mit einem Fünfer gedient wäre – und wenn ich von einem Fünfer spreche, meine ich selbstverständlich einen Zehner …«

Elsie Bean warf den Kopf zurück und ließ die Lockenwickler tanzen wie Sir Aylmer Bostock jeweils seinen Schnurrbart.

»Ich möchte kein Geld«, sagte sie, und obschon sie nicht ausdrücklich von schnödem Mammon sprach, machte sie doch den Eindruck, als empfinde sie jenes genau als das.

»Trotzdem vielen Dank.«

»Nichts zu danken.«

»Lieber möchte ich«, sagte Elsie Bean und hauchte den Lockenwicklern neues Leben ein, »daß Harold eins auf die Nase kriegt.«

Sie sprach mit seltsamer Eindringlichkeit, ihr Gesicht war steinern, und in den blauen Augen lag das Funkeln der Unnachsichtigkeit. Das Gespräch, das sie im Garten mit ihrem Geliebten geführt hatte, schien sie zu einem Entschluß gebracht zu haben. Hier stand, so glaubte man zu spüren, ein Dienstmädchen, dem es endgültig zu bunt wurde, was ja auch nicht weiter überrascht. In Bottleton East geraten die Leute schnell in Rage, und Wachtmeister Potters Art, auf ihr leidenschaftliches Flehen bloß immer mit »Äääh, ich weiß nicht so recht« zu reagieren, hätte auch ein weniger heißblütiges Mädchen erbost.

Lord Ickenham neigte höflich den Kopf.

»Harold?«

»Harold Potter.«

»Ach so, unser Freund, der Wachtmeister. Und was soll bitte noch mal mit seiner Nase geschehen?«

»Er soll eins draufkriegen.«

»Einen Schlag meinen Sie? Einen Stoß? Einen Stüber?«

»Mhm.«

»Aber warum? Nicht, daß ich neugierig erscheinen möchte.«

»Ich hab's bereits Mr. Twistleton erzählt. Es gibt nur eine Möglichkeit, Harold so weit zur Vernunft zu bringen, daß er sein Polypendasein aufgibt, und das ist ein kräftiger Puff auf die Nase. Davor hat er nämlich Manschetten. Er mag es nicht, wenn er eins auf die Nase kriegt.«

»Aber natürlich. Ich verstehe genau, was Sie meinen. Ihr psychologisches Urteil ist unfehlbar. Wenn ich ein Polyp wäre und mir jemand eins auf die Nase gäbe, nähme ich ruck, zuck den Abschied. Wir kümmern uns darum. Pongo …«

Pongo fuhr heftig zusammen.

»Jetzt hör mal zu, Onkel Fred. Das ist alles schon geregelt. Die Bean und ich haben uns darüber unterhalten und sind uns einig, daß sich ihr Bruder Bert, der Zuchthäusler, geradezu für die Durchführung aufdrängt. Bei Bert handelt es sich, dies nur zu deiner Information, um einen Burschen, der Bobbys gewohnheitsmäßig mit stumpfen Gegenständen eins auf den Rüssel gibt. Für ihn ist das also ein Klacks.«

»Aber Bert kommt erst im September wieder raus.«

Lord Ickenham war entsetzt.

»Pongo, willst du damit sagen, daß dieses arme Mädchen bis im September auf die Erfüllung ihrer Hoffnungen und Träume warten soll? Ganz offensichtlich ist höchste Eile geboten, und wir müssen ihr sofort beispringen. Ich selbst bin leider schon etwas zu alt, um Polizisten eins auf die Nase zu geben, so gern ich das täte, und somit fällt die Wahl auf dich. Nimm dich der Sache möglichst bald an.«

»Moment mal …«

»Und sag nicht ›Moment mal‹. Du erinnerst mich an unseren gemeinsamen Vorfahren, Sir Gervase Twistleton, der sich zur Zeit der Kreuzzüge einen üblen Ruf erwarb, weil er unter die Bettdecke kroch und ›Ein andermal‹ murmelte, als man ihn aufforderte, in der Schlacht von Joppa sein Scherflein beizutragen. Ich bin felsenfest davon überzeugt, daß es für diese Angelegenheit keinen fähigeren Mann als dich gibt, und würde deshalb vorschlagen, daß du dich mit Miss Bean über Mittel und Wege unterhältst, während Sally und ich uns in der Speisekammer auf Futtersuche begeben. Wir nehmen wohl am besten die Hintertreppe. Können Sie uns den Weg zur Hintertreppe weisen, Miss Bean? Am Ende des Korridors? Vielen Dank. Die Speisekammer finden wir ja wohl ohne Probleme. Gibt es in der Küche einen Gasherd, auf dem man Eier kochen kann? Erstklassig. Mit allem Komfort. Dann komm mit, Sally. Ich glaube, ich kann dir ein Gelage lukullischen Ausmaßes versprechen. Mugsys Gastfreundschaft habe ich bereits auf die Probe gestellt – sie ist fürstlich. Es würde mich nicht wundern, wenn es neben den Eiern auch noch einen Schinken und möglicherweise sogar Würstchen gäbe.«

Mit einer Verneigung ehrwürdiger Höflichkeit in Elsie Beans Richtung geleitete Lord Ickenham Sally aus dem Zimmer, wobei er über all die Würstchen plauderte, die er als Schüler mit dem Federhalter aufgespießt und gebraten hatte. Pongo, der seine Arme recht ostentativ verschränkt hielt, bemerkte, als er sich Miss Bean zuwandte, daß ihre starre Miene nun gelöster war.

»Er ist ein netter alter Herr«, sagte sie.

Dies mutete Pongo als derart monströse Fehleinschätzung von jemandem an, der in seinen Augen so etwas wie ein menschlicher Upasbaum war und sein tödliches Gift auf jede unbeteiligte und zufällig in seinem Einflußbereich stehende Person spritzt, daß er ein harsches »Ha!« ausstieß.

»Wie bitte?«

»Ich habe ›Ha!‹ gesagt«, antwortete Pongo und hätte zweifellos weitergesprochen, wäre er in diesem Moment nicht unterbrochen worden. Knöchel pochten leise an die Tür, und durch das Holz drang eine Stimme.

»Pongo.«

Die Stimme gehörte Bill Oakshott.

Prosa und Dramatik vieler Jahrhunderte haben uns in grellen Farben mit den verschiedensten Reaktionen von Männern auf unangenehme Überraschungen vertraut gemacht. Diejenige von König Claudius während der Aufführung des Stückes *Die Mausefalle* gehört sicher dazu, doch auch jüngere Schriftsteller als Shakespeare haben ungemein plastisch den Ehemann geschildert, der in der Innentasche seines Jacketts einen Brief findet, den er schon vor zwei Wochen für seine Gattin hätte einwerfen sollen.

Unter all den Figuren aus solch bewegenden Szenen könnte man Pongo Twistleton, der spätnachts diese Stimme vernahm, vielleicht am ehesten mit Macbeth beim Anblick von Banquos Geist vergleichen. Er versteifte sich von den Fesseln an aufwärts, seine Augen rollten, sein Haar wogte, als wäre ein jäher Windstoß hineingefahren, ja selbst sein Kragen schien zu erschlaffen, und über die aschfahlen Lippen kam ein leiser, wortloser Schrei. Es war nicht gerade das »Mann!« von Potter-Bean und auch nicht unbedingt das »Sakra!« von Sir Aylmer Bostock, sondern eher eine Mixtur oder Melange aus beidem. Wie sagte doch jener kluge schottische Edelmann namens Ross, dem kaum etwas entging, beim Anblick von Macbeth: »Dem König ist nicht wohl«, und dasselbe hätte er bestimmt auch beim Anblick von Pongo gesagt.
Und diese Empfindung ist ja auch durchaus verständlich. Wenn einem sensiblen jungen Mann, der großen Wert auf sein persönliches Wohlbefinden legt, von einem weitaus kräftigeren jungen Mann mit unverblümt mörderischen Absichten die Ausweidung mit bloßen Händen angedroht wird, falls er nicht von seiner Gewohnheit abläßt, morgens um ein Uhr dreißig im Salon mit Dienstmädchen zu tändeln und zu schäkern, dann schreckt er, der weniger kräftige junge Mann, natürlich davor zurück, vom anderen ertappt zu werden, wie er sich um zwei Uhr fünfundvierzig mit einem Dienstmädchen in seinem Schlafzimmer amüsiert. Daß Pongo also »Sakra!« oder auch »Mann!« sagte und sich benahm, als schaute ein alter Freund, den er gerade ins Jenseits hatte befördern lassen, zum Abendessen vorbei, den ganzen Körper mit Dolchstichen übersät, kann man ihm wohl kaum zum Vorwurf machen. Bill Oakshotts sattsam bekannten Hände schienen sich vor ihm zu erheben wie die grauenhaftesten Dinge in einem Albtraum.
Doch er verharrte nur einen Augenblick untätig. In der Stunde der Not zeigt sich, aus welchem Holz ein Mann ge-

schnitzt ist, und glücklicherweise entstammte Pongo einer Familie, deren Angehörige schon früher sehr Ähnliches durchgemacht und sich eine gewisse Technik angeeignet hatten, die sie an ihre Nachkommen weitergaben. Nicht wenige Twistletons sahen sich insbesondere im achtzehnten und frühen neunzehnten Jahrhundert gezwungen, genau in solchen Momenten flink zu denken und, nachdem sie flink gedacht hatten, Damen in Schränken zu verstecken. Und zum Schrank hin führte nun auch der instinktiv seiner Familientradition nachlebende Pongo die holde Miss Bean.

»Schnell, da rein!« zischte er. »Und keinen Mucks, kein Gekreisch, kein Gemurmel. Von Ihrem Schweigen hängt ein Menschenleben ab.«

Er schloß die Schranktür, rückte seinen Schlips zurecht, holte tief Luft und rief »Herein!«. Und noch während er sich das Haar glattstrich und seine Seele Gott anbefahl, trat Bill Oakshott ein.

»Oh, grüß dich«, sagte er.

»Grüß dich«, antwortete Bill. »Gott sei Dank bist du noch auf, Pongo. Ich – tja – ich wollte ein paar Takte mit dir reden.«

Diese Redewendung hat zuweilen einen unheilvollen Beiklang, doch Bill Oakshott gebrauchte sie keineswegs in drohender Absicht. Seine Stimme war sanft, ja werbend, und Pongo erkannte freudig, daß er zwar mindestens so groß oder eher noch größer als früher aussah, ansonsten aber reine Friedfertigkeit verströmte. Der Edelmann Ross oder auch sonst ein mit wachem Blick gesegneter Mensch hätte Bill wohl als gehemmt bezeichnet und damit ganz richtiggelegen. Es kommt häufig vor, daß sich ein junger Mann von sonst liebenswürdiger Wesensart, der wie ein großer Bruder mit einem Jugendfreund geredet hat, nachträglich die Frage stellt, ob sein Ton während des Gesprächs nicht etwas zu schroff gewesen sei. So verhielt es sich auch mit Bill Oakshott. Als er einsam vor sich hin sinniert und sich die Szene im Salon noch einmal vergegenwärtigt hatte, beschlich ihn das Gefühl, daß manche seiner Bemerkungen in eine allzu anatomische Richtung gezielt hatten. Er war in Pongos Schlafzimmer gekommen, um sich zu entschuldigen. Und genau dazu schickt er sich nun an.

Pongo hätte es vorgezogen, diese Entschuldigungen in schriftlicher Form zu erhalten, doch er nahm sie großherzig, wenn auch leicht geistesabwesend entgegen, denn er lauschte einem leisen Knistern, das aus dem Schrank kam. Er hatte das Gefühl, ihm liefen Spinnen den Rücken hinauf und hinunter. Der berühmte Beau Twistleton hatte zur Zeit der Regentschaft Georgs des Vierten ganz Ähnliches durchgemacht.

Offensichtlich hatte auch Bill es gehört.

»Was ist das?« fragte er und unterbrach seine Ausführungen.

»Hm?«

»Dieses kratzende Geräusch. Im Schrank.«

Pongo wischte sich eine Schweißperle von der Stirn.

»Mäuse«, antwortete er.

»Ach so, Mäuse. Von denen wimmelt's hier.«

»Ja, ein gutes Mäusejahr«, antwortete Pongo. »Also, gute Nacht, Bill, alter Kumpel.«

Doch Bill war noch nicht bereit zu gehen. Wie so viele stramme junge Männer war er sentimental veranlagt, weshalb er solche Versöhnungsszenen nicht übers Knie brechen wollte. Wenn er mit Jugendfreunden schon Risse kittete, dann vergewisserte er sich gern, ob der Kitt auch hielt. Er setzte sich auf das Bett, das unter seinem Gewicht knarrte.

»Ich freue mich ja so, daß alles wieder in Ordnung ist, Pongo. Und du bist bestimmt nicht beleidigt?«

»Aber woher denn!«

»Ich dachte, du hättest vielleicht den Eindruck bekommen, daß ich dich für eine eklige Schlange halte.«

»Nein, nein.«

»Ich hätte so etwas nie andeuten dürfen.«

»Ich halte dich doch nicht etwa auf, Bill?«

»Keineswegs. Aber als ich dich und Elsie Bean im Salon antraf, dachte ich einfach einen Moment lang ...«

»Klar.«

»Du weißt doch, wie es ist.«

»Aber natürlich.«

»Verstehst du ... ich an deiner Stelle würde diesem Mäusetreiben ein Ende machen.«

»Mach ich – morgen – mit eisernem Besen. Ohne Rücksicht auf Alter und Geschlecht.«

»Du mußt verstehen, ihr seid euch mit den Köpfen ziemlich nahe gekommen.«

»Ich hab' ihr doch bloß eine Zigarette angezündet.«

»Natürlich, das sehe ich inzwischen ja auch ein. Ich weiß, daß ich dir vertrauen kann.«

»Oh, durchaus.«

»Ich weiß auch, daß du Hermione liebst und sie glücklich machen wirst. Du wirst dies als deine heilige Pflicht ansehen.«

»Und ob.«

»Schön«, sagte Bill, faltete die Hände und setzte eine inbrünstige Miene auf. »Das ist tröstlich. Ich liege Hermione nämlich zu Füßen, Pongo.«

»Ja, das hast du mir erzählt.«

»Hermione ...«

»Wollen wir dieses Thema nicht lieber morgen vertiefen?«

»Warum nicht jetzt?«

»Bißchen spät, nicht wahr?«

»Ja, stimmt, du möchtest dich wohl aufs Ohr hauen. Ich wollte nur sagen, Hermione ist ein ... verflixt, wie sagt man dem schon wieder?«

»Ein Augenschmaus?«

»Ein Leitstern. Sie ist der Leitstern meines Lebens. Ich bin seit vielen, vielen Jahren verrückt nach ihr, und ihr Glück bedeutet mir alles. Wie wundervoll sie doch ist, Pongo.«

»Großartig.«

»Frauen wie Hermione findet man nicht oft.«

»Sehr dünn gesät.«

»So schön.«

»Ah.«

»So klug.«

»O ja.«

»Du hast doch bestimmt ihre Romane gelesen, oder?«

Schuldbewußt zuckte Pongo zusammen. Die Frage berührte ihn unangenehm. Er wußte nur zu gut, daß er *Mord im Nebel* genau die Stunden seiner Lesezeit gewidmet hatte, die er besser darauf verwendet hätte, sich mit den Elaboraten seiner Geliebten vertraut zu machen.

»Ich will ganz ehrlich sein«, sagte er. »Bis dato war es mir aus diesem und jenem Grund nicht möglich, mich mit wünschenswerter Gründlichkeit damit zu beschäftigen. Aber sie hat mir ihr neuestes Werk mitgegeben, damit ich es hier lese, und schon auf der ersten Seite wird klar, daß es allererste Sahne ist. Sie schlägt einen ganz neuen Ton an, könnte man sagen.«

»Wie heißt es denn?«

»Der Titel ist mir gerade entfallen, aber ich bin sicher, es hat einen.«

»Wann ist es herausgekommen?«

»Gerade eben, soweit ich weiß.«

»Ach, dann habe ich es noch gar nicht gesehen. Schön. Da kann ich mich ja auf etwas freuen. Findest du sie nicht umwerfend, Pongo? Ist es nicht erstaunlich, daß sie all die wunderbaren Bücher schreiben kann …«

»Oh, durchaus.«

»… und dennoch ein einfaches, gesundes, naturverbundenes

Kind geblieben ist und nichts lieber tut, als morgens um sechs aufzustehen und ausgedehnte Fußmärsche durch ...«

Pongo schreckte auf.

»Morgens um sechs?« Er sprach mit dünner, nervöser Stimme, und seine Kinnlade war leicht abgesackt. »Sie steht doch nicht wirklich morgens um sechs auf?«

»Im Sommer immer.«

»Und im Winter?«

»Um sieben. Meines Wissens spielt sie vor dem Frühstück eineinhalb Runden Golf, und falls sie einmal darauf verzichtet, macht sie statt dessen ausgedehnte Fußmärsche durch Wald und Flur. Ganz ehrlich, sie ist fabelhaft. Also, gute Nacht, Pongo, du willst dich jetzt bestimmt hinlegen«, sagte Bill, erhob sich und verließ das Zimmer.

Es war ein nachdenklicher Pongo Twistleton, der zunächst an die Tür ging und lauschte und sich dann anschickte, Elsie Bean aus dem Schrank zu holen. Zu behaupten, Bills Worte hätten seine große Liebe geschwächt, wäre vielleicht übertrieben, denn für ihn war Hermione Bostock weiterhin eine Königin unter den Frauen, und er hatte keineswegs vor, eine negative Antwort zu geben, wenn ihn der Priester dereinst fragte: »Willst du, Reginald, die hier anwesende Hermione zur Frau nehmen?« Doch die Erkenntnis, daß er mit einer jungen Frau verlobt war, die die Gewohnheit hatte, morgens um sechs aufzustehen, und vermutlich darauf pochen würde, daß er es ihr gleichtue, hatte ihn sichtlich erschüttert. Als er den Schrank in eine Bean-freie Zone zurückverwandelte, wirkte er abwesend, und auf die Klagen seiner Besucherin, fast erstickt zu sein, reagierte er lediglich mit einem »Ach ja?«.

Seine Entrücktheit mißfiel Elsie Bean. Sie gab sich nörglerisch.

»Weshalb mußte ich mir denn im Schrank fast den Tod holen? Das war doch bloß Mr. William.«

»Bloß!« sagte Pongo, der solchen Gleichmut nicht zu teilen vermochte. »Ist Ihnen klar, daß er mir den Kopf mit Stumpf und Stiel ausgerupft hätte, wenn er Ihnen hier begegnet wäre?«

»Was Sie nicht sagen!«

»Einmal ganz zu schweigen vom Gekröse, das er mir mit bloßen Händen aus dem Leib gerissen hätte.«

»Mann! Was für ein Irrer!«

»Das Wort Irrer stapelt viel zu tief. Wenn man ihn reizt – und Sie hier anzutreffen, hätte ihn gereizt, daß Gott erbarm' –, wird er zur Gefahr für Mensch und Umwelt. Gütiger Himmel!« sagte Pongo, dem etwas eingefallen war. »Warum kann *er* nicht Ihrem Harold eins auf die Nase geben?«

»Aber das tun doch bereits Sie.«

»Ich meine, falls ich nicht dazu komme. Sie wissen ja, wie voll der Terminkalender manchmal ist. Ich glaube, Bill wäre genau der Mann, nach dem Sie suchen.«

Elsie Bean schüttelte den Kopf.

»Nein, ich habe ihn schon gefragt.«

»Schon gefragt?«

»Ja. Ich habe ihn im Garten getroffen, nachdem ich diesem netten alten Herrn das Regenrohr hoch half. Er hat abgelehnt.«

»Wieso?«

»Es ist nicht nach seinem Geschmack, Polypen eins auf die Nase zu geben.«

Diese Voreingenommenheit teilte er mit Pongo, der sich nichtsdestoweniger darüber ärgerte. Niemand sieht es gern, wenn ein Mann seine Talente brachliegen läßt. Ihm fiel das Gleichnis von den anvertrauten Pfunden ein.

»Aber wie soll ich das Ihrer Meinung nach hinkriegen?« fragte er mürrisch. »So, wie hier alle daherreden, könnte man glauben, es sei die einfachste Sache der Welt, auf einen Zweizentnermann von einem Polizisten zuzugehen und ihm eins auf die Nuß zu geben. Mir ist völlig schleierhaft, wie man in so einem Fall verfährt. Womit fängt man an? Man geht doch nicht einfach hin und *wumm!* So was will gut vorbereitet sein. Und selbst dann ...«

Elsie schien seine Schwierigkeiten zu begreifen.

»Das habe ich mir auch schon überlegt«, sagte sie. »Wie wäre es denn, wenn Sie ihn in den Ententeich schubsen?«

»In welchen Ententeich denn?«

»In den vor dem Haupttor.«

»Aber vielleicht kommt er ja gar nie in die Nähe des vermaledeiten Ententeichs.«

»O doch. Das tut er auf seiner Runde jedesmal. Er stellt sich davor und spuckt hinein.«

Pongo wurde etwas leichter ums Herz. Es wäre müßig zu behaupten, er habe das von seiner Gesprächspartnerin heraufbeschworene Bild als anziehend empfunden, doch zumindest kam es ihm weniger abstoßend vor als das andere.

»Sie meinen, ich soll mich von hinten anschleichen?«

»Mhm.«

»Und ihm einen kräftigen Stoß geben?«

»Mhm.«

»Aha. Da ist eine Menge dran an dem, was Sie sagen, und ich werde die Sache wohlwollend prüfen. Möglicherweise haben Sie das Problem gelöst. Und jetzt spähen Sie einmal vorsichtig hinaus, ob jemand im Korridor steht. Wenn nicht, geben Sie Fersengeld und sausen Sie hinüber in Ihren Unterstand.«

Bevor sie noch bei der Tür anlangte, ging diese auf, und Lord Ickenham und Sally traten ein. Beide wirkten sichtlich gestärkt, und besonders der erste trug den seligen Ausdruck eines Menschen, der sich an hartgekochten Eiern gütlich getan hat.

»Selten hat mir ein Imbiß vorzüglicher gemundet«, sagte er. »Dieser Mugsy verwöhnt einen wirklich nach Strich und Faden. Und jetzt ab ins Bett, findet ihr nicht auch? Der

Abend neigt sich dem Ende zu. Pongo, du packst jetzt besser ein paar Sachen ein.«

Pongo antwortete nicht. Er starrte Sally an. Lord Ickenham ging auf ihn zu und stupste ihn freundlich in die Rippen.

»Autsch!«

»Mach dich ans Packen, Junge.«

»Was? Ach so, alles klar!«

»Bloß das Nötigste. Ein Rasiermesser sowie Joyeuse, meinen formidablen Badeschwamm, kann ich dir borgen.« Lord Ickenham wandte sich Elsie Bean zu. »Ihr beide habt doch hoffentlich alles geklärt, oder?«

»Jawohl, Sir. Mr. Twistleton wird Harold in den Ententeich schubsen.«

»Prächtig, prächtig«, freute sich Lord Ickenham. »Eine glänzende Idee. Das wird dir Spaß machen, Pongo. Vergiß aber eins nicht: Wenn man Polizisten in Ententeiche schubst, steht und fällt alles damit, daß man kräftig ausholt.«

Pongo, der mechanisch einen Koffer füllte, gab noch immer keine Antwort. Obwohl er Sally nicht länger anstarrte, beherrschte sie weiterhin seine Gedanken. Als sie durch die Tür getreten war, hatte ihr Anblick auf ihn gewirkt wie ein mächtiger Elektroschock, denn ihre Augen, die Augen eines mit Tee und Eiern gestärkten Mädchens, waren ihm, sofern dies überhaupt möglich war, heller als je zuvor erschienen, und abermals hatte sie ihm ihr Lächeln zugeworfen. Und obwohl er erneut schleunigst an Hermione Bostock gedacht hatte, kam ihm diesmal nichts als deren Gewohnheit in den Sinn, während der Sommermonate um sechs und während der Wintermonate um sieben aus den Federn zu steigen.

Er klappte den Koffer zu und blieb abwartend stehen. Ein seltsames Kribbeln ging durch seinen ranken, schlanken Körper, und das Herz, welches in jüngster Zeit nicht besonders aktiv gewesen war, hüpfte und hopste jetzt wieder umher. Das Gefühl, das Glück in Griffweite gehabt und nicht

zugepackt zu haben, ließ sich nicht länger unterdrücken.
»Also, gute Nacht, Sally«, sagte Lord Ickenham.
»Gute Nacht, Onkel Fred. Gute Nacht, Pongo.«
»Was? Ach so, gute Nacht.«
»Und danke für die Zuflucht.«
»Was? Ach so, nichts zu danken.«
»Gute Nacht, Miss Bean.«
»Gute Nacht, Sir.«
»Sie hauen sich doch bestimmt auch bald aufs Ohr, nicht wahr? Nochmals tausend Dank für Ihre freundliche Anteilnahme. Der Ententeich, wie?« sagte Lord Ickenham versonnen. »Ja, vortrefflich, vortrefflich. Komm jetzt, Pongo.«
Mitten auf dem Korridor blieb Pongo jäh stehen. Lord Ickenham blickte ihn fragend an.
»Irgend etwas vergessen?«
»Was? Oh, nein. Ich mußte nur gerade an Sally denken.«
»Was ist mit ihr?«
»Sie sah verflixt hübsch aus in diesem Morgenmantel.«
»Zauberhaft. Übrigens sagte sie mir, sie brauche einen Lippenstift. Kümmere dich doch bitte morgen darum.«
»Klar doch«, sagte Pongo. »Lippenstift, einen. Alles klar.«
Gedankenverloren setzte er den Weg fort.

VIERTER TEIL

10. Kapitel

Wer des Morgens nach zeitigem Frühstück mit dem Wagen von Ashenden Manor nach Wockley Junction aufbricht, erwischt gerade noch den Schnellzug, der die Passagiere um zwölf Uhr dreiundvierzig auf dem Bahnsteig von Waterloo Station absetzt. Nachdem die inzwischen verstrichenen Stunden Lady Bostocks Entschluß keineswegs gemildert hatten, ihrer Tochter einen Besuch abzustatten und die düstere Zukunft vor Augen zu führen, die jedem Mädchen blühte, das so unbesonnen war, im weißen Schleier neben Reginald Twistleton vor den Altar zu treten, tat sie genau dies. Bill Oakshott hatte sie nach Wockley gefahren, und kurz nach ein Uhr traf sie vor dem Wohnhaus ein, in dem sich Hermiones Londoner Appartement befand. Sie kam gerade noch rechtzeitig, um zu sehen, wie Hermione in ihren Zweisitzer steigen wollte.

Noch das trübste Auge hätte, wäre ihm das Privileg zuteil geworden, die Erscheinung dieser jungen Frau, die sich in der schlechterdings unglaublichen Pracht ihres neuen Hutes, ihres besten Kleides und ihrer mit größter Sorgfalt ausgewählten Schuhe, Handschuhe und Strümpfe präsentierte, in aller Ruhe zu studieren, erkennen können, daß sie in hohem Maße über das gewisse Etwas verfügte. Mochte ihr Vater auch wie ein Walroß und ihre Mutter wie eines der Wesen aussehen, die um halb drei beim Rennen in Catterick Bridge mit hundert zu acht an den Start gehen: Die hochgewachsene, dunkelhaarige Hermione mit ihren großen Augen, dem perfekten Profil und der ebenso perfekten Figur wäre jedem orientalischen Potentaten als Traumkandidatin für seinen Harem erschienen.

Als sie Lady Bostocks blökenden Ruf vernahm, drehte sie

sich mit einem starren Blick um, in dem sich Ungläubigkeit mit dem natürlichen Entsetzen einer Tochter mischte, die sich an einem Montagnachmittag von ihrer Mutter verabschiedet hat, nachdem sie sie eine Woche in ihrer Wohnung beherbergte, um sie schon am Mittwochmittag wieder auftauchen zu sehen.

»Mutter!« rief sie mit jener vollen Altstimme, die schon seit Jahren Bill Oakshotts Gemüt wie ein Schneebesen aufmischte. »Was ist …?«

»Oh, Liebes«, sagte Lady Bostock. »Mußt du denn weg? Ich bin eigens hergekommen, um mit dir zu reden.«

»Nichts zu machen. Ich esse im Hotel Barribault und bin ohnehin zu spät. Worüber wolltest du denn reden?«

»Ojemine, ojemine. Über Reginald.«

»Über Reginald?«

»Ja, Liebes. Dein Vater …«

Ein bedrohliches Glimmen trat in Hermiones schöne Augen. Die Worte »Dein Vater«, in einem Atemzug ausgesprochen mit dem Namen ihres Zukünftigen, hatten sie aufhorchen lassen. Dies konnte ihres Erachtens nur bedeuten, daß Sir Aylmer trotz unmißverständlicher Anweisungen ihren Auserwählten nicht mit Glacéhandschuhen angefaßt hatte. Und sie war eine Frau, die Glacéhandschuhe meinte, wenn sie Glacéhandschuhe sagte.

»Was hat Vater mit Reginald gemacht?« fragte sie streng. »Hat er ihn angeschnauzt?«

»Nein, nein. Dein Vater schnauzt doch nie. Er hebt nur manchmal die Stimme.«

»Dann hat er also die Stimme gehoben?«

»Nur ganz, ganz leicht. Nein, was tatsächlich vorgefallen ist … Oje, das ist eine lange Geschichte.«

»Dann kann ich sie mir jetzt unmöglich anhören. Ich bin sowieso schon furchtbar spät dran. Ich esse nämlich mit einem Verleger zu Mittag.«

»Mit Mr. Popgood?«

Hermione lachte kurz und trocken auf. Im Laufe einer drei Jahre währenden Zusammenarbeit hatte ihr der Förderer ihrer Bücher, Augustus Popgood, nie auch nur eine Salzstange angeboten. Und dasselbe galt für seinen Kompagnon Cyril Grooly.

»Nein«, sagte sie. »Es ist ein neuer. Er schrieb mir vor ein paar Tagen, daß er meine Romane gern in sein Programm aufnehmen würde, und lud mich zum Mittagessen ein. Offenbar handelt es sich um einen äußerst rührigen Mann, kein Vergleich zu Popgood und Grooly. Er leitet den Verlag Meriday House, ein Mr. Pointer oder Punter oder Painter. Ich konnte seine Unterschrift auf dem Brief nicht entziffern. Auf Wiedersehen, Mutter. Ich hoffe, ich bin um drei zurück.«

»Ich warte auf dich, Liebes.«

»Und du sagst, es sei wichtig?«

»Außerordentlich wichtig.«

»Es geht also um Reginald?«

»Jawohl, Liebes. Wir finden, daß er ...«

»Tut mir leid, Mutter«, meinte Hermione. »Ich muß los.«

Wie jeder modernen Frau, war ihr Neugier nicht fremd, doch daneben war sie auch eine ehrgeizige Jungautorin, die daran glaubte, daß der Strom der menschlichen Geschäfte wechselt: Nimmt man die Flut wahr, führet sie zum Glück. Und dort, im Hotel Barribault, wartete ein Verleger, der, seinem Brief nach zu urteilen, ein wahres Ideen- und Energiebündel war und offenbar zudem über Pfiff, Elan und sämtliche anderen Qualitäten verfügte, die ehrgeizige Jungautorinnen gern in denen sehen, die für die Vermarktung ihrer Bücher zuständig sind.

Der Wagen fuhr davon. Hinter dem Steuerrad hing Hermione lieblichen Gedanken über den energischen Mr. Pointer nach.

Oder Punter.

Oder auch Painter.

Painter, so lautete der richtige Name. Nicht Pointer. Nicht Punter. Painter. Kein anderer als Sallys Bruder Otis wartete nämlich in der Halle des Hotels Barribault auf Hermione, und während sich ihr Zweisitzer in den Verkehr einreihte, hielt es Otis vor Nervosität nicht länger in seinem Sessel, und er begann auf und ab zu schreiten und andauernd auf seine Armbanduhr zu blicken. Das bevorstehende Essen war für ihn von höchster Bedeutung.

Es war kein Zufall, daß Otis Painter in seiner Eigenschaft als Verleger schöngeistiger Literatur Hermione einen Brief geschrieben und darin ein Treffen vorgeschlagen und einen möglichen Vertragsabschluß in Aussicht gestellt hatte. Seine Einladung war das Resultat emsigen Nachdenkens gewesen.

Von Anfang an hatte Otis Painter gewußt, daß die wie eine schwarze Wolke über ihm dräuende Klage nur dann erfolgreich abgewendet werden konnte, wenn jemand bei Sir Aylmer Bostock ein gutes Wort für ihn einlegte, und so hatte er Sally angefleht, Pongo um eben diesen Gefallen zu bitten.

Als sich bei ihm dann jene entnervende Mutlosigkeit einstellte, die jeden, der sein Schicksal in Pongos Hände legte, irgendwann beschlich, hatte er zufällig die Ausgabe des *Tatler* in die Finger bekommen, in der sich auch Hermiones Fotografie befand.

»Miss Hermione Bostock«, so las er darin, »Tochter von Sir Aylmer und Lady Bostock von Ashenden Manor, Hampshire. Miss Bostock ist nicht nur eine Dame der feinen Gesellschaft – unter dem Pseudonym Gwynneth Gould hat sie auch schon mehrere Romane verfaßt.«

Der Text hatte zu einer zündenden Idee geführt. Seine Überlegungen beim Betrachten von Fotografie und Bildunterschrift gestalteten sich ungefähr wie unten skizziert und ließen im übrigen auf eine Intelligenz schließen, die beträchtlich über dem lag, was man von einem Menschen erwartet hätte, der früher sowohl Innenarchitekt als auch Antiquitätenhändler gewesen war und außerdem ein Marionettentheater am Boulevard Raspail geleitet hatte.

F: Welche Person eignet sich am allerbesten, um einen alten Holzkopf zu erweichen, der ein auf wackeligen Beinen stehendes junges Verlagsunternehmen mit einer ruinösen Schadenersatzklage überziehen will?

A: Logischerweise die Tochter des Holzkopfs, sein Augapfel, dem er nichts abschlagen kann.

F: Dann knöpft man sich also die Tochter vor und gewinnt sie für die eigene Sache?

A: Haargenau.

F: Aber wie?

A: Ganz einfach. Sie ist Schriftstellerin. Biete ihr einen Vertrag an. Ihre Interessen decken sich dann mit denen ihres Verlegers, weshalb sie ihren beträchtlichen Einfluß darauf verwenden wird, diesen vor dem Ruin zu bewahren. Am besten lädst du sie zum Mittagessen ein.

F: Gut.

A: Ins Hotel Barribault.

F: *Was!?* Bist du schon mal im Hotel Barribault gewesen und hast dir die Preise rechts außen angesehen?

A: Jetzt bloß nicht am falschen Ort sparen! Mit Flaschenbier, einem Hammelkotelett und zwei Sorten Gemüse kommt man in einem solchen Fall nicht ins Geschäft.

Und so schritt Otis also in der Halle des Hotels Barribault auf und ab und fragte sich, weshalb die von ihm zu Tisch Gebetene nicht auftauchte, aber auch, um welche Summe ihn wohl das Mittagessen, falls sie denn auftauchte, erleichtern würde. Einige nachdenkliche Worte über den Säuregehalt von Champagner mochten sie ja von diesem Getränk Abstand nehmen lassen, doch an einem solchen Ort riß wohl selbst eine Flasche Liebfrauenmilch ein entsetzliches Loch ins Portemonnaie.

Jeder Betrachter, der Otis Painter gesehen hätte, wie er mit offenem Mund und tschinellenartig aneinanderschlagenden Knien – denn das Schicksal hatte ihn mit Nasenpolypen und X-Beinen gestraft – auf und ab schritt, hätte mit Erstaunen vernommen, daß er ein naher Verwandter von Sally war. Doch genau wie Töchter oftmals schöner anzusehen sind als ihre Väter und Mütter, so sind auch Schwestern häufig attraktiver als ihre Brüder. Otis war ein untersetzter junger Mann mit rötlicher Nase, Hornbrille und kurzem Backenbart und sah aus wie ein Mitglied der angelsächsischen Kolonie am Ostufer der Seine.

Tatsächlich war er unmittelbar nach Abschluß des College, wo er seine Ausbildung genossen hatte und wo ihm gegen Ende des zweiten Studienjahres gleichzeitig Unternehmungsgeist und Backenbart erwachsen waren, ans Ostufer der Seine gezogen. Von der *rive gauche* hatte er sich dann nach London treiben lassen, um dort, allerdings ohne jeden Erfolg, auf verschiedenen Gebieten sein Glück zu versuchen. Und nun, fünf Jahre später, wartete er als Generaldirektor von Meriday House, vormals Ye Panache Presse, in der Halle des Hotels Barribault darauf, Hermione Bostock zum Mittagessen empfangen zu dürfen.

Die Zeiger seiner Uhr zeigten siebenundzwanzig Minuten nach eins, als er durch die Glasscheibe der Außentür erkannte, daß der in einer schrillen Livree steckende Angestellte, der am Eingang stand, um Gäste aus ihren Wagen und Taxis herauszuhelfen, plötzlich erstarrte, reflexartig an den Rand seines Zylinders griff und sich hektisch den Schnurrbart zwirbelte, was nur bedeuten konnte, daß sich etwas ziemlich Spektakuläres auf dem Weg ins Etablissement befand. Und schon im nächsten Augenblick setzte sich die Tür in Bewegung, und durch diese trat eine Gestalt, die Otis' Atem stocken und ihn bedauern ließ, daß der Pickel auf seiner Nasenspitze an diesem Morgen nicht hatte weichen wollen.

Ein Pickel auf der Nasenspitze ist im Grunde nichts Schimpfliches oder Beschämendes, doch es gibt Momente, da hätte ein empfindsamer junger Mann lieber keinen solchen.
Ehrerbietig trat er vor.
»Miss Gould?«
»Oh, guten Tag, Mr. Pointer.«
»Painter.«
»Punter?«
»Painter.«
»Ach, Painter. Hoffentlich bin ich nicht zu spät.«
»Aber keineswegs. Cocktail gefällig?«
»Nein, danke. Ich trinke nie Alkohol.«
Otis zuckte zusammen. Der Geldbeutel in seiner Gesäßtasche schien einen Freudensprung zu machen.
»Was, nicht einmal zum Mittagessen?«
»Nur Limonade.«
»Hereinspaziert!« sagte Otis mit einer Begeisterung, die er gar nicht erst zu verbergen suchte. »Immer hereinspaziert!«
Heiter geleitete er sie in den Grillroom. Limonade schlug seines Wissens nur mit einer halben Krone zu Buche.

Vielleicht wurde das Mittagessen deshalb zu einem durchschlagenden Erfolg, weil Otis gleich zu Beginn den richtigen Ton angeschlagen hatte, denn daß es ein Erfolg war, hätte auch der schärfste Kritiker nicht in Abrede stellen können. Von der ersten Gabel Räucherlachs an entwickelte es den Schwung einer babylonischen Orgie oder einer dieser stets im Klima ausgesuchtester Höflichkeit stattfindenden Zusammenkünfte von Staatenlenkern.
Wenn ein Verleger einen Autor zum Mittagsmahl einlädt, geschieht es recht häufig, daß sich in das Tischgespräch eine eher düstere Note einschleicht. Der Gastgeber seufzt oft und gern und wählt als Thema seiner Ausführungen die Schlechtigkeit der Zeiten, die Stagnation des Buchhandels und die

gestiegenen Preise für Druckpapier. Und wenn sein Gast ihn dann mit der Bemerkung aufzuheitern versucht, solcherlei Nachteile könnten doch mit einer beherzten Öffentlichkeitsarbeit wettgemacht werden, seufzt er abermals auf und behauptet, Lobreden auf das Werk eines Autors, die man auf Verlagskosten in der Presse veröffentliche, seien nur von geringem, um nicht zu sagen von gar keinem Nutzen, denn die einzige Werbung, die wirklich zähle, bestehe – na ja, wie solle er sich ausdrücken – in dem, was sich wohl am besten als Mundpropaganda bezeichnen lasse.

An diesem Tag aber konnte von alldem keine Rede sein. Otis hatte nur ein müdes Lächeln übrig für die Vorstellung, die Zeiten seien schlecht. Seiner Meinung nach waren die Zeiten ausgezeichnet. Dasselbe galt für den Buchhandel. Keine Spur von Stagnation. Und was das Druckpapier anging, so hätte man auf Grund seiner Äußerungen geradezu glauben können, man werfe ihm die Ware nach.

Im Anschluß daran umriß er seine Werbestrategie.

Otis halte, sagte Otis, viel von Werbung. Wenn er Autoren finde, an die er glaube – »so wie an Sie, Miss Gould, falls Sie mir die Bemerkung gestatten« –, dann kenne er keine Grenzen. Eine Annonce hier, eine Annonce da. In diesem Stil eben. Die Kosten? Die Kosten seien ihm vollkommen Wurst. Die hole man ja mit den Buchverkäufen wieder herein. Sein Motto, das er elegant in die – von *oh! là là!* abgesehen – einzigen französischen Worte kleidete, die ihm aus den alten Zeiten am linken Seineufer noch geblieben waren, laute nämlich: *L'audace, l'audace, et toujours l'audace.*

Angesichts eines solchen Vertrauensbeweises kann eine Jungautorin nicht umhin, zu glauben, sie schwebe auf einer rosa Wolke über einem Meer des Glücks, und genau dieses Gefühl überkam auch Hermione beim Zuhören. Die Empfindung verstärkte sich noch, als ihr Gastgeber davon sprach, die Rechte ihrer nächsten drei Bücher unbesehen erwerben und ihr dafür zwanzig und ab dreitausend verkauften Exemplaren fünfundzwanzig Prozent Honorar zahlen zu wollen. Selbst aus dem Mund eines Mannes mit Nasenpolypen hörten sich diese Worte wie eine Ode an die Freude an.

Möglicherweise hat sich der Leser dieses Berichts, verleitet durch Bill Oakshotts Enthusiasmus, eine leicht irrige Meinung über Hermione Bostocks Stellung in der literarischen Welt gebildet, denn ihre Karriere war um einiges weniger fulminant verlaufen, als Bill dies anzudeuten schien. Der Verlag Popgood & Grooly hatte drei belletristische Werke von ihr veröffentlicht, und von den ersten beiden waren 1104 beziehungsweise 1608 Exemplare verkauft worden. Der Absatz des soeben erschienenen dritten Buches ließ sich laut Popgood, einem düsteren Gesellen, »ziemlich zäh« an, während Grooly, der Optimist des Hauses, in zuversichtlicherem Ton davon sprach, unter Umständen zweitausend loszuwerden.

Doch selbst wenn man sich an den sonnigen jungen Grooly hielt, ließ sich nicht bestreiten, daß solche Zahlen nur ein schäbiges Entgelt für die ganze elende Plackerei waren, und Hermione sah die Ursache dafür keineswegs in der fehlenden Qualität ihrer Bücher, schätzte sie diese doch als beträchtlich ein, sondern vielmehr im Hang der Herren Verleger, das Geld im Sparschwein zu lassen, anstatt es für Zeitungsinserate auszugeben. Sie hatte dieses Thema einmal mit beiden Partnern angeschnitten, und Popgood hatte darauf entgegnet, es habe keinen Zweck, in den Zeitungen zu werben, denn die einzige Werbung, die zähle, bestehe in … na ja, wie solle er sich ausdrücken?

»Mundpropaganda?« hatte Grooly vorgeschlagen.

»Mundpropaganda!« hatte Popgood beigestimmt und dem inspirierten Wortschöpfer einen dankbaren Blick zugeworfen.

Und so überrascht es nicht, daß leise Musik in der Luft zu liegen schien, als Hermione aus Otis' Mund jene betörenden

Worte vernahm, und der Generaldirektor von Meriday House in ihren Augen beinahe zu einem gutaussehenden Mann wurde. Sie lauschte wie im Traum, und je mehr er redete, desto besser gefiel es ihr. Erst als sie ihren Kaffee schlürfte (zwei Shilling, aber unvermeidlich), schlich sich in seine Ausführungen ein Ton, der ahnen ließ, daß selbst in dieser besten aller Welten nicht alles zum Besten bestellt war. Nach einer von Optimismus sprühenden wortreichen Passage wechselte er unvermittelt von Dur zu Moll.

»Jawohl«, sagte er, »so denke ich darüber. Ich bewundere Ihr Schaffen und würde mich gern Ihrer Bücher annehmen und die Werbetrommel dafür rühren, wie sie gerührt zu werden verdient. Aber ...«

Er stockte, und Hermione, deren rosa Wolke sich jäh herabsenkte, betrachtete ihn besorgt. Wenn einem ein Verleger zwanzig und ab dreitausend verkauften Exemplaren fünfundzwanzig Prozent Honorar angeboten und sich des langen und breiten über Werbeannoncen in allen gehobenen Sonntagsblättern ausgelassen hat, dann vernimmt man aus seinem Munde nur ungern das Wort »aber«.

»Aber ...?« wiederholte sie.

Otis nahm seine Hornbrille ab, rieb sie blank und setzte sie wieder auf die Nase, die nach dem ausgezeichneten Mittagessen nicht mehr rötlich, sondern scharlachrot war. Nun rieb er auch noch seinen Pickel blank und strich mit seinen Wurstfingern über den steuerbord gelegenen Backenbart. Das Gespräch hatte seinen Höhepunkt erreicht, und er wollte kurz nachdenken, bevor er weiterfuhr.

»Aber ... Na ja, es ist so«, sagte er, »daß die Sache einen kleinen Haken hat. Ich bin nicht ganz sicher, ob mir das nötige Kapital in Zukunft noch zur Verfügung stehen wird. Vielleicht mache ich nämlich Konkurs, bevor ich anfangen kann.«

»Was!?«

»Wissen Sie, auf mich kommt eine verdammt unerfreuliche Klage zu, und laut meinem Anwalt muß ich mit beträchtlichen Schadenersatzforderungen rechnen.«

»Aber warum reden Sie denn so, als stehe Ihre Niederlage bereits fest?«

»Weil dem so ist, falls die Sache je vor Gericht kommt. Und ich wüßte nicht, wie ich das abwenden könnte. Dieser Mann, ein gewisser Bostock …«

»Bostock?«

»Sir Aylmer Bostock. Er war früher Gouverneur in einer dieser afrikanischen Kolonien und hat seine Memoiren geschrieben und mir zur Publikation anvertraut …«

»Aber das war doch die Ye Panache Presse.«

»Die habe ich in Meriday House umbenannt. Klingt irgendwie flotter. Aber sagen Sie mal«, erkundigte sich Otis mit ungekünsteltem Erstaunen, »Sie hören sich an, als seien Sie genau im Bild. Ach, das sind Sie? Erstaunlich, wie sich diese Dinge herumsprechen. Aber wenn Sie wissen, was passiert ist, kann ich mir weitere Erklärungen ja sparen. Wichtig ist nur, daß sich dieser Bostock als äußerst nachtragend erweist. Und wie gesagt, wenn die Angelegenheit vor Gericht kommt, bin ich ruiniert.«

»Ach!« sagte Hermione.

Lord Ickenham hatte nach einem Blick auf die Fotografie dieser jungen Frau ihre Augen als potentiell funkelnd bezeichnet. Damit hatte er recht gehabt. Ihre Augen funkelten jetzt tatsächlich, und in dem simplen »Ach!« schwang die ganze unheilvolle Bedeutung von Wachtmeister Potters »Hoho!« mit.

Weiter oben in diesem Bericht wurden die Emotionen von Wölfen geschildert, die einen Schlitten überholen, auf dem sie keinen russischen Bauern antreffen, oder auch von Tigern, denen man den indischen Kuli vor der Nase wegschnappt, als sie sich gerade zu Tische setzen wollen. Noch bitterer sind die

Gefühle einer Jungautorin, die von einem Verleger, der viel von Werbeannoncen in allen gehobenen Sonntagsblättern hält, gerade zwanzig und ab dreitausend verkauften Exemplaren fünfundzwanzig Prozent Honorar angeboten bekommen hat, und dann erfahren muß, daß ihr Vater diesen Verleger seiner verlegerischen Mittel zu berauben droht.

Hermione erhob sich, grimmig und entschlossen.

»Keine Angst, Mr. Painter. Ich sorge dafür, daß diese Klage nicht vor Gericht kommt.«

»Wie bitte?«

»Ich hätte Ihnen schon früher sagen sollen, daß es sich bei Gwynneth Gould bloß um mein Pseudonym handelt. Ich bin Hermione Bostock. Sir Aylmers Tochter.«

Otis verschlug es vor Überraschung fast die Sprache.

»Seine *Tochter?* Na, so was! Da bin ich aber platt. Wirklich höchst erstaunlich.«

»Ich werde mit Vater reden. Ich fahre jetzt sofort zu ihm.«

»Wie wäre es denn, wenn ich mitkomme? Bloß für den Fall, daß Sie Hilfe brauchen.«

»Ich komme schon ohne Hilfe aus.«

»Trotzdem wäre ich gern vor Ort, um die frohe Kunde möglichst bald zu vernehmen.«

»Also schön. Sie können im Gasthof warten, während ich mit Vater rede. Wenn Sie also soweit sind, Mr. Painter, kann's losgehen. Mein Wagen steht draußen.«

Und als sie sich Guildford mit hundert Sachen näherten – sie war eine Frau, die glaubte, Gaspedale seien dazu da, voll durchgetreten zu werden –, verschaffte sich ein Gedanke, der schon länger in Hermiones Bewußtsein herumgestochert hatte wie ein beschwipster Hausherr mit seinem Schlüssel, plötzlich Zugang und ließ sie aufstöhnen.

»Wie bitte?« fragte Otis, der ebenfalls aufgestöhnt hatte. Für ihn war die Fahrtechnik seiner Begleiterin eine neue und ganz entsetzliche Erfahrung.

»Nichts«, sagte Hermione. »Mir ist nur gerade etwas eingefallen.«
Gerade eingefallen war ihr nämlich der Besuch ihrer Mutter, jener treuergebenen Mutter, die seit nunmehr drei Stunden in Hermiones Wohnung wartete, um ihr irgend etwas über Reginald zu erzählen. Einen Moment lang spürte sie Gewissensbisse. Dann jedoch sagte sie sich, daß es ihrer Mutter an nichts fehle. Sie hatte ja einen bequemen Sessel und jede Menge Illustrierte.
Hermione drückte mit dem Fuß aufs Gaspedal, und Otis schloß die Augen und befahl seine Seele Gott an.

11. Kapitel

Die Nachmittagssonne, die schräg durch die Verandatür des Zimmers fiel, in dem bis zur vergangenen Nacht Pongo gehaust hatte, strich über Sallys Gesicht und riß sie aus dem Schlummer, in den sie gefallen war. Sie stand auf und reckte sich gähnend.
Vor der Tür lag ein Balkon, den Sally sehnsüchtig betrachtete. Wie angenehm wäre es an einem so schönen Sommertag gewesen, sich auf diesen Balkon zu setzen. Doch Mädchen, die bei der Polizei bekannt sind, und sei es auch nur flüchtig, müssen behutsam vorgehen. Es blieb ihr also nichts anderes übrig, als sich hinter den Vorhang zu stellen und von diesem Beobachtungsposten aus in die grün-goldene Welt zu spähen, die sich dahinter auftat.
Da sich der Unterhaltungswert der kleinen Kiesfläche und des nur teilweise sichtbaren Rhododendrons bald erschöpft hatte, wollte sie bereits zur Chaiselongue zurückkehren, als auf der Kiesfläche Lord Ickenhams große, distinguierte und flott einherschreitende Gestalt mit einem kleinen Koffer in

der Hand auftauchte. Er entschwand ihren Blicken wieder, und kurz darauf ertönte ein dumpfer Knall, als der Koffer auf dem Balkon aufschlug.

Ihr Herz hüpfte vor Freude. Als intelligente junge Frau wußte sie, daß dies bestimmt die versprochenen Kleider waren. Der fünfte Graf mochte ja manchmal leichtfertig handeln, doch er war kein Mann, der aus reinem Mutwillen Koffer auf Balkone warf. Auf allen vieren schlich sie sich vorsichtig an und griff nach dem wertvollen Geschenk.

Ihre Zuversicht war wohlbegründet gewesen. Es waren die Kleider, und hastig zog sie den weißen Sportdreß und die rote Jacke an, die beide Lady Ickenhams Garderobe entstammten, und legte dabei den ganzen Eifer eines Mädchens an den Tag, das gern hübsch aussieht und sich kurzfristig mit einem geblümten Männermorgenmantel hat behelfen müssen. Und während sie sich gerade zufrieden im Spiegel ansah, trat auch schon Lord Ickenham ein.

»Alles gut bei dir gelandet?« fragte er. »Kein schlechter Wurf für einen Mann, der seit seiner Kellnerzeit so gut wie keine Gewichte mehr gestemmt hat. Aber wer je Getränkekisten herumgewuchtet hat, dem scheint die Bewegung in Fleisch und Blut zu bleiben. Ich mag diese rote Jacke. Sehr kleidsam.«

Dankbar gab ihm Sally einen Kuß.

»Du bist ein Engel, Onkel Fred. Es hat dich doch hoffentlich niemand gesehen, oder?«

»Keine Menschenseele. Die feindlichen Linien waren nur spärlich besetzt und miserabel bewacht. Deine Gastgeberin ging kurz nach dem Frühstück nach London, und Mugsy scheint in einem Nachbardorf gerade eine Kuh verkaufen zu wollen.«

Sally merkte auf.

»Aber warum holen wir sie dann nicht gleich? Ich meine die Büste.«

»Gutes Kind, du glaubst doch nicht etwa, daß mir die Idee nicht auch schon gekommen ist? Als ich erfuhr, daß die Luft rein sei, bin ich geradewegs zum Kabinett marschiert, mußte dort jedoch feststellen, daß Mugsy die Tür verschlossen und den Schlüssel mitgenommen hat. Wie ich letzte Nacht schon zu Pongo sagte: Mugsy neigt bedenklich zur Verschlagenheit. Aber keine Angst. Mit Geduld und Spucke fängt man eine Mucke, wie es so schön heißt. Ich werde bald alles zu deiner vollsten Zufriedenheit geregelt haben.«

»Sagst ausgerechnet du!«

»Sally! Erzähl mir bloß nicht, du hast das Vertrauen in mich verloren.«

»Aber nein, liebster Onkel, natürlich nicht. Warum sprach ich bloß diese harschen Worte? Betrachte sie als gegenstandslos.«

»Sie sind bereits aus meinem Gedächtnis getilgt. Ja, in dieser Jacke siehst du reizend aus. Was für ein Anblick. Kein Wunder, daß Pongo dich liebt.«

»Nicht mehr.«

»Mehr denn je. Mir ist schon letzte Nacht aufgefallen, wie seine Augen jedesmal aus den Höhlen treten, wenn er dich ansieht. Hast du je eine Garnele in der Paarungszeit beobachtet? Genau so. Und ganz am Schluß hat er noch zu mir gesagt: ›Sie sah verflixt hübsch aus in diesem Morgenmantel.‹ Mit gebrochener Stimme. Das kann nur Liebe bedeuten.«

»Wenn er mich in einem Morgenmantel hübsch fand, der für einen Zweimetermann bestimmt ist, muß es tatsächlich irgend etwas bedeuten.«

»Reine Liebe, meine Gute. Reine Liebe, ich schwör's. Die alte Leidenschaft schießt wieder hoch wie ein Geysir. Er liebt dich abgöttisch. Er betet dich an. Er würde sein Leben hingeben für ein einziges Schleifchen von deinem Haar. Und wie sieht's bei dir aus?«

»Oh, bei mir ist alles wie eh und je.«

»Du liebst ihn also immer noch?«

»Ich bin verrückt nach ihm.«

»Das ist erfreulich. Wenn auch sonderbar. Ich mag Pongo sehr. Außer meiner Frau und dir und meinem Hund George wüßte ich niemanden, den ich mehr mag. Doch ich verstehe nicht, wie ein Mensch verrückt nach ihm sein kann. Wie bringst du das nur fertig?«

»Das reinste Kinderspiel bei einem so süßen Herzchen wie ihm. Er ist ein Bählamm.«

»Als solches siehst du ihn?«

»Schon von Anfang an. Ein süßes, wolliges Bählamm, das man immer nur streicheln und herzen will.«

»Vielleicht hast du ja recht. Bei Bählämmern kennst du dich bestimmt besser aus als ich. Aber eins steht fest: Wenn ich eine junge Frau wäre und er mich um ein einziges Schleifchen von meinem Haar bäte, gäbe ich es nicht her. Er hätte erhebliche Schwierigkeiten, mir irgendwelche Schleifchen zu entlocken. Aber das Großartige ist, daß du ihn liebst, denn mir schwant, daß er dir schon bald wieder den Hof macht. Seine Verlobung wird nicht von Dauer sein.«

»Du zauberst wahrhaftig Licht und Sonne in die Herzen, nicht wahr, Onkel Fred?«

»Ich gebe mir redlich Mühe.«

»Erzähl weiter. Ich könnte dir stundenlang zuhören. Weshalb wird die Verlobung deines Erachtens nicht von Dauer sein?«

»Wie sollte sie denn? Wozu würde eine Frau wie Hermione Bostock einen Pongo heiraten wollen?«

»Vielleicht mag sie Bählämmer ebenfalls.«

»Unsinn! Ich kenne sie zwar nur von einer Fotografie, aber ich habe auf den ersten Blick gesehen, daß sie in Wirklichkeit einen großen, soliden, ergebenen Ehemann braucht, einen echten Naturburschen und nicht so ein Großstadtgewächs wie Pongo. Ihr idealer Partner ist ganz offenkundig ihr Cousin Bill Oakshott, der sie schon seit Jahren verehrt. Doch sein

Vorgehen ist zu zaghaft. Er sagt seine Liebe nie und läßt Verheimlichung, wie in der Knospe den Wurm, an seiner Purpurwange nagen. So kommt man doch nicht zum Ziel! Ich habe vor, mit dem jungen William Oakshott ein ernsthaftes Wörtchen zu reden, wenn ich ihn das nächste Mal sehe. Jawohl, ich mach' mich gleich jetzt auf die Suche nach ihm.«

»Nein, geh noch nicht. Ich will dir etwas über Pongo erzählen.«

»Was ist mit ihm?«

»Er ängstigt sich zu Tode, der arme Kleine. Er tut mir in der Seele leid. Gerade vorhin war er hier und hat im Sessel vor sich hin gestöhnt.«

»Bist du ganz sicher, daß er nicht gesungen hat?«

»Sehr unwahrscheinlich. Hätte er beim Singen sein Gesicht in den Händen vergraben?«

»Nein. Du hast recht. Das ist die Nagelprobe. Ich habe Pongo schon verschiedentlich bei unserem Dorfkonzert singen hören, und die Symptome sind unverkennbar. Er reckt das Kinn, wirft den Kopf zurück und legt in einem Winkel von zirka fünfundvierzig Grad in Richtung Decke los. Was ausgesprochen lästig ist, besonders dann, wenn es sich beim Lied, wie es häufig geschieht, um ›O Dolores mein, du Königin der Meere‹ handelt. Er hat also gestöhnt? Aber warum denn?«

»Ihm behagt die Idee nicht, den Polizisten in den Ententeich zu schubsen.«

»Sie *behagt* ihm nicht? Obwohl er weiß, daß Glück und Hochzeitsglocken der göttlichen Bean davon abhängen?«

»Er wirkte auf mich so, als ob er sich nicht allzuviel aus der göttlichen Bean und ihren Hochzeitsglocken macht.«

»Er beurteilt die Angelegenheit also vor allem im Hinblick auf die Folgen für Meister Reginald Twistleton?« Lord Ickenham seufzte. »Die jungen Männer sind auch nicht mehr, was sie in meiner Jugend noch waren, Sally. Jeder von uns war damals ein Sir Galahad. Eine Maid in Not brauchte nur auf einen Knopf zu drücken, schon rannten wir mit angelegten Ohren los, um all ihren Wünschen zu willfahren. Es geht nicht an, daß er einen Rückzieher macht. Wir haben gegenüber Miss Bean eine Ehrenschuld, die beglichen werden muß. Und was soll überhaupt dieses alberne Getue? Als ob dieser Ententeich meilenweit entfernt in unwegsamem Gelände läge.«

Ein sonderbarer Ausdruck hatte sich in Sallys Miene geschlichen, jener resolute Ausdruck, der sich einst wohl auch in den Zügen von Jeanne d'Arc oder Königin Boudicca abgezeichnet hatte.

»Wo ist eigentlich dieser Teich? Er hat es mir gar nicht erzählt.«

»Vor dem Haupttor. Nur einen Katzensprung von hier entfernt. Und heute morgen hat mir Miss Bean anvertraut, daß Potter auf seiner Runde jedesmal ziemlich lange am Ufer stehenbleibt, hineinspuckt und, so ist zu hoffen, an sie denkt. Was wäre also einfacher und erfreulicher, als sich von hinten an einen spuckenden Polizisten anzuschleichen, wenn dieser gerade in Gedanken versunken ist, und ihn in den Teich zu schubsen? Um die Interessen eines Mädchens wie Miss Bean zu befördern, dem besten Dienstmädchen, das je mit einem Staubtuch wedelte, hätte ich in Pongos Alter zwanzig Polizisten in zwanzig Teiche geschubst.«

»Aber Pongo hat ja so ein erlesenes, empfindsames Naturell.«

»Auch ich hatte ein erlesenes, empfindsames Naturell. Das war damals in New York Stadtgespräch. Aber wenn die Sache noch heute über die Bühne gehen soll, muß er sich sputen. Meines Wissens kommt Potter genau um diese Zeit dahergeradelt. Wo ist denn Pongo?«

»Ich weiß es nicht. Er hat sich davongeschlichen.«

»Ich muß ihn sofort finden.«

»Moment noch«, sagte Sally.

Der resolute Ausdruck auf ihrer Miene war markanter denn je. Nun glich sie nicht mehr nur Jeanne d'Arc und Königin Boudicca, nein, in schummrigem Licht hätte man sie glatt mit Hebers Weib Jaël verwechseln können, und Lord Ickenham, der auf seinem Weg zur Tür innehielt, war beeindruckt, aber auch leicht besorgt.

»Was ist denn los?« fragte er. »Deine Züge sind angespannt. Du machst dir doch nicht etwa wegen Pongo Sorgen?«

»Doch.«

»Und dabei versichere ich dir ständig, daß die vor ihm liegende Aufgabe ebenso einfach wie erfreulich ist.«

»Nicht für Pongo. Er ist ein Bählamm. Das habe ich dir schon einmal gesagt.«

»Aber weshalb sollte denn der Umstand, daß ein Mann ein Bählamm ist, ihn daran hindern, Polizisten in Teiche zu schubsen?«

»Das weiß ich auch nicht. Aber so ist es nun mal. Ich habe mich mit dem Hineinschubsen von Polizisten in Teiche gründlich befaßt, Onkel Fred, und bin zu dem Schluß gekommen, daß niemand ein besseres Ergebnis erzielen kann als eine junge Frau, der besagter Polizist vergangene Nacht die Kleider vom Leib gerissen hat.«

»Großer Gott, Sally! Du hast doch nicht etwa vor ...?«

»Doch, das habe ich. Mein Entschluß steht fest. Ich springe für Pongo in die Bresche, und falls es dich interessiert, wird das die mit Abstand gelungenste Tat meines Lebens sein. Auf Wiedersehen, Onkel Fred. Bis später.«

Sie entfernte sich über den Balkon, und das kratzende Geräusch verriet Lord Ickenham, daß sie das Regenrohr hinabkletterte. Er trat ins Freie und sah gerade noch, wie sie im Gebüsch am anderen Ende der Terrasse verschwand. Eine Weile blieb er stehen, um ihr nachzustarren, und verließ dann mit jenem leisen Seufzen, das alten Leuten allzuoft entfährt, wenn sie dem Treiben der halsstarrigen Jugend zusehen

müssen, gedankenschwer das Zimmer. Er stieg, noch immer nachdenklich, die Treppe hinunter und kam in die Eingangshalle.
Dort aber hielt sich Bill Oakshott auf und balancierte auf seiner Nasenspitze einen Spazierstock.

Daß sich der junge Gutsherr von Ashenden Manor nicht von reinem Übermut zu diesem Balanceakt hatte verleiten lassen, sondern, wie Männer dies in Zeiten geistiger Anspannung eben tun, um belastendere Gedanken zu vertreiben, wurde in einer gewissen Geknicktheit seiner Haltung deutlich. Es ist gar nicht so einfach, geknickt zu wirken und gleichzeitig einen Spazierstock auf der Nasenspitze zu balancieren, doch Bill Oakshott brachte es zustande.
Als er Lord Ickenham erblickte, wurde ihm leichter ums Herz. Seit er am Morgen Lady Bostock nach Wockley Junction gebracht hatte, wollte er diesen Menschen, auf dessen Urteil er inzwischen voll vertraute, um Rat bitten, doch wegen einer nicht länger aufschiebbaren Einladung zum Mittagessen bei Freunden, die an der Wockley Road wohnten, war es ihm unmöglich gewesen, den anderen früher anzusprechen.
»Ach, da sind Sie ja«, sagte er. »Prima.«
Widerstrebend verscheuchte Lord Ickenham Sallys Angelegenheiten aus seinen Gedanken. Beim Anblick dieses massigen jungen Mannes war ihm wieder eingefallen, daß er ihm einige aufmunternde Worte sagen wollte.
»Der Ausdruck ›prima‹«, erwiderte er, »ist äußerst treffend, denn auch ich habe mich auf diese Begegnung gefreut. Ich möchte mich mit Ihnen unterhalten, Bill Oakshott.«
»Ich möchte mich mit *Ihnen* unterhalten.«
»Ich habe allerhand zu sagen.«
»Auch ich habe allerhand zu sagen.«
»Sollte sich das zu einem Duett entwickeln, gehe ich jede

Wette ein, daß ich lauter und schneller reden kann als Sie, und ich würde diese meine Meinung auch jederzeit durch den Einsatz von Banknoten, Münzen oder Limabohnen bekräftigen. Doch da ich als Ihr Gast hier weile, verlangt es wohl der Anstand, daß ich Ihnen den Vortritt lasse. Fahren Sie bitte fort.«

Bill ordnete seine Gedanken.

»Die Sache ist die. Heute nach dem Frühstück chauffierte ich meine Tante nach Wockley, von wo sie den Schnellzug nach London nahm. Da ich letzte Nacht lange aufblieb, war ich ziemlich schläfrig und wortkarg, als wir so dahintuckerten, und konzentrierte mich, während ich an dies und das dachte, nur auf die Straße.«

Lord Ickenham unterbrach ihn.

»Überspringen Sie diesen Teil. Bestimmt werde ich das einmal in Ihrer Autobiographie nachlesen können, unter der Kapitelüberschrift ›Sommerliche Morgenspazierfahrten mit Tantchen‹. Kommen Sie bitte auf den Punkt.«

»Ich wollte nur sagen, daß ich mich nur auf die Straße konzentrierte und an dies und das dachte, als ich sie plötzlich ›Schluckspecht‹ sagen hörte.«

»Warum bezeichnete sie Sie denn als Schluckspecht?«

»Tat sie ja gar nicht. Es stellte sich heraus, daß sie Pongo meinte.«

»Pongo, sieh an, tatsächlich?«

»Ja. Sie sagte ›Schluckspecht‹. Und ich sagte ›Hä?‹. Und sie sagte: ›Er ist ein Schluckspecht.‹ Und ich sagte: ›Wer ist ein Schluckspecht?‹ Und sie sagte: ›Reginald Twistleton ist ein Schluckspecht. Dein Onkel behauptet, seit seiner Ankunft sei er noch keine Sekunde nüchtern gewesen.‹«

Lord Ickenham holte, vor Bewunderung zischend, Luft.

»Meisterhaft!« sagte er. »Bill Oakshott, ich muß mich vor Ihrem erzählerischen Talent noch einmal tief verneigen. Nie traf ich einen Mann, der eine Geschichte besser zu erzählen wußte. Hand aufs Herz, mein Junge. Sie *sind* Sinclair Lewis, nicht wahr? Na, irgendwer sind Sie auf alle Fälle. Ihre Tante sagte also ›Schluckspecht‹, und Sie sagten ›Hä?‹, und sie sagte … und so weiter und so fort, bis hin zu Pongos gnadenloser Entlarvung. Hochinteressant. Hat sie erwähnt, worauf sich ihre Bezichtigung stützt?«

»Allerdings. Offenbar sahen sie und Onkel Aylmer ihn im Salon Whisky bechern.«

»Das hat nicht allzuviel zu bedeuten. Viele unserer besten Männer bechern Whisky im Salon. Übrigens auch ich.«

»Aber nicht die ganze Nacht oder doch praktisch die ganze Nacht. Ich will damit sagen, daß ich Pongo etwa um eins heute früh im Salon antraf, wo er vor sich hin becherte, und daß meine Tante und mein Onkel ihn offenbar um halb drei noch immer bechernd dort antrafen. Das sind eineinhalb Stunden. Rechnet man eine halbe Stunde vor meinem Eintreffen hinzu, kommt man auf zwei Stunden verschärftes Bechern. Und als meine Tante und mein Onkel gegangen waren, muß er weitergebechert haben, denn nach dem Frühstück war er ohne jeden Zweifel sturzbetrunken.«

»Ich weigere mich, zu glauben, daß sich irgendein Mensch beim Frühstück einen antrinken kann.«

»Ich habe ja nicht behauptet, daß er sich beim Frühstück einen angetrunken hat. Darum geht's nicht. Ich vermute, daß er die ganze Nacht durchbecherte, ungefähr um sechs Uhr morgens sturzbetrunken war und danach sturzbetrunken blieb, bis es zu dem Vorfall kam.«

»Von welchem Vorfall sprechen Sie denn?«

»Es geschah kurz nach dem Frühstück. Meine Tante wartete gerade darauf, daß ich den Wagen vorfuhr, als Onkel Aylmer ein paar abfällige Bemerkungen über ihren Hut machte. Deshalb begab sie sich noch einmal auf ihr Zimmer, um einen anderen zu holen, und an der Tür hörte sie dann, daß sich im Raum etwas bewegte. Als sie eintrat, war zwar niemand zu sehen, doch plötzlich ertönte aus dem Kleiderschrank ein Niesen, und auf dem Schrankboden kauerte tatsächlich Pongo.«

»War sie sich sicher?«

»Sicher?«

»War's nicht eher ein Schuh oder eine Staubflocke?«

»Nein, es war Pongo. Sie sagt, er habe schwach gelächelt und behauptet, er habe sich nur ihren Lippenstift borgen wollen. Er muß sternhagelvoll gewesen sein. Denn abgesehen von allem anderen, hätte er Tante Emily doch auf einen Blick ansehen müssen, daß sie keinen Lippenstift besitzt. Und jetzt zerbreche ich mir den Kopf darüber, ob man Hermione nicht warnen sollte. Es wäre doch ein gar zu starkes Stück, wenn man es zuließe, daß sie mit wehenden Fahnen in eine lebenslängliche Liaison mit einem Burschen rauscht, der sich sein ganzes Eheleben hindurch jede Nacht im Salon einen antrinkt. Ich kann mir nicht vorstellen, wie eine Gattin dabei glücklich werden soll.«

»Sie käme sich wohl ziemlich angeschmiert vor, nicht wahr? Aber Sie machen sich ein falsches Bild von Pongo, wenn Sie in ihm einen chronischen Schluckspecht sehen. Im allgemeinen ist er ein eher enthaltsamer junger Mann. Bloß unter außergewöhnlichen Umständen läßt er sich auf das ein, was Puristen vermutlich als Zechgelage bezeichnen würden. Gegenwärtig leidet er unter schweren nervlichen Belastungen.«

»Warum?«

»Aus unerfindlichen Gründen geschieht das jedesmal, wenn wir zusammen in einem Haus weilen. Meine Anwesenheit – es läßt sich nur schwer erklären – scheint ihm irgendwie zuzusetzen.«

»Dann sollte man Hermione also Ihres Erachtens nicht warnen?«

»Das muß ich mir noch überlegen. Auf eines allerdings«,

sagte Lord Ickenham und warf seinem jungen Freund einen durchdringenden Blick zu, »muß sie unbedingt hingewiesen werden – und zwar unverzüglich und von Ihnen höchstpersönlich, Bill Oakshott.«

»Hä?«

»Und zwar, daß Sie sie lieben. Bitten Sie sie, die Ihre zu werden.«

»Hä?«

»Legen Sie bitte Ihre Angewohnheit ab, ständig ›Hä?‹ zu sagen. Sie lieben sie doch, oder? Sie wollen doch, daß sie die Ihre wird, oder? Aus zuverlässiger Quelle weiß ich, daß Sie seit vielen, vielen Jahren so empfinden.«

Bills Gesicht leuchtete in einem hübschen Zinnoberrot auf. Er scharrte mit den Füßen.

»Ja, stimmt«, räumte er ein, »so ist es. Aber wie kann ich sie denn bitten, die Meine zu werden? Schließlich ist sie mit Pongo verlobt.«

»Na und?«

»Ich kann doch nicht mir nichts dir nichts zu einem Mädchen hingehen und ihr sagen, sie solle die Meine werden, wenn sie mit einem anderen Burschen verlobt ist.«

»Aber selbstverständlich können Sie das. Was war denn mit dem jungen Lochinvar? Er machte das doch auch und kam dadurch zu Ruhm und Ehre. Ihnen ist der Fall des jungen Lochinvar doch bekannt, oder?«

»O ja. Als Kind mußte ich das Gedicht ständig aufsagen.«

»Bestimmt hat sich das ganz wunderbar angehört«, sagte Lord Ickenham höflich. »Meine persönliche Lieblingsstelle war stets ›Der ssstoltse Ssschoner Hessspperusss ssstach in die wilde Sssee‹. Ich sage Ihnen jetzt etwas, mein Guter. Machen Sie sich kein Gewissen wegen Pongo, wenn Sie Hermione Bostock auf Ihr Pferd heben. Er liebt eine andere. Erinnern Sie sich noch, wie ich Ihnen während unserer ersten Begegnung etwas über eine junge Frau erzählte, von der ich hoffte,

daß er sie einmal heiraten würde? Damals habe ich es wohl nicht erwähnt, aber er war früher mit ihr verlobt, und alle Symptome deuten darauf hin, daß er es gern wieder wäre. Als ich die beiden das letztemal zusammen sah, und das ist noch gar nicht lange her, drängte sich mir der Eindruck auf, daß er für ein einziges Schleifchen von ihrem Haar sein Leben hingeben würde. Also, frisch drauflos, und machen Sie sich kein Gewissen. Miss Bostock soll in London sein. Überraschen Sie sie dort und schütten Sie Ihr Herz aus.«
»Mhm.«
»Warum sagen Sie denn ›Mhm‹?«
Abermals scharrte Bill Oakshott mit den Füßen, was auf dem Parkettboden ein Geräusch verursachte wie Wellen, die sich an einer schroffen Felsenküste brechen.
»Es ist so schwierig.«
»Was, sein Herz auszuschütten? Unsinn!«
»Ich versuche es schon seit neun Jahren, doch ich komme nicht vom Fleck. Ich weiß nicht, wie ich es anpacken soll.«
Lord Ickenham dachte nach.
»Ich sehe schon, wo das Problem liegt. Ihr Fehler war es, im Vorfeld zu lange zu grübeln, weshalb Sie getrödelt und nichts Rechtes zustande gebracht haben. Vonnöten sind Flinkheit und Entschlossenheit. Zögern Sie nicht. Stürzen Sie sich auf sie. Reißen Sie sie an sich. Erobern Sie die Dame im Sturm.«
»Ach ja?« sagte Bill tonlos, und Lord Ickenham legte ihm eine wohlwollende Hand auf die Schulter. Er wußte, was sich im Kopf des jungen Mannes abspielte.
»Ich habe volles Verständnis für Ihre Beklemmung«, sagte er. »Als ich Hermione Bostocks Fotografie sah, erkannte ich in ihrer Miene augenblicklich etwas Furchterregendes, einen Hauch jener majestätischen Unnahbarkeit, die einst den verschüchterten jungen Schafhirten Griechenlands das Zusammenleben mit den erhabeneren Göttinnen des Olymps vermieste. In meiner Jugend hätte man diese Frau als eine stolze

Schönheit bezeichnet. Um so entscheidender ist es deshalb, von Anfang an sehr energisch aufzutreten. Stolze Schönheiten wollen dominiert werden.«

»Aber Pongo kann sie doch unmöglich dominiert haben.«

»Richtig. Aber Pongo soll ja auch ein Bählamm sein. Bählämmer erreichen ihr Ziel mit anderen Mitteln.«

»Mich halten Sie also nicht für ein Bählamm?«

»Leider nein. Sie sind zu groß, zu robust und im Gesicht zu rosig – ganz offensichtlich ein Mann, der Morgengymnastik treibt und mittags gern deftig speist. Pongo mag brillieren, indem er sich furchtbar zerbrechlich gibt und Koseworte stammelt. Sie dagegen sind als Verehrer entweder ein wahrer Wirbelwind oder Sie lassen's lieber ganz bleiben. Sie müssen sich wie einer der Helden aufführen, die in diesen einstmals so beliebten Romanen mit Reithosen durch die Gegend spazierten und durchaus imstande waren, ihrer Angebeteten mit der Jagdpeitsche ein, zwei dorthin zu geben, wo's am meisten weh tut. Ethel M. Dell. Jetzt fällt mir der Name wieder ein. Sie müssen sich wie der Held eines Romans von Ethel M. Dell benehmen. Kaufen Sie ihre Werke und studieren Sie sie recht fleißig.«

Ein entschlossener Ausdruck trat in Bills Miene.

»Ich werde sie nicht mit der Jagdpeitsche verdreschen.«

»Es wäre aber von Vorteil.«

»Nein. Kommt nicht in Frage.«

»Also schön. Streichen Sie die Jagdpeitsche. Dann müssen Sie eben auf sie zutreten und sie am Handgelenk packen.«

»O Gott!«

»Achten Sie nicht auf ihre Gegenwehr, drücken Sie sie an die Brust, und sobald sie zu Ihnen aufsieht, überhäufen Sie ihr Antlitz mit Küssen. Sie brauchen nicht viel zu sagen. Bloß ›mein ein und alles‹ oder so was ähnliches. Denken Sie darüber nach, guter Freund. Ich kann Ihnen jedenfalls versichern, daß mit dieser Methode der Erfolg nicht ausbleibt.

Man spricht auch vom Ickenham-System – eine todsichere Sache. Und nun muß ich Sie leider verlassen. Ich suche Pongo. Sie wissen nicht zufällig, wo er steckt?«

»Vor einer halben Stunde sah ich ihn auf dem Tennisplatz auf und ab gehen.«

»Mit gesenktem Haupt?«

»Ja, jetzt, wo Sie's sagen, glaube ich tatsächlich, daß sein Haupt gesenkt war.«

»Das dachte ich mir schon. Armer Teufel! Aber ich habe Nachrichten für ihn, die ihn im Nu aufmöbeln werden. Einstweilen also adieu. Ach, übrigens«, sagte Lord Ickenham und kam wie eine gutmütige Cheshire-Katze wieder zurück, »wenn Sie die Dame am Handgelenk packen, dann bitte nicht so, als hätten Sie es mit feinem Porzellan zu tun. Fassen Sie tüchtig hin und schütteln Sie sie ruhig ein bißchen durch.«

Er verschwand wieder, und Bill hörte noch, wie er ein altes Liebeslied des frühen zwanzigsten Jahrhunderts trällerte, während er sich in Richtung Tennisplatz entfernte.

Auf einen schüchternen und gehemmten jungen Mann, der in Gesellschaft des von ihm verehrten Mädchens jahrelang immer nur mit den Füßen gescharrt und dumm geglotzt hat, wirken aufmunternde Worte, wie Lord Ickenham sie gesprochen hatte, beinahe wie ein Sprung in eiskaltes Wasser an einem frischen Morgen. Anfänglich stellt sich ein lähmender Schock ein, es wird einem schwarz vor Augen, und die Seele erzittert in ihren Grundfesten. Erst danach erfolgt die feurige Reaktion.

Noch ziemlich lange nach dem Abschied seines Mentors stand Bill schreckensstarr da und betrachtete das Bild, das der andere für ihn an die Wand gemalt hatte. Bei der Vorstellung, Hermione Bostocks zu ihm aufblickendes Antlitz mit Küssen zu überhäufen, ging ihm ein Kribbeln über den Rücken, als befände er sich gerade im Schlangenhaus des Zoologischen Gartens. Der Gedanke, sie am Handgelenk zu packen und ein bißchen durchzuschütteln, verschaffte ihm das gleiche Gefühl wie damals im Internat, als er innerhalb von fünfzehn Minuten ein halbes Dutzend Eistüten verdrückt hatte, weil jemand mit ihm wettete, das schaffe er bestimmt nicht.

Doch dann fiel ihm plötzlich zu seinem großen Erstaunen auf, daß der Schrecken einem seltsamen Hochgefühl gewichen war. Er vermochte nun die handfesten Vorzüge des Ickenham-Systems zu erkennen, dessen allergrößter es war, daß es das Werben um Hermione Bostock in den Bereich der körperlichen Betätigung verlagerte. Körperliche Betätigung war sein Metier. Gab man seinen Händen etwas zu tun, dann wußte er, woran er war.

Und darüber hinaus war es ganz simpel. Nichts Vertracktes oder Ausgeklügeltes. Er brauchte das Ganze nur noch einmal im Geiste durchzuspielen, um sicherzugehen, daß er auch nichts übersehen hatte.

Vortreten und packen?

Ein Kinderspiel.

Durchschütteln?

Ein Klacks.

An die Brust drücken und das aufblickende A. mit K. ü.?

Kein Problem.

»Mein ein und alles« sagen?

Da war er sich weniger sicher. Es schien ihm, als sei dem Starregisseur Lord Ickenham beim Dialog doch ein kleiner Schnitzer unterlaufen. Käme sich ein gestandenes Mannsbild nicht ziemlich dämlich vor, wenn es »mein ein und alles« sagte? Sollte man nicht besser einfach ausgiebig keuchen? Ja, das war's. Vortreten, packen, durchschütteln, drücken, küssen, keuchen. Genau so.

Unter der Last angestrengtesten Nachdenkens hatte er begonnen, in der Eingangshalle auf und ab zu gehen, den Kopf über die Finger gesenkt, an denen er die einzelnen Programmpunkte abzählte, und gerade als er unbewußt seinen Schritt beschleunigte, weil ihm die Idee mit dem Keuchen gekommen war, signalisierte ihm ein dumpfer Aufprall und ein gepeinigter Aufschrei, daß sich ein Verkehrsunfall ereignet hatte.

Er kniff die Augen zusammen und sah, daß er etwas Massives mit weißem Schnurrbart gerammt hatte, und als er sie noch weiter zusammenkniff, identifizierte er dieses Etwas als seinen Onkel, Sir Aylmer Bostock. Schon wollte er eine angemessene Entschuldigung vorbringen, da wich jeder Gedanke an verletzte Onkel von ihm, und sein Herz hüpfte wie ein Ballettänzer, der einen neuen Schritt ausprobiert. Hinter Sir Aylmer stand nämlich Hermione, die, so unfaßbar das war, noch schöner aussah, als er sie in Erinnerung hatte.

Hermione lächelte ihn strahlend an. Sie war allerbester Laune. Nachdem sie Otis im Bull's Head an der Dorfstraße abgesetzt hatte, langte sie gerade noch rechtzeitig beim Hauptportal an, um ihren Vater vorfahren zu sehen, und so stark war ihre Persönlichkeit, daß sie die Lappalie der angedrohten Klage Bostock vs. Painter in weniger als zweieinviertel Minuten aus der Welt geschafft hatte. Die Zukunft des Verlagsunternehmens Meriday House war, soweit es Zivilklagen des ehemaligen Gouverneurs von Unterbarnato betraf, gesichert.

Deshalb lächelte sie auch so strahlend. Auf ihre amüsierte, schwesterliche Art war sie dem guten alten Bill stets eine treue Gefährtin gewesen, und sie freute sich, ihn zu sehen.

»Grüß dich, Bill«, sagte sie.

Bill fand die Sprache wieder.

»Oh, grüß dich, Hermione.«

Auch Sir Aylmer fand die Sprache wieder.

»Was zum Teufel tust du da, du blöder Trampel?« fragte er, auf einem Bein stehend und dem anderen verschiedenste

Massagegriffe angedeihen lassend, denn der Zusammenprall war heftig gewesen. »Galoppiert dieser Kerl doch wie ein verdammtes Rhinozeros durch die Gegend! Warum kannst du nicht aufpassen, wo du hintrittst?«

Bill starrte Hermione an. Zwar drangen die Worte des alten Zausels schwach an sein Ohr, doch auf deren Bedeutung vermochte er sich beim besten Willen nicht zu konzentrieren.

»Oh, durchaus«, sagte er.

»Was soll denn das heißen, oh, durchaus?«

»Ja, nicht wahr?« sagte Bill.

Für einen Mann, der gut, gerne und reichlich schnaubte, gab es darauf nur eine Antwort. Sir Aylmer schnaubte – und stampfte anschließend in sein Kabinett, wobei er sich vornahm, den Zwischenfall zu einem späteren Zeitpunkt noch einmal zur Sprache zu bringen, wenn es dem Herrn Neffen besser paßte. Alles andere wäre verlorene Liebesmüh gewesen gegenüber jemandem, der intellektuell zwar von jeher unterbelichtet gewesen war, den nun aber offenbar auch noch eine Art geistiger Lähmung ergriffen hatte.

Hermione gab sich weiterhin freundlich.

»Du bist also zurück, Bill. Schön, dich wiederzusehen. Wie war's denn in Brasilien?«

»Oh, prima.«

»Hat es dir gefallen?«

»O ja, prima, danke.«

»Du bist ganz schön braun geworden. Bestimmt hast du eine Menge erlebt, nicht wahr?«

»Oh, durchaus.«

»Schlangen und so?«

»O ja.«

»Irgendwann mußt du mir alles haarklein erzählen, aber jetzt sollte ich los. Ich bin im Gasthof mit einem Freund verabredet.«

Bill räusperte sich.

»Ähm – Moment noch«, sagte er.

Jetzt, so redete er sich ein, war der Augenblick gekommen. Jetzt oder nie war die Gelegenheit, das Ickenham-System in die Tat umzusetzen. Hier standen sie beide, ganz allein. Ein einziger Schritt, und er könnte zupacken. Und mit dem Keuchen hatte er ohnehin schon begonnen. Idealere Bedingungen konnte man sich gar nicht wünschen.

Er war jedoch zu keiner Regung fähig. Während der endlosen Monate in Brasilien hatte ihm ständig das Bild dieser Frau vorgeschwebt, doch nun, da sie unmittelbar vor ihm stand, lähmte ihn ihre Schönheit, ließ seine Gliedmaßen zucken und bewirkte bei ihm jenen allgemeinen Schwäche- und Entkräftungszustand, unter dem heutzutage so viele Menschen leiden und dem nur durch Heilmittel wie Mulliners Muntermacher oder Doktor Smythes Regenerationstonikum beizukommen ist.

Hätte er ein Fläschchen oder auch nur einen Eßlöffel des Tonikums zur Hand gehabt, wäre vielleicht alles in bester Ordnung gewesen. Da er dies aber nicht hatte, scharrte er lediglich mit den Füßen und glotzte dumm, wie er dies schon seit neun Jahren ununterbrochen tat.

»Ja?« sagte Hermione.

Vortreten, packen, durchschütteln, drücken, küssen, keuchen, drängte Bills besseres Ich. Doch seine Glieder versagten den Dienst.

»Ja?«

»Hermione.«

»Was ist?«

»Hermione.«

»Ja?«

»Ach, nichts«, sagte Bill.

Auf einmal war er wieder allein. Von draußen kam das Geräusch eines Autos, bei dem der Gang eingelegt wurde und das davonfuhr. Weg war sie.

Er konnte es ihr nicht verargen. Als er die letzte Szene noch einmal Revue passieren ließ und sich jener furchtbaren, blökenden Stimme entsann, die so scheußlich an einen BBC-Moderator erinnert hatte, schauderte er, und ihn wunderte nur, wie sich ein Geschöpf mit aufrechtem Gang, das rein äußerlich wie ein Mann aussah, als so erbärmlicher Wicht hatte gebärden können.
Er wand sich vor Pein und überlegte kurz, ob er den Kopf gegen die Wand schlagen sollte, entschied sich dann aber dagegen. Wozu auch eine gute Wand eindellen? Da ging er doch lieber gleich auf sein Zimmer, um sich aufs Bett zu werfen und das Gesicht im Kissen zu vergraben. Und genau dies tat er dann auch.

Angetrieben vom Wunsch, den im Bull's Head weilenden Otis möglichst schnell über den glücklichen Ausgang der Verhandlungen mit ihrem Vater zu informieren, hatte Hermione ihren Wagen angeworfen und war fast unverzüglich losgefahren. Hätte sie jedoch ihre Abfahrt auch nur noch eine Minute hinausgezögert, wäre ihr ein wild dreinblickender junger Mann ohne Hut aufgefallen, der, vom Tennisplatz kommend, in fieberhaftem Galopp und anscheinend von Furien gehetzt auf das Haus zustürmte. Schon einmal wurde in diesem Bericht erwähnt, Reginald Twistleton habe gewirkt, als ginge er auf glühenden Kohlen. Und genau dieses Bild hätte sich jedem Beobachter wohl auch jetzt wieder aufgedrängt.
Über die Terrasse sausend, erreichte er das Haus und stürmte über die Schwelle. Durch die Eingangshalle sausend, flog er die Treppe hoch. Durch den Korridor im Obergeschoß sausend, platzte er in sein vormaliges Schlafzimmer. Sally, die auf der Chaiselongue ruhte wie eine Amazone nach geschlagener Schlacht, erhob sich, als er eintrat, ja, sie schoß förmlich hoch, als wäre durch ihr Kissen plötzlich ein Nagelbohrer in

ihren Leib gedrungen. Sie war eine ausgeglichene junge Frau, die sich nicht so leicht aus dem Gleichgewicht bringen ließ, doch selbst ausgeglichenen jungen Frauen flattern die Nerven, wenn sie gerade Polizisten in Teiche geschubst haben; und als die Tür so abrupt aufgerissen wurde, glaubte sie für einen kurzen Augenblick, Wachtmeister Potter sei im Anzug.

Sie erkannte ihren Besucher und beruhigte sich wieder, doch ihr Atem ging weiterhin ziemlich schnell.

»Ach, Pongo!« sagte sie.

»Ach, Sally!« sagte Pongo.

Wer behauptet, die Geschichte, die Lord Ickenham auf dem Tennisplatz zum besten gegeben hatte, bevor er auf ein Bier und ein kleines Geplauder über Brasilien in Richtung Bull's Head entschwunden war, habe Reginald Twistleton aufgewühlt, gibt den Sturm nur ungenügend wieder, den sie in seiner Brust losbrechen ließ. Sie hatte ihn die ganze weite Skala der Gefühle durchleben lassen, nämlich Dankbarkeit gegenüber einer jungen Frau, die fähig war, alles für ihn aufs Spiel zu setzen, Scham darüber, daß sein eigener Kleinmut ihre kolossale Heldentat überhaupt erforderlich machte, vor allem aber ein nie zuvor verspürtes Aufwallen der Liebe – und dabei hatte er sich seit seinem vorletzten Sommer in Eton mit schöner Regelmäßigkeit verliebt.

Die ehrenhaften Verpflichtungen, die er gegenüber Hermione Bostock eingegangen war, hatte er vollkommen vergessen. Sein einziger Gedanke war es gewesen, Sally zu finden und ihr seine Ansichten in groben Zügen darzulegen. Genau wie Bill Oakshott hatte auch er sich eine Zukunft ausgemalt, in der er vortreten, packen, durchschütteln, drücken, küssen und keuchen würde. Mit dem einzigen Unterschied, daß Bill bekanntlich wie ein Osteopath hatte auftreten wollen, der sich einer störrischen Patientin annimmt, während er, Pongo, sich eher darauf eingestellt hatte, demütig vor einem

Schrein niederzusinken. Das Wort »packen« trifft die Sache nicht. Ebensowenig das Wort »durchschütteln«. »Drücken, »küssen« und »keuchen« dagegen mögen stehenbleiben.
Er keuchte nun und ging unverzüglich zu den nächsten Punkten auf der Liste über, die er sich zurechtgelegt hatte. Wäre Bill Oakshott zugegen gewesen, hätte er wertvollen Anschauungsunterricht darüber erhalten, wie solche Dinge anzugehen sind.
»Ach, Sally!« sagte er.
»Ach, Pongo!« sagte Sally.
Die Zeit stand still. Draußen in der Welt gingen die Menschen ihren unterschiedlichen Verrichtungen nach. Wachtmeister Potter schlüpfte in seinem Häuschen in eine trockene Uniform. Lord Ickenham spazierte auf der Straße, ein lustiges Liedchen trällernd, in Richtung Dorf. Hermione fuhr auf derselben Straße eine halbe Meile weiter vorne. Sir Aylmer beschäftigte sich mit seinen afrikanischen Kuriositäten. Bill Oakshott vergrub das Gesicht im Kissen. Und in London hatte Lady Bostock in der Wohnung ihrer Tochter die Illustrierten inzwischen ausgelesen und war in einen leichten Schlummer gefallen.
Pongo und Sally hingegen waren ganz allein in einer eigenen Welt, schwelgten im Duft der durch den Schlafzimmerboden sprießenden Veilchen und Rosen und lauschten den aus der Nähe kommenden sanften Klängen eines erstklassigen und hauptsächlich aus Harfen und Geigen bestehenden Orchesters. Wachtmeister Potter, Lord Ickenham, Sir Aylmer Bostock, Lady Bostock, Bill Oakshott und Hermione bekümmerten sie dagegen nicht, obwohl die Zeit kommen würde, wo gerade Hermione die beiden, vor allem aber Pongo, noch ganz gehörig bekümmern würde.
Kurz darauf begann Pongo, den Arm enger um die Taille der nun neben ihm auf der Chaiselongue sitzenden Sally geschmiegt, reumütig von der Vergangenheit zu sprechen, und

konzentrierte sich in seinen Betrachtungen vor allem auf die kriminelle Vernageltheit des Trampels Twistleton, dieses grauenhaften Tropfes, der sich doch tatsächlich von der einzigen Frau auf dem Planeten getrennt hatte, die zu heiraten einem klar denkenden Mann überhaupt in den Sinn kommen konnte. Er sah auf diesen Schafskopf Twistleton mit unverhohlenem Abscheu herab.

»Mensch, wie blöd ich doch war!«

»Nicht blöder als ich.«

»Doch, viel blöder als du. Kein Vergleich.«

»Es war alles meine Schuld.«

»Aber nein.«

»Aber doch.«

»Aber nein.«

»Aber doch.«

Der Disput drohte auszuarten, doch gerade als Pongo erneut »aber nein« sagen wollte, stockte er unvermittelt, und in seine verletzlichen Züge trat jener schreckensstarre und gehetzte Ausdruck, der sich darin auch schon vor vierzehn Stunden abgezeichnet hatte, als Bill Oakshotts Pochen durch die stille Nacht dröhnte.

»Was ist denn los, Liebster?« fragte Sally bekümmert.

Pongo schluckte trocken.

»Oh, nichts. Zumindest nicht allzuviel, ich habe nur gerade an Hermione denken müssen.«

Es entstand eine Pause. Jäh wurde Sally von Furcht und Schrecken gepackt. Vieles – ja, ihr gesamtes Lebensglück – hing davon ab, wieweit die Twistletons ihr Wort als verbindlich erachteten.

»Oh, Hermione?« sagte sie. »Du willst doch nicht etwa sagen, daß du zu ehrenhaft bist, um diese Verlobung aufzulösen?«

Pongo schluckte erneut trocken.

»Nicht gerade zu ehrenhaft, aber … Du kennst Hermione

nicht, oder? Tja, es läßt sich nur schwer erklären, aber sie gehört nicht zu den Mädchen, mit denen man so ohne weiteres eine Verlobung auflöst. Man weiß nicht so recht, wie man es anpacken soll.«

»Geh doch einfach zu ihr und sag ihr freimütig, du hättest gemerkt, daß du einen Fehler gemacht hast.«

»Ja, das wäre eine Möglichkeit.«

»Du könntest ihr aber auch einen Brief schreiben.«

Pongo zuckte zusammen wie ein Schwimmer in höchster Not, der plötzlich ein Klatschen vernimmt und sieht, daß ihm jemand einen Rettungsring zugeworfen hat.

»Einen Brief?«

»Vielleicht findest du das ja weniger peinlich.«

»Ja, vielleicht«, sagte Pongo und erbebte dankbar, da seine Helferin genau rechtzeitig mit diesem Vorschlag gekommen war. Er drückte sie an die Brust, und als sie zu ihm aufsah, überhäufte er ihr zu ihm aufsehendes Antlitz mit Küssen.

Dies wäre wohl noch eine Weile so weitergegangen, hätte nicht Elsie Bean leise den Raum betreten, in den Händen ein Tablett mit einem Teekrug, einer Tasse, einigen gebutterten Toastscheiben und einem Stück Kuchen.

»Tee«, sagte Elsie, und Pongo schoß deckenwärts und funkelte sie, während er wieder herunterkam, böse an.

»Können Sie nicht Laut geben, bevor Sie hier reinplatzen, verdammt?« echauffierte er sich.

Elsie blieb ungerührt. Die leidenschaftliche Szene, in die sie geplatzt war, hatte sie nur wenig beeindruckt. Solcherlei Dinge gehörten in Bottleton East zum Alltag.

»Tee, Toast und 'n bißchen Kuchen«, sagte sie. »Haben Sie Harold schon in den Teich geschubst, Mr. Twistleton?«

Sally nahm sich der Sache mit gewohnter Umsicht an.

»Selbstverständlich hat er ihn in den Teich geschubst. Er hat es doch versprochen, oder? Sie glauben doch nicht, daß Mr. Twistleton Sie im Stich lassen würde?«

»Hat's auch schön gespritzt, wie er reingeplumpst ist?«
»Und wie! Es war meilenweit zu hören.«
»Mann! Da steh' ich jetzt aber wirklich tief in Ihrer Schuld, Mr. Twistleton. Haben Sie Miss Hermione irgendwo gesehen?«
Pongo hob es ein paar Zentimeter vom Sitz.
»Sie ist nicht etwa hier, oder?«
»Doch. Ich hab' gesehen, wie sie in ihrem Wagen vorgefahren ist.«
Pongo schwieg eine Weile. Er hielt seinen Kopf mit beiden Händen.
»Ich gehe wohl besser ein bißchen auf dem Tennisplatz auf und ab«, sagte er. »Die Sache verlangt konzentriertes Nachdenken.«
Er ächzte kurz und verließ das Zimmer, wobei er abermals auf glühenden Kohlen zu gehen schien. Elsie blickte ihm kritisch nach.
»Ein netter junger Herr, dieser Mr. Twistleton«, sagte sie. »Ein bißchen behämmert, finden Sie nicht auch?«
»Ein bißchen schon«, stimmte Sally bei. »Aber mir gefällt's.«

Als Hermione vor dem Gasthof Bull's Head haltmachte, stand dieser zwar noch immer an seinem angestammten Platz an der Hauptstraße, doch Otis war nicht länger zugegen. Sie erfuhr, daß er kurz zuvor weggegangen war, aber niemand wußte, wohin. Ziemlich verärgert – schließlich trifft keine Frau, die mit erfreulichen Nachrichten von Aix nach Ghent kommt, gerne ein menschenleeres Ghent an –, begab sich Hermione wieder zu ihrem Zweisitzer und nahm genau den gleichen Weg zurück, den sie gekommen war. Ihr war nämlich eingefallen, daß sie, wo sie schon einmal in der Nähe von Ashenden Manor war, die Gelegenheit gleich beim Schopfe packen und mit ihrem Verlobten ein paar Worte wechseln konnte. Zum erstenmal seit dem Mittagessen hatte sie an ihn gedacht.

Doch ihr Zorn verrauchte genauso schnell wie der Wunsch, Pongo aufzuspüren. Gerade hatte sie den ersten Meilenstein erreicht, als sie etwas wie ein Schlag ins Gesicht traf. Es fühlte sich an wie ein Blitzstrahl, doch in Wirklichkeit handelte es sich um die Grundidee für den ersten der drei Romane, die Otis Painter nun zu zwanzig und ab dreitausend verkauften Exemplaren zu fünfundzwanzig Prozent Honorar würde verlegen können. Solche Dinge stoßen Autoren ständig zu. Da sind sie irgendwo mit dem Wagen oder zu Fuß unterwegs oder sitzen vielleicht auch einfach in einem Sessel, im Kopf gähnende Leere, und plötzlich – *peng!*

Das allererste, was Autoren lernen, ist, wie verhängnisvoll es in solchen Momenten sein kann, die Eingebung nur im Hinterkopf zu behalten und darauf zu vertrauen, das gute Gedächtnis werde sie bei Bedarf schon wieder zutage fördern. Vielmehr sollten unverzüglich Notizen gemacht werden. Nachdem Hermione ihren Zweisitzer an den Straßenrand gefahren hatte, stöberte sie einen alten Briefumschlag hervor und begann zu schreiben. Sie schrieb hastig, und ihre Nasenflügel bebten.

Etwa zur selben Zeit erreichte Lord Ickenham den Bull's Head und trat durch die Tür, die in den Schankraum führte.

Mit dem lässigen Selbstvertrauen eines Mannes, der weiß, daß er willkommen ist, trat Lord Ickenham in den Schankraum, denn bei seinem vorangegangenen Besuch war ihm ein überwältigender gesellschaftlicher Erfolg vergönnt gewesen. Das stämmige blonde Schankmädchen hinter der Theke, dessen Onkel (der Wirt John Humphreys, konzessioniert zum Ausschank von Bier, Wein und Spirituosen) und etliche Stammgäste hatten ihm andächtig gelauscht. Den Einheimischen in Hampshires abgelegenen Weilern bietet sich nicht oft Gelegenheit, einem Mann zu Füßen zu liegen, der Brasilien wie seine Westentasche kennt, der seinem Alligator kalt ins Auge gesehen und ihn auf diese Art zermürbt hat und der von diesen seinen Abenteuern auch in flüssiger Sprache zu berichten weiß.

An diesem Tag spielte er vor gelichteten Reihen, ja, im Moment war einzig das Schankmädchen zugegen. Offensichtlich hatte er eine jener flauen Phasen erwischt, wie sie jedes Lokal kennt. Auch die englische Landbevölkerung kann beim besten Willen nicht rund um die Uhr zechen, und dies schien genau einer jener Momente zu sein, in denen die Bewohner von Ashenden Oakshott ihren Kehlen eine kurze Ruhepause gönnten, zweifellos geleitet vom Prinzip des *reculer pour mieux sauter*.

Doch der wahre Künstler gibt stets sein Bestes, mögen die Ränge auch noch so spärlich besetzt sein. Als Lord Ickenham einen Ellbogen auf die Theke stützte und das stämmige blonde Schankmädchen aufforderte, den Gerstensaft fließen zu lassen, deutete nichts in seinem Gebaren darauf hin, daß er bloß pflichtschuldig seinen Part herunterspielen würde. Er fuhr mit seiner Saga über das Leben am unteren Amazonas fort, als richtete er das Wort an einen brechend vollen Saal, und das Schankmädchen lauschte nicht weniger hingerissen als am Vortag.

»Das ist doch gar zu schade«, sagte sie, als er kurz innehielt, um den Bierkrug zu heben.

»Schade?« fragte Lord Ickenham, ein bißchen gekränkt, hatte er doch gerade erzählt, wie es einst einem Puma nur knapp mißglückt war, ihn auf seine Speisekarte zu setzen. »Ach so, Sie betrachten den Vorfall aus der Warte des Pumas, und Ihr weibliches Mitgefühl ist geweckt worden, weil er nicht zu der ordentlichen Mahlzeit kam, die er schon fest eingeplant hatte. Jawohl, für den Puma war das gewiß ein Schlag ins Kontor. Ich kann mich noch erinnern, daß die Augen des Tiers feucht glänzten vor all den unvergossenen Tränen.«

»Nein, nein, schade, daß Sie diesen Gentleman verpaßt ha-

ben. Es ist noch keine fünf Minuten her, da hat hier ein Gentleman einen zur Brust genommen«, erläuterte das Schankmädchen, »und mir erzählt, er sei gerade aus Brasilien zurückgekehrt. Der hätte Sie bestimmt gern kennengelernt.«
Zwar entgegnete Lord Ickenham nun, dieses Verlangen verspürten fast all seine Mitmenschen, doch insgeheim erleichterte es ihn doch, daß er nicht fünf Minuten früher eingetroffen war. In seiner augenblicklich eher vertrackten Lage ging er Gentlemen, die gerade aus Brasilien zurückgekehrt waren, lieber aus dem Weg.
»Ein Jammer«, sagte er. »Einer von der Truppe, wie? Es wäre reizend gewesen, Bekanntschaft zu schließen und Abenteuergeschichten auszutauschen.«
»Ach, da ist er ja«, sagte das Schankmädchen.
Die Tür war aufgegangen, und im Rahmen erschien nun ein älterer Herr von vierschrötigem Wuchs und kampflustigem, sonnengebräuntem Antlitz. So vortrefflich war das Bier, das im Bull's Head ausgeschenkt wurde, daß diejenigen, die das Lokal verließen, nachdem sie einen zur Brust genommen hatten, fast zwangsläufig zurückkehrten, um einen zweiten folgen zu lassen.
»Das ist der Gentleman, den ich meinte. Verzeihung, Sir«, sagte das Schankmädchen und wandte sich an den Gentleman, der auf die Theke zugetreten war, sich mit dem Ellbogen darauf abgestützt hatte und nun in stiller Erwartung die Lippen leckte, »diesen Gentleman hier sollten Sie unbedingt kennenlernen, da Sie ja gerade aus Brasilien kommen. Er kennt Brasilien wie kein zweiter. Major Plank, der große Forscher und Entdecker.«
In diesem Moment war draußen eine Stimme zu vernehmen, die offenbar John Humphreys, konzessioniert zum Ausschank von Bier, Wein und Spirituosen, gehörte. Sie brüllte »Myrtle!«, und das Schankmädchen, welches von seinen Eltern mit diesem Namen gestraft worden war, verschwand

mit einem kurzen »Bin gleich zurück«. Die Stimme hatte sich eindringlich angehört, und offenbar hatte die Nichte schon bitter erfahren müssen, daß ihr Onkel John kein Mann war, der gern wartete.
»Erzählen Sie ihm vom Puma, Major Plank«, sagte sie und hielt, bei aller Eile, kurz inne.
Normalerweise hätte Lord Ickenham diesem Wunsch umgehend entsprochen, denn er erzählte gern von Pumas und wußte auch, wie gekonnt er dies tat. Doch ein Mann von Welt lernt früh im Leben, daß es Zeiten gibt, in denen man besser keine großen Reden über diese faszinierenden Vierbeiner schwingt. Der Gentleman heftete seinen Blick auf ihn, und in seinen Augen war nicht ein Fünkchen jenes ermunternden Leuchtens zu sehen, das die Bereitschaft anzeigt, etwas über Pumas zu erfahren.
In diesem Bericht war schon mehrmals die Rede von finsteren und fischartigen Augen – diejenigen von Coggs, dem Butler von Ickenham Hall, fallen einem unwillkürlich ein –, doch keine waren finsterer und fischartiger als die dieses Gentlemans.
»Plank?« fragte er krächzend. »Habe ich richtig gehört? Sie hat Sie Major Plank genannt?«
»Genau«, sagte Lord Ickenham. »Major Plank.«
»Sind Sie Major Brabazon-Plank, der Forscher?«
»Der nämliche.«
»Ich auch«, sagte der Gentleman, den das seltsame Zusammentreffen offenbar tief beeindruckte.

12. Kapitel

Wenn zwei willensstarke Männer sich gegenüberstehen, die beide behaupten, Major Brabazon-Plank zu sein, schleicht sich notwendigerweise eine gewisse Frostigkeit ein, der ein kurzes Schweigen folgt. So jedenfalls verhielt es sich im vorliegenden Falle. Lord Ickenham ergriff als erster wieder das Wort.

»Ach, was du nicht sagst!« meinte er. »Dann schuldest du mir noch zwei Shilling.«

Sein Gegenüber kniff die Augen zusammen. Das Gespräch hatte eine Wendung genommen, die ihn offenbar verdutzte.

»Zwei Shilling?«

»Falls du nur große Scheine hast, kann ich auch wechseln.«

Major Planks mahagonifarbenes Gesicht nahm einen noch dunkleren Ton an.

»Wovon zum Teufel sprechen Sie?«

»Von zwei Shilling.«

»Sind Sie verrückt?«

»Da gehen die Meinungen auseinander. Manche sagen ja. Ich behaupte nein. Zwei Shilling«, sagte Lord Ickenham geduldig. »Es hat keinen Zweck, zu leugnen, daß du mir diese Summe schuldest, Bimbo. Du hast sie mir vor zweiundvierzig Jahren abgeknöpft, als wir an einem prächtigen Sommerabend über das Cricketfeld spazierten. ›Barmy‹, hast du damals gesagt, ›möchtest du mir zwei Shilling leihen?‹ Und ich antwortete: ›Nein, aber es wird mir wohl nichts anderes übrigbleiben‹, und so wechselte das Geld eben die Hand.«

Major Plank klammerte sich an die Theke.

»Bimbo? Barmy? Cricketfeld?« Er starrte den anderen mit unmenschlicher Anstrengung an, bis sich seine Miene plötzlich aufhellte. »Gütiger Himmel! Du bist Barmy Twistleton.«

»Das war ich damals, doch inzwischen habe ich es zu was gebracht, Bimbo. Vor dir steht Frederick Altamont Cornwallis, der fünfte Graf von Ickenham und einer der vortrefflichsten Grafen, die sich je eine Krone aufs Haupt setzten. Der Junge, den du einst als erbärmlichen Ehrenwert kanntest, gehört heute zum Hochadel des Königreichs und wird von aller Welt bewundert. Erzähl irgendeinem Menschen, du seist mit Lord Ickenham bekannt, schon katzbuckelt er und lädt dich zum Mittagessen ein.«

Major Plank nippte geistesabwesend am Bierkrug.

»Barmy Twistleton!« murmelte er. Die Begegnung hatte ihn sichtlich erschüttert. »Aber warum hast du diesem Mädchen vorgegaukelt, du wärst mit mir identisch?«

»Irgend etwas muß man doch reden.«

»Barmy Twistleton. Da bin ich aber platt. Nach all den Jahren. Ich hätte dich unmöglich wiedererkannt.«

»Genau das sagte auch Mugsy Bostock, als wir uns trafen. Kannst du dich noch an Mugsy Bostock erinnern? Hast du gewußt, daß er hier in der Gegend wohnt?«

»Ich habe gewußt, daß sein Neffe Bill Oakshott hier wohnt. Ich bin mit dem Auto hierhergekommen, um ihm einen Besuch abzustatten.«

»Aber du bist doch nicht etwa unterwegs nach Ashenden Manor?«

»Doch.«

»Mach dich schleunigst wieder auf den Heimweg, Bimbo«, sagte Lord Ickenham und klopfte ihm freundschaftlich auf die Schulter. »Du darfst auf gar keinen Fall nach Ashenden Manor kommen.«

»Warum nicht?«

»Weil ich bereits unter deinem Namen dort residiere. Es würde Mugsy in höchste Drangsal stürzen, wenn er sich mit zweien von uns abgeben müßte. Bestimmt sagst du jetzt, daß man gar nicht genug Brabazon-Planks im Haus haben kann, doch Mugsy wäre bestimmt anderer Meinung. Es würde ihn konsternieren und verdrießen.«

Major Plank trank abermals vom Bierkrug, und als Lord Ickenham darauf hinwies, daß er dessen Inhalt persönlich berappt habe und sich, sofern sein alter Freund daraus einen Umtrunkbecher machen wolle, leider gezwungen sehe, ihm die Unkosten in Rechnung zu stellen, schien jener nicht darauf eingehen zu wollen. Ihn beschäftigte vielmehr der frühere Teil des Gesprächs.

»Du wohnst unter meinem Namen bei Mugsy?«

»Richtig.«

»Er hält dich für mich?«

»Genau.«

»Warum?« fragte Major Plank und traf damit den Kern des Problems. »Warum wohnst du unter meinem Namen bei Mugsy?«

»Das ist eine lange Geschichte, Bimbo, die dich nur langweilen würde. Aber sei unbesorgt. Frag dich einfach ›Würde mein alter Kumpel so etwas ohne Motiv tun?‹ und ›Ist sein Motiv wohl gut?‹ Die Antwort auf die erste Frage lautet ›nein‹, auf die zweite ›ja‹.«

Major Plank sank in ein rammdösiges Schweigen. Er war ein eher bedächtiger Denker, und man konnte sein Hirn beinahe knirschen hören.

»Gütiger Himmel!« sagte er erneut.

Und dann schien er die Lage plötzlich in ihrem ganzen Schrecken zu erfassen. Zweifellos war er kurz in die Vergangenheit abgetaucht und hatte Reminiszenzen an den Knaben Twistleton zutage gefördert. Nicht umsonst waren die Verdrehtheiten des vor ihm stehenden Mannes damals von seinen Mitschülern mit dem Spitznamen »Barmy« kenntlich gemacht worden, was soviel wie »bekloppt« heißt. Erneut wandte er sich gedankenverloren dem Bierkrug zu, und wutentbrannt weiteten sich über diesem plötzlich seine Augen.

»Was zum Teufel denkst du dir dabei, unter meinem Namen bei anderen Leuten abzusteigen?«

»Es ist ein guter Name, Bimbo. Mit Bindestrich und allem Schnickschnack.«

»Du ruinierst meinen Ruf.«

»Ganz im Gegenteil. Das Bild, das ich in die Köpfe von groß

und klein gepflanzt habe, ist das eines Super-Plank, ja eines Plank im Quadrat. Du solltest froh sein, daß ein Mann wie ich sich so ins Zeug gelegt hat, um deinem Namen etwas Glanz zu verleihen.«

»Tu ich aber nicht. Du gehst jetzt besser zurück zu Mugsy und packst schleunigst deine Sachen. Sobald ich nämlich noch ein Glas dieses vorzüglichen Bieres intus habe, komme ich hinüber und entlarve dich.«

»Du willst mich entlarven?« Lord Ickenhams Augenbrauen hoben sich vorwurfsvoll. »Deinen alten Freund?«

»Steck dir deinen alten Freund an den Hut!«

»Einen Mitschüler, den du früher mit Tintenpfeilen beschossen hast?«

»Tintenpfeile haben damit rein gar nichts zu tun!«

»Und der dir einst zwei Shilling geborgt hat?«

»Bleib mir gestohlen mit deinen zwei Shilling!«

»Du bist hartherzig, Bimbo.«

»Nein. Aber ich habe das gute Recht, an meinen Ruf zu denken.«

»Ich habe dir schon einmal gesagt, daß er in den besten Händen liegt.«

»Weiß der Himmel, was du schon alles angestellt hast. Wenn ich nicht blitzartig etwas unternehme, ist mein guter Name endgültig im Eimer. Hör genau zu«, sagte Major Plank mit Blick auf seine Armbanduhr. »Um Punkt fünf beginne ich mit deiner Entlarvung. Du hast also noch dreiundzwanzig Minuten Zeit. Mach dich jetzt besser dünn.«

Lord Ickenham machte sich mitnichten dünn, sondern blieb stehen und betrachtete den Jugendfreund mit demselben gütigen Mitleid, das er schon gezeigt hatte, als er unter sehr ähnlichen Umständen an Wachtmeister Potter geraten war. Da er im Grunde ein weiches Herz hatte, kam er nur ungern der Pflicht nach, diesen eifrigen Geschöpfen, die in so hoffnungsfrohem Ton von seiner Entlarvung sprachen, die Suppe zu versalzen. Doch es mußte sein, und so nahm er die unangenehme Aufgabe seufzend in Angriff.

»Schlag dir sämtliche Ideen dieser Art aus dem Kopf, Bimbo. Du träumst ganz umsonst von meiner Entlarvung. Bill Oakshott hat mir alles über dich erzählt.«

»Was soll denn das heißen?«

»Du bist ein Mann mit einer Achillesferse, ein Mann mit einer verwundbaren Stelle. Du leidest unter einer hochgradigen Babyphobie. Wenn irgendwer mit einem Baby auf dich zukommt, sollst du laut Bill wie ein Wiesel davonflitzen. Falls du aber Mugsy mein kleines Geheimnis anvertraust, schlagen schon im nächsten Moment die Wellen eines schäumenden Meeres von Babys über dir zusammen. Hier steigt in Kürze ein Fest, und zu den zahlreichen Attraktionen gehört auch ein Babyschönheitswettbewerb. Und jetzt paß gut auf. In meiner Eigenschaft als Major Brabazon-Plank habe ich die Rolle des Preisrichters übernommen. Na, dämmert's langsam, in welch furchtbare Gefahr du dich begibst? Wenn du mich ausschaltest, fällt dir automatisch mein Part zu.«

»Wieso?«

»Guter Freund, weil einfach irgendein Exemplar der Spezies Brabazon-Plank die hübschen Babys beurteilen muß. Es wurde offiziell verkündet, und das gesamte Dorf ist schon ganz kribbelig. Nach meiner Abreise wärst du der einzige Brabazon-Plank in Reichweite. Und wenn du glaubst, daß Mugsy, ein resoluter Mann, und seine Gattin, eine noch resolutere Frau, es zulassen, daß du dich verdrückst, bist du schief gewickelt. Mach dir keine Illusionen, Bimbo. Du wirst dran glauben müssen.«

Seine erbarmungslose Klarheit zeitigte Wirkung. Zwar war Major Planks Bräune so ausgeprägt, daß sich unmöglich feststellen ließ, ob er darunter erbleichte, doch ihn schauderte heftig, und in seinen Augen lag jener Ausdruck, der sich in die Augen aller Männer schleicht, die in schreckliche Abgründe blicken.

»Warum verpflichtet man denn nicht den Kuraten?« rief er laut und kämpfte sichtlich mit einem wachsenden Groll. »Bei uns in Lower Shagley war es stets der Kurat, der bei diesen verfluchten Babyschönheitswettbewerben den Preisrichter machte. Dazu sind Kuraten doch da.«

»Der Kurat hat die Masern.«

»Blöder Hund.«

»Sehr kaltherzig gegenüber einem Mann, der übersät mit rosa Pünktchen darniederliegt, aber ich kann deine Gefühle verstehen, weiß ich doch, wie bitter dieser Augenblick für dich sein muß, mein armer alter Bimbo. Es gibt wohl kaum etwas Abscheulicheres, als einen Burschen entlarven zu wollen, es aber nicht zu können, und ich würde dir ja gern helfen, wenn es mir nur möglich wäre. Aber ich weiß wirklich keinen Rat. Wenn du vielleicht ... Nein, das geht nicht. Oder ... Nein, ich fürchte, das funktioniert genausowenig. Du wirst die Idee wohl fallenlassen müssen. Als einzigen schwachen Trost kann ich dir anbieten, daß in hundert Jahren ohnehin kein Hahn mehr danach kräht. Tja, mein Guter, es war reizend, dich nach all den Jahren wiederzusehen, und ich wünschte, ich könnte noch ein bißchen weiterplaudern, aber leider muß ich mich auf die Socken machen. Du weißt doch, wie beschäftigt wir Brabazon-Planks immer sind. Besuch mich doch einmal in meinem Heim, das ist gar nicht weit von hier, dann können wir in epischer Breite über die gute alte Schulzeit und Brasilien plaudern, aber selbstverständlich«, sagte Lord Ickenham entgegenkommend, »auch über jedes andere Thema, das du zu diskutieren wünschst. Und bring dann bitte auch die zwei Shilling mit, sofern du sie erübrigen kannst.«

Nachdem er ihm noch einmal freundlich auf die Schulter geklopft hatte, trat er ins Freie, während Major Plank keuchend nach dem Trinkkrug griff und ihn bis zur Neige leerte.

Das Handlungsgerüst von Hermiones Roman nahm prächtig Form an. Wie so oft, wenn einer Autorin die Grundidee für eine Erzählung kommt und sie diese zu notieren beginnt, hatten sich zahlreiche weitere Ideen aufgedrängt und ebenfalls notiert werden wollen. Es dauerte nur wenige Minuten, bis sich der Briefumschlag als unzulänglich für die Aufnahme all der glänzenden Einfälle erwies, die sich in ihrem Kopf nach vorn zwängten. Gerade hatte sie die Rückseite ihres Führerscheins zu beschreiben begonnen, als sie hochblickte und einen distinguiert wirkenden älteren Herrn auf sich zukommen sah, der seinen Hut mit erlesener Grandezza zog.

»Guten Tag«, sagte er.

Angesichts der gelockerten Sitten passiert es jungen Frauen von aufreizender Schönheit heutzutage ziemlich häufig, daß Hüte ziehende Unbekannte männlichen Geschlechts auf sie zukommen. Wenn Hermione Bostock solches widerfuhr, neigte sie zur Schroffheit, so daß der Vertreter der anderen Seite meist mit dem Gefühl davontaumelte, bei einer Wildkatze Anstoß erregt zu haben. Es spricht deshalb sehr für Lord Ickenhams vollendete Etikette, daß Hermione unschlüssig war. Zwar zuckten ihre Augenbrauen leicht, als wollten sie sich heben, doch sie machte keine Anstalten, vom Leder zu ziehen.

»Miss Bostock, wenn ich nicht irre? Mein Name ist Brabazon-Plank. Ich weile als Gast im Haus Ihres Vaters.«

Das änderte natürlich alles. Einer aus dem Familienverband. Hermione gab sich nun herzlicher.

»Oh, freut mich.«

»Ganz meinerseits. Hätten Sie eine Minute Zeit?«

»Aber selbstverständlich. Merkwürdig, daß Sie gleich wußten, wer ich bin.«

»Keineswegs. Sie verfügen, wenn Sie mir die Bemerkung gestatten, über Züge, die man, hat man sie einmal erblickt, nie mehr vergißt. Es war mir vergönnt, eine Fotografie von Ihnen betrachten zu dürfen.«

»Ach so, die aus dem *Tatler.*«

»Nein, nein, nicht die aus dem *Tatler,* sondern jene andere, die Ihr Cousin William Oakshott stets an seinem Herzen trägt. Ich sollte vielleicht erklären«, sagte Lord Ickenham, »daß ich die Amazonas-Expedition leitete, deren formidabelster Teilnehmer Bill Oakshott war, und jedesmal, wenn er leichtes Fieber hatte, zog er Ihre Fotografie hervor und küßte sie, und dabei murmelte er mit schwacher Stimme: ›Ich liebe sie, ich liebe sie, ich liebe sie.‹ Das hat mich zutiefst berührt, und ähnlich erging es auch dem Rest der Expeditionsteilnehmer. Wir fühlten uns sogleich als bessere, edlere Menschen.«

Hermione starrte vor sich hin. Wäre sie nicht so schön gewesen, hätte man behaupten können, sie glotze. Diese Offenbarung einer Leidenschaft, die sie nie auch nur geahnt hatte, kam für sie aus heiterem Himmel. Da sie Bill als eine Art Bruder ansah, hatte sie stets geglaubt, auch er sehe sie als eine Art Schwester an. Es war, als hätte sie jahrelang arglos neben einem sanften englischen Hügel gelebt, um eines Morgens festzustellen, daß es sich um einen prall mit geschmolzener Lava angefüllten Vulkan handelte.

»Und glauben Sie bloß nicht«, fuhr Lord Ickenham fort, »daß er nur mit erhöhter Temperatur so sprach. Es verging kaum eine halbe Stunde, ohne daß er Ihre Fotografie gezückt und geküßt hätte. Sie sehen also, daß er Sie nicht vergaß, als er in der Ferne weilte, im Gegensatz zu vielen jungen Männern, die ihre Verlobten, kaum haben sie fremden Boden unter den Füßen, nur zu gern vergessen. Sein Herz war ohne Falsch. Denn wenn er ›ich liebe sie, ich liebe sie, ich liebe sie‹ sagte, ließ das in meinen Augen nur einen Schluß zu. Er wollte damit sagen, daß er Sie liebe. Und erlauben Sie mir die Bemerkung«, fuhr Lord Ickenham väterlich lächelnd fort, »daß es mich ungemein entzückt, Sie endlich kennenzulernen und mit einem Blick zu sehen, daß Sie genau die Richtige für ihn sind. Diese Verlobung freut mich außerordentlich.«

»Aber …«

»Er macht eine gute Partie. Genau wie Sie, meine Teure. Es gibt nur wenige Männer, die ich mehr schätze als William Oakshott. In meinem ganzen Bekanntenkreis wäre er der erste, den ich an meiner Seite wünschte, wenn mir irgendein Alligator dumm käme. Und obwohl man mit einiger Berechtigung sagen könnte, daß Alligatoren in der landläufigen Durchschnittsehe eine untergeordnete Rolle spielen, kann es doch nicht schaden, wenn eine junge Frau einen Gemahl hat, der diese Biester in die Schranken zu weisen vermag. Wer imstande ist, den Rachen eines Alligators mit einem Stecken aufzusperren und gleichzeitig dem wild um sich schlagenden Schwanz auszuweichen und das Tier schließlich mit einem Schlachtbeil in die ewigen Jagdgründe zu befördern, von dem kann man sich wohl auch Beistand erhoffen, wenn man die Köchin zum Teufel jagt. Niemand wird also aus vollerer Kehle jubilieren als ich, wenn die Hochzeitsglocken läuten und Sie an Bill Oakshotts sehnigem Arm aus der kleinen Dorfkirche treten. Es wird doch bestimmt bald soweit sein, oder, wo er doch jetzt wieder bei Ihnen ist?«

Er hielt inne und strahlte gutmütig, während Hermione, die bereits mehrmals zum Sprechen angesetzt hatte, nun endlich Gelegenheit dazu fand.

»Aber ich bin doch gar nicht mit Bill verlobt.«

»Unsinn! Sie müssen es sein. Was hätte sonst wohl das ständige ›ich liebe sie, ich liebe sie, ich liebe sie‹ sollen?«

»Ich bin mit einem anderen verlobt. Wenn Sie in Ashenden Manor wohnen, sind Sie ihm bestimmt auch schon begegnet.«

Lord Ickenham schnappte nach Luft.

»Sie meinen doch nicht etwa die Knalltüte Twistleton?«

Etwas von der Frostigkeit, die sonst Hüte ziehende Unbekannte bei ihr auslösten, schlich sich in Hermiones Haltung.

»Sein Name ist Reginald Twistleton«, sagte sie und ließ ihre

Augen kurz aufblitzen. »Es tut mir leid, daß Sie ihn als Knalltüte ansehen.«

»Gutes Kind, es geht nicht darum, ob *ich* ihn als Knalltüte ansehe. Alle Welt sieht ihn als Knalltüte an. Begeben Sie sich in irgendeine Runde, in der er eine bekannte Größe ist, und fragen Sie den ersten besten: ›Kennen Sie Reginald Twistleton?‹ und seine Antwort wird lauten: ›Ach, Sie meinen die Knalltüte?‹ Gütiger Himmel, Kindchen, denken Sie nicht im Traum daran, Reginald Twistleton zu ehelichen! Selbst wenn auf Ihrer Warteliste kein Bill Oakshott stünde, wäre das heller Wahnsinn. Wie könnten Sie glücklich sein an der Seite eines Mannes, der ständig bei Hunderennen festgenommen wird?«

»Was!?«

»Unaufhörlich, könnte man schon fast sagen. Und dazu auch noch falsche Angaben über Name und Adresse macht.«

»Sie reden wirres Zeug.«

»Meine Liebe, das alles sind bestens dokumentierte Fakten. Wenn Sie mir nicht glauben wollen, dann schleichen Sie sich doch einmal von hinten an den jungen Twistleton an und rufen Sie ihm ins Ohr: ›Juhu, Edwin Smith, Nasturtium Road Nummer 11, East Dulwich!‹, und dann schauen Sie mal, was für einen Satz er macht. Ich weiß ja nicht, wie Sie darüber denken, aber ich empfinde es schon als leicht anrüchig, zu Hunderennen zu gehen, treibt sich doch an solchen Orten ein kunterbuntes Volk herum. Aber wenn ein junger Mann schon zum Hunderennen geht, dann sollte man wenigstens erwarten dürfen, daß er sich nicht in ungebührlicher Weise aufführt und von der Polizei hopsgenommen wird. Und falls Sie nun das Verhalten dieses Twistleton damit entschuldigen wollen, daß er damals angetrunken gewesen sei, kann ich bloß sagen, daß ich Ihre Nachsicht nicht teile. Zweifellos war er angetrunken, aber das macht die Sache für mich nicht besser. Ihnen ist doch wohl bekannt, daß er ein Schluckspecht ist, oder?«

»Ein *was?*«
»Das hat mir Ihr Herr Papa erzählt.«
»Aber Reginald ist doch Abstinenzler.«
»Mag sein, solange Ihr Auge auf ihm ruht. Aber wirklich nur dann. Ansonsten zieht er das Zeug rein wie ein Staubsauger. Sie hätten letzte Nacht hier sein sollen. Er hat sich hinuntergeschlichen, als alle im Bett lagen, und eine veritable Orgie gefeiert.«
Hermione hatte das Gespräch eigentlich mit einer kühlen Abschiedsfloskel und dem Einlegen des ersten Gangs beenden wollen, doch nun erkannte sie, daß sie mit der Abfahrt noch warten mußte. Eine junge Frau, die ihren Auserwählten immer als reine, unbefleckte Seele wahrgenommen hat und plötzlich erkennen muß, daß er etwa so unbefleckt ist wie das Unterhemd eines Dockarbeiters, sagt nicht »Ach ja? Also schön, ich muß jetzt weiter.« Sie sitzt steif da. Sie ringt nach Luft. Sie harrt der Dinge, die da kommen sollen.
»Erzählen Sie mir alles«, sagte sie.
Als Lord Ickenham dazu ausholte, verstärkte sich der grimmige Ausdruck auf Hermione Bostocks hübschem Gesicht noch. Wenn es etwas gibt, was einer Frau von hohen Idealen mißfällt, dann ist es die Erkenntnis, eine Natter an ihrem Busen genährt zu haben. Und daß Reginald Twistleton eine besonders heimtückische Natter war, der es wie jeder landläufigen Natter an Freimut und Aufrichtigkeit gebrach, schien mit jedem Wort deutlicher zu werden.
»Oh!« sagte sie.
»Soso!« sagte sie.
»Fahren Sie fort«, sagte sie.
Die Geschichte neigte sich dem Ende zu. Schließlich verstummte Lord Ickenham, und Hermione saß mit versteinertem Blick da. Sie stellte etwas Seltsames mit ihren Zähnen an – vermutlich war es jenes »Knirschen«, von dem man so viel liest.

»Es ist natürlich auch denkbar«, sagte Lord Ickenham mit gewohnter Nachsicht, »daß er einfach nicht alle Tassen im Schrank hat. Ich weiß nicht, ob Sie mit der Geschichte seiner Familie halbwegs vertraut sind, aber mir hat er erzählt, er sei der Neffe von Lord Ickenham. Und dabei wird ja wohl jeder skeptisch den Mund spitzen. Kennen Sie Lord Ickenham?«

»Nur von den Geschichten, die man sich erzählt.«

»Und was für Geschichten das sind! Weite Kreise vertreten die Meinung, daß man ihn schon vor Jahren für unzurechnungsfähig hätte erklären sollen. Meines Wissens bekommt er vom Irrenhaus Colney und ähnlichen Anstalten dauernd die verlockendsten Angebote. Und Wahnsinn wird bekanntlich oft vererbt. Als ich dem jungen Twistleton zum erstenmal begegnete, konnte ich mich des Eindrucks nicht erwehren, er stehe mit einem Fuß schon in der Klapsmühle, und der merkwürdige Vorfall heute morgen, den mir Bill Oakshott zutrug, hat mich in meiner Ansicht nur noch bestärkt.«

Hermione erzitterte. Mit einem zweiten Akt hatte sie gar nicht gerechnet.

»Merkwürdiger Vorfall?«

»Es geschah kurz nach dem Frühstück. Als Lady Bostock sich gerade ihrem Zimmer näherte, hörte sie, wie sich darin etwas bewegte, und als sie dann im Kleiderschrank nachsah, kauerte auf dem Boden Reginald Twistleton. Er erklärte, daß er sich ihren Lippenstift habe borgen wollen.«

Hermione packte den Führerschein so fest, daß ihre Knöchel weiß herausstanden. Schon der erste Akt hatte sie bis ins Innerste aufgewühlt, doch der zweite war noch viel stärkerer Tobak.

Als wir vom Mißfallen berichteten, das Nattern bei prinzipientreuen jungen Frauen auslösen, versäumten wir festzustellen, daß jenes noch markanter ausfällt, wenn sie entdekken, daß diese Lippenstift benutzen. Daß ihr einstiges Idol auf tönernen Füßen stand, war schlimm genug, doch daß es zusätzlich zu den tönernen Füßen am anderen Ende auch noch einen Mund hatte, der offenbar von Zeit zu Zeit aufgefrischt werden mußte, setzte dem Ganzen endgültig die Krone auf. Noch heute sprechen die Menschen vom großen Börsenkrach des Jahres 1929 und fragen schaudernd, ob man sich noch erinnere, wie US Steel und Montgomery Ward im Monat Oktober ins Bodenlose stürzten. Doch selbst jene legendäre Abwertung einst mündelsicherer Papiere läßt sich nicht vergleichen mit der nun zu beobachtenden rasanten und schwindelerregenden Talfahrt der Twistleton-Vorzugsaktie.

Klackend schlugen Hermiones Zähne zusammen.

»Ich werde mit Reginald reden!«

»Tun Sie das. Ich finde, es ist Ihr gutes Recht, eine Erklärung zu verlangen. Man muß sich schon fragen, ob Reginald Twistleton überhaupt weiß, was recht und was unrecht ist.«

»Darüber werde ich ihn schon aufklären«, sagte Hermione.

Als sie davonfuhr, sah Lord Ickenham mit Freude, wie sie aufs Gaspedal trat. Ihm behagte die Art und Weise, in der sie zu ihrem Stelldichein flitzte. Genau die richtige Haltung, so fand er.

Er kletterte die fünf Querstangen des Tores am Straßenrand hoch und ließ sich dahinter auf der duftenden Wiese nieder. Sein Blick richtete sich zum wolkenlosen Himmel, er sann darüber nach, wie schön es doch war, Licht und Sonne in alle Herzen zu zaubern, und wie glücklich er sich schätzen durfte, daß er an diesem Nachmittag so reichlich Gelegenheit dazu gehabt hatte. Obwohl ihn kurzfristig Mitleid ergriff, als er sich das Zusammentreffen von Pongo mit dieser wutentbrannten jungen Frau ausmalte, unterdrückte er dieses. Pongo würde – so er denn mit dem Leben davonkam – bestimmt nichts als tiefe Dankbarkeit für seinen Onkel empfinden, der sich so selbstlos für ihn eingesetzt hatte. Müdigkeit überkam Lord Ickenham, und seine Augenlider fielen zu.

Hermione hatte inzwischen das Anwesen erreicht und hielt mit quietschenden Bremsen auf dem knirschenden Kies vor dem Hauptportal. Sie wollte schon ins Haus gehen, als sie aus dem Zimmer linker Hand die Stimme ihres Vaters vernahm.
»RAUS!« sagte diese, und kurz darauf erschien Wachtmeister Potter mit der Haltung eines Polizisten, der durch die Hölle gegangen ist. Hermione trat zur Verandatür.
»Vater«, sagte sie, »weißt du, wo Reginald steckt?«
»Nein.«
»Ich möchte mit ihm reden.«
»Warum?« fragte Sir Aylmer, den ein solcher Wunsch offenbar krankhaft anmutete.
»Ich habe die Absicht«, sagte Hermione und knirschte abermals mit den Zähnen, »unsere Verlobung aufzulösen.«
In diesem Moment erblickte sie eine schlanke Gestalt, die auf dem Tennisplatz auf und ab ging. Während sie auf diese zueilte, schossen ihr kleine Stichflammen aus den Nasenlöchern.

Drüben im Bull's Head war Myrtle nach Ende ihrer Unterredung mit Onkel John wieder an ihren Posten in der Gaststube zurückgekehrt. Der Gentleman stand, den Blick auf den leeren Bierkrug geheftet, noch immer an der Theke, jetzt allerdings allein.
»Hallo«, sagte sie enttäuscht, denn sie hatte gehofft, noch mehr über Brasilien zu erfahren, wo das Recht des Stärkeren galt und ein strammer Bursch' ganz in seinem Element war. »Hat sich Major Plank verkrümelt?«
Der Gentleman nickte mürrisch. Einer schärferen Beobachterin als Myrtle wäre aufgefallen, daß ihm das Thema Major Plank zuwider war.
»Hat er Ihnen vom Puma erzählt? Nein? Das war hochinteressant. Er bahnte sich gerade den Weg durch den Dschungel, um Paranüsse zu sammeln, als wie aus dem Boden geschossen ein Puma vor ihm stand … wie bitte?«

Der Gentleman, der den Puma soeben leise zum Teufel gewünscht hatte, wiederholte seine Bemerkung nicht, sondern verlangte ein großes Bier.
»Mich hätte das entsetzt, ich geb's zu«, fuhr das Schankmädchen fort. »Jawohl, Sir, ich möchte sogar behaupten, ich hätte Todesängste ausgestanden. Diese Pumas springen einem nämlich ins Genick und schnappen zu, was nun wirklich nichts Angenehmes ist. Aber Major Plank ist eben ein furchtloser Kerl. Er hatte nichts als sein Gewehr und seinen getreuen eingeborenen Träger ...«
Der Gentleman wiederholte den Wunsch nach einem Bier mit derart schneidender Stimme, daß man ihm einfach Gehör schenken mußte. Hochmütig tat das über den angeschlagenen Ton gekränkte Schankmädchen, wie ihr geheißen, und zapfte das Bier, und der Gentleman sagte, nachdem er einen tiefen Schluck genommen hatte, »Ha!«. Das Schankmädchen sagte nichts. Sie blieb pikiert.
Doch selbst Pikiertheit vermag ein Schankmädchen nicht auf Dauer am Sprechen zu hindern. Nachdem sie herausfordernd ein paar Gläser poliert hatte, nahm sie das Gespräch bald wieder auf, doch diesmal wählte sie ein Thema, das weniger geeignet schien, wilde Leidenschaften zu entfesseln.
»Onkel John regt sich ganz fürchterlich auf.«
»Wessen Onkel John denn?«
»Mein Onkel John. Der Wirt dieses Lokals. Haben Sie ihn vorhin nicht rumtoben hören?«
Der durch das Bier etwas besänftigte Gentleman bedeutete ihr schon fast liebenswürdig, auch ihm sei John Humphreys Erregung nicht entgangen. Jawohl, sagte er, er habe ihn vorhin rumtoben hören.
»Das dacht' ich mir doch. Bestimmt hat man ihn bis in den hintersten Zipfel von Cornwall gehört. Ihm sind die Sicherungen durchgebrannt. Aber zuerst muß ich Ihnen erklären«, sagte das Schankmädchen, welches nun richtig in Fahrt kam,

»daß hier in Kürze ein Fest steigen wird. Es ist ein alljährliches Fest, das heißt, es findet einmal pro Jahr statt. Und zu diesem alljährlichen Fest gehört auch jedesmal ein Babyschönheitswettbewerb … wie bitte?«

Der Gentleman antwortete, er habe nichts gesagt.

»Ein Babyschönheitswettbewerb«, nahm das Schankmädchen den Faden wieder auf. »Das ist so ein Wettbewerb für die hübschesten Babys. Wenn Sie also ein hübsches Baby haben, dann melden Sie es zum Babyschönheitswettbewerb an, und wenn der Preisrichter findet, Ihr hübsches Baby sei ein hübscheres Baby als all die anderen hübschen Babys, dann kriegt es den ersten Preis. Falls Sie verstehen, was ich meine.«

Der Gentleman antwortete, er verstehe, was sie meine.

»Und Onkel John wollte nun seinen kleinen Wilfred an den Start schicken und rechnete fest damit abzuräumen, ja, er setzte zusammen mit anderen Spielernaturen aus dem Dorf sogar sage und schreibe hundert Flaschen Bier mit acht zu eins auf ihn. Und was glauben Sie, ist nun passiert?«

Der Gentleman antwortete, er habe keinen Schimmer.

»Mr. Brotherhood, der Kurat, hat sich doch tatsächlich die Masern geholt, und nun fliegen also die Bazillen wild in der Gegend rum, und inzwischen haben sich so viele Leute angesteckt, daß es laut dem Vikar zu gefährlich sein soll, den Babyschönheitswettbewerb überhaupt noch durchzuführen, weshalb man ihn eben abgeblasen hat.«

Sie hielt inne und freute sich, daß ihre Geschichte so großen Anklang gefunden hatte. Mochte ihr Zuhörer auf Anekdoten von Major Plank im Reich der Pumas auch sehr zurückhaltend reagiert haben, so hatte er auf diese schlichte Erzählung aus dem englischen Landleben doch hervorragend angesprochen. Bedachte man allerdings die im Kern tragische Geschichte, war es schon etwas befremdlich, daß das von ihm erlebte Gefühl offensichtlich Freude war. Ein recht strahlender Ausdruck trat in seine Augen, als wäre ihm ein Stein vom Herzen gefallen.

»Abgeblasen«, sagte das Schankmädchen. »Das heißt, er fällt aus. Entsprechend sind sämtliche Wetten null und nichtig, wie man so schön sagt, und Onkel John wird nichts von seinen Bieren zu sehen kriegen.«

»Schade«, sagte der Gentleman. »Können Sie mir sagen, wie ich nach Ashenden Manor komme?«

»Geradeaus und nach der Tür rechts.«

»Vielen Dank«, sagte der Gentleman.

13. Kapitel

Daß sich Wachtmeister Potter, nachdem er in sein Häuschen zurückgekehrt und in eine trockene Uniform geschlüpft war, stracks nach Ashenden Manor begeben würde, um mit Sir Aylmer Bostock zu sprechen, hatte man erwarten können. Sir Aylmer war der Präsident des örtlichen Amtsgerichts, und Potter betrachtete ihn als seinen natürlichen Beschützer. Das Wasser des Teichs war noch kaum über seinem Kopf zusammengeschlagen, da sagte er sich schon, daß die Aufmerksamkeit des großen Häuptlings auf den Vorfall gelenkt werden müsse.

Allerdings war ihm nicht bewußt, daß er, indem er genau jetzt um dessen Gehör bat, nichts Geringeres tat, als einen übellaunigen Tiger mit einem kurzen Stecken zu reizen. Keine warnende Stimme flüsterte ihm »Obacht, Potter!« ins Ohr, um schnell hinzuzufügen, daß die Seele seines Vorgesetzten, nachdem dieser eine Schadenersatzklage hatte zurückziehen müssen, auf die er sich schon seit Wochen wie ein Kind gefreut hatte, einem brodelnden Strudel schwarzer Haßgefühle glich und er mit viel größerer Wahrscheinlichkeit einen Polizisten ins Bein beißen würde, als geduldig dessen Wehklagen zu lauschen.

Die Erkenntnis, daß dem so war, stellte sich bei Potter jedoch fast augenblicklich ein. Er hatte ungefähr eine Minute gesprochen, als Sir Aylmer dazwischenfuhr und eine Frage an ihn richtete.

»Ja, haben Sie denn einen in der Krone, Sie kreuzverfluchter Potter?« erkundigte sich Sir Aylmer und betrachtete ihn mit einer Art rasendem Abscheu. Ein Mann, der sich in sein Kuriositätenkabinett begeben hat, weil er erstens mit seinen Sorgen allein sein, zweitens über die Zerschlagung all seiner Hoffnungen gründlich nachdenken und drittens auch noch darüber meditieren will, wie schön das Leben hätte sein können, wäre ihm eine dieser kleinlauten, altmodischen Töchter vergönnt gewesen, die immer nur »Jawohl, Papa!« sagen, möchte zu allerletzt von Polizisten mit komplizierten Geschichten behelligt werden. »Wovon reden Sie überhaupt? Ich verstehe kein Wort.«

Wachtmeister Potter zeigte sich überrascht. Ihm war nicht bewußt gewesen, daß er sich unklar ausgedrückt hatte. Zudem schockierte ihn die Entdeckung, daß er das Zucken in den Gliedern seines Zuhörers und das rote Funkeln in dessen Augen falsch interpretiert hatte. Ihm waren diese Phänomene als die natürliche Bestürzung eines Ehrenmannes vorgekommen, dem ein anderer Ehrenmann Freveltaten zuträgt, die gegen seine, des zweiten Ehrenmannes, Person verübt worden sind, und nun deutete alles darauf hin, daß er sich getäuscht hatte.

»Ich beziehe mich auf diese schwere Körperverletzung, Sir.«

»Welche schwere Körperverletzung?«

»Von der ich Ihnen erzählte, Sir. Ich wurde in der Nähe vom Ententeich tätlich angegriffen.«

Der Verdacht, daß der Redner einen gezwitschert hatte, verstärkte sich bei Sir Aylmer. Selbst ein Reginald Twistleton hätte auf dem Höhepunkt einer seiner nächtlichen Orgien vermutlich gezögert, eine solche Aussage zu machen.

»Vom Ententeich?« wiederholte Sir Aylmer mit großen Augen.

»Jawohl, Sir.«

»Wie kann man denn von einem Ententeich tätlich angegriffen werden, verdammt noch mal?«

Wachtmeister Potter erkannte die Ursache für das Mißverständnis. Die Sprache wimmelt bekanntlich von solchen Fallgruben.

»Als ich ›vom Ententeich‹ sagte, meinte ich nicht ›tätlich angegriffen vom Ententeich‹, sondern ›in der Nähe vom Ententeich‹. Das heißt«, erklärte Wachtmeister Potter gerade noch rechtzeitig, »›angrenzend an‹ oder auch ›unweit vom‹, im Grunde sogar ›am Rande vom‹. Ich fiel einer schweren Körperverletzung am Rande vom Ententeich zum Opfer, Sir. Jemand schubste mich hinein.«

»Schubste Sie hinein?«

»Schubste mich hinein, Sir. Man könnte sagen, irgendwie, ein Individuum, wo mir was nachträgt.«

»Wer war es denn?«

»Eine scharlachrote Frau, Sir«, sagte Wachtmeister Potter, die Bibel anrufend. »Das heißt, sie trug eine rote Jacke und so 'ne Art rotes Dingsbums um den Kopf, man könnte sagen, irgendwie, ein Kopftuch.«

»War es ein Kopftuch?«

»Jawohl, Sir.«

»Und warum sagen Sie dann ›man könnte sagen, irgendwie, ein Kopftuch‹? Ich habe als Richter schon oft die idiotische und trottelhafte Art rügen müssen, mit der ihr vermaledeiten Polizisten immer eure Aussagen macht. Haben Sie diese Frau gesehen?«

»Ja und nein, Sir.«

Sir Aylmer schloß die Augen. Er schien um Kraft zu beten.

»Was meinen Sie mit ja und nein?«

»Ich meine damit, Sir, es war nicht so, daß man sagen könnte, irgendwie, ich habe sie richtig gesehen. Ich erspähte sie kurz, wie sie sich aus dem Staub machte, man könnte sagen, irgendwie, ich habe einen Blick von ihr erheischt.«

»Sie meinen erhascht?«

»Jawohl, Sir.«

»Dann sagen Sie gefälligst auch erhascht. Und falls Sie die Formulierung ›man könnte sagen, irgendwie‹ noch ein einziges Mal gebrauchen, dann … Könnten Sie diese Frau identifizieren?«

»Ob ich ihre Personalien feststellen könnte?« fragte Wachtmeister Potter, eine sanfte Korrektur anbringend. »Jawohl, Sir, falls ich sie arretieren könnte. Aber ich weiß nicht, wo sie steckt.«

»Bei mir ist sie jedenfalls nicht.«

»Nein, Sir.«

»Und warum belästigen Sie mich dann? Was erwarten Sie denn von mir?«

Ganz allgemein gesprochen erwartete Wachtmeister Potter von Sir Aylmer, daß dieser die Gegend weiträumig absuchen und die Häfen überwachen lassen würde, doch bevor er das sagen konnte, hatte der andere schon einen weiteren Aspekt der Affäre angeschnitten.

»Was hatten Sie denn beim Ententeich zu suchen?«

»Ich spuckte und sinnierte, Sir. Wenn ich meine Runde mache, bleibe ich meistens dort stehen, und auch heute nachmittag blieb ich kurz vor Verübung der Freveltat dort stehen. Ich vernahm hinter mir ein Geräusch, man könnte sagen, irgendwie, einen Schritt, und im nächsten Moment stieß mich etwas ins Kreuz, man könnte sagen, irgendwie, eine Hand …«

»RAUS!« sagte Sir Aylmer.

Wachtmeister Potter zog sich zurück. Er überquerte die

Terrasse, blieb beim Gebüsch auf der anderen Seite stehen, zündete sich eine Pfeife an und spuckte und sinnierte. Es sei hier nicht verschwiegen, daß sein Sinnieren von Bitterkeit und sein Spucken von Ernüchterung geprägt war.

So wie der beste Freund eines Knaben dessen Mutter ist, so ist der Stecken und Stab eines Polizisten der Amtsgerichtspräsident. Wenn der Himmel sich verfinstert, ist es der Gedanke an den Amtsgerichtspräsidenten, der die Sonne wieder durch die Wolken scheinen läßt, und entsprechend glaubt er auch beim Amtsgerichtspräsidenten auf Verständnis und Mitgefühl für seine Sorgen und Nöte zu stoßen. Wer kam gerannt und fing mich auf, wer bremste meiner Tränen Lauf mit Küssen, bis ich war wohlauf? Der Amtsgerichtspräsident. So lautet das Credo des Polizisten.

Folglich wird jeder, der als Knabe einmal zu seiner Mutter lief, um ihr von dem argen Unrecht zu berichten, das ihm widerfahren, und statt Anteilnahme nichts als einen Tritt in den Hintern erhielt, volles Verständnis für den Verdruß dieses Gesetzeshüters haben, der sich nun die Szene noch einmal durch den Kopf gehen ließ. Sir Aylmers Haltung hatte ihn gekränkt und enttäuscht. Wenn dies die Art war, wie die wohlbegründeten Klagen eines Wachtmeisters von Menschen behandelt wurden, deren Pflicht es war, mit Trost und Zuspruch zur Stelle zu sein, dann hatte Elsie vielleicht recht mit ihrer Meinung, er solle möglichst rasch den Polizeidienst quittieren.

Wäre man auf Harold Potter zugetreten, wie er nun im Gesträuch stand, seine Pfeife rauchte und verbittert spuckte, und hätte man ihn gefragt: »Na, Wachtmeister Potter, wie steht's denn so?«, dann hätte er geantwortet, ihm stehe es bis hierhin. Und fraglos hätte sich diese Stimmung noch weiter verdüstert, wäre nicht etwas geschehen, was ihn jäh von allen Gedanken über das traurige Los des Polizisten abbrachte. Durch die Zweige konnte er die Hausfassade gut einsehen,

und genau in diesem Augenblick erschien auf dem Balkon vor einem der Fenster im Obergeschoß eine weibliche Gestalt mit roter Jacke und einem roten Dingsbums auf dem Kopf, man könnte sagen, irgendwie, mit einem Kopftuch. Die Gestalt trat ans Balkongeländer, schaute erst nach links, dann nach rechts und ging ins Zimmer zurück.
Harold Potter betrachtete das Geschehen offenen Mundes. Ein Beben durchlief ihn von der Spitze seines Helms bis zu den Sohlen seiner Dienststiefel. Er wollte bereits »Mann!« sagen, doch das Wort blieb in seinem Schnurrbart hängen.
Harold Potter war sehr wohl in der Lage, logisch zu denken. Eine mysteriöse Frau mit roter Jacke hatte ihn in den Ententeich geschubst. Eine mysteriöse Frau mit roter Jacke hielt sich im Zimmer des Obergeschosses auf. Schon bald meldete sich bei ihm der Verdacht, die beiden mysteriösen Frauen könnten identisch sein.
Doch wie sollte man sich Gewißheit verschaffen?
Er sah sich vor die Wahl zwischen zwei Vorgehensweisen gestellt. Entweder er informierte Sir Aylmer, oder aber er eilte flugs hinüber zum Schuppen, in dem eine leichte Leiter stand, griff sich diese leichte Leiter, ging mit ihr zum Haus, lehnte sie an die Mauer und stieg zu dem Fenster im Obergeschoß hoch, um hineinzuspähen. In aller Ruhe würde er sich so aus nächster Nähe Aufschluß über die Identität der Gestalt mit der roten Jacke verschaffen können.
Er schwankte nicht lange zwischen diesen beiden Möglichkeiten. Nachdem er fast augenblicklich die Idee verworfen hatte, Sir Aylmer zu informieren, klopfte er seine Pfeife aus und ging hinüber zum Schuppen.

Sally, die längst ihren Tee ausgetrunken und ihren gebutterten Toast aufgegessen hatte, fühlte sich zusehends einsam. Es war schon ziemlich lange her, seit Pongo sie verlassen hatte, und sie sehnte seine Rückkehr herbei. Hingelagert auf die

Chaiselongue, überlegte sie sich, was für ein Bählamm er doch sei, und wünschte sich, er möge wiederkommen, damit sie ihm abermals über den Kopf streicheln und ihm sagen konnte, wie sehr sie ihn liebte.

Die Liebe ist ein seltsam Ding, über das man sich kein Urteil anmaßen soll. Wenn Mensch A in Mensch B einen Reiz entdeckt, der der Allgemeinheit entgeht, dann hat diese Allgemeinheit die Situation ohne Murren zu akzeptieren, so wie sie ohne Murren, wenn auch vielleicht mit einem leisen Seufzen des Bedauerns, die Tatsache akzeptierte, daß Mr. Brotherhood, der Kurat, an Masern erkrankt war.

Es wäre zwecklos gewesen, hätte ein klarsichtiger Dritter beim Anblick der mit gefalteten Händen und glänzenden Augen auf der Chaiselongue lagernden Sally, in deren überschäumendem Herzen einzig und allein Pongo Platz hatte, diese angetippt und ihr klarzumachen versucht, daß die Aussicht auf eine lebenslange Verbindung mit Reginald Twistleton wahrlich kein Grund für glänzende Augen sei. Genauso fruchtlos wäre auch der Versuch gewesen, ihr das Bild nachzuzeichnen, das sich nüchternere Zeitgenossen von Reginald Twistleton machten. Sie war verliebt und hatte ihre Freude daran.

Die einzige Wolke, die ihren Himmel trübte, war die Furcht, ein gerissenes Mädchen wie Hermione Bostock könnte einen solchen Pokal, nachdem sie ihn einmal gewonnen hatte, nicht mehr hergeben wollen, doch diese Sorge hätte sie sich sparen können. Hermione gab den Pokal nämlich genau in dieser Sekunde her. Als Pongo nach ungefähr zwanzig Minuten wieder ins Zimmer kam, lag auf seinem Gesicht ein verstörter Ausdruck, als hätte er vor kurzem persönliche Bekanntschaft mit Taifunen, Wasserhosen und anderen Naturgewalten gemacht, doch in seinen Augen glänzte das Licht, das in die Augen aller Männer tritt, denen Fortuna gelächelt hat.

Sally vermochte dies nicht sogleich zu erkennen, denn ihre Sicht wurde durch das Taschentuch behindert, mit dem er sich die Stirn abwischte, und so klangen ihre ersten Worte vorwurfsvoll.

»Ach, Liebster, du hast ja eine Ewigkeit gebraucht!«

»Entschuldige.«

»Gerade vorhin war ich auf dem Balkon, um nach dir Ausschau zu halten, aber du warst nirgendwo zu sehen. Ich weiß, daß du nachdenken mußtest, aber hat es denn gleich so lange dauern müssen?«

Pongo ließ das Taschentuch sinken.

»Ich habe gar nicht nachgedacht«, sagte er. »Ich habe mit Hermione geplaudert.«

Sally schreckte auf.

»Dann hast du sie also gefunden?«

»Sie hat mich gefunden.«

»Und was ist geschehen?«

Pongo ging hinüber zum Spiegel und betrachtete sich. Er schien nach grauen Haaren Ausschau zu halten.

»So genau kann ich dir das nicht sagen«, meinte er. »Das Ganze erscheint mir noch etwas verschwommen. Bist du schon einmal in einen wirklich gräßlichen Autounfall verwickelt gewesen? Oder von einer Atombombe getroffen worden? Nein? Dann läßt es sich nur schwer erklären. Dennoch läuft alles darauf hinaus, daß die Verlobung geplatzt ist.«

»Ach, Pongo!«

»Ach, Sally!«

»Ach, mein liebster Pongo! Dann werden wir also glücklich sein, bis daß der Tod uns scheidet!«

Pongo fuhr sich erneut mit dem Taschentuch über die Stirn.

»Ja«, stimmte er zu, »aber erst nach einer kleinen Pause, damit ich Körper und Geist wenigstens notdürftig zusammenflicken kann. Ich sag's ganz offen, die vorherige Szene ist mir ganz schön an die Nieren gegangen.«

»Armes Lämmchen. Wenn ich doch bloß etwas Riechsalz hätte.«

»Ja. Ich könnte einen ganzen Eimer davon brauchen.«

»War es so furchtbar?«

»Ein regelrechtes Martyrium.«

»Was hast du ihr gesagt?«

»Ich hatte keine Gelegenheit, ihr irgend etwas zu sagen, abgesehen von ›Ach, da bist du ja‹ ganz am Anfang. Sie trug die Bürde der Unterhaltung ganz allein.«

»Du willst doch nicht etwa sagen, daß sie es war, die die Verlobung aufgelöst hat?«

»Und ob ich das sagen will! Onkel Fred gehört wirklich in eine dieser Anstalten.«

»Aber warum denn?«

»Offenbar hat er Hermione irgendwo getroffen und ihr brühwarm alles mögliche aufgetischt. Er hat ihr dermaßen viel über mich erzählt, daß ich staune, wie sie alles behalten konnte. Aber behalten hat sie's!«

»Zum Beispiel ...«

»Daß ich beim Hunderennen hopsgenommen wurde und mir letzte Nacht unten im Salon noch einen hinter die Binde goß und heute morgen in Mama Bostocks Kleiderschrank entdeckt wurde. Solche Dinge eben.«

»Im Kleiderschrank? Was hattest du denn dort zu suchen?«

»Ich ging in ihr Zimmer, um dir einen Lippenstift zu besorgen, und ...«

»Oh, Pongo! Mein Held! Hast du das tatsächlich für mich getan?«

»Für dich würde ich fast alles tun. Wenn ich bedenke, was du für mich getan hast. Du hast Potter in den Teich geschubst.«

»Genau das finde ich ja so herrlich an uns. Man hilft sich gegenseitig, wo man kann. Das ist das Fundament jeder glücklichen Ehe. Dann hat Onkel Fred ihr also alles über dich erzählt? So ein Goldschatz.«

»Würdest du es so ausdrücken?«
»Er hat dich doch vor einer Frau gerettet, mit der du nie glücklich geworden wärst.«
»Ich könnte nie mit einer anderen als dir glücklich werden. Stimmt, das hat er wohl getan. Von dieser Seite habe ich es noch gar nicht betrachtet.«
»Er scheut keine Mühen, wenn er glaubt, Licht und Sonne in die Herzen zaubern zu können.«
»Nein. Zwar herrscht allerorten Heulen und Zähneklappern, und ich bestehe auch weiterhin darauf, daß er in eine Gummizelle gehört und ihn die Wärter mit vereinten Kräften in eine Zwangsjacke stecken sollten. Trotzdem hast du recht, daß er uns den Weg geebnet hat. Wir haben's geschafft, oder?«
»Wir haben's geschafft.«
»Unsere ganzen Probleme sind gelöst. Nichts, was uns noch Kummer machen müßte.«
»Nicht das Geringste.«
»Ach, Sally!«
»Ach, Pongo!«
Die Umarmung der beiden fiel so innig aus, daß der Sittenwächter Eric Johnston in Hollywood argwöhnisch den Kopf geschüttelt und dringend geraten hätte, einige Dutzend Meter Film herauszuschneiden, aber doch nicht innig genug, um Pongo den Blick auf die Balkontür zu versperren. Die in seine Arme geschmiegte Sally stellte plötzlich besorgt fest, daß er ganz steif wurde, als wäre er zur Salzsäule erstarrt.
»Was ist denn los?« fragte sie.
Pongo schluckte. Das Sprechen schien ihm schwerzufallen.
»Nicht hinsehen!« sagte er. »Potter, diese Nervensäge, ist gerade über eine Leiter auf den Balkon gestiegen.«

Ungefähr zu dem Zeitpunkt, als Wachtmeister Potter die leichte Leiter hochgehoben und Pongo im Schlafzimmer des

Obergeschosses seinen aufwühlenden Bericht über die soeben erfolgte Unterredung mit Hermione begonnen hatte, war Major Plank mit seinem Wagen in das Tor von Ashenden Manor gebogen und in hohem Tempo die Einfahrt hinaufgefahren.

In hohem Tempo war er bereits unterwegs, seit er das Bull's Head verlassen hatte. Wahrscheinlich wäre er ohnehin ziemlich schnell gefahren, gehörte er doch zu den Männern, denen dies im Blut liegt, doch was ihn nun in erster Linie von einer kontemplativen Betrachtung der Landschaft abhielt, war die Tatsache, daß ihm die volle Bedeutung von Lord Ickenhams Worten im Gasthaus eben erst aufgegangen war. Er erinnerte sich daran, daß der Mann, den er einst als Barmy Twistleton gekannt hatte, nach eigener Aussage inzwischen Lord Ickenham war.

In gewissen Kreisen Londons zählten die Extravaganzen des Lord Ickenham zu den beliebtesten Gesprächsthemen, und in besagten Kreisen trieb sich auch Major Plank herum, wenn er sich nicht gerade mit Alligatoren umgab. Die Charakterzüge und Gepflogenheiten seines alten Schulkameraden waren ihm also wohlvertraut, und er konnte sich lebhaft vorstellen, was es für den Ruf eines Menschen bedeutete, wenn jener beschlossen hatte, sich als dieser auszugeben.

Wie lange sich besagte Landplage bereits in Ashenden Manor aufhielt, wußte er nicht, doch für ihn stand fest, daß schon ein einziger Tag zuviel des Guten war. Und um wieviel mehr würden achtundvierzig Stunden ein Schandmal in den altehrwürdigen Namen Brabazon-Plank einbrennen, das wieder zu entfernen vielleicht ein ganzes Leben kostete!

Niemand ist wohl flinker auf den Beinen als ein Brasilienforscher, der sich aufgemacht hat, einen Betrüger zu entlarven, welcher in seinen Namen ein Schandmal eingebrannt hat, und selbst Hermione hätte nicht rasanter die Einfahrt hochfahren können als dieser zur Weißglut gebrachte Major.

Er hatte einen großen, platten, festen Fuß, der sich vorzüglich dazu eignete, aufs Gaspedal zu treten, und mit entsprechender Kraft drückte er dieses nun durch.

Als er das Haus erreichte, war er in viel zu großer Eile, um an der Haustür zu klingeln und lange zu warten, bis ihm aufgemacht wurde. Stimmen erklangen von rechts hinter der offenen Verandatür, die vermutlich zum Salon gehörte, und er ging dorthin und trat ein. Schon im nächsten Moment befand er sich in Gesellschaft seines jungen Untergebenen Bill Oakshott und eines grobschlächtigen Mannes reiferen Alters, der in einen weißen Schnurrbart der Marke »Tropfenfänger« schnaubte. Als er die beiden erblickte, hatte er den Eindruck, sie ärgerten sich gerade über irgend etwas.

Und damit lag er goldrichtig. Als Bill und sein Onkel Aylmer sich zur Teetafel begeben hatten, war beiden die Brust voll gewesen von jener gift'gen Last, die schwer das Herz bedrückt. Die Erinnerung an sein zaghaftes Verhalten im Gespräch mit Hermione peinigte Bill noch immer, und auch Sir Aylmer lähmte weiterhin jener verwirrte Zorn, der Männer von herrischem Naturell befällt, wenn ihre Töchter ihnen mitteilen, sie dürften keine Verleger verklagen – ein Zorn, den seine Unterredung mit Wachtmeister Potter keineswegs gedämpft hatte. Zu sagen, William Oakshott und Sir Aylmer Bostock seien menschliche Pulverfässer gewesen, bei denen es zur Explosion bloß noch eines kleinen Funkens bedurfte, ist nicht nur geistreich, sondern schlicht wahr.

Es kann allerdings nicht ausgeschlossen werden, daß sich das Unglück durch den besänftigenden Einfluß von Tee, Muffins und Gurkensandwiches noch hätte abwenden und der Wortwechsel auf manierliche Allgemeinplätze beschränken lassen, wäre Sir Aylmer, der sich zu sehr über solch vortreffliche Neuigkeiten freute, um sie für sich zu behalten, nicht herausgerutscht, daß er, wie ihm Hermione mitgeteilt hatte, den Herbst seines Lebens nun doch nicht mit Reginald Twistleton als Schwiegersohn verbringen mußte, da ihre Liebesaffäre unverhofft auf Grund gelaufen war. Dies nämlich veranlaßte Bill, mit verzückter Stimme »Oh, mein Gott!« zu rufen, und als ihn der Alte um eine Erklärung für seine Ausgelassenheit bat, sagte Bill, gerade sei ihm aufgegangen, daß Hermione ja nun wieder zu haben sei und sich ein junger Mann, der sie schon seit vielen, vielen Jahren mit anschwellender Leidenschaft liebe, dadurch vielleicht neue Chancen ausrechnen dürfe. Dies wiederum veranlaßte Sir Aylmer, mit gefletschten Zähnen auf ihn loszugehen. Auf dem Gesicht seines Neffen lag ein Lächeln, das ihn als albernes Lächeln anmutete, weshalb er sich umgehend der Aufgabe zuwandte, es ersterben zu lassen.

»Sakra!« sprach er höchst gefährlich durch einen Mundvoll Muffin und fügte hinzu, daß es für Bill keinen Grund gebe, wie eine verdammte Hyäne übers ganze garstige Gesicht zu grinsen, denn Hermione würde ihn, ob sie nun frei oder schon vergeben sei, nicht einmal mit der Kneifzange anfassen.

»Warum sollte sie auch?« fragte Sir Aylmer. »Dich? Sie sieht dich doch als …«

»Ich weiß«, sagte Bill nun wieder schwermütig. »Als Bruder.«

»Nicht als Bruder«, korrigierte Sir Aylmer. »Als Schaf.«

Ein Beben ging durch Bills massige Gestalt. Seine Kinnlade fiel hinunter, und er machte große Augen.

»Als Schaf?«

»Als Schaf.«

»Als *Schaf*?« fragte Bill.

»Als Schaf«, sagte Sir Aylmer bestimmt. »Als armes, feiges Schaf, das sich am liebsten in ein Mäuseloch verkriechen würde.«

Ein geübterer Debattierer hätte diesen Vorwurf damit gekontert, daß er den Redner aufgefordert hätte, ihm doch bitte drei Schafe zu nennen, die sich schon einmal in ein Mäuseloch verkrochen hatten, doch Bill stand bloß stocksteif da, die Fäuste geballt, die Nasenflügel gebläht, das Antlitz gerötet von Scham und Empörung, und bedauerte sehr, daß die Blutsverwandtschaft und das fortgeschrittene Alter seines Gegenübers den Faustschlag aufs Auge unmöglich machten, den der andere mit jedem Wort, das er sprach, herausforderte, ja nachgerade erflehte.

»Als Schaf«, schloß Sir Aylmer das Plädoyer der Anklage. »Das hat sie mir selbst gesagt.«

Und genau in diesem heiklen Moment kam Major Plank hereinspaziert.

»Tag, die Herrschaften«, sagte er und trat mit der ruhigen Selbstsicherheit eines Mannes ins Zimmer, der es jahrelang gewohnt gewesen war, ungebeten in die Hütten von Stammesführern zu platzen. »Tag, Bill.«

Der Aufruhr, in den Bill Oakshotts Seele durch die Worte seines Onkels geraten war, läßt sich schwerlich überzeugender belegen als durch die Feststellung, daß die unerwartete Ankunft des letzten Mannes, den Bill im Salon von Ashenden Manor zu sehen wünschte, nicht das mindeste Entsetzen in seinen Augen aufblitzen ließ. Er betrachtete den anderen ausdruckslos, denn das Thema Schaf verfolgte ihn weiter. Sah ihn, so mußte er sich fragen, Hermione tatsächlich als Schaf? Und wenn dem so wäre, hegte sie etwa Vorurteile gegen Schafe? Es sprach einiges dafür, daß sie keine gegen Bählämmer hegte, aber bei ausgewachsenen Schafen mochte das natürlich ganz anders aussehen.

Es blieb Sir Aylmer überlassen, die Honneurs zu machen.

»Wer zum Teufel sind Sie?« fragte er, nicht undankbar dafür, daß hier ein weiteres Objekt stand, an dem er einen Teil seines Grolls abreagieren konnte, der sich auf Grund des Geschwätzes von Töchtern und Polizisten aufgestaut hatte.

Major Plank hatte viel zu große Erfahrung in diesen Dingen, um sich durch die nervöse Reizbarkeit eines Gastgebers aus dem Konzept bringen zu lassen, denn viele der Hausbesitzer, bei denen er einst hineinspaziert war, hatten ihren Unmut mit der Sprache der Speere ausgedrückt.

»Wer zum Teufel sind *Sie?*« fragte er artig zurück. »Ich suche Mugsy Bostock.«

Sir Aylmer schreckte auf.

»Ich bin Sir Aylmer Bostock«, sagte er, und Major Plank starrte ihn ungläubig an.

»Sie?« sagte er. »Machen Sie sich doch nicht lächerlich! Mugsy Bostock ist jünger als ich, und Sie sehen mir eher wie ein Tattergreis aus. Bill, hast du deinen Onkel Mugsy irgendwo gesehen?«

Genau in diesem Moment kam Jane, das Stubenmädchen, mit einer Schüssel voller Erdbeeren herein, denn in Ashenden Manor ließ man es sich beim Tee gutgehen – Gurkensandwiches, Muffins, Erdbeeren, das ganze Sortiment eben. Sir Aylmer richtete sich mit der ihm eigenen volltönenden Stimme an sie.

»JANE!«

Ein weniger standhaftes Mädchen hätte die Schüssel fallen lassen. Jane dagegen zitterte bloß wie Espenlaub.

»Jawohl, Sir?«

»Sagen Sie diesem Mondka…, diesem Gentleman, wer ich bin.«

»Sir Aylmer Bostock, Sir.«

»Richtig«, sagte Sir Aylmer, als moderierte er eine dieser beliebten Ratesendungen.

Major Plank antwortete, ihm bleibe die Spucke weg.

»Dieser grauenvolle Schnurrbart hat mich verwirrt«, erklärte er. »Wenn du dich schon hinter einem solchen weißen Ungetüm von Schnurrbart versteckst, darfst du es auch nicht übelnehmen, wenn man dich für einen Hundertjährigen hält. Tja, freut mich, dich wiederzusehen, Mugsy, und so weiter, aber lassen wir den Schmus. Ich bin geschäftlich hier. Mein Name ist Plank.«

»Plank!«

»Brabazon-Plank. Wir sind zusammen zur Schule gegangen. Soeben habe ich entdeckt, daß dieser Tollhäusler Barmy Twistleton – heute bezeichnet er sich als Lord Ickenham – unter meinem Namen bei dir weilt, und dieser Sache werden wir jetzt ein Ende bereiten. Ich kenne die Gründe für sein Tun nicht und will sie auch gar nicht kennen. Unter keinen Umständen lasse ich es aber zu, daß die Leute glauben, ich sei mit Barmy Twistleton identisch. Großer Gott! Hättest du etwa Freude daran?«

Unmittelbar nach den Worten »Mein Name ist Plank« hatte Sir Aylmer einen Moment lang höchst realistisch einen harpunierten Wal nachgeahmt, der von den Barten bis zur Schwanzflosse erbebte, nachdem ihm ein Widerhaken ins Fleisch gedrungen war. Doch als der Redner fortfuhr, hatte dieser Ausdruck einer frostigen Ruhe Platz gemacht, jener gefährlichen Ruhe, die auf einen nahenden Sturm schließen läßt.

»Ich kann dir die Gründe schon nennen«, sagte er und ließ seine Augen wie Flammenwerfer über Bill streichen. »Er wollte diesem meinem Neffen zu Diensten sein. Bei uns findet bald das jährliche Dorffest statt, und zu den Attraktionen gehört auch ein Babyschönheitswettbewerb. Mein Neffe hätte als Preisrichter mittun sollen.«

»Aber Barmy hat mir erzählt, er sei der Preisrichter.«

»Das war der letzte Stand. Mein Neffe hat ihn nämlich überredet, für ihn die Aufgabe zu übernehmen.«

»Sehr vernünftig von dir, Bill«, meinte Major Plank herzlich. »Verdammt gefährlich, diese Babyschönheitswettbewerbe. Die kleinen Biester sind ja schon schlimm genug, aber wirklich in acht nehmen muß man sich vor den Müttern. Da«, sagte er, entblößte ein Bein und deutete auf ein Wundmal an seiner Wade. »Das habe ich mir in Peru geholt, weil ich mich idiotischerweise breitschlagen ließ, als Preisrichter bei einem

Babyschönheitswettbewerb mitzutun. Die Mutter eines Babys, das nicht mit aufs Treppchen steigen durfte, setzte mir mit einem landesüblichen Dolch nach.«

»Doch dann stellte sich das Problem«, fuhr Sir Aylmer, seine Worte sorgfältig setzend und noch immer in ruhigem Ton, fort, »wie man Lord Ickenham in mein Haus einschleusen sollte. Er wußte sehr wohl, daß ich ihm niemals Zutritt zu meinem Haus gewährt hätte, wäre mir seine wahre Identität bekannt gewesen. Deshalb gab er sich als der Forscher Major Brabazon-Plank aus, und mein Neffe bestätigte seine Aussage. Was fällt dir eigentlich ein«, brüllte Sir Aylmer, der die würdevolle Maske des Richters plötzlich herunterriß und sich in einen Feuerball der Wut verwandelte, »was fällt dir eigentlich ein, du Ausgeburt von einem Strolch, hier Betrüger in mein Haus zu schleppen?«

Er hätte weitergesprochen, denn der größere Teil seiner Standpauke schien noch in ihm zu schlummern, doch in diesem Augenblick explodierte Bill.

Es braucht immer recht viel, bis ein Mensch eine über die Jahre eingefleischte Geisteshaltung ablegt. Von frühester Kindheit an hatte Bill Oakshott seinen Onkel mit tiefer Ehrfurcht betrachtet, gerade so, wie in der Urgeschichte der Menschheit wohl ein ängstlicher junger Mann den Führer seines Stammes betrachtet hätte. Er war vor seinem Jähzorn erbebt, hatte ergeben seinen Geschichten gelauscht und alles menschenmögliche getan, um ihn günstig zu stimmen. Hätte er diese Szene also in normaler Verfassung erlebt, wäre er bestimmt wie eine Ziehharmonika zusammengeschnurrt und hätte sich klaglos schurigeln lassen.

Doch Bill war nicht in normaler Verfassung. Seine Seele brauste auf wie eine Zisterne, in die der Blitz einschlägt. Das Gespräch mit Hermione hatte ihn versehrt zurückgelassen. Die Mitteilung, daß sie ihn als Schaf betrachtete, hatte noch Salz in seine Wunde gerieben. Und nun hatte dieses Rindvieh mit dem weißen Schnurrbart nicht etwa nur einmal, sondern sage und schreibe dreimal Ashenden Manor als »mein Haus« bezeichnet. In solch gefühlsbetonten Momenten ist es stets irgendein kleines und möglicherweise recht belangloses Detail, das das Faß zum Überlaufen bringt, und bei Bill war es genau diese Beschreibung von Ashenden Manor gewesen.

Auf jene automatische, ja schon fast unbewußte Art, wie sie für englische Männer beim Tee typisch ist, hatte er während der Darlegungen seines Onkels weitergegessen und -getrunken, so daß ihn anfangs ein Muffin daran hinderte, seine Meinung zu sagen. Er schluckte ihn hinunter und konnte nun frei sprechen.

»›Mein Haus‹?« sagte er. »Du machst mir vielleicht Spaß! Wie kommst du eigentlich dazu, von deinem Haus zu sprechen?«

Sir Aylmer erwiderte, darum gehe es hier nicht, und wollte abermals klarstellen, worum es in Wirklichkeit ging, als ihn eine regelrechte Flutwelle fortriß.

»›Mein Haus‹!« wiederholte Bill und würgte an diesen Worten wie zuvor an seinem Muffin. »So eine Frechheit! So eine Unverfrorenheit! Es wird langsam Zeit, Onkel Aylmer, daß wir klipp und klar festhalten, wer der rechtmäßige Besitzer dieses vermaledeiten Hauses ist. Und zwar jetzt und auf der Stelle.«

»Ja, tut das«, sagte Major Plank interessiert. Als ein Mann mit fünf Schwestern und sieben Tanten kannte er sich hervorragend mit Familienstreitigkeiten aus und witterte hier eine erstklassige, die man nur noch etwas anheizen mußte. »Wem gehört das Haus denn?«

»Mir«, dröhnte Bill. »Mir. Mir. Mir. Mir. Mir.«

»Verstehe«, erfaßte Major Plank die Quintessenz augenblicklich. »Dir also. Und welche Rolle spielt dann Mugsy?«

»Er hat sich hier breitgemacht, als ich noch ein kleiner,

wehrloser Junge war. Ich war ja erst sechzehn, als mein Vater starb, woraufhin mein Onkel von Cheltenham her angebraust kam und sich hier einnistete.«

»Und was geschah, als du volljährig wurdest?«

»Nichts. Er blieb hier.«

»Du hättest ihn an die frische Luft setzen sollen.«

»Klar.«

»Das wäre der richtige Moment gewesen.«

»Ja.«

»Warum hast du's nicht getan?«

»Ich habe es nicht übers Herz gebracht.«

»Falsch verstandenes Mitgefühl.«

»Aber jetzt hol' ich's nach. Ich spiele hier doch nicht länger die ... wie nennt man das noch gleich?«

»Tranfunzel?«

»*Quantité négligeable*. Ich habe es satt, hier die *Quantité négligeable* zu spielen. Du kannst abdampfen, Onkel Aylmer. Hast du mich verstanden? Schleich dich! Wohin du dich schleichst, ist mir egal, wenn du dich nur schleichst. Geh meinetwegen zurück nach Cheltenham. Oder nach Bexhill.«

»Oder nach Bognor Regis«, schlug Major Plank vor.

»Oder nach Bognor Regis. Geh, wohin du willst, hier jedenfalls hast du nichts mehr verloren. Ist das klar?«

»Sonnenklar«, sagte Major Plank. »Glänzend formuliert.«

»Das wär's«, sagte Bill.

Er schritt durch die Verandatür ins Freie, und Major Plank griff nach einem Muffin.

»Netter Kerl, dieser Bill«, sagte er. »Ich schätze es, wenn junge Männer wissen, was sie wollen. Ausgezeichnet, diese Muffins, Mugsy. Ich nehm' mir noch einen.«

Nachdem Bill durch die Verandatür ins Freie getreten war, ging er hastig über die Terrasse zu jener Stelle, an der die Einfahrt begann. Seine Augen funkelten. Er atmete rasselnd.

Der Appetit kommt mit dem Essen. Das Sprengen seiner Ketten hatte Bill Oakshott keineswegs beschwichtigt und in seine übliche Sanftmut zurückfallen lassen. Vielmehr freute er sich auf weitere Zusammenstöße. Er hatte Blut geleckt, und ihn dürstete nach mehr. Das geschieht sehr oft bei stillen jungen Männern, die endlich ihren Willen durchsetzen.

In dieser Gemütsverfassung hätte er auch mit Joe Louis gern einen Streit vom Zaun gebrochen, und als er um die Hausecke kam und in die Einfahrt bog, erspähte er dort etwas, was gar nichts anderes als die postwendende Antwort auf sein Gebet sein konnte.

Zwar handelte es sich nicht gerade um Joe Louis, aber immerhin um einen sehr würdigen Ersatz. Erblickt hatte er nämlich einen untersetzten jungen Mann mit rötlicher Nase und Hornbrille, der in ein Gespräch mit Hermione Bostock vertieft war. Und gerade als sein Auge auf ihn fiel, schloß dieser junge Mann Hermione in die Arme und begann sie abzuküssen.

Bill galoppierte los, seine Augen funkelten noch heftiger, und auch sein Atem rasselte lauter als zuvor. Seine ganze Haltung erinnerte an das Roß, das »Hui!« wieherte, sooft die Trompete erklang.

14. Kapitel

Einem zappeligen jungen Mann, über dessen Wohl und Wehe als Verleger schöngeistiger Literatur in einem Landhaus entschieden wird, fällt es nie leicht, zwei Meilen entfernt in einem Gasthof geduldig auszuharren, bis ihm Neuigkeiten von der Front zugehen. Mit jeder Minute, die zäh verstreicht, steigert sich seine Nervosität. Die Glieder zucken, die Augäpfel rollen, das Gefühl, Hummeln im Hintern zu haben, wird immer stärker, bis er schließlich dem Wunsch, etwas näher beim

Zentrum des Geschehens zu sein, nicht länger widerstehen kann.

Deshalb hatte bei Hermiones Eintreffen im Bull's Head jede Spur von Otis Painter gefehlt. Er war in Richtung Ashenden Manor aufgebrochen. Wie Edith nach der Schlacht von Hastings wollte auch er wissen, was vorgefallen war.

Wir behaupteten gerade, Otis sei in Richtung Ashenden Manor aufgebrochen, doch korrekter wäre es festzustellen, er habe sich im Glauben befunden, dies zu tun. In Wirklichkeit hatte er die Wegbeschreibung falsch verstanden und sich beim Verlassen des Gasthofs anstatt nach rechts nach links gewandt. Erst nach einem Fußmarsch von eindreiviertel Meilen durch prächtige Wiesen und Auen fiel ihm auf, daß er zwar allerhand für die schlanke Linie tat und sich auch reichlich frische Luft in die Lunge pumpte, ansonsten aber mit jedem Schritt seine Chancen verringerte, je am Ziel anzulangen.

Zurück im Bull's Head borgte er sich vom Stiefel- und Messerputzer, einem zuvorkommenden und dienstfertigen Burschen namens Erbut, dessen Gesicht schwarz verschmiert war, ein Fahrrad, und nach ein paar schmerzhaften Stürzen – seit Jahren war er auf kein Rad mehr gestiegen und darum etwas aus der Übung gekommen – erreichte er den oberen Teil der Einfahrt. Da es ihm nicht zweckmäßig erschien, noch weiter in ein Territorium vorzudringen, in dem man jederzeit Sir Aylmer Bostock begegnen konnte, stellte er sein Gefährt hinter einen Baum, versteckte sich im Gebüsch und setzte sein Warten fort. Doch bald schon tauchte Hermione, flott ausschreitend, auf.

Während sie sich näherte und er sie genauer in Augenschein nehmen konnte, sank ihm das Herz in die Hose, denn er erkannte, daß ihre Lippen verkniffen waren, ihr Busen wogte und ihre Augen wild funkelten. Kurzum, sie sah aus wie eine Tochter, die gerade ihren Vater darauf angesprochen hat, eine

gewisse Klage gegen einen Verleger zurückzuziehen, und sich damit tüchtig die Finger verbrannt hat.
Dabei war Hermiones Haltung selbstverständlich die ganz normale Haltung einer jungen Frau, die gerade einer Natter den Marsch geblasen hat. Nach einem Zwist mit einer Natter wirken weibliche Lippen gern etwas verkniffen, und nur selten wogt der Busen nicht. Doch Otis wußte nichts von alldem und trat deshalb mit düstersten Vorahnungen aus seinem Versteck. »Du machst dich besser auf etwas gefaßt«, redete er sich zu.
»Na?« sagte er und sprach das einsilbige Wort krächzend laut aus, wie dies so häufig geschieht, wenn die Nerven blank liegen.
Die Flottheit ihres Schrittes hatte Hermione bereits an ihm vorbeigeführt, und so sprach er sie von hinten an. Beim Ertönen einer Stimme, die die Stille dort zerriß, wo keine Stimme hätte sein sollen, verließ Hermione die Erde in aufsteigender Richtung, um kurz darauf verärgert und verstört wieder auf dem Boden aufzusetzen.
»Ich wünschte, Sie würden nicht so aus dem Gebüsch springen«, sagte sie ziemlich barsch.
Otis war zu erregt, um auf die Feinheiten von Benimm und Etikette Rücksicht zu nehmen.
»Was ist passiert?«
»Ich habe mir auf die Zunge gebissen.«
»Nein, nein«, sagte Otis und schnalzte mit der eigenen, »ich meine, als Sie mit Ihrem Vater sprachen.«
Hermione beherrschte sich. Die Zunge tat ihr noch immer weh, doch ihr war wieder eingefallen, daß dieser Mann ein Verleger war, der viel von Werbeannoncen in sämtlichen gehobenen Sonntagsblättern hielt.
»O ja«, sagte sie.
Die Antwort vermochte Otis nicht ganz zu befriedigen. Sie schien ihm der Klarheit zu ermangeln, und gerade Klarheit –

oder in der Sprache eines gehobenen Sonntagsblattes: Luzidität – war es, wonach ihn dürstete.

»Was meinen Sie mit ›O ja‹? Was sagte er denn?«

Hermione hatte ihre Fassung wiedergewonnen. Zwar mißbilligte sie weiterhin die Gepflogenheit ihres Gönners, aus dem Gebüsch zu springen und wie ein Nebelhorn hinter ihr loszuschmettern, doch war sie bereit, die Vergangenheit ruhen zu lassen.

»Alles in bester Ordnung, Mr. Painter«, sagte sie und schenkte Otis ein freundliches Lächeln. »Vater hat die Klage zurückgezogen.«

Otis schwankte.

»Tatsächlich?«

»Ja.«

»Mannomann!« sagte Otis, und genau in diesem Moment schloß er Hermione in seine Arme und begann sie abzuküssen.

Es liegt uns fern, das Ansehen der Herren Verleger, eines hochrespektablen Personenkreises, zu schmälern, und deshalb gilt es hier eilends festzuhalten, daß das geschilderte Verhalten keineswegs typisch für diese Prachtburschen ist. Die Statistiken zeigen, daß die Zahl der alljährlich von Verlegern abgeküßten Autorinnen so gering ist, daß diese, legte man sie der Länge nach aneinander, kaum vom Fleck kämen. Otis Tat war eine große Ausnahme, und Hodder und Stoughton hätten, wären sie zugegen gewesen, die Nase gerümpft. Dasselbe gilt für Jonathan Cape. Und im Namen von Heinemann, Macmillan, Benn, Gollancz und Herbert Jenkins Ltd. dürfen wir wohl behaupten, daß sich auch diese Herrschaften angewidert von der Szene abgewandt hätten.

Zu Otis' Verteidigung lassen sich mehrere mildernde Umstände anführen. Erstens war seine Erleichterung so groß und sein Glück so tief empfunden, daß er einfach irgend etwas küssen mußte. Zweitens war Hermione eine sehr schöne junge Frau (nicht, daß Faber & Faber dies hätten durchgehen lassen) und hatte ihm ein sehr freundliches Lächeln geschenkt. Und schließlich dürfen wir die Männer, die einmal am linken Seineufer gelebt haben, nicht mit derselben Elle messen wie diejenigen, die in London ansässig sind. Hätten Eyre und Spottiswoode je eine Wohnung an der Rue Jacob, unweit des Boul' Mich', bezogen, hätten sie wohl nicht schlecht gestaunt, wie schnell ihnen entfiel, was sie einst auf Mutters Schoß gelernt hatten.

Leider kam Bill Oakshott aber keines dieser Argumente in den Sinn, als er um die Hausecke bog. In Otis Painter erkannte er nichts als einen weiteren Wüstling, der von einer Blume zur anderen hüpfte und an jeder Blüte naschte, und mit seinen Vorurteilen gegenüber Wüstlingen sind wir ja bereits vertraut. Wir erinnern uns, daß er beim Anblick eines solchen den Impuls verspürt hatte, ihm den Kopf mit Stumpf und Stiel auszurupfen und das Gekröse mit bloßen Händen aus dem Leib zu reißen, und genau diese Tat schwebte ihm auch jetzt vor, als er auf das umschlungene Paar zustürmte. Er packte Otis am Mantelkragen, riß ihn aus der Umklammerung und wäre höchstwahrscheinlich auch dazu übergegangen, den Kopf vom Rumpf zu trennen, hätte Hermione nicht einen gellenden Schrei ausgestoßen.

»Bring ihn nicht um, Bill! Er ist mein Verleger!«

Und als sie sah, daß er unschlüssig blieb, fügte sie hinzu:

»Er gibt meine nächsten drei Bücher heraus und zahlt mir zwanzig und ab dreitausend verkauften Exemplaren fünfundzwanzig Prozent Honorar.«

Das reichte. Obschon Bill wie von Sinnen war, sagten ihm die Restbestände seiner Vernunft doch, daß man mit Verlegern dieses Kalibers besser pfleglich umging, anstatt sie ihrer Innereien zu berauben. An Hermiones literarischem Vorwärtskommen lag ihm genausoviel wie ihr selbst, und er wußte, daß er es sich nie verzeihen würde, wenn er dieses aufs

Spiel setzte, indem er einen Mann ausweidete, der in der Lage war, solch generöse Verträge aufzusetzen. Er ließ von Otis ab, der rückwärts gegen einen Baum taumelte, keuchend stehenblieb und seine Brille zu polieren begann.
Auch Bill keuchte. Sein Atem ging laut und schwer, als er auf Hermione zutrat und sie am Handgelenk packte. Nichts in seiner Haltung erinnerte mehr an die zaghafte Schüchternheit, die noch bei ihrem früheren Gespräch in der Eingangshalle vorgeherrscht hatte. Seither war William Oakshott, der inzwischen einen Sieg über einen Despoten hatte verbuchen dürfen, ein anderer geworden, und jener andere war eine Art Mixtur aus James Cagney und Attila dem Hunnenkönig. Er fühlte sich stark und mächtig und in bester Form, das Ickenham-System auszuprobieren. Otis Painter, der ihm durch die nun wieder auf seiner Nase sitzenden Brille zusah, mußte an einen Pariser *inspecteur* denken, der ihn einst am *Bal des quat'zarts* dingfest gemacht hatte.
Und auch Hermione ließ sich beeindrucken. Sie wurde gerade durchgeschüttelt und fand den Vorgang, so unangenehm er ihr rein körperlich war, ungemein erregend.
Wie allen sehr schönen jungen Frauen war Hermione Bostock im Laufe der Jahre vom anderen Geschlecht ein gerüttelt Maß an Ehrerbietung zuteil geworden. Seit Jahren bewegte sie sich in einer Welt von Männern, die um sie herumscharwenzelten und sich vor ihr in den Staub warfen, sobald sie sie anherrschte, und inzwischen hatte sie diese männliche Verehrung gründlich satt. Selbst als sie Pongos Antrag angenommen hatte, war ihr insgeheim nach etwas Rauhem und Hartem mit unverfrorenem Blick und dem Gemüt eines zweiten Offiziers auf einem Trampdampfer zumute gewesen. Und gerade dort, wo sie ihn zuletzt vermutet hätte, begegnete er ihr. Sie hatte Bill immer gut leiden mögen, wenn auch auf duldsame, ja fast geringschätzige Weise, denn sie betrachtete ihn, wie sie einst ihrem Vater anvertraut hatte, als Schaf.

Und nun hatte dieses Schaf seinen Pelz abgeworfen und sich als Wolf entpuppt, und zwar als der reißendste im ganzen Rudel.

Es überrascht also kaum, daß Hermione Bostock, nachdem Bill sie durchgeschüttelt, an die Brust gedrückt und ihr zu ihm aufsehendes Antlitz mit Küssen überhäuft hatte, den Mann vor sich zu haben glaubte, nach dem sie suchte, seit sie zum erstenmal Ethel M. Dells *Der Flug des Adlers* gelesen hatte.

»Mein ein und alles!« sagte Bill, um dann zwischen zusammengebissenen Zähnen »Hermione!« hervorzustoßen.

»Ja, Bill?«

»Du heiratest mich.«

»Ja, Bill.«

»Das ist doch klipp und klar, oder?«

»Ja, Bill.«

»Kein Rumschäkern mehr mit Pongo und dieser ganzen Bagage.«

»Nein, Bill.«

»In Ordnung«, sagte das männliche Leittier. Er wandte sich Otis zu, der die Szene geradezu sehnsüchtig verfolgt hatte, da sie ihn an die guten alten Tage am linken Seineufer erinnerte. »Sie verlegen also ihre Bücher, nicht wahr?«

»Ja«, sagte Otis eifrig. In diesem Punkt wollte er keine Mißverständnisse aufkommen lassen. »Alle miteinander.«

»Und Sie zahlen ihr zwanzig und ab dreitausend verkauften Exemplaren fünfundzwanzig Prozent Honorar?«

»Ja.«

»Warum nicht von Anfang an fünfundzwanzig?« fragte Bill, und Otis pflichtete bei, daß das viel besser wäre. Er habe dies, so sagte er, gerade selbst vorschlagen wollen.

»Prima«, sagte Bill. »Na, ihr beiden, dann kommt doch auf eine Tasse Tee mit rein.«

Hermione schüttelte bedauernd den Kopf.

»Das geht nicht, Liebster. Ich muß zurück nach London. Mutter wartet dort schon seit ein Uhr auf mich und fragt sich bestimmt allmählich, was aus mir nur geworden ist. Ich muß wie der geölte Blitz hinfahren. Kann ich Sie mitnehmen, Mr. Painter?«

Otis erschauerte.

»Ich fahre lieber mit dem Zug.«

»Der ist aber viel langsamer.«

»Ich hab's gern langsam.«

»Wie Sie meinen. Auf Wiedersehen, Liebster.«

»Auf Wiedersehen«, sagte Bill. »Ich besuche dich morgen in London.«

»Fein. Begleite mich doch bitte zum Wagen. Ich habe ihn vor dem Haus geparkt.«

Otis blieb, an seinen Baum gelehnt, stehen. Er fühlte sich zwar geschwächt, aber sehr glücklich. Kurz darauf flitzte der Zweisitzer mit der übers Lenkrad gebeugten Hermione um die Hausecke und passierte ihn in solchem Tempo, daß er die Augen schloß und Gott dafür dankte, den armen Sünder Otis Painter noch einmal verschont zu haben. Als er sie wieder öffnete, sah er Bill auf sich zukommen.

»Warum denn nicht dreißig?« fragte Bill.

»Wie bitte?«

»Prozent. Für ihre Bücher. Anstatt fünfundzwanzig.«

»Oh, ach so. Ja, natürlich«, sagte Otis. »Dreißig wäre wohl noch schöner.«

»Man will sich doch nicht lumpen lassen.«

»Stimmt, das will man auf gar keinen Fall.«

»Und Werbung. Sie halten doch hoffentlich auch viel davon, nicht wahr?«

»Oh, natürlich.«

»Prima. Sie hat nämlich immer wieder darüber geklagt, daß ihre vorherigen Verleger nicht ausreichend Reklame für ihre Bücher machen wollten.«

»Elende Knilche.«
»Sind ihr immer wieder mit dummen Sprüchen gekommen, wonach nichts außer Mundpropaganda zählt.«
»Verdammte Vollidioten.«
»Sie haben doch vor, im großen Stil zu werben?«
»In sämtlichen gehobenen Sonntagsblättern.«
»Und wie steht's mit den gehobenen Wochenblättern?«
»Darin ebenfalls. Ich dachte auch an Sandwichmänner und Plakatkampagnen.«
Bill hatte nie geglaubt, daß er für diesen Mann je Zuneigung empfinden könnte, doch genau das tat er nun. Noch immer hatte er ihn im Verdacht, ein Wüstling zu sein, doch andererseits mußte man Nachsicht üben gegenüber Wüstlingen, die das Herz auf dem rechten Fleck hatten.
»Prima«, sagte er. »Plakatkampagnen? Ja, prima.«
»Aber selbstverständlich«, sagte Otis, »gehen diese Dinge ins Geld.«
»Solche Investitionen zahlen sich immer aus«, meinte Bill.
»Gar keine Frage«, gab ihm Otis recht. »Glauben Sie bloß nicht, ich knicke jetzt ein. Aber langsam sieht es so aus, als müßte ich irgendwo zusätzliches Kapital auftreiben. Mein Sparstrumpf ist nicht mehr allzu prall gefüllt. Sie wollen nicht zufällig tausend Pfund in meine Firma stecken, oder?«
»Das wäre 'ne Idee. Oder zwei?«
»Oder drei? Oder warum nicht gleich fünf? Eine schöne runde Summe.«
»Würden Sie fünf als runde Summe bezeichnen?«
»Oh, durchaus.«
»Schön«, sagte Bill. »Dann also fünf.«
Otis' Augen schlossen sich wieder, nun jedoch in stummer Verzückung. Natürlich hatte auch er schon in süßen Träumen geschwelgt. Irgendwo in der Welt, so hatte er sich jeweils gesagt, mußte es doch Engel in Menschengestalt geben, die Geld in ein auf wackeligen Beinen stehendes Verlagsunter-

nehmen stecken wollten. Doch niemals hatte er ernsthaft damit gerechnet, einem solchen persönlich zu begegnen, und noch weniger damit, daß so ein Engel, sollte er ihm denn persönlich begegnen, sage und schreibe fünftausend lockermachen würde.

Als er die Augen wieder öffnete, stellte er fest, daß er allein war. Sein Gönner war entweder schleunigst in den Himmel abberufen worden, oder er hatte sich um die Ecke auf die Terrasse begeben. Otis holte sein Fahrrad hinter dem Baum hervor und schwang sich wie ein fideler Radprofi auf den Sattel. Und als er nach etwa der Hälfte der Einfahrt abermals einen schmerzhaften Sturz erlitt, lächelte er bloß belustigt vor sich hin, als erkenne er gutmütig die unfreiwillige Komik seiner Lage.

Momentan bereitete das Leben Otis Painter viel Freude. Hatte er in den guten alten Tagen am linken Seineufer unter großen Anstrengungen einen ausgeprägten Pessimismus kultiviert, so strotzte er nun vom Backenbart bis zu den Schuhsohlen vor Optimismus.

Wäre in diesem Moment zufällig Pippa vorübergegangen und hätte gesungen: »Gott ist im Himmel, in Frieden die Welt«, dann hätte er ihr die Hand geschüttelt und gesagt, er wisse haargenau, was sie meine.

Bill war nicht schleunigst in den Himmel abberufen worden. Vielmehr hatte er sich nach Otis' Weggang auf die Terrasse begeben. Schon nach wenigen Minuten tauchte dort schneidigen Schrittes Lord Ickenham auf und wirkte wie ein Mann, den ein Nickerchen auf freiem Feld gestärkt hat. Als er Bill erblickte, eilte er ihm mit ausgestreckter Hand entgegen.

»Guter Freund, meine herzlichsten Glückwünsche!«

Bill sperrte den Mund auf. Dies grenzte an Hellseherei.

»Woher haben denn Sie schon davon gehört?«

Lord Ickenham erklärte, bereits die verzückte Miene seines

jungen Freundes, die fast wie die eines Cherubs oder Seraphs wirke, der zum Hosiannagesang ansetzen wolle, hätte ausgereicht, ihn ins Bild zu setzen.

»Aber ehrlich gesagt«, meinte er, »erfuhr ich die frohe Botschaft aus dem Munde eines Bekannten, den ich soeben auf der Straße antraf, die er entlangradelte. Na ja, eigentlich radelte er gar nicht die Straße entlang, sondern lag im Straßengraben, die Beine in die Luft gestreckt und vor sich hin kichernd. Er hat mir alles erzählt. Offenbar wurde er Zeuge des Vorfalls und ist des Lobes voll über Ihre Technik. Sie traten also auf sie zu und packten sie am Handgelenk, wie?«

»Ja.«

»Und schüttelten sie ein bißchen durch?«

»Ja.«

»Und drückten sie dann an die Brust und überhäuften ihr aufsehendes Antlitz mit Küssen?«

»Ja.«

»Mit dem zu erwartenden Effekt. Ich habe Ihnen ja gesagt, daß das Ickenham-System unfehlbar ist. Noch die stolzeste Schönheit, die es damit zu tun bekommt, wird weich und sagt zu allem ja und amen. Sicher denken Sie jetzt leicht betrübt an all die Jahre, die Sie mit stiller Verehrung vergeudet haben.«

»Kann man wohl sagen.«

»Stille Verehrung ist Gift für einen Liebhaber. Gerade heute morgen unterhielt ich mich mit Miss Bean, die mir erzählte, sie habe seinerzeit erhebliche Schwierigkeiten mit Wachtmeister Potter gehabt, da seine Verehrung so still gewesen sei. Zu Beginn seines Liebeswerbens hat er auf den gemeinsamen Spaziergängen immer nur auf seinem Schnurrbart herumgekaut und über die Lage in China geredet, aber nie Nägel mit Köpfen gemacht. Deshalb hat sie ihm eines abends auch gesteckt: ›Komm schon, Bürschchen, jetzt mal ran an den Speck!‹, und da ging er eben ran an den Speck. Und danach lief alles wie am Schnürchen.«

»Prima«, sagte Bill geistesabwesend. Er hatte an Hermione denken müssen. »Potter?« fuhr er fort, als seine Gedanken von ihren Abschweifungen zurückkehrten. »Da fällt mir etwas ein: Sie haben nicht zufällig ein rohes Steak dabei, oder?«

Lord Ickenham griff in die Taschen.

»Tut mir leid, nein. Anscheinend bin ich ohne eines aus dem Haus gegangen. Warum? Brauchen Sie was zwischen die Zähne?«

»Elsie Bean war vor einer Weile hier und sagte, bei ihr bestehe Nachfrage nach einem Stück rohem Steak. Potter verlangt danach. Offenbar hat ihm jemand einen Schlag aufs Auge verpaßt.«

»Ach ja? Wer denn?«

»Das habe ich nicht herausfinden können. Ihre Geschichte war ziemlich verworren. Ich glaubte, den Namen Pongo verstanden zu haben, aber würde Pongo denn einem Polizisten eins aufs Auge geben?«

»Mehr als unwahrscheinlich.«

»Bestimmt habe ich es falsch aufgeschnappt. Das ändert aber nichts daran, daß irgend jemand Potter ein Veilchen verpaßt hat, und nun hat er endgültig die Nase voll. Verstehen Sie, heute nachmittag hat man ihn schon in den Ententeich geschubst, und jetzt, wo er auch noch diesen Schlag aufs Auge gekriegt hat, ist ihm der Polizistenberuf ein für allemal verleidet. Elsie sagt, er schmeißt die Brocken hin und kauft sich ein Pub. Sie machte einen hocherfreuten Eindruck.«

Lord Ickenham atmete langsam und mit tiefem Behagen durch. Er schien im Einklang mit sich zu sein, und wer hätte es ihm verdenken wollen? Man wird einem Manne, der es sich zur Lebensaufgabe gemacht hat, Licht und Sonne in alle Herzen zu zaubern und die jungen Leute zusammenzubringen, gewiß einen Anflug von Selbstgefälligkeit verzeihen, wenn rund um ihn die Happy-Ends wie ein einziges Feuerwerk hochgehen und er mit ansehen darf, wie sich die jungen Leute in hellen Scharen finden.

»Tolle Neuigkeiten, Bill Oakshott«, sagte er. »Das ist ... wie lautet schon wieder dieser treffende Ausdruck, den Sie immer im Mund führen? Ja genau, ›prima!‹ ... Das ist prima. Bei Ihnen ist alles in Butter. Bei Pongo ist alles in Butter. Und nun ist auch noch bei der göttlichen Bean alles in Butter. Das erinnert ja regelrecht an die große Schlußszene eines Musicals.« Er hielt inne und betrachtete sein Gegenüber halbwegs erstaunt. »Tragen Sie wollene Winterunterwäsche?« fragte er.

»Ich? Nein. Warum?«

»Sie zappeln unaufhörlich, als ob Sie die Epidermis juckt.«

Bill errötete.

»Ehrlich gesagt«, gestand er, »fällt es mir furchtbar schwer, ruhig zu stehen. Nach all dem, was sich zugetragen hat. Sie wissen ja, wie das ist.«

»Und ob ich das weiß. Auch ich war in Arkadien. Sie möchten einen ausgedehnten, flotten Fußmarsch machen und ein bißchen Dampf ablassen? Natürlich wollen Sie das. Also, ziehen Sie Leine.«

»Und es stört Sie nicht, wenn ich Sie verlasse?«

»Selbstverständlich sieht man Sie nur ungern scheiden, aber immer noch besser eine Trennung auf Zeit, als daß Sie mir hier auf der Terrasse zerplatzen. *Au revoir* also und noch einmal meine herzlichsten Glückwünsche.«

Bill verschwand wie ein Hund, dem man die Kette abgenommen hat, um die Hausecke, und mit jedem Schritt kam er mehr in Fahrt. Sein Gang war so forsch und seine Versunkenheit so tief, daß ihm erst nach einer Meile auf offener Straße plötzlich einfiel, daß er Lord Ickenham ja gar nicht auf Major Planks Ankunft aufmerksam gemacht hatte.

Er blieb stehen, wog lange ab, ob er zurückgehen solle, kam zum Schluß, daß es dafür zu spät sei, und spazierte weiter. Und schon bald hatten sich Lord Ickenham und Major Plank aus seinen Gedanken verflüchtigt, und er sinnierte abermals nur noch in den Dimensionen von Hochzeitsglocken und Flitterwochen.

Wie sich herausstellte, wäre es auch ganz unnötig gewesen, den Rückweg anzutreten, denn kurz nach seinem Weggang trat Major Plank, der sich gerade Butter von den Lippen wischte, aus dem Haus.

»Grüß dich, Barmy«, sagte er beim Anblick von Lord Ickenham. »Du kommst zu spät für die Muffins. Ich habe sie bereits alle verputzt. Die waren aber auch köstlich!« Er steckte sich das Taschentuch wieder ein. »Bestimmt überrascht dich meine Anwesenheit, was? Hast wohl schon geglaubt, du hättest mich kopfscheu gemacht, wie? Aber kurz nachdem du aus der Bar verschwunden warst, erzählte mir dieses wohlgenährte Mädchen hinter der Theke, der Babyschönheitswettbewerb sei abgeblasen. Deshalb kam ich gleich hierher.«

Lord Ickenham war leicht zusammengezuckt, als er seinen alten Freund erblickt hatte, doch seine Stimme war so ruhig und gemessen wie immer.

»Was, abgeblasen? Aber warum denn?«

»Ausbruch von Masern. Tausende betroffen.«

»Ach so. Und hast du mich entlarvt?«

»Und ob ich dich entlarvt habe.«

»Hat Mugsy einen interessierten Eindruck auf dich gemacht?«

»Und wie.«

»Ist ja auch verständlich. Du bist ein unbarmherziger alter Knabe, Bimbo.«

Major Plank brauste auf.

»Unbarmherzig, daß ich nicht lache! Ich habe nur gewisse Maßnahmen ergriffen, um meinen Ruf zu schützen. Und wie darf ich dieses ›alter Knabe‹ verstehen? Ich bin ein Jahr jünger als du. Unter einem alten Knaben verstehe ich einen

Menschen wie Mugsy. Ich war schockiert, als ich sah, wie er in die Jahre gekommen ist. Er sieht aus wie der Bursche in der Bibel, dieser Methusalem, der Kerl, der tausend Jahre alt wurde und Gras fraß.«

»Methusalem fraß kein Gras.«

»Doch.«

»Nie im Leben fraß der Gras. Du meinst Nebukadnezar.«

»Ach, tatsächlich? Na ja, das Prinzip ist dasselbe. Und jetzt wirst du dich wohl aus dem Staub machen. Du hättest besser schon mit dem Packen angefangen, als ich es dir sagte. Aber du hast Glück im Unglück. Mugsy wirst du nicht begegnen. Er hält in dem Zimmer dort drüben gerade Kriegsgericht.«

»Was hält er?«

»Kriegsgericht. Hier hat sich Unerhörtes zugetragen. Als ich gerade die letzten Muffins verputzte, platzte ein Polizist mit einem blauen Auge in den Salon, in der einen Hand ein großes, dünnes, hellhaariges Bürschchen, in der anderen ein verflixt hübsches Mädchen mit roter Jacke. Er behauptete, das Mädchen habe ihn in den Ententeich geschubst, während ihm das hellhaarige Bürschchen eins aufs Auge gegeben habe, als er gerade zur Verhaftung des Mädchens schreiten wollte. Und nun hat Mugsy die beiden in das Zimmer dort geführt und sitzt gerade über den Fall zu Gericht. Ich glaube, er ist Friedensrichter oder so was Ähnliches und darf deshalb im Schnellverfahren Recht sprechen. Mir tut das junge Pärchen leid. Offensichtlich steht den beiden ein beschwerliches Wochenende bevor.«

Lord Ickenham zwirbelte nachdenklich seinen Schnurrbart.

»Geh jetzt bitte, Bimbo«, sagte er. »Ich möchte allein sein.«

»Warum?«

»Ich will nachsinnen.«

»Ach, nachsinnen willst du? Alles klar! Dann esse ich eben noch ein paar Erdbeeren«, erwiderte Major Plank.

Er kehrte in den Salon zurück, während sich der zurückgebliebene Lord Ickenham unverzüglich an jene Sondierung von Mitteln und Wegen machte, die durch die Anwesenheit des anderen behindert worden war. Eine Zeitlang schritt er, die Hände hinter dem Rücken verschränkt, mit konzentrierter Miene auf und ab. Die Angespanntheit seiner Züge ließ ahnen, daß sein agiles Hirn auf Hochtouren arbeitete.

Und bald schien es auch zu einem Ergebnis gekommen zu sein. Seine Züge entspannten sich. Die Lippen unter dem gepflegten Schnurrbart verzogen sich zu einem zufriedenen Lächeln.

Er überquerte die Terrasse und betrat das Kabinett.

Im Kabinett hielt sich, als er eintrat, einzig Sir Aylmer auf. Auch auf dessen Lippen lag ein zufriedenes Lächeln.

Zum erstenmal an diesem Abend fühlte sich Sir Aylmer heiter – so heiter wie ein Löwe im Kolosseum, dem man nach einem mühseligen Tag, an dem alles schiefgegangen ist, ganz unverhofft zwei christliche Märtyrer zuführt, auf daß er sich eingehend mit ihnen beschäftige. Nichts möbelt einen Amtsgerichtspräsidenten in Zeiten der Zerknirschung so auf wie ein strenger Urteilsspruch gegen ein Verbrecherpärchen. Es wäre übertrieben, zu behaupten, er habe Lord Ickenham liebenswürdig angesehen, doch andererseits schnappte er auch nicht nach ihm.

»Ha!« sagte er. »Du bist's, was?«

Lord Ickenham bewahrte seine weltmännische Haltung.

»Ah, Mugsy«, sagte er. »Wie ich höre, hast du Bimbo Plank getroffen. Was hat er denn auf dich für einen Eindruck gemacht? Er fand, du seist alt geworden. Wo ist denn Sally?«

»Wer?«

»Bimbo sagte mir, sie und mein Neffe Pongo seien hier bei dir.«

Sir Aylmer fuhr auf.

»Du kennst das Mädchen?«

»Sie ist meine Nichte ehrenhalber.«

Eine wärmende Glut ging durch Sir Aylmers Leib, als hätte er Doktor Smythes Regenerationstonikum getrunken. Das war ja noch weit besser als erhofft.

»Ach, tatsächlich?« sagte er. »Dann hörst du bestimmt mit Interesse, daß ich ihr soeben dreißig Tage aufgebrummt habe, genau wie deinem Neffen, und zwar ohne Zulassung einer ersatzweisen Geldbuße. Potter hat die beiden in die Spülküche gesperrt, bis er sein Augenbad gemacht hat. In ein paar Minuten führt er sie ab.«

»Ein herzloses Urteil.«

»Das einzig mögliche Urteil. Einer der schändlichsten Fälle, die mir je untergekommen sind. Sie hat Potter in den Ententeich geschubst.«

»Was erwartet ein Polizist denn anderes, wenn er sich absichtlich ans Ufer von Ententeichen stellt? Mädchen sind eben so.«

»Nicht, solange ich hier Richter bin, o nein!«

»Und wie steht es mit deiner ›Art der Gnade‹? Bekanntlich weiß sie ›von keinem Zwang. Sie träufelt, wie des Himmels milder Regen, zur Erde unter ihr.‹«

»Bleib mir gestohlen mit der ›Art der Gnade‹.«

»Das würde Shakespeare aber gar nicht gerne hören. Dann willst du es dir also nicht noch einmal überlegen?«

»Nein. Und jetzt wollen wir uns über dein Herkommen unter falschem Namen unterhalten.«

Lord Ickenham nickte.

»Ja, ich habe gehofft, du würdest mir eine Minute deiner kostbaren Zeit opfern, damit ich dir das erklären kann. Doch bevor ich dazu aushole, möchte ich jemanden als Zeugen herbeirufen.«

Lord Ickenham schritt zur Tür und rief »Bimbo«, woraufhin der Erdbeeren kauende Major Plank aus dem Salon kam.

»Könntest du einen Moment hierherkommen, Bimbo. Ich

brauche dich als Zeugen. Ich erzähle dir jetzt eine Geschichte, die dich schockieren wird.«
»Aber doch nicht etwa die über den Burschen in Kalkutta? Die kenne ich nämlich schon.«
Lord Ickenham beruhigte ihn.
»Mit ›schockieren‹ meinte ich eigentlich, daß dich die Erzählung moralisch abstoßen wird, nicht daß sie dir die Schamröte ins keusche Antlitz treibt. Soll ich ganz von vorn beginnen?«
»Klingt vernünftig.«
»Also schön. Es war einmal eine junge Amerikanerin namens Vansittart, die nach London kam und in der Bond Street einige Schmucksachen kaufte, denn ihr Plan war es, diese mit sich nach Amerika zu nehmen und dort zu tragen. Bis hierhin alles klar?«
»Glasklar.«
»Was ...?« hob Sir Aylmer an, und Lord Ickenham warf ihm einen strengen Blick zu.
»Mugsy«, sagte er, »wenn du mich unterbrichst, lege ich dich über den Stuhl dort drüben und verpasse dir eine gehörige Tracht Prügel. Bimbo wäre bestimmt gern bereit, dich festzuhalten.«
»Liebend gern. Wie in den guten alten Zeiten.«
»Schön. Dann fahre ich also fort. Wo waren wir?«
»Bei diesem amerikanischen Frauenzimmer. Kaufte in der Bond Street Schmuck.«
»Richtig. Als sie ihn aber gekauft hatte, durchzuckte sie der Gedanke, daß sie ja bei ihrer Ankunft in New York happige Zollgebühren an Vater Staat abführen müßte. Davor schreckte sie zurück.«
»Das kann ich ihr nicht verargen.«
»Deshalb beschloß sie in ihrer unschuldigen, mädchenhaften Art, die Ware ins Land zu schmuggeln.«
»So ist's recht. Keinen Penny für diese Halunken, wie ich immer sage. Die haben ohnehin zuviel Geld.«

»Genau so empfand auch Miss Vansittart. Sie vertrat diese Meinung mit größtem Nachdruck. Aber wie sollte die Schmuggelei vonstatten gehen?«

»Das ist immer der Haken.«

»Sie überlegte eine Weile«, sagte Lord Ickenham und schnitt Major Plank das Wort ab, der zu einer Geschichte ausgeholt hatte, die recht weitschweifig zu werden drohte und von seinem einstigen Versuch handelte, in Southhampton Zigarren durch den Zoll zu schleusen, »und wurde schließlich mit einer Idee belohnt. Sie hatte eine Freundin, eine junge Bildhauerin. Von dieser ließ sie sich eine Büste anfertigen, in deren Kopf sie den Schmuck steckte, um ihn sicher und bequem nach Amerika transportieren zu können. Sie rechnete sich aus, daß die Zollbeamten beim Anblick einer Gipsbüste bloß gähnend ›Je nun, eine Gipsbüste‹ sagen und sie durchlassen würden.«

»Wirklich gerissen.«

»So war das also. Allerdings … und jetzt halt dich bitte fest, Bimbo … modellierte diese junge Bildhauerin leider genau zu der Zeit auch eine Büste von Mugsy.«

Major Plank war sichtlich verwirrt. Er starrte Sir Aylmer an und unterzog seine Gesichtszüge einer kritischen Prüfung.

»Wozu wollte denn Mugsy eine Büste von sich?«

»Um sie dem Bürgerverein zu schenken.«

»Großer Gott!«

»Während der Sitzungen«, fuhr Lord Ickenham fort, »plauderten Mugsy und die junge Bildhauerin selbstverständlich über vielerlei, und im Laufe dieser Gespräche war sie so unbesonnen, ihm die Büste zu zeigen, in der der Schmuck steckte, und ihm auch zu verraten, daß sie sie bis zu Miss Vansittarts Abreise in meinem Haus ein paar Meilen von hier deponieren wollte. Und Mugsy … ich wage es dir kaum zu sagen, Bimbo.«

»Red schon.«

»Du wirst es nicht für möglich halten, aber gestern brauste Mugsy hinüber zu meinem Haus, verschaffte sich Eintritt und klaute die Büste.«

»Die mit dem Schmuck?«

»Die mit dem Schmuck.«

Nicht einmal die angedrohte gehörige Tracht Prügel konnte Sir Aylmer davon abhalten, seine Meinung kundzutun, als er diese Bezichtigung vernahm.

»Alles erstunken und erlogen!«

Lord Ickenham zog die Augenbrauen hoch.

»Aber Mugsy, bringt denn solches Maulheldentum irgend etwas? Glaubst du tatsächlich, ich würde eine solche Anschuldigung erheben, wenn ich sie nicht Punkt für Punkt belegen könnte? Ja, Bimbo, er brauste hinüber zu meinem Haus, wurde vom Butler eingelassen …«

»Wurde ich nicht! Er verweigerte mir den Zutritt.«

»So sieht also deine Version aus, wie? Von Coggs höre ich etwas ganz anderes. Er sagt, er habe dich ins Haus gelassen, und du seist völlig unbeobachtet überall herumgestreift. Zudem nahm er, als du wieder gingst, unter deinem Mantel eine verdächtige Wölbung wahr. Ich an deiner Stelle, Mugsy, würde aufhören, das Unschuldslamm zu spielen. Es wäre doch wakkerer, du packst jetzt aus und unterwirfst dich der Gnade des Gerichts.«

»Viel wackerer«, stimmte Major Plank zu. »Und redlicher sowieso.«

»Ich sagte dir doch, daß ich meine Anschuldigung belegen kann, und genau dazu werde ich nun schreiten. Du hast da einen schönen, großen Fuß, Bimbo. Sei so gut und geh zu dem Schrank dort drüben und tritt die Tür ein.«

»Alles klar«, sagte Major Plank.

Er näherte sich dem Schrank und holte mit seinem festen Schuh aus. Schönheit und Größe seines Fußes waren keineswegs überschätzt worden. Die schwache Tür zersplitterte krachend.

»Aha!« sagte er, als er hineinspähte.
»Siehst du eine Gipsbüste?«
»Allerdings. Büste, Gips, eine.«
»Bring sie her.«
Sir Aylmer starrte die Büste an wie einer, dem plötzlich Schlangen den Weg versperren. Vergebens suchte er nach einer Erklärung für ihre Gegenwart. Seine Gattin hätte ihm die Erklärung wohl geben können, doch weilte seine Gattin leider in London.
»Wie zum Teufel ist die hierhergekommen?« fragte er atemlos.
Lord Ickenham lächelte sardonisch.
»Na, na, Mugsy! Nicht schlecht, Bimbo, oder?«
»Wirklich nicht schlecht.«
»Schlag der Büste den Kopf ein.«
»Zerdeppern soll ich sie? Alles klar!« sagte Major Plank und tat, wie ihm geheißen. Lord Ickenham bückte sich und hob aus den Trümmern einen Beutel aus Sämischleder. Vor Sir Aylmers hervorquellenden Augen löste er die Kordel und schüttete eine glitzernde Masse von Steinchen heraus.
Auch Major Planks Augen quollen hervor.
»So fette Beute hast du wohl noch selten gemacht«, sagte er und betrachtete Sir Aylmer mit offener Bewunderung.
Lord Ickenham beförderte die Juwelen in den Beutel zurück und steckte sich diesen in die Tasche.
»Na, siehst du, Mugsy«, sagte er. »Gerade vorhin hast du dich erkundigt, wieso ich unter falschem Namen hierherkam. Ich hoffte, diese Angelegenheit ohne Skandal bereinigen zu können. Dazu mußte ich aber ins Haus gelangen. Mir war bekannt, daß du bald fürs Parlament kandidieren würdest und ein Skandal deine Aussichten zunichte machen müßte, und deshalb nahm ich zu deinen Gunsten an, du seist einfach einer plötzlichen Versuchung erlegen. Wenn's nach mir geht, soll die Sache damit ihr Bewenden haben. Mir liegt nichts

daran, daß man unnachsichtig mit dir verfährt, jetzt, wo ich deinen unrechtmäßig erworbenen Fang zurückerlangt habe und der Besitzerin aushändigen kann. Wir haben doch volles Verständnis für diese unwiderstehlichen Versuchungen. Nicht wahr, Bimbo?«

»Oh, durchaus.«

»Wir brauchen kein Wort mehr darüber zu verlieren?«

»Kein einziges.«

»Du wirst es niemandem erzählen?«

»Höchstens ein, zwei Leuten im Klub, aber sonst keiner Menschenseele.«

»Dann können wir die ganze traurige Geschichte also vergessen. Selbstverständlich muß dein ungeheuerliches Urteil gegen meinen Neffen und Sally Painter kassiert werden. Du stimmst mir doch bei, Mugsy?« fragte Lord Ickenham nun mit festerer Stimme, erkannte er doch, daß sein Gastgeber nicht ganz bei der Sache war.

Sir Aylmer schlüpfte wieder in die Rolle des harpunierten Wals.

»Was?« fragte er schwach.

Lord Ickenham wiederholte seine Worte, und Sir Aylmer antwortete, so schwer ihm das Sprechen auch fiel: »Ja, gewiß.«

»Das will ich aber auch meinen!« sagte Lord Ickenham mit demonstrativer Herzlichkeit. »Dreißig Tage ohne Zulassung einer ersatzweisen Geldbuße, und das für nichts als eine mädchenhafte – oder, im Falle Pongos, knabenhafte – Flause. Das ist ja finsterstes Mittelalter! Ihr Burschen, die ihr in den Kronkolonien einmal Gouverneure wart, Mugsy, habt euch einfach zu sehr daran gewöhnt, unseren schwarzen Brüdern Saures zu geben, und könnt euch nicht mehr im Zaum halten. Dann wollen wir gleich Wachtmeister Potter anweisen, dem jungen Paar die Handschellen abzunehmen. Du hast doch gesagt, wir finden die beiden in der Spülküche.«

Er hakte sich bei Sir Aylmer ein und führte ihn hinaus. Als sie in die Eingangshalle kamen, konnte Major Plank noch hören, wie Lord Ickenham seinen Begleiter in zuvorkommendstem Ton aufforderte, sich am Riemen zu reißen, einen Schlußstrich unter die Vergangenheit zu ziehen, ein neues Kapitel aufzuschlagen und sich fest vorzunehmen, in Zukunft sauber zu bleiben. Es brauche nur etwas guten Willen, sagte Lord Ickenham und fügte hinzu, wir sollten unabläßlich streben, uns vom Halben zu entwöhnen und im Ganzen, Guten, Schönen resolut zu leben.

Nach dem Abgang der beiden rührte sich Major Plank eine Zeitlang nicht vom Fleck und betrachtete die afrikanischen Kuriositäten mit dem glasigen Blick eines Mannes, in dessen Oberstübchen vollkommene Funkstille herrscht. Dann aber beschlich ihn das Gefühl, etwas versäumt zu haben, ein Gefühl, das er aus der brasilianischen Wildnis kannte und welches jeweils anzeigte, daß irgendwo dort draußen Männerarbeit wartete und es an ihm war, sie zu verrichten.

Dann fiel es ihm wieder ein. Die Erdbeeren. Er ging zurück in den Salon, um sie aufzuessen.